HIJAS DE ESPARTA

Planeta Internacional

CLAIRE HEYWOOD

HIJAS DE ESPARTA

Traducción de Víctor Ruiz Aldana

Obra editada en colaboración con Editorial Planeta – España

Título original: *Daughters of Sparta*

Bajo el sello editorial PLANETA M.R.
Avenida Presidente Masarik núm. 111,
Piso 2, Polanco V Sección, Miguel Hidalgo
C.P. 11560, Ciudad de México
www.planetadelibros.com.mx

Página 7: Homero, *Odisea*, Editorial Gredos, Madrid, 2000.

Primera edición impresa en España: julio de 2021
ISBN: 978-84-08-24479-0

Primera edición en formato epub en México: noviembre de 2021
ISBN: 978-607-07-8143-8

Primera edición impresa en México: noviembre de 2021
ISBN: 978-607-07-8150-6

Impreso en los talleres de Litográfica Ingramex, S.A. de C.V.
Centeno núm. 162-1, colonia Granjas Esmeralda, Ciudad de México
Impreso en México – *Printed in Mexico*

A mi hermana, Lauren

En verdad que no hay nada más fiero ni más miserable que mujer que tamañas acciones prepara en su pecho...

... la ignominia vertió sobre sí y, a la vez, sobre todas las mujeres, aun rectas, que vivan de hoy más en el mundo.

HOMERO, *Odisea*,
canto XI, 427-428, 433-434

Ella, ruina de Troya y de su patria...

VIRGILIO, *Eneida*

PRÓLOGO

Estaba sentada, inmóvil y con las manos ensangrentadas. Lo seguía viendo aun cuando cerraba los ojos. Apretó con fuerza los párpados, sin dejar de lanzar resuellos hacia el silencio. Y todavía lo veía. El blanco tornándose rojo. Los ojos muertos.

Hundió las manos temblorosas en el agua y observó los hilos de sangre extendiéndose al instante por un cuenco otrora puro; después, los antebrazos, ahora a la altura de los codos, hasta que el cuenco se oscureció, lo rellenó y se volvió a oscurecer. Incluso con los brazos impolutos, cuando hubo vaciado las aguas oscuras y dejado de temblar, en su mente seguía clavado el rojo.

¿Cómo había podido pasar? ¿Cómo era posible cualquier mal? ¿Era obra de los dioses? ¿Un castigo por otros actos viles? ¿O se limitaban a observar, impasibles, desde las alturas, mientras una roca golpeaba otra roca, y otra? Rostros inexpresivos parpadeando ante el polvo de la avalancha.

PRIMERA PARTE

1
CLITEMNESTRA

—¡Clitemnestra! ¡Ve con cuidado, muchacha! ¡Mira cómo tiembla el huso!

Clitemnestra volvió a enfocar la vista al oír su nombre y se encontró con el huso agitándose y la lana, que con tanto cuidado había devanado, desenrollándose a toda velocidad. Lo detuvo con la mano.

—No me lo esperaba de ti, Nestra —la reprendió Tecla, y volvió a lo que tenía entre manos.

La nodriza seguía con el ceño fruncido, pero al menos había vuelto a llamarla Nestra. A Clitemnestra nunca le había gustado especialmente su nombre completo —era demasiado largo, demasiado engorroso—, y muchísimo menos si lo usaban para regañarla. Fue su hermana, Helena, quien empezó a llamarla Nestra cuando era demasiado pequeña como para gestionar aquel imponente nombre, y se había mantenido así desde entonces.

Helena estaba sentada a su lado. Llevaban toda la tarde trabajando juntas la lana, y a Clitemnestra ya comenzaba a dolerle el brazo de sostener la rueca. Su hermana canturreaba una canción para sus adentros sin despegar la vista del hilo que giraba en el huso, y, aunque tenía una voz preciosa, apenas se sabía la mitad de la letra y no paraba de repetir el mismo verso una y otra vez. Clitemnestra habría preferido que se callara.

El cuarto de las mujeres estaba pobremente iluminado; las paredes, desnudas; el aire, quieto y enrarecido. Se trataba de una de las habitaciones más recónditas del palacio, así que no había ninguna ventana por la que pudieran colarse la luz diurna ni una brisa fresca que ventilara el ambiente. Era verano, y al bochorno habitual se sumaban la presencia de las numerosas mujeres de la sala y las lámparas y antorchas que alumbraban sus oscuras cabezas y sus níveas manos en movimiento.

Clitemnestra, con el vestido de lana pegado a la espalda a causa del sudor, echó un vistazo por encima del hombro al rincón más luminoso de la estancia, donde descansaban los telares, tres enormes marcos de madera cubiertos por labores a medio tejer. En aquel momento solo había dos en funcionamiento, manejados por las esclavas domésticas más habilidosas. Clitemnestra las observaba con admiración y envidia mientras ellas hacían volar las lanzaderas a un lado y a otro, construyendo ingeniosos patrones hilo a hilo. Era algo similar a contemplar una danza cautivadora, o a alguien tocando un instrumento.

—Nestra —dijo Tecla—, podríamos ponerte pronto con el telar.

—¿De veras? —preguntó Clitemnestra, apartando la mirada de las manos danzantes.

—Ya tienes once años. Pronto estarás casada, y ¿qué clase de mujer serías si no supieras tejer?

—Me encantaría —respondió agradecida. Sin duda, trabajar el telar parecía más interesante que llenar carretes de lana.

Helena dejó de canturrear.

—¿Podré tejer yo también?

Clitemnestra puso los ojos en blanco. Helena siempre había querido imitarla, aunque fuera dos años menor. No había mostrado el más mínimo interés por el telar hasta ese momento.

—Creo que sigues siendo demasiado joven, señorita Helena. Pero ya verás como no tardará en llegarte la hora.

Helena torció el gesto en unos exagerados pucheros y siguió devanando con vehemencia. Clitemnestra sabía que pronto se habría olvidado del motivo de su enfado, y, efectivamente, en cuanto volvió a centrarse en el movimiento del huso, relajó el rostro.

Las tres continuaron trabajando un rato más, hasta que Tecla anunció:

—Creo que ya es suficiente por hoy. ¿Por qué no van a comer algo?

Clitemnestra dejó la lana.

—¿Podemos salir y jugar un rato fuera antes de la cena? Todavía no es de noche. No puedo estar todo el día aquí encerrada.

—¡Ay, sí! ¿Podemos? —gritó Helena.

Tecla vaciló.

—Bueno, supongo que sí —respondió con un suspiro—. Pero deben llevar a una esclava. No quiero que salgan solas.

—Pero ¡es que no estamos solas! —protestó Clitemnestra—. No tiene gracia si alguien nos vigila todo el rato. —Le dirigió a Tecla una mirada dócil, pero la nodriza ni se inmutó—. Estááá bien —aceptó con un resoplido—. Nos llevaremos a Ágata.

La niña era menor que ella y algo mayor que Helena, y mucho mejor compañera de juegos que cualquiera de las guardianas de rostro avinagrado que Tecla hubiera podido escoger. La nodriza no parecía del todo convencida, pero asintió igualmente.

—¡Ágata! Vamos a jugar fuera, ven con nosotras —exclamó Clitemnestra hacia el otro extremo de la estancia antes de que Tecla cambiara de idea.

La esclava se apresuró a obedecer con la cabeza gacha mientras Clitemnestra tomaba a Helena de la mano y se dirigía a la puerta. Las tres iban ya por la mitad del pasillo cuando oyeron la voz de Tecla:

—¡No se alejen del palacio! ¡Y no tarden demasiado si no quieren acabar tan morenas como los cabreros! ¿Quién va a querer casarse con ustedes, entonces?

Las tres muchachas abandonaron el palacio y descendieron la colina que moría en los prados, con Clitemnestra guiando el camino. Los pastos estaban altos y las semillas secas le rozaban el vestido a cada paso que daba. Los árboles dispersos silbaban sobre sus cabezas, y Clitemnestra se alegró de sentir la brisa fresca en los brazos tras haber pasado tanto tiempo en la estancia de las mujeres. Cuando se hubieron alejado lo suficiente del palacio como para que nadie pudiera vigilarlas, se detuvo.

—¿A qué quieren jugar? —les preguntó a las otras dos.

—Yo seré una princesa —contestó Helena sin vacilar—. Y Ágata puede ser mi sirvienta.

Ágata asintió sumisa.

—Pero si ya eres una princesa —le replicó Clitemnestra, exasperada—. ¿No prefieres fingir que eres algo distinto, como una maga, una pirata o un monstruo?

—No. Yo siempre soy la princesa.

—Como quieras. Pues yo seré el rey —suspiró Clitemnestra. A aquellas alturas ya había aprendido que lo mejor era dejar que Helena se saliera con la suya. La alternativa era que se echara a llorar.

Helena resopló.

—No puedes ser rey, Nestra. ¡Eres una chica!

Helena miró de reojo a Ágata, animándola a que se uniera a la burla. Ágata dejó escapar una risita sutil, pero apretó con fuerza los labios cuando Clitemnestra la atravesó con una mirada reprobatoria. Ágata agachó la cabeza.

—Decidido. Tú serás la princesa, Helena. Ágata, la sirvienta. Y yo seré la nodriza. —Titubeó unos instantes—. Pero una nodriza que sabe preparar pócimas mágicas —añadió.

—¿A qué juegan? —preguntó una voz masculina a sus espaldas.

Clitemnestra se volvió de inmediato para comprobar quién había hablado.

El muchacho caminaba hacia ellas entre las altas hierbas, y ya apenas los separaban unos pocos pasos. Era algo mayor que ellas, un chico alto a quien todavía no le había salido barba. Tenía los cabellos largos y negros, y una sonrisa que dejó sin habla a Clitemnestra. Lo había visto llegar al palacio con su padre pocos días atrás. Supuso que se debía a algún tipo de visita diplomática, o tal vez estuvieran de paso. Estaban acostumbrados a las idas y venidas de todo tipo de personas dispuestas a atravesar las montañas o que ascendían desde la costa. El hogar de su padre siempre estaba encendido, pero era inusual recibir a invitados tan jóvenes. En circunstancias normales, los únicos muchachos de alta alcurnia que tenía cerca eran sus hermanos gemelos, Cástor y Pólux, pero eran demasiado mayores para jugar con ella y Helena. Además, Tecla argüía que era impropio de princesas jugar con los esclavos. Aunque, en ese caso, podrían jugar con aquel muchacho, ¿no? Era un invitado.

—Ho-hola —casi tartamudeó Clitemnestra; de repente sintió como si la lengua se le hubiera enredado—. Estábamos a punto de jugar a las princesas. —Se estremeció al darse cuenta de lo infantil que sonaba y se apresuró a añadir—: Es una tontería, la verdad, pero Helena ha insistido. Podemos jugar a otra cosa si quieres.

De nuevo la misma sonrisa.

—No, el juego de las princesas está bien.

A Clitemnestra le preocupaba que se estuviera mofando de ellas, pero al menos quería jugar.

—¿Cómo te llamas? —le preguntó.

—Teseo. Mi padre y yo estamos de visita. Venimos de Atenas.

—Teseo —repitió—. Bueno, lo dicho: Helena iba a ser la princesa y Ágata, nuestra esclava, la sirvienta. Y yo, una nodriza que puede preparar pócimas. ¿Quién quieres ser tú?

—Un rey extranjero. Y un gran guerrero.

Clitemnestra esbozó una sonrisa, satisfecha de que, en apariencia, les estuviera siguiendo el juego.

—De acuerdo, a ver qué te parece esto: naufragaste en nuestra costa, te encontré y te curé con una de mis pociones, y...

Teseo no parecía estar escuchándola. Le había dado la espalda y miraba fijo a Helena.

—Ciertamente tenéis el aspecto de una princesa, mi señora —afirmó con una reverencia afectada—. Y los cabellos más brillantes que he visto en mi vida. —Levantó una mano, como si estuviera dispuesto a tocarlos—. Son como el fuego. Y eso por no hablar de vuestra blanquísima piel, propia de una verdadera dama. Me apostaría lo que fuera a que seréis tan bella como la mismísima Hera cuando florezcáis.

Helena soltó una risita, pero Clitemnestra estaba molesta. Todo el mundo alababa los cabellos de Helena, y ella era incapaz de entender por qué eran tan especiales. Y ambas tenían exactamente el mismo tono de piel. Además, ella estaba más cerca de «florecer». Helena tenía el pecho igual de plano que un chico.

Trató de volver a centrar la atención de los demás en el juego.

—Lo que te decía: he pensado que quizá habías naufragado y...

Teseo la interrumpió.

—¿Qué te parece si acabo de regresar de una batalla y necesito que me cures la herida con algunas hierbas? Tienes que ir a buscarlas.

—Hecho —aceptó Clitemnestra, y sonrió al ver que se le otorgaba una función importante—. Me pongo a ello.

Se alejó del resto del grupo en dirección al río, y se imaginó que se aventuraba en las montañas en su búsqueda de hierbas raras. Oyó a Helena ordenándole algo a Ágata mientras ella se agachaba a recoger una planta con unas diminutas flores blancas. Siguió avanzando poco a poco hasta que el rugir del río sustituyó las órdenes y las risitas de Helena. Se arrodilló para lavarse las manos en las cristalinas aguas, pero la lanolina de la lana se le adhería a la piel, tan tozuda como siempre. Apenas había plantas interesantes junto al río, pero recogió unas cuantas flores silvestres y hierbajos de todas formas. Se preguntó si tendría que fingir que le aplicaba alguna especie de ungüento a Teseo sobre la herida. La mera idea la enervó, aunque también la excitaba. Sería la primera vez que tocaría a un chico, sin contar a sus hermanos.

Cuando Clitemnestra consideró que había encontrado suficientes hierbas mágicas, reunió todos los tallos en una mano y echó a andar hacia el corazón del prado. No obstante, a medida que se acercaba al lugar donde había dejado a los demás, algo le empezó a extrañar. Y, poco después, cayó en la cuenta: no oía la voz de Helena. Aumentó la velocidad de sus pasos.

Al aproximarse aún más, se percató de que tampoco la veía. Ni a Teseo. Ni a Ágata. Escudriñó el prado, entrecerrando los ojos ante la luz del sol poniente.

Y echó a correr, al borde de un ataque de pánico. «¡Estúpida, estúpida!» Jamás debería haber dejado sola a Helena. Si le pasaba algo, la culparían a ella. Se suponía que debían cuidarse mutuamente. ¿Y si había aparecido un lobo? ¿O un jabalí? No solían atreverse a acercarse tanto al palacio, pero tampoco sería la primera vez. ¿Y si los había apresado algún esclavista, o un forastero vagando a la caza de alguna oportunidad? Teseo no tenía la edad suficiente para enfrentarse a hombres hechos y derechos.

Le pareció que ya debía de estar justo en el lugar en el que los había dejado. Ni rastro. Siguió corriendo. De repente tropezó con algo y cayó de bruces sobre la hierba.

—¡Ay! —exclamó una voz fina.

Clitemnestra se incorporó y vio con qué había tropezado.

—¿Ágata? ¿Qué haces tumbada en la hierba? ¿Dónde está Helena?

La esclava se frotaba la parte del abdomen donde le había golpeado Clitemnestra. Esbozó una mueca y respondió:

—Está jugando con Teseo. Dijo que iba a secuestrarla, me apuñaló..., jugando, claro..., y me dijo que estaba muerta y que tenía que tumbarme y quedarme callada. Los oí alejarse corriendo, pero no sé adónde han ido. Me estaba haciendo la muerta.

A Clitemnestra le dio un vuelco el corazón.

—¡Idiota, más que idiota! ¡No puedes dejar a Helena sola con un chico! —Clitemnestra se levantó de un brinco—. Estamos en serios problemas —gimió, casi para sus adentros.

Ágata puso los ojos como platos por el miedo y los tenía vidriosos.

—Lo siento mucho, señorita, perdóneme —se disculpó con un hilo de voz—. Teseo me daba miedo.

—No sirve de nada que te disculpes —le espetó Clitemnestra—. Hay que encontrarlos. —Ahuecó las manos delante de su boca—. ¡Helena! —Tomó más aire—. ¡HELENAAA!

Examinó de nuevo el prado, girando sobre sí misma hasta

dar una vuelta completa. No había ni rastro de ellos, y tampoco de su posible destino. Comenzó a correr, convencida de que era mejor buscar en alguna parte que quedarse de brazos cruzados, pero se detuvo a los pocos pasos.

—No tiene sentido correr tras ellos. Acabaremos perdidas y nadie sabrá lo que ha pasado. Tenemos que contárselo a mi padre.

Ágata había empezado a llorar a moco tendido.

—Pe-pero... nos caerá una buena... —sollozó.

—Ya es tarde para arrepentirse. ¡Vamos!

Clitemnestra la agarró de la muñeca y echó a correr hacia el palacio, arrastrando a Ágata con ella.

Clitemnestra había estado encerrada en su habitación durante lo que le parecieron horas, a pesar de ser consciente por la luz de que el sol no se había puesto y que, por tanto, debía de haber pasado muy poco tiempo. Deseaba que alguien le contara lo que estaba ocurriendo. ¿Habrían encontrado a Helena? ¿Estaría bien? Ni siquiera podía compartir sus inquietudes con Ágata. Sus remordimientos. Su padre se había quedado con la esclava cuando la encerró allí. ¡Cómo se había enfadado al confesárselo! No, no estaba enfadado. Preocupado, quizá. Era la primera vez que veía así a su padre. Había enviado a Cástor y Pólux a buscar a Helena y al muchacho a caballo, y también a la mitad de la guardia de palacio a pie.

El tiempo avanzaba. Clitemnestra se toqueteaba el cabello, estirándose las puntas y haciéndose nudos. Se sentó encorvada a los pies de su cama, pensando en todo lo que podría haber pasado. Incluso aunque Helena y Teseo estuvieran a salvo, Helena seguía a solas con un chico. Clitemnestra sabía lo que los chicos les hacían a las chicas. Lo que los hombres les hacían a las mujeres. Tecla se lo había explicado con pelos y señales cuando le preguntó por qué las ovejas se montaban unas encima de las otras. Y si eso llegaba a sucederle a Helena... Bueno, nunca conseguiría un buen matrimonio. Clitemnestra sentía náuseas. Había dejado sola a su hermana, y eso que solía ser la más responsable de las dos. Helena era joven y, en ocasiones, insensata, pero Clitemnestra siempre había estado a su lado para protegerla. Excepto ese día; se había comportado como una tonta. ¿A qué había venido tanta desesperación por gustarle a Teseo? No era más que un malcriado. Helena le importaba muchísimo más que cualquier chico. Más que cualquier otra persona, de hecho.

Rompió a llorar en silencio. Eran lágrimas de rabia. Rabia hacia Teseo. Rabia hacia la bella e inepta Helena. Rabia hacia ella misma.

Entonces oyó la tranca de la puerta. Se secó rápidamente las lágrimas de la cara y se puso de pie. Esperaba de todo corazón que Helena estuviera a punto de entrar en la estancia.

Sin embargo, cuando la puerta se abrió, fue Ágata la que entró dando un traspié, empujada por detrás. Dejó escapar un quejido mohíno y alguien volvió a trancar la puerta. Tenía el rostro surcado de lágrimas y los ojos enrojecidos e hinchados. Se tambaleó unos pocos pasos y se detuvo, como si fuera incapaz de continuar. Se quedó paralizada con una mano apoyada en la pared para no perder el equilibrio.

—¿Ágata? —preguntó Clitemnestra con prudencia. Sabía que algo iba mal.

La esclava se había echado a llorar delante de su padre cuando le contaron lo que había ocurrido. Lágrimas de miedo y angustia para las que ella no había tenido tiempo. Pero el miedo que colmaba sus ojos había dejado paso a un sentimiento más aterrador. Un vacío. Clitemnestra dio un paso hacia la esclava. Y otro. No fue hasta que la tuvo muy cerca cuando lo vio. Iluminada por la luz danzante de las lámparas, la escuálida espalda de Ágata estaba salpicada de cortes, heridas de un rojo nauseabundo que asomaban por las rasgaduras de su vestido blanco y de su clarísima piel. La habían fustigado. Por eso tenía tanto miedo.

—Ay, Ágata —se plañó Clitemnestra, e hizo ademán de abrazarla, pero se detuvo al ver cómo se estremecía la muchacha—. Lo siento muchísimo. Tendría que haberle dicho que también fue culpa mía...

—Ya lo sabe —respondió Ágata con la voz apagada—. Por eso me ha enviado aquí. Para que me veas.

Clitemnestra la observaba confusa.

—A ti no puede castigarte —murmuró Ágata—. Te dejaría cicatrices.

Clitemnestra cayó en la cuenta de repente y agachó la cabeza. Su padre la estaba castigando a través de Ágata. El estómago se le revolvió con solo pensarlo. Probablemente se había ensañado con ella para dejar patente su intención. Clitemnestra había de ver el dolor con sus propios ojos. Su padre no era un hombre cruel, pero podía ser frío y calculador si las circunstancias lo requerían. Y la seguridad de su progenie era una de sus prioridades.

Sintió el impulso de ayudarla, de limpiarle las heridas, pero le preocupaba hacerle aún más daño.

—¿Sabes algo de Helena? —preguntó con voz queda.

Ágata negó con la cabeza, sin levantar la mirada.

El tiempo seguía avanzando. Aunque Ágata gimoteaba de vez en cuando, por lo demás, la estancia era un sepulcro. Las dos se sentaron en la cama de Clitemnestra a esperar. Las sábanas se estaban manchando con la sangre que goteaba de las heridas de Ágata, pero a Clitemnestra no le importaba lo más mínimo. La tomó de la mano y notó que estaba temblando.

Se oyó un ruido en el pasillo y Clitemnestra clavó la mirada en la puerta. «Por favor, que sean buenas noticias. Por favor, que no le haya pasado nada.»

Cuando la puerta se abrió, fue la silueta de su padre la que se dibujó a contraluz.

—La hemos encontrado —anunció, pero no sonreía.

Tenía el ceño fruncido y el semblante agotado. Desvió la mirada hacia Ágata y apartó la vista. Parecía deprimido. Dio un paso a un lado y apareció Helena, tan deslumbrante como siempre, aunque quizá algo avergonzada. Entró brincando en la habitación y su padre se retiró, cerrando la puerta tras de sí.

En cuanto la puerta se hubo cerrado, Clitemnestra saltó de la cama y abrazó a su hermana.

—¿Qué pasó? ¿Dónde estaban? ¿Estás bien?

Repasó a Helena con la mirada de arriba abajo, en busca de señales de lesiones.

—Sí, estoy bien. Teseo y yo estábamos jugando, nada más. No sé por qué se han asustado todos tanto. —Se apartó el cabello de los hombros—. Me secuestró y encontramos una cueva río abajo, y nos escondimos allí.

—Pero ¿te tocó? —le preguntó Clitemnestra.

—¿Que si me tocó? Padre también quería saberlo. Me sacudió con fuerza cuando me lo preguntó. Me hizo daño.

Se frotó el brazo y torció el gesto.

—Respóndeme, Helena. ¿Te tocó?

Helena puso los ojos en blanco.

—Sí, me tocó. Me tomó de la mano cuando huimos de Ágata. Y luego, en la cueva, me acarició el pelo y... Y me besó —contestó con una sonrisa tímida.

Se había sonrojado, pero Clitemnestra creyó percibir algo más en su expresión. Orgullo, tal vez.

—¿Que te besó? Y... ¿Y eso es todo? ¿Pasó algo más?

Helena parecía haberse dado cuenta de la desazón que dominaba el rostro de su hermana, y se le veía más preocupada.

—Bueno, me pidió que cantara para él, y que bailara, y luego Pólux nos encontró. —Empezaba a agitarse—. Y ya. Se portó bien conmigo. No dejó de decirme lo guapa que soy. Padre lo expulsó de palacio. Apuesto lo que quieras a que nos toca esperar siglos hasta que podamos jugar con un chico otra vez.

—No me mientas, Helena. ¿Eso es todo lo que ha pasado? —insistió Clitemnestra.

Helena asintió.

—Bueno, pues me alegro —concluyó. Dejó escapar un suspiro de alivio y se permitió esbozar una sonrisa—. Bien está lo que bien acaba.

Sin embargo, mientras lo decía, recordó que Ágata estaba sentada a su lado. Tenía la impresión de que Helena ni siquiera se había percatado de su presencia.

2
HELENA

Había sido un aburrimiento de día. De hecho, todo el mes había sido un fastidio. Desde que Teseo y su padre habían vuelto a Atenas, los días se habían sucedido sin novedades. Lo de siempre, en el fondo. Horas devanando y devanando lana hasta sentir que los ojos le daban vueltas en las cuencas. Y hoy había sido aún peor, puesto que no tenía a Nestra haciéndole compañía. A su hermana por fin le habían enseñado a usar el telar, así que Helena se pasaba el día con Tecla. La nodriza no dejaba de contarle historias, pero ya las conocía todas. Eran cuentos para recién nacidos. ¿Acaso Tecla no se había dado cuenta de que ya era mayor? Quería escuchar historias para mayores. Historias reales sobre peligros, traiciones, venganzas y amor. Sobre todo amor. Nestra le contaba algunas historias así de vez en cuando, pero siempre se las inventaba.

La tarde llegaba a su fin, o eso creía Helena. Llevaba horas en la estancia de las mujeres. Estaba convencida de que el sol estaría a punto de ponerse.

—¿Puedo parar ya? —le preguntó a Tecla.

La nodriza arrugó la frente mientras valoraba los modestos husos de lana devanada que había en la cesta de Helena.

—Sí, supongo que ya es suficiente por hoy.

Helena echó un vistazo al rincón donde su hermana trabajaba con el telar mientras una esclava le iba dando instrucciones. Helena abrió la boca.

—Tu hermana está ocupada —la reprendió Tecla—. No la molestes.

La anciana nodriza miró de reojo al guardia que vigilaba al otro lado de la entrada principal. El padre de Helena se había acostumbrado a tener a alguien apostado siempre allí.

—Pídele al guardia si puede salir contigo. Y llévate a Ágata, si quieres.

Helena torció el gesto. Ágata se había vuelto una pesada. Hablaba todavía menos que antes, y siempre le aterraba meterse en problemas.

—No quiero jugar con Ágata —respondió Helena, casi susurrando. La esclava estaba en el otro extremo de la sala, y no quería que la oyera.

—Bueno, pues ¿por qué no te vas a pasar un rato con tus padres? Siendo la hora que es, puede que sigan en el salón del hogar. Seguro que se alegran de verte.

Helena vaciló. Le gustaba sentarse en el regazo de su padre. Solía abrazarla, hacerla reír y contarle todo tipo de historias sobre lo que se cocía en palacio. Pero si su madre estaba también allí... Helena nunca estaba cómoda con su madre cerca. No era porque fuera una mujer cruel; nunca lo había sido. Y, de hecho, a veces podía ser muy cariñosa. Pero había días en que se comportaba con frialdad y hostilidad. Fingía no ver a Helena cuando coincidían por el palacio, a pesar de que sus miradas se hubieran cruzado antes de que su madre rehuyera la suya. A veces se marchaba de las estancias cuando entraba Helena, con la excusa de estar cansada o de no encontrarse demasiado bien. Un par de meses atrás, Helena se encontró con su madre en su lugar habitual junto a la lumbre, con Nestra sentada a su lado. Estaban devanando lana juntas, charlando y riendo. Helena se moría por unirse a ellas, pero en cuanto su madre la vio, soltó la lana y comenzó a disparar excusas. Le cayó como una patada en el estómago. ¿Cómo era posible que su madre pudiera sentarse con Nestra y no con ella? Era como si hubiera algo en Helena que la repeliera.

Decidida a arriesgarse con tal de no soportar otra hora con las historias de Tecla, dejó el huso y se dirigió hacia la puerta que vigilaba el guardia. A fin de cuentas, su padre tal vez estaba aún en el salón del hogar. El guardia se dispuso a seguirla por inercia en cuanto Helena le pasó por delante y enfiló el pasillo. Al principio le había resultado molesto no poder deambular por el palacio a sus anchas como hacía antes, pero al final se había acostumbrado a tener una sombra pisándole los talones.

No tardó en plantarse frente al salón, ubicado en el corazón del palacio, justo al lado del patio central. Se detuvo bajo el porche antes de entrar y echó un vistazo a través de la puerta entreabierta. El trono de su padre, situado en uno de los extremos del salón, estaba vacío. Se llevó una ligera decepción. Al lado encontró a su madre, sentada en su silla tallada y cargada de adornos, con el fuego del hogar ardiendo vivamente ante ella en el centro del salón. La única otra presencia era la de una de las sirvientas de su madre. Las dos mujeres estaban sentadas en silencio, devanando.

Helena no quería hacer el ridículo delante del guardia volviendo por donde había venido, y, además, cabía la posibilidad de que su madre estuviera de buen humor. Era imposible saberlo de antemano. Así que tomó aire y atravesó el umbral.

Su madre levantó la vista en cuanto Helena rodeó la lumbre circular en dirección hacia ella. Y esbozó una sonrisa. Helena dejó escapar un suspiro de alivio y le devolvió el gesto, acelerando el paso.

—Helena, ven y siéntate conmigo a la vera de la lumbre —le propuso cuando apenas las separaban unos pasos.

Era una petición sencilla que, sin embargo, le levantó los ánimos. Era todo lo que quería. Su madre era una mujer hermosa y elegante. Helena solo deseaba pasar tiempo con ella, complacerla, hacerla sentir orgullosa.

Había varios taburetes en una de las paredes del salón. Helena tomó uno de los más pequeños y lo arrastró hasta donde estaba su madre. Dejó un par de pasos entre las dos; era mejor no tentar a la suerte.

Soltó otro sutil suspiro al relajar los hombros y esbozar una sonrisa de satisfacción. El salón del hogar era su estancia favorita del palacio. Gracias a la lumbre del centro siempre estaba iluminada y caldeada, incluso de noche, y durante el día los rayos del sol se colaban por la abertura cuadrada del techo y alumbraban los frescos que cubrían las paredes. Escenas de caza, de hombres festejando, de mujeres con fastuosas faldas... Todo cobraba vida en un remolino de azules, amarillos y rojos. Lo que más le gustaba a Helena eran los animales, el león, el jabalí y el grácil gamo, y su forma de saltar y retorcerse, su bestialidad y su belleza.

Su madre siguió trabajando con el huso sin despegar los labios. Iba aflojando la lana de un púrpura intenso de la rueca al huso, trabajándola con delicadeza entre sus finísimos y pálidos dedos. Helena recordaba el tacto de esos dedos sobre la piel, la frescura relajante y la dureza tras años de trabajar la lana. Las manos de una mujer nunca paraban quietas. Incluso las reinas debían devanar, tejer y coser. Pero era la reina quien devanaba las mejores lanas y quien tejía las prendas más importantes: los atuendos del rey.

—¿Qué harás con eso? —le preguntó Helena, observando a su madre con cautela.

—Una capa para tu padre. Un rey necesita una capa en condiciones cuando cabalga hacia la guerra.

«¿Guerra?» Helena sintió el pavor oprimiéndole el pecho. Su madre debió de leérselo en el rostro, puesto que añadió:

—No te preocupes, mi niña. Tu padre tiene que echarle una mano a un amigo. Será poco tiempo. Y los dioses lo protegerán.

Le dirigió a su hija una sonrisa reconfortante, pero parecía que ni ella misma acababa de creerse sus palabras.

—¿Cuándo se marchará? —preguntó Helena.

—En cuanto haya reunido a sus hombres. Y en cuanto yo haya terminado la capa —añadió con una media sonrisa.

—¡Pues para, no sigas! —gritó Helena de corazón—. Deja de girar la rueca. ¡Si no le tejes la capa, no podrá irse!

Su madre dejó escapar una risita.

—Las cosas no funcionan así, Helena. Tu padre se marchará con o sin capa, pero queremos que no pase frío durante el viaje, ¿no? Y que tenga un aspecto magnífico y todo el mundo exclame: «Ahí va un gran rey».

Helena asintió, pero tenía miedo. Por muy joven que fuera, sabía lo que eran las guerras. Los hombres se iban y no volvían.

—Ay, Helena, tienes el pelo hecho un desastre —criticó su madre—. Quienquiera que te lo haya peinado esta mañana no lo ha apretado lo suficiente. Se está deshaciendo por la coronilla. —Le hizo un gesto a la sirvienta que tenía a sus espaldas, quien se puso de pie de un salto—. No podemos dejar que te pasees así por el palacio. ¿Qué te parece si dejamos que Melisa te lo arregle?

Helena era consciente de que su madre intentaba cambiar de tema, pero asintió obedientemente. No reconoció a la sirvienta; debía de ser nueva. Era joven y anodina, con el rostro gordo y una sonrisa dulce. Helena se enderezó, y enseguida notó los dedos de la sirvienta dispuestos a deshacerle el peinado.

—Hola, señorita Helena —la saludó una voz alegre por encima del hombro—. Me alegro mucho de conocerla por fin. Me llamo Melisa. Avíseme si aprieto demasiado.

A Helena le pareció que se tomaba demasiadas confianzas

para ser una esclava, pero no le disgustaba del todo. La mayoría de los esclavos ni siquiera hablaban; eran como fantasmas.

Su madre seguía devanando la lana a su izquierda. Apenas veía con el rabillo del ojo el huso cubierto de púrpura mientras daba vueltas. Sabía que, para que la sirvienta pudiera trabajar en condiciones, debía mantener la vista al frente. A pesar del miedo por la seguridad de su padre, Helena era feliz. Sentía la presencia de su madre y disfrutaba de aquel agradable silencio.

Melisa había terminado de deshacerle el peinado y comenzado a pasarle un peine de dientes suaves, y Helena se estremecía cada vez que el peine le rozaba la piel.

—Tiene un pelo precioso, señorita Helena —suspiró—. No me sorprendería que el mismísimo Zeus hubiera visitado a su madre antes de dar a luz a una muchacha con este fuego interno.

Helena percibió un movimiento repentino a su izquierda y oyó un golpe seco y un grito agudo a sus espaldas. Se dio media vuelta. Melisa se retorcía en el suelo y se sostenía la cabeza con los ojos dominados por la incredulidad y el miedo. Helena levantó la vista y vio a su madre junto a la esclava, masajeándose la mano. Tenía un semblante extraño, una expresión entre la ira y el dolor.

—Fuera de aquí —masculló su madre con voz queda y áspera—. Las dos. Fuera.

Helena estaba aterrorizada. Nunca había visto así a su madre. Se había puesto de pie y echado a correr hacia la puerta del salón antes de que la esclava tuviera tiempo de levantarse. No volvió a ver a Melisa.

Helena se pasó la noche dando vueltas en la cama. Había revivido una y otra vez lo que había sucedido en el salón del hogar en un intento por comprenderlo. Lo único que había sacado en claro era que debía de tener algo que ver con sus cabellos. Eso era lo que había hecho reaccionar a su madre: el momento en que Melisa había expresado lo precioso que tenía el pelo.

«Quizá mi madre sienta celos», pensó Helena. Tenía sentido. La reina Leda era conocida por su belleza, pero su cabello no era nada del otro mundo. Lo tenía negro como el carbón, igual que su padre, sus hermanos y Nestra. Como el resto del palacio. Pero el de Helena... relucía. Como el fuego. Como el oro. Todo el mundo opinaba lo mismo. Era algo único, un regalo de los dioses. Exactamente lo que había comentado Melisa antes de que... Sí, tenía sentido. Su madre estaba celosa. Tal vez Helena podría intentar cubrirse el cabello. De esa manera, quizá su madre la querría igual que a Nestra y los gemelos. Pero ¿por qué habría de ocultarse? De repente la mera idea la puso hecha una furia. ¿Por qué debería negociar el amor de su madre cuando sus hermanos lo daban por sentado? No tenía ninguna culpa por ser la más hermosa.

Había algo más carcomiéndola por dentro. Su padre se marchaba a la guerra. Al recordarlo, sintió como si tuviera el estómago hasta los topes de plomo. Se preguntó si Nestra lo sabría. «Debería contárselo», pensó. Su hermana merecía estar al tanto. Además, no quería tragárselo todo ella sola.

—¿Nestra? —susurró hacia la penumbra. El lecho de su hermana estaba apenas a unos pasos del suyo—. Nestra, ¿estás despierta?

—Sí —contestó su hermana.

—Hoy me he enterado de una cosa mala. —Helena hizo una pausa—. Padre se va a la guerra.

—Ya lo sé —respondió Nestra.

—¿Sí? —exclamó Helena, incorporándose.

—Llevan semanas con los preparativos, ¿no te habías dado cuenta?

Helena estaba algo molesta. Para una vez que creía saber algo que su hermana desconocía...

—Madre le está tejiendo a padre una capa púrpura —añadió, aunque era consciente de que, como información, no era nada del otro mundo. Su única intención era demostrar que sabía algo más que Nestra.

—Mmm —se limitó a responder su hermana—. Se lo comenté a Tecla y me lo confirmó. Pero también me dijo que no debería estar fuera más de unos pocos meses.

—¿No estás preocupada por él? —le preguntó Helena.

—Mucho, pero es fuerte e inteligente. Ya ha estado antes en la guerra. Un buen rey siempre ayuda a sus amigos. —La voz parecía temblarle ligeramente, pero prosiguió—: Tecla... Tecla me ha dicho que, si la guerra va bien y los hombres demuestran estar a la altura de las circunstancias, padre comenzará a buscar pretendientes. Ya he empezado a sangrar, pero me ha asegurado que padre no quiere desposarme ahora mismo. Tiene que encontrar al hombre adecuado y afianzar la fuerza de Esparta.

Helena se quedó un buen rato callada. Demasiados cambios. Padre se marchaba a la guerra. Nestra iba a casarse. Todo el mundo acabaría abandonándola. Ojalá fuera su madre la que se marchara, y no su padre... No, no podía pensar así, era horrible. Amaba a su madre. Y, siendo realistas, Nestra no se iría. Seguiría viviendo allí. Era la heredera de Esparta, así que a su marido no le quedaría otra que quedarse allí hasta que se convirtieran en rey y reina. Era ella, Helena, la que debería irse. Por fin caía en la cuenta de que eso era lo que en el fondo la aterraba. Cuando Nestra se hubiera desposado, Helena iría detrás. Y entonces sería cuando realmente estaría sola.

—¿Con quién crees que te casarás? —le preguntó al fin Helena, y volvió a tumbarse.

—Pues... con quien ofrezca mayores regalos, supongo. O con el mejor guerrero. Padre decidirá quién es el hombre que merece reinar.

—Sí, pero ¿tú con quién te quieres casar? —insistió Helena—. ¿Cómo te imaginas a tu marido? Seguro que le has dado más de una vuelta.

Clitemnestra tardó algunos segundos en responder.

—Con alguien generoso, espero. Y sabio. Y que sea un buen padre.

—Yo espero que mi marido sea atractivo —exclamó Helena, imaginando cómo podría ser. ¿Tendría los ojos oscuros, o verdes como ella?—. Alto y un experto corredor, jinete y púgil. Y bueno, claro. Me tiene que tratar bien.

—Si los dioses quieren, las dos acabaremos casadas con buenos maridos. Y tendremos un montón de niños fuertes y sanos —dijo su hermana.

—Sí —coincidió Helena.

No veía la hora de casarse. Quería convertirse en una mujer. Quería llevar su propia casa y ser la consorte de un hombre poderoso. Pero no quería abandonar su hogar.

—Tengo miedo, Nestra —confesó con voz queda—. No quiero irme a vivir a otro sitio.

—Tal vez no haga falta —contestó su hermana en la oscuridad—. Puede que padre te encuentre un marido dispuesto a vivir aquí con nosotros. Seremos una gran familia y criaremos juntas a nuestros hijos. ¿No te parecería maravilloso?

Helena no respondió. Tenía razón, era una posibilidad. Sin embargo, sabía que su padre debía hacer lo que favoreciera más a Esparta, igual que ella.

Ante la ausencia de respuesta por parte de Helena, su hermana prosiguió:

—No pienses en el futuro, Helena. Nunca se sabe lo que puede ocurrir. Ya verás como nos irá bien. Padre se esforzará por que así sea. Todo irá bien.

«Qué fácil es decirlo —pensó Helena mientras caía en un sueño inquieto— cuando eres tú la heredera.»

3
CLITEMNESTRA

Tres años más tarde

Padre volvía a casa. Había ordenado a su heraldo que se adelantara para anunciar que el ejército había regresado a Laconia, y que confiaban en llegar a Esparta esa misma tarde. Clitemnestra tenía la sensación de que por fin podría empezar a relajarse. Su padre estaba a salvo, indemne. La campaña había sido todo un éxito, según el heraldo, igual que las dos anteriores. Y, sin embargo, siempre que su padre se marchaba, a Clitemnestra se le formaba un nudo en el estómago que iba oprimiéndola más y más con el paso de las semanas. Era consciente de que cada vez que partía cabía la posibilidad de que no regresara. Era un pensamiento que no podía quitarse de la cabeza. ¿Qué haría sin él? ¿Qué sucedería con Esparta? Su madre se había pasado todo el verano ofreciendo sacrificios a los dioses, suplicando por que el rey tornara sano y salvo. Parecía que, finalmente, los dioses la habían escuchado.

Se estaba preparando un magnífico banquete en palacio para dar la bienvenida a los guerreros. El aroma a carne asada había alcanzado ya el salón del hogar, donde Clitemnestra estaba sentada con su madre y su hermana, esperando. Cástor y Pólux también estaban presentes, jugando a los dados en una de las mesas de la esquina. Padre había decidido que dieciocho años no era edad suficiente para que se unieran a la campaña, y en su lugar les había encargado la defensa del palacio.

Por mucho que Clitemnestra hubiera padecido por su padre a medida que se dilataba la guerra, también se había sentido tan agradecida como culpable. Cuanto más tiempo durara la guerra, más se postergaría su matrimonio. No temía lo que pudiera ocurrir, pero sabía que nada volvería a ser igual. Helena y ella ya no podrían pasarse el día juntas, y la libertad para pasear al aire libre se le restringiría aún más que ahora. Su madre apenas salía de palacio. Y el matrimonio comportaba también otros asuntos..., asuntos para los que no se veía preparada. Con todo, llegado el momento haría cuanto se le pidiera. Estaba decidida a ser la mejor esposa que hubiera existido jamás, y a que se la conociera por su lealtad, prudencia, castidad, obediencia y, dioses mediante, un buen montón de hijos sanos y fuertes.

Había veces en que la frustraba haber nacido mujer. Quería ser libre. Quería tener autoridad. Quería hacer algo más que pasarse el día trabajando la lana. Quería cabalgar, cazar, viajar y debatir, igual que sus hermanos; competir y ganar premios, componer canciones, y no solo bailarlas; hablar y que la escucharan. Aun así, cada vez que sentía acumularse dichas frustraciones, las reprimía de inmediato. Debía resignarse a lo que no podía cambiar. Así que se mordía el labio, se esforzaba al máximo con la lana, asentía dócilmente y sonreía con gracia. Si había sido la voluntad de los dioses que naciera mujer, sería la mejor que hubiera pisado la faz de la Tierra.

Y ese momento no se haría esperar. Ya estaba en edad de casarse y, siendo la heredera de Esparta, ese hecho no habría pasado desapercibido para los solteros de Grecia. Era un trofeo muy valioso y habría muchos nobles decididos a ganarlo. Pronto podría cumplir el propósito para el que la habían estado preparando desde que tuvo la edad suficiente para sostener el huso, el propósito para el que su padre, su madre y Tecla la habían estado formando: proteger su hogar y el linaje de su padre; asegurar el futuro de Esparta. Eran unas perspectivas exigentes y, aun así, la mera idea le provocaba una chispa de entusiasmo en el pecho.

Se oyeron ruidos provenientes del otro extremo del salón, pisadas sobre las baldosas y el grave crujir de las grandes puertas de madera. Clitemnestra agarró con fuerza el huso cuando vio al heraldo de su padre atravesando el umbral. El hombre tomó aliento y se dirigió a los presentes en el salón:

—Tíndaro, rey de Esparta, ha llegado.

Habían transcurrido dos horas desde el inicio del banquete, durante las cuales habían resonado en el salón carcajadas, canciones e historias de grandes hazañas. Los guerreros más nobles festejaban junto con el rey y su familia, mientras que el resto de los hombres y el servicio de palacio hacían lo propio en el jardín. Era una cálida noche de verano y el cielo seguía iluminado por los últimos rayos del crepúsculo. Se habían acabado ya las existencias de carne, pero el vino seguía corriendo. Incluso a Clitemnestra le habían dado permiso para tomarse una copa, que había ido sorbiendo despacio, respirando los aromas dulces y herbales. Su hermana estaba sentada a su lado, riendo tontamente mientras uno de los perros de palacio le lamía la grasa de la carne de los dedos.

Clitemnestra barrió el salón con la mirada, consciente de que había un asunto que seguía ocupándole los pensamientos. «¿Será alguno de estos hombres mi futuro marido?» Todos habían demostrado su valía en batalla, y eran pudientes. Tal vez padre escogiera a un pretendiente de Laconia, alguien que lo hubiera impresionado durante la campaña. Examinó todos y cada uno de los rostros iluminados por el resplandor del hogar, algunos surcados de arrugas y agotados, otros alegres y expresivos, y se preguntó si estaría mirando a los ojos a su futuro.

Se vio obligada a interrumpir sus pensamientos cuando una mano le tocó el hombro. Dio un ligero respingo y, al levantar la vista, se encontró a su padre justo al lado.

—Clitemnestra. —Pronunció su nombre con una gravedad inusual—. Tengo que hablar contigo.

El corazón se le aceleró. «Ya está», pensó. Trató de ocultar su agitación, levantándose de la silla con calma y atusándose la falda antes de salir del salón con él.

Siguió a su padre más allá del alboroto de la fiesta del jardín, hasta adentrarse en el silencio sepulcral del pasillo que conducía a su estancia. Y allí se detuvieron, donde nadie pudiera verlos; todo el mundo estaba en el banquete.

—Creo que aquí bastará —anunció su padre—. Prefería que tuviéramos privacidad. No voy a privarte del banquete durante demasiado rato.

Mostraba una expresión extraña, como si estuviera nervioso. No estaba acostumbrada a verlo así.

—¿Qué pasa, padre? —le preguntó, como si no tuviera la menor idea.

—Estás prometida, hija mía.

«Se había decidido, entonces.» Tomó aire, algo decepcionada por que no le hubiera preguntado su opinión sobre los pretendientes. Aunque quizá se había hecho demasiadas ilusiones. Su padre era un hombre sabio y prudente; debía confiar en que hubiera escogido al mejor marido posible.

—¿Con quién? —preguntó, intentando mantener la calma. Estaba convencida de que su padre podría ver cómo le latía el corazón a través del vestido.

—Con Agamenón, el recién coronado rey de Micenas.

Se le notaba la tensión en la voz, y parecía que evitaba mirarla fijamente a los ojos.

—¿Un rey? —dijo confusa—. ¿Por qué querría casarse conmigo un rey, si él ya tiene su reino? ¿Por qué renunciar a uno por otro?

Un mal presentimiento crecía en sus adentros.

—Lo siento, Nestra —respondió con voz queda. Seguía rehuyendo su mirada.

—¿Padre? —preguntó con la voz algo quebrada. Empezaba a tener miedo.

—Lo siento, mi niña. Era necesario. —Tenía un aspecto cansado y triste. Levantó una mano y se tapó el rostro—. Te casarás con el rey Agamenón y te marcharás a Micenas como reina. Así se ha dispuesto. Vendrá a buscarte en cuanto ponga en orden su reino. Espero... Espero que seas feliz.

—Pero, padre... Soy la heredera. Se supone que debería quedarme aquí y ser la reina de Esparta. —Trató de tomarlo de la mano, pero su padre la apartó—. ¿Por qué? ¿Por qué me hace esto? —Tenía los ojos anegados en lágrimas y apenas era capaz de hablar o de reprimir los sollozos—. ¿No soy lo suficientemente buena? Me he pasado la vida... intentando demostrarle que soy digna. Padre, por favor, se lo ruego. No me mande fuera. —Se arrodilló y se agarró al dobladillo de la túnica de su padre, gimoteando sobre la columna que era su pierna—. Por favor, padre.

Aunque el rey permaneció impasible, le colocó la mano sobre la cabeza.

—Ya está decidido —insistió—. Tu hermana... —comenzó, pero se detuvo.

—¿Helena? —Clitemnestra levantó la vista, enfurecida—. ¿Prefiere a Helena antes que a mí? ¿Por eso me envía fuera? —Su padre no respondió—. Es una inepta. Bella, sí, pero inepta. Y usted es un inepto si cree que será mejor reina.

—Basta —le espetó su padre, y con eso Clitemnestra entendió que se había pasado de la raya. El rey le apartó la mano de la cabeza y, con un tirón, le arrancó la túnica de los dedos—. Ya te he comunicado cuál es tu deber. Ahora honra a tu padre y obedece.

Alzó la vista, estupefacta, y por fin sus miradas se cruzaron. Los ojos de su padre transmitían severidad, pero también vio en ellos una disculpa. Si tanto lo sentía, ¿por qué lo hacía? ¿Por qué castigarla si se había pasado la vida tratando de ser la hija que él quería, la hija que Esparta necesitaba que fuera?

—A veces, no nos queda otra que hacer cosas contra nuestra voluntad. —Suspiró y relajó ligeramente la mirada—. Ahora, puedes calmarte y regresar al banquete o irte a dormir. Lo que prefieras.

Dicho eso, su padre dio media vuelta y volvió hacia la ruidosa fiesta del patio. La dejó arrodillada sobre el inclemente suelo; el pecho le daba sacudidas con cada violento sollozo. Cuando hubo recuperado el suficiente control como para sostenerse en pie, se dirigió a la habitación que compartía con Helena.

Se tumbó en su lecho vestida por completo, con el humo del salón del hogar clavado aún en la nariz y las palabras de su padre resonándole en la cabeza. Todo había cambiado. Toda su vida, la vida que se había imaginado para sí misma, había desaparecido. No criaría a sus hijos entre aquellas paredes. No cuidaría de sus padres a medida que envejecieran. Tendría que dejar atrás a todas las personas que había conocido. También el paisaje, cada colina, río, árbol... Los límites de su propio mundo. Cuanto más pensaba en las consecuencias, más se enojaba. Había aprendido por las malas que, a pesar de todos sus esfuerzos, a pesar de todas las veces que se había mordido la lengua, de todas las limitaciones que había aceptado, de todos los deseos que había reprimido, no podría vivir el futuro al que siempre se había entregado. Ni siquiera eso le pertenecía.

Las lágrimas le caían sobre las orejas. Se las secó con la manga del vestido y se tumbó de lado. En el otro extremo de la estancia estaba la cama vacía de Helena. Se imaginó a su hermana sentada aún en el salón del hogar, tan ingenua como siempre, riendo con esa dulce vocecilla suya. En ese momento odió a Helena por conservar todo lo que ella perdería. Y, sin embargo, sabía que no era justo odiarla. A fin de cuentas, una de las dos habría tenido que marcharse de todas formas. El problema era que jamás se le hubiera ocurrido que podría ser ella.

Clitemnestra permaneció un tiempo tumbada, gimoteando de vez en cuando. Los sollozos desaparecían cuando conseguía calmarse convenciéndose a sí misma de que no tenía sentido llorar, pero regresaban con fuerzas renovadas al pensar en el día en que habría de abandonar su hogar, en la gente a la que no volvería a ver, en que estaría sola en una tierra extraña con un marido cuya naturaleza desconocía.

Finalmente, fue capaz de controlar los nervios. Las lágrimas no la ayudarían, pero eso no significaba que ya estuviera todo perdido. No renunciaría a lo que le correspondía por nacimiento. Iría a suplicárselo a su madre. Estaba segura de que no aprobaría la decisión de su padre. Su madre había criado a Clitemnestra para ser reina desde que no era más que una chiquilla, y habían hablado muchas veces del día en que criarían allí juntas a sus hijos, en aquel mismo palacio. Su madre la apoyaría. Hablaría con su padre y lo haría entrar en razón. No estaba todo perdido. Los compromisos podían romperse.

«Madre debe de estar en su alcoba ahora mismo», pensó. Nunca aguantaba demasiado en los banquetes; solía retirarse a la cama en cuanto el protocolo lo permitía. Clitemnestra sabía que era allí donde debían hablar, mientras su madre estuviera sola. Cuanto antes, mejor. Agamenón podía presentarse en cualquier momento.

Salió de la cama y abandonó la estancia. Aún oía la escandalera que provenía del corazón del palacio, pero los pasillos estaban desiertos. La alcoba de sus padres no quedaba lejos de la suya. Recorrió un buen tramo de corredor antes de girar hacia otro. A medio camino vio un haz de luz en el suelo que contrastaba con la penumbra del pasillo deslizándose por debajo de la puerta de la habitación de sus padres. No se equivocaba; su madre ya se había retirado. A Clitemnestra se le levantaron los ánimos, y se dirigió hacia la luz.

Sin embargo, al acercarse, oyó voces. Voces alteradas. Una era la de su madre, y parecía furiosa. La otra era la de su padre.

Clitemnestra se detuvo. Si sus padres estaban discutiendo, no era ni mucho menos el mejor momento para hablarles de su matrimonio. Y si la descubrían en el pasillo, pensarían que los había estado espiando. En silencio, se dio media vuelta y se dispuso a desandar el camino.

Pero entonces fue cuando oyó su nombre. Hablaban sobre ella. Se detuvo de nuevo. Sabía que le convenía regresar a su habitación, pero si ella era la razón de la pelea, tenía derecho a enterarse, ¿verdad? Y si además discutían sobre su matrimonio... La tentación era demasiado fuerte. Volvió de puntillas hacia la luz.

Se plantó justo delante de la puerta. Estaba cerrada a cal y canto, pero en medio de la oscuridad vislumbró una hendidura en la sólida madera, una diminuta abertura donde antes había habido un nudo y que ahora dejaba pasar la brillante luz del fuego que había al otro lado. Pegó el ojo al agujero y vio a su madre sentada a los pies de la cama de matrimonio, sonrojada por la ira. Su padre estaba sentado junto a ella, con un semblante dominado por la preocupación y el agotamiento y una mano sobre uno de los muslos de su madre. Ella le evitaba la mirada. Parecían haber dejado de discutir por un instante.

—No hay otra opción, Leda —insistió su padre con voz queda y cauta.

—Pero es que no tiene ningún sentido —respondió su madre negando con la cabeza—. ¿Cómo puedes nombrar heredera a Helena? No tiene ningún derecho real, y lo sabes. Y, en cualquier caso, Clitemnestra es la primogénita. Es su derecho de nacimiento. —Entrecruzó las manos—. Y ha demostrado mucho más compromiso. Es inteligente, moderada y obediente. ¿Acaso ha hecho algo para merecer este rechazo?

Clitemnestra esbozó una sonrisa ante las palabras de su madre, y notó cierto alivio en el dolor que sentía en el pecho. Era justo la reacción que esperaba.

—No tiene culpa de nada. —Su padre suspiró—. Me he enterado de ciertas cosas en el extranjero. Corren... rumores sobre Helena. Ese tipo de cosas se extienden rápido, y, por lo que parece, no conocen de fronteras.

Su madre torció el gesto y las mejillas le palidecieron.

—¿Qué clase de rumores?

Clitemnestra se apretó contra la puerta.

—Teseo, aquel muchacho que vino hace unos años, el que... —Su madre asintió impaciente, y él prosiguió—: Ha estado difundiendo habladurías. Mentiras puras y duras. Al parecer se ha estado jactando delante de cualquier persona dispuesta a escucharlo.

«¿Teseo?» Clitemnestra sintió una punzada de culpa al oír el nombre. «¿Todo parte de ahí?» Jamás debería haber perdido de vista a Helena.

Su madre, por el contrario, pareció relajarse.

—Bueno, si eso es todo...

—El asunto no acaba ahí, Leda. —Su padre tomó a su madre

de la mano. La miró fijamente a los ojos y ella esbozó un gesto... aterrado, como si supiera lo que estaba a punto de pasar. Le temblaba el labio inferior—. La gente lo sabe, Leda —le dijo con dulzura—. O al menos se lo imaginan. Se refieren a Helena como la bastarda.

Clitemnestra tuvo que taparse la boca para reprimir un grito ahogado. De todo lo que podías llegar a llamar a una persona... De repente la colmó un instinto protector. ¿Quiénes eran esas personas que se atrevían a difamar a su hermana?

Su madre dejó escapar un resuello y cerró los ojos mientras las lágrimas le recorrían las mejillas. Su padre le apretó con fuerza la mano, y daba la impresión de estar también a punto de echarse a llorar. Con todo, al observar el reflejo de la amargura en sus rostros, Clitemnestra cayó en la cuenta de que no estaban disgustados, sino más bien resignados, como si supieran que aquel día debía llegar antes o después.

—Lo siento, mi amor —se disculpó él—. Siento que tengamos que hablar sobre esto. Si hubiera estado en mi mano, te lo habría ahorrado. —Acercó una mano al rostro de la reina y le secó una lágrima con delicadeza—. ¿Lo entiendes ahora? Helena jamás conseguirá un buen marido. Tal vez no llegue a casarse jamás, no si el mundo pone en duda su virginidad y ascendencia. No a menos que ofrezcamos algún tipo de aliciente, algún atractivo. Si la convertimos en la heredera de Esparta, la gente se olvidará de los rumores. Se pelearán por casarse con ella.

—Pero nada de eso debería llevarse a Nestra por delante —dijo su madre con voz ronca—. No se lo merece. Merece ser feliz. Mi pobre hija...

—Y ¿qué pasa con Helena? Ella también es hija tuya.

—No me hables más de Helena —le espetó la reina. Clitemnestra se estremeció al ver a su madre torcer el gesto en una expresión de desdén—. Ojalá no hubiera... Lo intenté, mira que lo intenté... Tomé hierbas. —Su madre tenía los ojos cargados de dolor cuando le desvió la mirada a su marido y la clavó en la puerta, sin ver quién había al otro lado—. Clitemnestra es mi verdadera hija. Nuestra hija. Nacida del amor.

Clitemnestra comenzó a comprender el significado de las palabras de su madre, y, sin embargo, no era capaz de digerirlo todo, como si las propias palabras fueran demasiado grandes, demasiado trascendentales como para colarse por el reducido agujero de la puerta.

Su padre parecía dolido. Marcas de tristeza le surcaban el rostro, acrecentadas por la luz de los candiles. Colocó con delicadeza una mano en la mejilla de su esposa y le giró la cabeza hacia él.

—No te tengo por una mujer cruel, Leda. Piensa en lo que estás diciendo. ¿Qué clase de vida tendrá Helena si no se desposa? ¿Si no tiene hijos? —Agachó la cabeza—. Sé que te hicieron daño. —Su madre reprimió un gimoteo—. Soy totalmente consciente de ello. Pero no fue Helena la que te lastimó. No es culpa suya.

La reina sollozaba ya sin control y le temblaba todo el cuerpo, arropada bajo los firmes brazos de su marido. Finalmente fue capaz de recomponerse. Sin embargo, su voz apenas era audible. Clitemnestra tuvo que aguzar el oído.

—Ya lo sé. Sé que no es culpa de Helena. La culpa es mía. No tuve cuidado. Pero a veces ni siquiera soporto mirarla a la cara. Me recuerda a... A ellos, a lo que pasó, a la deshonra que traje a este palacio. Y a la deshonra que sigo trayéndoles a todos ustedes. —La voz se le volvió a romper y negó con la cabeza—. Lo siento en el alma. Aquel día lo arruiné todo. Y ahora la pobre Nestra ha perdido su derecho de nacimiento por mi culpa.

Clitemnestra era consciente de no entender todo lo que se

estaba diciendo, pero no le cabía duda de que el dolor de su madre era real. Deseó entrar corriendo y abrazarla, prometerle que todo saldría bien y que ella no la culpaba de nada.

—Mi amor, no sigas. No digas esas cosas. —Juntaron las frentes y él le rodeó con las manos la oscura cabeza—. No es cierto. Sabes que no te culpo.

Su madre prosiguió, resollando.

—Tenía la esperanza de que cuando Helena se casara, cuando se hubiera marchado... Pero ahora debo despedirme de la hija que amo y vivir perseguida por los fantasmas de la que se queda.

Su padre levantó despacio la cabeza, como si le pesara.

—Lo siento. Lo último que quería era provocarte aún más dolor. Pero debo hacer lo que más convenga a mis dos hijas.

Su madre alzó la vista y lo miró fijamente a los ojos, pero Clitemnestra no consiguió leerle la expresión. Al cabo de un rato, dijo:

—Eres un buen hombre, Tíndaro.

Acto seguido, apoyó la cabeza sobre el pecho de su marido. El fuego que la había colmado poco antes parecía haberse extinguido, y había dejado tras de sí una repentina y frágil aceptación. Clitemnestra sintió, en un rinconcito egoísta de su mente, cierta decepción al ver que su madre tiraba la toalla. Su única defensora se había rendido, y, sin embargo, su madre parecía tan frágil, tan quebrada por los esfuerzos, que sabía que no podía culparla. Los dos siguieron sentados en silencio durante un par de minutos, antes de que ella se enderezara y añadiera:

—Háblame del prometido de mi hija.

Su padre soltó un sutil suspiro de alivio.

—No es menos de lo que Nestra se merece. Es un hombre formidable, y un gran líder. Se ha ganado un extenso imperio, y una buena fortuna, pero eso no es más que el comienzo. Estoy convencido de que acabará siendo uno de los grandes señores de Grecia, incluso superior a mí.

Clitemnestra escuchaba a su padre con entusiasmo, dispuesta a enterarse de todo cuanto pudiera sobre el hombre que lo había impresionado tanto como para desprenderse de ella sin mayor dificultad. Oyó a su madre resoplar, y vio el escepticismo grabado en sus ojos negros.

—No te miento, mi amor —prosiguió—. Lo he visto con mis propios ojos. Ansía el poder, y tiene los medios para conseguirlo. Y por eso debemos asegurar nuestro vínculo con su familia. —La reina hizo ademán de interrumpirlo, pero él se anticipó a lo que pudiera haber dicho—: Jamás habría tomado a Helena; no creas que no se lo sugerí. Necesita una reina que le permita reforzar su legitimidad al trono, no una que genere más dudas. Y precisa herederos lo antes posible. Helena no está lista. Si no me equivoco, aún no ha sangrado. —Leda vaciló, pero acabó negando con la cabeza—. Tiene más de treinta años y esperaba a ganar la corona para casarse, pero ahora necesita hijos con los que asegurar su linaje.

—Veo que no puedo contradecirte —concluyó ella, resignada—. Todo lo que has dicho es más que razonable. No esperaba menos de ti.

Esbozó una media sonrisa con la comisura de la boca.

—Todo saldrá bien, te lo prometo —insistió él, respondiendo a la media sonrisa de su esposa con otra de oreja a oreja—. Tus hijas serán reinas. Las esposas más alabadas y envidiadas de toda Grecia. Enviaremos a Clitemnestra a Micenas con la ceremonia que merece, y convertiremos a Helena en la novia más deseada de su generación.

—Poniéndola al frente de tu reino —añadió la madre con un suspiro.

—No solo eso, mi amor, no solo eso. Pero será de gran ayuda, sin duda. Los hombres pronto se olvidarán de las habladurías, cuando oigan la llamada del trono. —Sonrió, tratando de arrancarle otra sonrisa a los labios de su esposa—. Le daremos la vuelta a todo en nuestro beneficio, te lo prometo.

Se oyó un ruido indeterminado en el lado de la puerta donde se encontraba Clitemnestra. No sonó cerca, pero sí lo suficiente como para no ignorarlo. La gente empezaba a abandonar el banquete. Debía volver a su alcoba. Sus padres seguían charlando, pero no podía arriesgarse a que la descubrieran. Se apartó de la puerta de puntillas y echó a caminar con brío hacia su habitación. Cuando llegó, se metió con rapidez en la cama.

Tenía el pulso acelerado, y no solo por el miedo a que la atraparan. Había oído demasiadas cosas en los últimos minutos, tanto nuevas como confusas. «Helena la bastarda», había dicho su padre. Clitemnestra seguía sin estar convencida de haber entendido todo lo que había oído, y, de hecho, una parte ya se le empezaba a escabullir de la memoria, pero sabía lo que esas palabras significaban. Padre no era el progenitor de Helena. Se subió las sábanas hasta la barbilla y se preguntó si Helena lo sabría. No, por supuesto que no. Se lo habría contado; ellas dos lo compartían absolutamente todo. Y era evidente que sus padres no se lo habrían confesado si se suponía que era un secreto. Helena no habría sido capaz de mantener la boca cerrada. «¿Debería contárselo?», se preguntó Clitemnestra. «Si no se lo digo antes de marcharme, tal vez no lo sepa nunca.» Aunque quizá fuera lo mejor, pensó mientras se daba la vuelta intentando acomodarse. Helena adoraba a su padre y estaba orgullosa de ser su hija. Si conocer la verdad la hundía, ¿qué sentido tenía?

Con todo, había algo que la inquietaba más que la ascendencia de Helena. Teseo era la razón por la que el mundo no querría casarse con ella, y poco importaba que todo fuera mentira. Había estado a solas con ella. Podía afirmar cualquier cosa que le pasara por la cabeza y la gente lo creería a pies juntillas. Se puso hecha una furia solo con imaginárselo fanfarroneando y riéndose mientras le destrozaba el futuro a su hermana. Aún oía sus carcajadas despreocupadas e indiferentes, propias de los muchachos que saben que tienen el mundo rendido a sus pies.

Echó las sábanas a un lado, ardiendo de rabia, y, aun así, junto a la ira que sentía hacia Teseo había otra sensación, algo más oscuro, profundo y complicado de afrontar. La culpa. Helena era una niña; no sabía lo que estaba haciendo. Era ella quien debía protegerla, preservar su virginidad y su reputación. A Helena se le había permitido esa libertad porque sus padres confiaron en que Clitemnestra velaría por su hermana. Y la había dejado sola. Su hermana no tendría jamás un buen matrimonio, y Clitemnestra era la única culpable.

Allí, tumbada en la cama, notó que la rabia que sentía hacia su padre, hacia Helena por arrebatarle su derecho de nacimiento, se disipaba. Helena lo necesitaba mucho más que ella, y Clitemnestra estaba pagando el precio justo por su fracaso. No podía enmendar lo que había ocurrido ni castigar a Teseo por sus mentiras, pero sí podía ayudar a reparar el daño que había provocado. No volvería a discutir con su padre. Así estaban las cosas, y así debían ser.

Al día siguiente, Clitemnestra retomó su trabajo en la habitación de las mujeres. Apenas había dormido; se había pasado la noche en vela dando vueltas, reproduciendo lo que había oído e imaginando su nuevo futuro. Y seguía preocupada mientras accionaba el telar.

Se percató de una tara en una de las filas anteriores de la tela. Suspiró y se dispuso a deshacer lo que había tejido —y no era la primera vez esa mañana—. Aun ensimismada en la tarea, tardó en percatarse de que algo había cambiado. Y entonces cayó en la cuenta. La algarabía de voces de la habitación había muerto. Se volvió en el taburete y vio que todas las mujeres, salvo Helena, habían dejado lo que tenían entre manos y agachaban la cabeza. La causa era evidente: su padre las observaba desde el portal. No recordaba que hubiera acudido jamás a la sala de las mujeres. Sus miradas se cruzaron.

—Clitemnestra —anunció—, ¿te importaría que habláramos un momento?

«¿Te importaría?» Era el rey, y su padre. Si quería hablar con ella, poco se le podía objetar. Sorprendida por el tono conciliador, Clitemnestra abandonó el telar y se acercó a él. Su padre la guio hasta un punto determinado del pasillo y le habló con dulzura.

—Quería comprobar si estabas bien después de lo que hablamos anoche. Siento mucho haberte disgustado. Debió de desconcertarte, y entiendo que estés enfadada conmigo, pero te prometo que te he buscado un buen partido. El rey Agamenón...

—No pasa nada, padre —lo interrumpió. Él esbozó un gesto de sorpresa y ella forzó una sonrisa—. Estoy dispuesta a hacer todo lo que me pida. Sé que solo quiere lo mejor para nosotras.

Tíndaro se detuvo y frunció el ceño, confuso. Acto seguido, se inclinó y la abrazó.

—Eres un cielo, Nestra —suspiró sobre sus cabellos—. A tu madre y a mí nos importas muchísimo, y esperamos que seas feliz en tu matrimonio. —En ese momento, la soltó y se enderezó—. Me satisface que nos hayamos reconciliado —comentó con el mismo tono formal de siempre. Y, entonces, se volvió y se marchó.

Clitemnestra dejó escapar un suspiro lento y tembloroso. Estaba decidido. Regresó trotando a la habitación de las mujeres y a su telar. Helena le dirigió una mirada inquisitiva cuando pasó a su lado, pero Clitemnestra fingió no haberla visto.

4
CLITEMNESTRA

Habían pasado tres meses desde que Clitemnestra se enteró de que estaba prometida. Desde entonces, se había propuesto atesorar cada día, tratando de interiorizar cada lugar, sonido y aroma del palacio que había sido su hogar, el único que había conocido, consciente de que no tardaría en marcharse. Estaba sentada en la estancia de las mujeres, y apreciaba cada chasquido, charla, zumbido. No le cabía duda de que habría otra sala para las mujeres en el nuevo palacio, pero no sería lo mismo. No albergaría ninguno de los recuerdos que vivían en aquella habitación. Ni a las personas que trabajaban allí. No estaría Tecla para chistarle con desaprobación, ni las arrugas que se le formaban alrededor de los ojos cuando sonreía; tampoco Ágata, con su mirada tímida y su puro corazón. Ni Helena. A nadie echaría tanto de menos como a su hermana. La oía canturrear al otro lado de la habitación con su agudísima voz. En aquel instante le pareció el sonido más agradable que había oído en su vida, y la idea de que pudiera ser la última vez que lo escuchara le provocó un nudo en la garganta.

Finalmente, conocería a su pretendiente. Llegaría a Esparta por la noche para celebrar el banquete nupcial, y al día siguiente partirían hacia su hogar como prometidos. Su hermana estaba al tanto, por supuesto, aunque Clitemnestra dudaba que Helena comprendiera lo que sucedía. Daba la impresión de que estaba convencida de que su hermana volvería de vez en cuando a visitarlos. Pero Clitemnestra sabía lo poco probable que era eso. Las mujeres casadas de la nobleza no viajaban. Permanecería en Micenas durante el resto de su vida como administradora del hogar de su marido. Y quizá fuera lo más conveniente. Matrimonio nuevo, vida nueva.

Aún entre meditaciones, oyó un carraspeó educado a sus espaldas. Al volverse, vio a Tecla esperando.

—Señorita Clitemnestra. Ha llegado el momento de prepararte para conocer a tu prometido. —La nodriza esbozó una sonrisa reconfortante—. Ven conmigo.

Fueron las sirvientas de la mismísima reina las que prepararon a Clitemnestra en la alcoba de su madre, quien también estaba presente, dirigiendo los arreglos que le estaban haciendo. Clitemnestra tuvo la impresión de que a su madre se le empañaron los ojos un par de veces, pero, por lo demás, ocultaba su tristeza sin ningún tipo de problema. Parecía entusiasmada mientras lanzaba órdenes a los esclavos de la habitación —pidiendo ocres, mirra, aceites, ámbares— y tenía las mejillas sonrosadas de orgullo. Después de todo, su hija se estaba convirtiendo en una mujer.

Cuando acabaron, Clitemnestra estaba radiante. La habían embadurnado con aceite y habían rizado sus oscuros cabellos, y también habían tratado con aceites la tela bermellón de su vestido, lo que le otorgaba un lustre que brillaba con la luz de los candiles. Le habían apretado el vestido más que de costumbre, y el material era tan fino que hasta sentía cierto pudor. Collares de cornalinas pulidas le rodeaban la garganta y gruesas pulseras de oro le colgaban de las muñecas. Le habían aplicado maquillaje blanco en el rostro y le habían perfilado los ojos de negro.

Una de las sirvientas de su madre le alcanzó un espejo, y Clitemnestra sostuvo la reluciente superficie justo delante de ella. Estaba hermosa. Su madre la observaba con lo que parecía ser una sonrisa genuina dominándole el rostro. Clitemnestra se la devolvió.

—Hija mía, aún nos queda un detalle para que estés lista del todo —dijo su madre.

Le hizo un gesto a una de las sirvientas, quien se aproximó con una delicada prenda en las manos. Cuando su madre la alzó, Clitemnestra vio que se trataba de un lujoso tejido, teñido con azafrán, bordado con delicadeza y atravesado por hilos de oro que se asemejaban a miles de brillantes estrellas.

—Es un velo que he tejido con mis propias manos —anunció su madre contemplándolo con orgullo—. Hoy eres la novia, pero pronto serás también esposa y reina, y lo necesitarás. Primero para la boda y, más tarde, para preservar tu recato. Y para que conserves la piel tan clara como tu madre —añadió con una sonrisa.

Dio un paso hacia Clitemnestra y le colocó el velo sobre la cabeza. A continuación, se acercó a un diminuto cofre de marfil y extrajo de su interior una magnífica diadema de oro que acomodó en la parte superior del velo para fijarlo en su lugar. Luego dio unos pasos atrás sin caber en sí de orgullo. A pesar de tener la vista ligeramente nublada por el velo traslúcido, Clitemnestra creyó ver lágrimas en los ojos de su madre.

—Listo —concluyó la reina—. Ahora sí que eres una verdadera novia. Una mujer de verdad.

En ese momento, como si hubiera estado esperando la orden, la puerta de la alcoba se abrió y entró una sirvienta. Después de echar un vistazo a Clitemnestra, se dirigió a la reina:

—El señor Agamenón ya ha llegado, mi señora. Le han dado un baño y ahora espera con el señor Tíndaro en el salón del hogar. Ha pedido que le lleven a la princesa Clitemnestra para poder contemplarla antes del festín.

Su madre asintió, y la sirvienta se retiró cerrando la puerta tras de sí. Clitemnestra notó que se le revolvía el estómago. Tenía la esperanza de que aún tardara una hora o más en llegar. Confiaba en que su madre y ella tendrían tiempo de sentarse y charlar.

—Ha llegado la hora, hija mía —dijo su madre, tomando a Clitemnestra de la mano. Parecía estar resistiéndose al impulso de abrazarla y estropearle el maquillaje de los brazos o echar a perder el peinado o el velo—. Estoy orgullosísima de ti. —Le apretó las manos y sonrió, a pesar de que le temblaban las comisuras de la boca, como si estuviera reprimiendo algo—. No te olvides de mantener la espalda recta. Y no hables a menos que se te pida. Les demostraremos que las mujeres de Esparta son las mejores de toda Grecia.

Clitemnestra se obligó a agachar la reluciente cabeza y asentir. Sí, sería la mejor novia posible. Hermosa y obediente. La mejor esposa, la mejor madre, la mejor mujer. Allí comenzaba el camino que la aguardaba. Había muchas cosas que escapaban a su control, pero ese era su poder. Haría que todo el mundo se sintiera orgulloso de ella.

Su madre la soltó, y las dos salieron de la habitación y se encaminaron hasta la entrada del salón del hogar. Después de dirigirle una última sonrisa de aliento, la reina le hizo un gesto al guardia para que abriera la pesada puerta de madera, y ambas mujeres entraron decididas en el salón.

En cuanto cruzaron el umbral, Clitemnestra posó la mirada sobre el trono de su padre... y sobre el hombre que había sentado junto a él. El salón estaba vacío, así que solo podía tratarse de Agamenón.

Era ancho de hombros y con un aspecto poderoso. Musculoso, pero tampoco delgado. Se había levantado de la silla en cuanto la había visto entrar, y Clitemnestra se fijó en que también era alto, bastante más que su padre, ahora que estaban el uno al lado del otro. Tenía el cabello oscuro, recogido detrás de la cabeza, y la barba negra. Su padre le había comentado que tenía poco más de treinta años, pero Clitemnestra pensó que no parecía mucho más joven que su padre. Incluso a través de la malla del brillante velo fue capaz de ver que tenía el rostro ajado, atravesado por cicatrices y arrugas. No era desagradable, sin embargo. Tenía la nariz ancha y una mirada inteligente.

Agamenón se mantuvo impasible mientras Clitemnestra se aproximaba.

—Así que esta es mi prometida —comentó, y su profunda voz resonó por el vacío salón—. Acércate, que quiero verte mejor.

Ella dio unos pasos nerviosos hacia delante, mirando de reojo a su padre. No tenía claro si podía verle el rostro a través del velo, pero él esbozó una sonrisa que la tranquilizó. Mantuvo la mirada al frente y se esforzó por aparentar seguridad y modestia al mismo tiempo.

Agamenón la examinó de frente un instante, antes de empezar a rodearla lentamente. Clitemnestra notaba su mirada clavada en ella mientras giraba a su alrededor, y deseó que el vestido no fuera tan vaporoso, y no llevarlo tan apretado. Al menos la cubría el velo; pensó que, incluso a través del maquillaje blanco, debía de estar ruborizándose. Y cuando le repasó los costados y la línea de la espalda, se contentó con que no pudiera verla rechinando los dientes —¿o quizá también pretendía examinárselos?—. Al cabo de un rato, volvió a plantarse delante de ella.

—Muy bien. Esparta es ciertamente la tierra de las mujeres hermosas —concluyó, y soltó una sonora carcajada—. Y veo que está madurando bien. Me alegro.

Echó un vistazo a Tíndaro, quien asintió con solemnidad.

—¿Has tejido tú misma estas prendas? —preguntó, observando el vestido y el velo. Clitemnestra dio un respingo cuando se percató de que le estaba hablando a ella.

—Este... No, mi señor —respondió algo avergonzada—. Pero podría hacerlo. He tejido muchos...

—¿Sabes bailar? —le preguntó a continuación, interrumpiéndola.

—Sí, mi señor. Bailo bastante bien, o eso me han dicho.

—Bien —exclamó mientras aplaudía con sus manos enormes—. Esta noche bailarás en el banquete. No veo la hora de que llegue el momento.

—Sí, mi señor, lo que deseéis —contestó, sin tener del todo claro si esperaba algún otro tipo de respuesta.

—Me alegro de que mi hija os complazca —apuntó el rey—. Confío en que el matrimonio os haga felices y que traiga consigo la unión eterna de Esparta y Micenas.

—Dadlo por hecho —respondió Agamenón—. Micenas será siempre una aliada fiel de Esparta, igual que nos habéis prestado vuestra ayuda al reclamar el trono de mi padre. Y acepto con gusto a vuestra hija como esposa, a fin de unir nuestros dos grandes linajes. Veréis que traigo conmigo generosos obsequios nupciales, y que colmaré a mi esposa con muchos más cuando regresemos a Micenas.

«Mi esposa.» Las palabras sonaban extrañas, pero Clitemnestra no pudo evitar sentir cierto placer ante la solemnidad que despedían.

—Se agradecen tantas dádivas, señor Agamenón —comentó Tíndaro inclinando con gentileza la cabeza—. Si estáis satisfecho, ¿os parece que demos comienzo al banquete nupcial?

—¡No me lo digáis dos veces! —respondió—. El estómago me pide carne después de un viaje tan largo.

Fue entonces cuando se convocó a los invitados, se prepararon el vino y la carne y empezaron las celebraciones.

Clitemnestra se despertó a la mañana siguiente con el rostro cubierto por los cabellos de Helena. Su hermana había insistido en que durmieran juntas para aprovechar al máximo aquella última noche. Pensó que tal vez Helena comenzaba a asumir que quizá no volverían a verse jamás cuando se marchara con Agamenón. Allí tumbadas, con la respiración pausada de Helena resonando extrañamente en la quietud de la habitación, Clitemnestra dedicó unos instantes a apreciar la calidez del momento. En un puñado de días compartiría el lecho con una persona muy distinta, una vez que terminara la procesión nupcial y llegaran a Micenas como marido y mujer. Pero todavía no quería pensar en eso. Sabía que debía ir paso a paso, o, de lo contrario, temía no ser capaz ni siquiera de moverse.

Había sido todo un alivio abandonar el banquete la noche anterior. Había tenido la sensación de que todo el mundo la observaba, y, a pesar de que al principio se había sentido especial y hermosa, había acabado enervándola. Incluso con el rostro cubierto por el velo dorado se había sentido expuesta. Lo peor había sido cuando su padre le había pedido que bailara a mitad del salón. No estaba sola, Helena y otras nobles se habían animado a participar, pero, de nuevo, había sido el centro de todas las miradas. El mismísimo Agamenón no estaba a más que a unos pocos pasos, y no le había despegado los ojos del cuerpo en ningún momento. Había notado la vaporosa tela roja del vestido adhiriéndosele a las caderas, a la cintura y a los pechos mientras se movía con la música de la lira y al ritmo del tambor, y había deseado poder mezclarse entre la multitud y alejarse de la mirada hambrienta del hombre que pronto sería su esposo.

Oyó que alguien llamaba a la puerta de la habitación y vio entrar a una esclava. Clitemnestra se incorporó y Helena se removió en la cama, pero no llegó a despertarse.

—El señor Agamenón desea partir lo antes posible, mi señora —anunció la esclava—. He venido a asearla y a vestirla.

Clitemnestra asintió, aliviada al ver que el vestido que sostenía la esclava era de un tejido más bien grueso. Al menos no pasaría la misma vergüenza durante el viaje que en el banquete de la noche anterior. Agradeció en silencio a los dioses que el invierno estuviera al caer.

Una vez vestida, velada y modestamente arreglada con un collar de amatistas, la acompañaron hasta la entrada principal de palacio. Sin embargo, antes de que pudiera atravesar los portones, apareció su madre acompañada de Helena.

—¡Nestra! —exclamó Helena, que echó a correr y la abrazó—. ¡Me preocupaba que ya te hubieras ido!

—No se me ocurriría marcharme sin despedirme —contestó Clitemnestra abrazando a su hermana con firmeza.

—Ojalá no tuvieras que irte —se quejó Helena, que parecía estar a punto de llorar.

—Cómo me gustaría —susurró, y le dio a su hermana un beso en la deslumbrante coronilla—. De verdad que me gustaría, Helena, pero no me queda otra.

Se apartó y esbozó una sonrisa valiente para que Helena no se asustara.

—Pero es que no lo entiendo. Me dijiste que podríamos quedarnos aquí las dos. Me dijiste que criaríamos a nuestros hijos juntas y que...

—Ya... Ya sé lo que te dije. Pero las Moiras han hilado otro futuro para nosotras. Y no podemos contradecirlas. Es lo mejor, ya lo verás —le prometió Clitemnestra mientras le apretaba a su hermana las suaves manos. Aquellas palabras iban dirigidas tanto a Helena como a sí misma.

Su hermana permaneció en silencio durante un buen rato, mirando fijamente a Clitemnestra.

—Te voy a echar de menos —dijo con voz queda.

—Yo también —respondió Clitemnestra, esforzándose por mantener la voz firme. Se abrazaron de nuevo.

Cuando Helena se alejó, con los ojos vidriosos por las lágrimas, la reina dio un paso al frente. Ahuecó las manos alrededor del rostro de Clitemnestra, la miró fijamente a los ojos y dijo:

—Eres mi mayor logro, del que me siento más orgullosa, y nunca voy a dejar de quererte.

Acto seguido, se fundieron en un abrazo desesperado, prolongado, y Clitemnestra deseó que durara para siempre. Allí, apretada contra el pecho de su madre, acunada en sus brazos, se sintió segura. Cuando su madre al final la soltó, le secó las mejillas, le ajustó la diadema y se apartó.

—Vamos, ve con tu esposo —la animó.

En ese momento, el portón se abrió y la luz del sol inundó el atrio. Clitemnestra, con las piernas temblorosas, se dispuso a partir hacia su destino.

5
CLITEMNESTRA

El viaje hasta Micenas duró tres días con sus tres noches. La ruta serpenteante a través de las montañas no fue precisamente rápida, y los carros los entorpecieron. Dos iban cargados con regalos de su padre; en uno descansaba la dote, compuesta por las mejores telas y joyas, y en el otro llevaban los obsequios que había recibido Agamenón, copas de plata y calderos de bronce, lanzas afiladas y escudos resistentes. En el tercer carro viajaba Clitemnestra. Estaba forrado con tejidos suaves teñidos de un fastuoso púrpura, pero eso no impedía que al caer el día le doliera el trasero.

Iba sola en el carro, meciéndose con cada bache del pedregoso camino, mientras que su marido cabalgaba al frente. Sus hermanos habían viajado con la procesión durante el primer tramo, sosteniendo las antorchas nupciales y flanqueando a la novia. Al menos entonces había tenido a alguien con quien hablar, y la compañía de personas que conocía. La habían ayudado a controlar los nervios. Sin embargo, Cástor y Pólux se habían retirado en la frontera de Laconia. Habían dado media vuelta y cabalgado a casa, no sin antes entregar las antorchas sagradas a los heraldos de Agamenón, hombres a los que ella desconocía. Los heraldos se habían presentado, pero no los estaba escuchando. Tenía toda su atención puesta en las dos siluetas que se diluían en la lejanía hasta convertirse en poco más que motas de polvo y, después, desaparecer por completo. Algo en sus adentros le decía que aquella era la última vez que vería a su familia.

No había abierto la boca desde que Cástor y Pólux se habían marchado. Tampoco nadie se había dirigido a ella, y habría sido impropio entablar una conversación con un hombre. Había creído que el trayecto podría ser una buena oportunidad para conocer mejor a su marido, pero Agamenón casi ni la había mirado desde que dejaron Esparta. Parecía estar más que satisfecho charlando y riendo con sus hombres. Lo que Clitemnestra realmente necesitaba era una compañía femenina. Antes de partir había preguntado con timidez a su marido y a su padre si le permitirían llevarse a una esclava que atendiera sus necesidades una vez que llegaran a Micenas. Tan solo quería tener cerca algún rostro familiar, el que fuera. Pero Agamenón había rechazado la propuesta, arguyendo que en su palacio tenía esclavos para dar y tomar. Así que en esas se veía una muchacha de apenas quince años, a la deriva en un mar de hombres. Todo cambiaría cuando alcanzaran Micenas, se repetía a sí misma. Habría mujeres y chicas de su edad, gente con quien charlar y reír. Allí sería feliz. Estaba decidida a serlo.

Llegaron a Micenas durante la noche del tercer día. Lo primero que vio Clitemnestra fueron las ciclópeas murallas de la ciudadela, las más altas y gruesas que había visto en su vida. A medida que los carros se aproximaban, tuvo la sensación de que crecían y crecían, dominando la ladera de la colina como acantilados de peñascos blancos, rocas gigantescas apiladas unas encimas de otras, tan altas que temía que en cualquier momento se les pudieran caer encima. En Esparta, su hogar, con suerte había una valla que delimitaba el territorio. Las antorchas nupciales seguían quemando cuando la procesión enfiló la loma que conducía a la acrópolis. Alcanzaron la ciudadela y se adentraron en un reducido corredor de piedra flanqueado por las imponentes murallas. Clitemnestra vislumbró la parte superior de un portón por encima de las cabezas de hombres y caballos. Las puertas de madera estaban cerradas, pero sobre el dintel pudo ver dos fieras leonas que parecían cobrar vida a partir de las frías piedras. Sus rostros observaban la procesión, iluminada por los destellos de la luz de las antorchas.

Cautivada por aquellos rostros de roca, las temibles guardianas de su nuevo hogar, Clitemnestra estuvo a punto de llevarse un susto de muerte cuando, de súbito, una voz cercana exclamó a viva voz:

—Agamenón, rey de Micenas, ha regresado con su prometida —anunció el heraldo que tenía a su derecha.

Durante un instante, la procesión se sumió en el silencio, pero enseguida se empezó a oír movimiento al otro lado del portón. Pisadas de botas, el golpe seco de la madera, el tintineo del metal. Las pesadas puertas no tardaron en abrirse de par en par, y el carro prosiguió la marcha en cuanto la procesión comenzó a desfilar bajo la atenta mirada de las leonas.

Clitemnestra trató de asimilar todo lo posible al tiempo que atravesaban la ciudadela, pero no era precisamente fácil en la penumbra y con el velo oscureciéndole la visión. Detectó las siluetas de hombres parados en las calles o plantados en los umbrales de sus casas, dispuestos a echarle un vistazo a la prometida del rey. En ese momento se alegró de llevar el velo, como en tantas otras ocasiones durante el trayecto. No estaba dispuesta a que los demás vieran lo aterrorizada que estaba. De una reina se esperaba que no le temiera a nada.

No tardaron en alcanzar el palacio. A pesar de la limitada luz natural, supo reconocerlo de inmediato; su contorno se erigía imponente muy por encima de todos los edificios que habían dejado atrás. El carro de Clitemnestra se detuvo junto a una gigantesca escalera de piedra y, al seguirla con la mirada y entrecerrar los ojos para vislumbrar mejor la puerta que la culminaba, empezó a temblar.

No se percató de la presencia de su marido hasta que este le ofreció un brazo expectante. Aceptó la ayuda con gracilidad, pero sus piernas no eran lo suficientemente largas como para evitar un torpe saltito hasta el suelo, y dio las gracias a los dioses por no haber permitido que se cayera de bruces. No dejó de sentir que las rodillas no eran del todo capaces de sostener su peso mientras su marido la guiaba hacia su nuevo hogar, agarrándola de la muñeca con una mano enguantada.

Atravesaron las enormes puertas y numerosos esclavos y sirvientes les dieron la bienvenida, aguardando órdenes de su retornado amo. Clitemnestra oía música, y le llegaban aromas a carne asada. Una esclava le hizo una reverencia a Agamenón.

—¿Deseáis que preparemos a la muchacha para el lecho, mi señor? —preguntó—. Tenemos listo el baño, perfumes y...

—No es necesario —respondió Agamenón. La mujer asintió y se retiró.

—¿Asistiréis al banquete ahora, mi señor? —quiso saber otro esclavo—. Ya está en marcha. Los nobles lo esperan en el salón, brindando a la salud de vuestra prometida y del rey. Están impacientes por conocer a la reina.

—No. Me uniré más tarde, cuando hayamos consumado el matrimonio. Verán a la flor de Esparta después de que haya sido arrancada.

Clitemnestra tragó saliva. Había llegado el momento, y tal vez fuera lo mejor. Estaba tan nerviosa que había comenzado a sentir náuseas; quizá se calmara cuando todo hubiera terminado.

Agamenón despachó a los esclavos y asistentes y retomó su marcha por el palacio, con Clitemnestra siguiéndolo de cerca.

No despegó en ningún instante los labios durante el trayecto entre pasillos y pasillos. El palacio parecía un laberinto, infinitamente mayor que su hogar en Esparta, pero se trataba de una sensación que podía deberse al hecho de que todo le resultara desconocido, de que cada corredor y cada umbral condujeran a lugares ignotos. Empezaba a pensar que no estaban sino dando vueltas en círculos cuando al final Agamenón se plantó frente a un portón de madera con vides y gamos tallados y lo abrió. Entró y le hizo un gesto a su prometida para que lo acompañara.

La alcoba era espaciosa, de techo alto. Los candiles estaban encendidos, pero la luz que proyectaban no era ni cálida ni acogedora. En cambio, le otorgaba a la estancia un resplandor inquietante, como el destello que las piras emiten al cielo nocturno. Clitemnestra seguía tiritando pese a lo mucho que calentaban los ropajes de viaje que llevaba. En mitad de la habitación descansaba una enorme cama con gruesos postes de madera en las esquinas. Estaba cubierta por unas lujosas sábanas teñidas de un púrpura intenso. Su lecho matrimonial.

Agamenón ya se había sentado en el borde de la cama, y se desabrochaba las botas mientras Clitemnestra seguía deambulando cerca de la puerta.

—Cierra la puerta, muchacha —gruñó Agamenón, tirando de las cintas de cuero con dedos impacientes. Ella lo obedeció, aunque el peso de la madera le dio algunos problemas. Acto seguido, se volvió hacia su prometido, esperando la siguiente instrucción.

—Acércate. —Le hizo un gesto con la mano—. Que no muerdo —añadió, y soltó una violenta risotada sin ningún ápice de humor.

Clitemnestra echó a andar hacia él intentando aparentar elegancia, pero sabía que el miedo que sentía era palpable. Todavía iba cubierta por el velo, y veía la tela dorada sacudiéndose con cada temblor involuntario de su cuerpo.

—Así me gusta —exclamó cuando se detuvo frente a él—. Vamos, te ayudo a quitarte las sandalias.

Sin levantarse de la cama, se inclinó y le quitó las sandalias de sus pies diminutos. Sin embargo, mientras le descalzaba la segunda, le apoyó las manos sobre el pie y, acto seguido, empezó a ascender por el tobillo. Siguió trepando poco a poco por las piernas, por debajo de la falda del vestido, que tocaba el suelo. Subió por la rodilla. Clitemnestra tenía el pulso acelerado, pero trató de permanecer quieta. Aunque sabía que no debía recular, a medida que las manos de Agamenón avanzaban, aquello le resultaba cada vez más difícil.

De repente se pararon en seco, hacia la mitad de los muslos, y él se las sacó de debajo de la falda. Se puso de pie y se acercó hasta que los dos estuvieron frente a frente, apenas a unos pocos centímetros. Olía a sudor, a polvo y a caballo. Ella inclinó la cabeza hacia arriba para poder verle el rostro y él, con un gesto veloz, le apartó el velo para que pudieran mirarse fijamente a los ojos. Ella intentó mantener la mirada firme. Osada sin llegar a ser desafiante. Él esbozó una sonrisa.

—Eres tan hermosa como tu madre —comentó, y, sin previo aviso, la besó con brusquedad en los labios. Clitemnestra notó la barba hirsuta y densa en el rostro—. ¿Te gustó? —inquirió él.

A Clitemnestra le sorprendió la pregunta, pero, en cierta manera, sí, le había gustado. Jamás había besado a un hombre, ni siquiera a un muchacho. En ese momento se sentía adulta y hermosa. Asintió con timidez con la cabeza, puesto que no tenía del todo claro si sería capaz de hablar. Tenía la sensación de que una piedra le obstruía la garganta.

—Me alegro —dijo él, y volvió a besarla, esta vez con más dulzura—. Y antes, cuando te toqué, ¿te gustó también?

Clitemnestra no tenía tan clara aquella respuesta. Vaciló, temerosa de meter la pata.

—Tu padre me dijo que eras una muchacha inteligente —prosiguió, sin esperar a que respondiera—. Deduzco que estás al tanto de que el matrimonio conlleva la procreación de los hijos, ¿no?

Ella asintió.

—Y ¿sabes cómo nacen los hijos? —preguntó.

Volvió a asentir. Conocía el proceso, o al menos creía conocerlo.

—Entonces ya prevés lo que nos toca hacer ahora —anunció él. Era la primera vez que lo oía hablar con tanta ternura desde que se habían conocido.

Clitemnestra intentó asentir de nuevo, pero lo que le salió fue más bien un espasmo. No había vuelta atrás. Había llegado el momento de convertirse en una mujer.

6
HELENA

Dos años más tarde

Helena se había sentido muy sola desde que Clitemnestra abandonó Esparta. No solo había perdido a una hermana, sino también a su mejor amiga. Se sentía como si le hubieran arrancado una parte de su ser y se la hubieran llevado en aquel carro. Meses después de que Nestra se hubiera marchado, Helena se había sentido perdida, sin nadie con quien charlar más que Tecla ni nadie con quien pasar el rato más que ella misma. Por la noche, en la habitación reinaba un silencio sepulcral sin la respiración pausada de su hermana. Era en esos momentos cuando la echaba más de menos, tumbada a solas en la oscuridad. Cuánto añoraba susurrar el nombre de su hermana y oírla responder, y mantener todas aquellas conversaciones que solían compartir cuando estaban las dos allí, arropadas por la penumbra. Hablaban de temas importantes, abriéndole el corazón la una a la otra bajo el cobijo de la noche, o de nada en particular, riendo suavemente con la cabeza aplastada contra las almohadas hasta que una de las dos caía dormida.

Su soledad no le había pasado desapercibida a su padre. Tras más de medio año sin verle más que un atisbo de sonrisa en el rostro, el rey le había presentado a dos sirvientas; Adraste y Alcipe, dos nobles capturadas durante la campaña micénica, tenían más o menos la edad de Helena, y él estaba convencido de que no solo le podrían ofrecer sus servicios, sino también compañía. Y no se equivocaba. Las tres muchachas habían entablado una bonita amistad, si es que algo así es posible cuando dos de las amigas están obligadas a servir a la tercera.

Adraste y Alcipe se encontraban en ese momento en la alcoba de Helena, preparándola para afrontar el día. Alcipe estaba ultimando los intrincados arreglos del peinado de Helena —algo en lo que ya era toda una experta—, mientras que Adraste rebuscaba en un joyero de marfil alhajas apropiadas para el atuendo de aquel día. Helena disfrutaba de aquel ritual matutino. El hecho de contar con sus propias doncellas la hacía sentirse mayor, y se pasaban todo el proceso charlando y riendo. Y no solo eso: percibía cierta magia en el ambiente. Con cada fase de la preparación, cada lujosa prenda de ropa que la ayudaban a ponerse, cada dije de oro o piedra preciosa que le fijaban al cuerpo, sentía como si se estuviera transformando, como si Helena, la niña, dejara paso a Helena, la princesa. Tenía la sensación de haber madurado profundamente durante los dos años que habían transcurrido desde la marcha de Nestra, y deseaba que su hermana pudiera verla ahora.

—¿Qué le parece este, señorita Helena? —le preguntó Adraste, sosteniendo un collar de cuentas de ámbar pulido—. Le casaría de lujo con el cabello, pero ¿le parece demasiado ostentoso? Tal vez deberíamos reservarlo para una ocasión especial.

—No, no —respondió Helena cuando Adraste hizo ademán de volver a guardarlo en la caja—. Me gusta, y no me parece ostentoso. Soy la heredera —les recordó con una sonrisa.

Adraste le devolvió el gesto y asintió, antes de abrocharle con dulzura el collar alrededor de la garganta. En ese momento, Helena oyó a Alcipe susurrarle al oído:

—Nunca he llegado a comprenderlo —masculló mientras le

aseguraba una flor en el cabello a Helena—. Es decir, ¿cómo es que la nombraron heredera?

Adraste se quedó de piedra, y puso los ojos como platos. Helena abrió la boca para contestar, pero Alcipe se le adelantó y comenzó a balbucir palabras con agudos chillidos.

—Perdóneme, mi señora, eso ha sido una falta absoluta de respeto. Quería decir que..., solo que... Bueno, tiene hermanos, eso quería decir. ¿No son por lo general los varones los que...? Es algo que llevo tiempo preguntándome, solo eso.

—No te preocupes, Alcipe —dijo Helena volviéndose hacia ella y esbozando una sonrisa—. Sé a qué te refieres. Entiendo que te resulte extraño al no ser habitual en Micenas, pero no creo que se trate de algo tan inusual... —Se giró de nuevo, pasándose un mechón de cabello rizado por detrás del hombro—. Mi hermana me contó que se debía al hecho de que Cástor y Pólux son gemelos. A mi padre le preocupaba que llegaran a entrar en guerra por el reino, así que optó por que ninguno de los dos fuera rey.

—El señor Tíndaro es un hombre sabio —comentó Adraste, pensativa—. Nuestro reino acabó desolado por la lucha fratricida por el trono. Por eso estamos aquí... Y no me quejo, faltaría más, mi señora —añadió deprisa—. Nos alegra poder servirla; tanto usted como su padre han sido muy amables con nosotras.

—Y tanto, mi señora —coincidió Alcipe con un gesto respetuoso de cabeza.

Helena respondió con una sonrisa sutil. A veces se olvidaba de la situación verdadera de las doncellas, de los infortunios que las habían llevado hasta allí. A pesar de ser consciente de que eran sus esclavas, prefería pensar en ellas como amigas. Le ahorraba quebraderos de cabeza.

Una vez vestida y engalanada, Helena cruzó hasta uno de los rincones de su alcoba para rematar la última fase del ritual matutino. Allí, sobre una mesa baja cubierta con una fastuosa tela, descansaba una figurita pintada con la forma de una mujer con los brazos extendidos. Helena se arrodilló frente a ella y le alargó una mano a Adraste. La muchacha le entregó obedientemente un frasco de aceite perfumado, con el que Helena ungió la cabeza de la figurilla. Se vislumbraban los rudimentos de un rostro pintado sobre la arcilla, dos grandes ojos y una boca sonriente. Eso fue lo que Helena observaba cuando recitó:

—Señora Artemisa, te ofrezco esta bendición para que protejas a mi hermana. —Había pronunciado aquellas palabras todas las mañanas desde que Nestra partió. Acto seguido, y después de volver a ungir la figurilla, continuó—: Y protege también a sus hijos, que vivan e iluminen la vida de su madre.

Ya hacía casi un año que había añadido esa segunda plegaria. Sabía lo frágil que podía llegar a ser la vida de un infante. Su madre había perdido dos hijos por culpa de las enfermedades, o eso le había contado Tecla.

Finalizada la oración, Helena se puso de pie y abandonó la alcoba, seguida de cerca por sus diligentes doncellas. Iban a todas partes con ella, como si de una sombra bicéfala se tratara. Algunos días aquello la incordiaba, sobre todo cuando quería estar sola, pero por lo general disfrutaba de su compañía. La hacía sentirse como una auténtica dama real.

Helena avanzaba por los pasillos midiendo cada paso, afectada por lo que confiaba en que fueran unos aires de elegancia. No tenía ninguna prisa por alcanzar la sala de las mujeres. Se habían acabado los días de sentarse, reír y chismear con sus amigas mientras devanaba casi por inercia el hilo. Ahora la estaban enseñando a tejer, lo cual no se le daba nada bien. Era una tarea que requería demasiada concentración, y no hacía más que cometer errores. Luego, cuando Tecla se acercaba a valorar sus progresos, emitía ese molesto sonido reprobatorio tan suyo.

Poco importaba lo madura que se sintiera, con sus doncellas, sus joyas y sus pechos por fin abultando bajo el vestido; Tecla siempre se encargaba de hacerla sentir como una niña.

Habían llegado al salón del hogar. No era necesario pasar por allí, pero Helena tenía la esperanza de encontrarse con su madre y poder sentarse con ella, dos damas de la realeza juntas. Sin embargo, aquel día, como tantos otros, sus esperanzas se vieron frustradas. Helena tenía la sensación de no haber visto prácticamente a su madre en los últimos dos años. Desde que Nestra se marchó, se había acostumbrado a pasar el día en sus aposentos. De vez en cuando se dejaba ver, si la vida pública así lo requería, pero siempre se presentaba con un semblante gris, exánime. Helena recordaba a duras penas la sonrisa de su madre, y era como si un gusano le estuviera devorando el corazón. Daba la impresión de que poco le importaba seguir teniendo una hija que todavía viviera en Esparta. No, Helena se sabía insuficiente. No era la hija correcta. Había tenido la esperanza de que con la marcha de Nestra su madre y ella afianzaran su relación, de que hubiera más espacio en su corazón, y de que la pérdida compartida las uniera. Pero la situación no había hecho más que empeorar. Se sentía como si hubiera perdido a su madre, además de a su hermana, y, por alguna razón, aquella pérdida había sido más dura, puesto que el fantasma seguía deambulando y atormentándola.

Estaba cruzando el patio cuando oyó la voz de su padre que la llamaba:

—¡Helena, espera! ¡Helena!

Se volvió hacia él y esbozó una sonrisa. Al menos su padre no había cambiado desde que Nestra se marchara, aunque tal vez tuviera más canas que dos años atrás. Siempre tenía buenos gestos para ella, y ella los recibía como si de un néctar divino se tratara.

—Tengo que hablar contigo —anunció con un tono solemne pero no grave. Helena sospechaba conocer el motivo, y notó despertar cierto entusiasmo en su interior—. ¿Por qué no entras y te sientas conmigo?

Su padre le hizo una seña apuntando hacia el salón y el trono que descansaba junto al hogar. Una vez sentados, y mientras Helena jugueteaba expectante con las manos, su padre dijo:

—Vas a casarte, Helena.

Helena dejó escapar lentamente el aliento que había contenido. Eso era lo que esperaba que dijera, y, de hecho, llevaba un par de meses aguardándolo. Después de todo, tenía ya la misma edad que Nestra cuando se desposó. Había llegado su turno.

—No tendré que marcharme, ¿verdad? —soltó en cuanto la idea le pasó por la cabeza—. Sigo siendo la heredera, ¿no? ¿Podré quedarme aquí con usted, en Esparta?

—Sí, sí. Te quedarás aquí, no te preocupes por eso —respondió él—. Tu prometido, sea quien sea, vendrá a vivir aquí contigo.

—¿Sea quien sea? —repitió, algo desconcertada—. ¿Aún no se ha decidido?

—No, mi niña. Esperaremos a saber quién es el mejor contendiente —contestó, con la promesa de una sonrisa danzándole en los labios.

Helena seguía perpleja, así que su padre continuó:

—Se va a celebrar un torneo, por así decirlo. Los solteros de Grecia que cumplan los requisitos acudirán a competir por tu mano. Llegarán a lo largo de las próximas semanas. He comunicado que ya estás lista para el matrimonio, y no tardarán en responder a la llamada, convencidos de poder demostrar su valía y llevarse el premio, es decir, tú.

—¿Competirán por mí? —preguntó incrédula.

—Claro, ¿por quién si no? —respondió su padre con una sonrisa—. Eres la heredera de un reino opulento, y todos han oído rumores sobre tu gran belleza.

Helena se ruborizó. No le disgustaba la idea de ver a un puñado de hombres compitiendo por ella. Se imaginaba las gestas que llevarían a cabo y los regalos que traerían, y una sonrisa de oreja a oreja le cruzó el rostro.

—Debo confesarte algo, Helena —añadió su padre—, antes de que todo se ponga en marcha.

Helena controló el rictus e hizo un gesto con la cabeza para que su padre continuara.

—Verás, la cuestión es que... los pretendientes, o, vaya, al menos algunos..., creen que eres hija de Zeus.

—¿Qué? —exclamó, y soltó una risita—. Pero ¡eso es ridículo, padre! ¿Cómo pueden pensar algo así?

—Porque yo mismo se lo he comunicado —contestó con un ligero suspiro. Helena dejó de reírse—. Lo único que te pido es que permitas que sigan creyéndolo.

Helena se quedó en silencio un instante, con la mirada clavada en los ojos de su padre. Estaba sorprendida, y algo confundida, pero no podía negar que la idea de que los demás la creyeran descendiente de los dioses tenía cierto atractivo.

—¿Helena? —insistió su padre, algo impaciente—. ¿Me seguirás el juego?

—Sí, por supuesto, padre —respondió ella—. Lo que usted quiera.

Él esbozó una sonrisa.

—Me alegro.

En cuanto su padre se marchó, las doncellas comenzaron a reírse excitadas como gorriones.

—Ay, ¡qué nervios! —cacareó Adraste—. ¡Ya nos dijo que creía que pasaría pronto!

—Y ¡qué de pretendientes! —cantó Alcipe—. ¡Seguro que son guapísimos!

—Sí —suspiró Helena—. Qué ganas, ¿eh?

«Ha llegado el momento —se dijo—. Pronto seré una mujer con todas las de la ley, como Nestra.» El pensamiento le llenó el estómago de mariposas, pero se convenció a sí misma de que eran de las buenas. La vida como mujer adulta sería embriagadora y glamurosa, y nadie volvería a tratarla como a una niñita tonta. Eso, por sí mismo, ya era algo positivo, y el torneo sería un espectáculo. Habría dado lo que fuera por poder compartir ese momento con Nestra.

7
CLITEMNESTRA

Clitemnestra estaba sentada en su alcoba, devanando lana sin prestar demasiada atención. Su doncella, Eudora, estaba a su lado, pero no mediaban palabra. Disfrutaban del silencio mientras Ifigenia dormía plácidamente en su cuna, y existía un acuerdo tácito entre ellas que consistía en no romperlo jamás. Su hija pronto cumpliría un año, y parecía crecer con cada día que pasaba. Clitemnestra la quería más que a nada en el mundo, mucho más de lo que creía posible llegar a querer algo. Si alguna vez se sentía sola, triste o preocupada, le bastaba con figurarse el rostro angelical de Ifigenia, sus sonrosadas mejillas y su mata de rizos dorados para esbozar una sonrisa. Había habido ocasiones en las que su nueva función como esposa y reina le habían supuesto un problema, sobre todo al principio, cuando aún no había aprendido cuál era su lugar o en qué momento debía hablar o callar, antes de que la modestia se convirtiera en un hábito y la obediencia, en una rutina. Seguía habiendo veces en que le costaba morderse la lengua, cuando al ocultarse bajo la sombra de su marido tenía la sensación de estar desintegrándose poco a poco, hasta llegar un día a desaparecer por completo. Sin embargo, cuando Ifigenia nació, al sostener en brazos a su propia hija, cayó en la cuenta. Aquella era su recompensa por ser mujer.

Un gorjeo somnoliento emergió de la cuna, y Clitemnestra

notó de inmediato calidez en el pecho. El nacimiento de su hija también había mejorado la relación entre Agamenón y ella. Clitemnestra había contentado a su marido dándole tan pronto a una sucesora, y en aquel momento sentía que la respetaba mucho más, que la trataba como a una mujer de verdad, como a su esposa, y no como a una niña. Era consciente de que su marido había tenido la esperanza de que hubiera nacido un niño, pero quería a su hija con locura. No tardarían en nacer varones, afirmó él.

Había algo que incomodaba a Clitemnestra mientras devanaba la lana en el silencio frío de su alcoba. Aquel mes aún no había sangrado. Ya había pasado medio ciclo lunar desde el día que lo esperaba, y todas las mañanas se despertaba pensando que quizá ya le habría venido, pero nunca había suerte. Sabía lo que aquello podía significar, como es obvio. Era una bendición, sí, pero no podía evitar sentir miedo. Su hija no le había traído más que alegrías, y otro hijo no sería distinto, pero también era consciente de la suerte que había tenido con que el parto se hubiera desarrollado sin problemas y de que el bebé hubiera nacido sano. Tal vez no sería tan afortunada la próxima vez. Un vientre voluminoso podía traer tanto muerte como vida. Así eran los designios de los dioses.

Todavía no se lo había contado a Agamenón por miedo a decepcionarlo. Quizá estuviera equivocada, y también cabía la posibilidad de que aquello no durara. Esperaría hasta tenerlas todas consigo, o hasta que empezara a notársele.

Se oyó un ruido fuera de la habitación que interrumpió las cavilaciones de Clitemnestra. Volvió la cabeza justo a tiempo de ver cómo la puerta se abría y su marido la cruzaba. Sin mirarla, se dirigió directamente a la cuna de Ifigenia. Antes de que Clitemnestra pudiera decirle que no la molestara, él ya había alargado una mano y le acariciaba el cabello.

—¿Cómo está hoy mi princesa? —bramó hacia la cuna. El vozarrón quebró el sacro silencio que había reinado en la alcoba unos instantes antes. Clitemnestra sospechaba que su marido no era capaz de susurrar ni aunque se lo propusiera.

—Shhh, ¡que acabamos de dormirla! —lo reprendió.

Un año atrás no se habría atrevido a hablar con ese tono a su marido, pero la maternidad había cambiado las cosas. Fuera como fuera, ya era demasiado tarde: Ifigenia se había despertado. Cuando su padre terminó de hacerle cosquillas y pellizcarle los cachetes, se acercó al lugar en el que estaba sentada Clitemnestra.

—Puedes irte —le sugirió él a Eudora, maquillando una orden como si fuera un permiso. La doncella obedeció sin demora.

Cuando la puerta se cerró, Agamenón se hundió con su considerable peso en la silla que la muchacha había dejado vacía.

—Se va a celebrar un torneo para el matrimonio de tu hermana —le comentó como quien no quiere la cosa.

—Ah —exclamó Clitemnestra, algo sorprendida por las repentinas noticias. Había pasado mucho tiempo desde la última vez que alguien le había hablado de Helena—. ¿Cuándo? —preguntó.

—Por lo que he oído, los pretendientes ya están llegando. Ni siquiera han visto a la muchacha y ya acuden en masa a competir por ella. —Hizo un gesto de desdén—. Todos los jóvenes nobles de Grecia, parece ser, y también otros no tan jóvenes —añadió con una sonrisa jocosa—. ¡Tu padre es un hombre astuto, eso es innegable! Generar tanto revuelo por una muchacha con..., este..., una reputación tan cuestionable.

Alargó las dos últimas palabras sin despegar la mirada del rostro de Clitemnestra, aguardando una reacción, tal vez una confirmación de la verdad tras los rumores que había oído.

A Clitemnestra no le hizo ninguna gracia oírlo hablar de su hermana en ese tono, pero trató de mantener el semblante impasible, inocente incluso, como si no tuviera ni idea de a qué se refería. Sintió el impulso de defender a Helena, gritarle que Teseo no era más que un patético mentiroso, pero era consciente de que no podía desmentir ese rumor e ignorar el otro... Y no podía engañar a Agamenón, no si le preguntaba sin ambages todo cuanto supiera de la ascendencia de Helena. La aterrorizaba llegar a mentirle, que se enterara y que perdiera los estribos. No había reunido tanta osadía como para dejar de temer a su marido. Lo mejor era no decir nada en absoluto.

Con todo, llegó un momento en que él dejó de esperar su reacción.

—He venido a informarte de que he decidido asistir al torneo. —Clitemnestra rompió su voto de neutralidad con una mirada confusa, pero antes de que pudiera protestar, su marido continuó—: No en mi nombre, por supuesto, sino en el de mi hermano, Menelao. Ya empieza a necesitar una esposa y, gracias a tu padre, Helena es la pretendienta más deseada de nuestra era. ¡Ja! —bramó con tanto ímpetu que Clitemnestra se sobresaltó—. ¡Su belleza es tema de conversación en toda Grecia! ¿Puedes creer que hay quienes afirman que es hija del mismísimo Zeus? Bueno, sea cual sea la verdad —comentó, y le echó a su mujer otro vistazo con el rabillo del ojo—, será un desaire para nuestro linaje que cualquier otro hombre venza en el torneo. Menelao debe desposarse con Helena.

Clitemnestra permaneció en silencio unos segundos, asimilando todo lo que acababa de oír. ¿Helena, la pretendienta más deseada de la era? ¿El tema de conversación en toda Grecia? No podía decir que no se alegrara por su hermana o se enorgulleciera de ella, pero en algún rincón de su mente notó una punzada de algo menos agradable. ¿Resentimiento, quizá? ¿O celos por que aquella fuera la fortuna de Helena y no la suya? Se quitó aquel pensamiento de la cabeza. Era bastante feliz, ¿no? Y, a fin de cuentas, su marido era un gran hombre. Era algo bueno, y también la razón, en definitiva, de que hubiera abandonado Esparta en primer lugar. Helena acabaría con un buen marido, y el legado de Esparta estaría asegurado.

—Partiré mañana por la mañana —añadió Agamenón a su lado, interrumpiendo sus barruntos.

—¿Podrás darles mis recuerdos a mi padre y a mi madre, querido esposo? —preguntó de repente, cayendo en la cuenta de que vería a su familia—. Y a Helena, si tienes oportunidad de hablar con ella.

—Claro, como desees. Les hablaré también de la hermosa hija que me has dado —dijo, y esbozó una sonrisa en uno de esos momentos de ternura que de vez en cuando le regalaba. Acto seguido, y después de acariciarle a Ifigenia el cabello por última vez, salió de la alcoba.

Una parte de Clitemnestra deseaba poder ir a Esparta con su marido. No le parecía justo que él tuviera la oportunidad de ver a su familia y ella no. Pero reprimió también ese pensamiento. Debía quedarse en Micenas y cuidar de Ifigenia. «Mi familia ahora está aquí», se dijo a sí misma. Y, cuando Agamenón regresara, tal vez le hablaría sobre la nueva vida que se gestaba en su interior.

8
HELENA

Más de veinte pretendientes habían llegado ya a Esparta, y con cada día que pasaba se presentaba al menos uno más. A Helena no se le permitía verlos con antelación, pero solía asaltar a sus hermanos en busca de información: cómo iban vestidos, si eran atractivos, qué clase de lujosos obsequios traían consigo. Mientras le exponían todos los detalles, Helena se preguntaba si ese o el otro sería el elegido, si aquel desconocido acabaría siendo, más pronto que tarde, su marido. Existía cierto romanticismo en todo aquel misterio. Los gemelos también le comunicaban los nombres de los pretendientes, quiénes eran sus padres y de qué reino provenían, pero a Helena le sonaba todo igual. No era el deber de una princesa tener conocimiento sobre el extranjero, y mucho menos sobre sus hombres. Sin embargo, hacía unos días que había llegado uno del que sí había oído hablar: Agamenón, el marido de Nestra, asistía en nombre de su hermano. Helena no esperaba que acudiera y, por lo visto, su padre tampoco. Estaba con él cuando les habían anunciado la llegada de Agamenón, y un gesto inequívoco de sorpresa, y quizá también de preocupación, le había atravesado el rostro. Helena se había emocionado en un primer momento, creyendo que tal vez el rey de Micenas hubiera traído a Nestra, pero su padre le había extinguido las esperanzas. Nestra había sido madre y su lugar estaba con su hija, le había dicho.

Los pretendientes se pasaban las noches festejando y bebiendo en el salón del hogar, con padre, Cástor y Pólux, pero a Helena aquello le estaba vetado. Su padre hacía todo lo posible por mantenerla alejada de los pretendientes. «La belleza de las diosas no hace más que engrandecerse con la imaginación de los hombres», insistía. De hecho, Helena no dejaba de pensar en lo extraño que le resultaba que tantos príncipes estuvieran dispuestos a competir por ella sin haberla visto jamás, así que tal vez hubiera algo de verdad en las palabras de su padre. Fuera como fuera, le frustraba no poder echarles un buen vistazo a los pretendientes. Después de todo, era ella la que acabaría casándose con alguno de ellos.

Lo más cerca que estaba de otear a los pretendientes era mientras competían más allá de las lindes del palacio. Organizaban pruebas por su cuenta cada dos o tres días, y su padre la llevaba a verlas. Necesitaban tener la sensación de que rivalizaban por ella, le comentó él, aunque Helena sabía que las pruebas estaban destinadas a impresionar a su padre. Ella no era más que el trofeo. Era él quien escogería a su yerno y sucesor.

Ni siquiera durante el desarrollo de las pruebas le permitían acercarse demasiado. Su padre había ordenado que se erigiera una suerte de podio lejos del terreno de competición, desde donde los dos observaban a los hombres llevar a cabo sus gestas. Además, Tíndaro insistía en que usara velo, una prenda pesada y reluciente colocada encima del vestido que le cubría también la cabeza. Incluso la obligaba a taparse el rostro para demostrarles que era «una muchacha recatada», decía él. Sin embargo, de vez en cuando se lo volvía a bajar cuando sabía que su padre había desviado la mirada, tan solo para que una ligera brisa de aire fresco le tocara la piel. El calor bajo el velo era sofocante, sentada como estaba al aire libre bajo los rayos del sol.

Había llegado el día de la competición y Helena nunca había

tenido tanto calor. No veía la hora de arrancarse aquel ridículo velo y el vestido, y lanzarse a nadar al río como cuando era pequeña. Tuvo que reprimir una risotada con solo pensar en ello. «Vaya escándalo se iba a montar», pensó con una sonrisa pícara. Padre no lo aprobaría, pero la opinión de los pretendientes no la tenía tan clara. Se había fijado en el modo en que la miraban; sabía que se imaginaban lo que debía de haber bajo el velo, figurándose cómo sería el premio una vez que lo desenvolvieran. De todas formas, sus miradas no la avergonzaban. Se sentía orgullosa de ser el objeto de deseo de tantos hombres. La deseaban, y no era algo que le disgustara. En algunas ocasiones, hasta se dejaba caer un poco el velo hacia atrás para que algún que otro mechón de pelo quedara al descubierto. Incluso a tanta distancia, sabía que los pretendientes serían capaces de vislumbrar sus cabellos, brillantes como eran, destellando bajo los rayos del sol. A fin de cuentas, su melena era su mayor virtud, y no veía lógica en mantenerla oculta.

Se estaba celebrando una competición de tiro con arco. Los esclavos lanzaban manzanas al aire que los pretendientes debían perforar con flechas, aunque para la mayoría estaba resultando una tarea de lo más ardua. Muchos eran los que habían errado en el primer intento, y otros, en el segundo o el tercero. Solo quedaban tres hombres. Y dos. Y, poco después, cuando el penúltimo contendiente falló por un pelo, solamente quedó un pretendiente. Con todo, no se retiró, sino que les hizo un gesto a los esclavos para que lanzaran más manzanas, y él siguió disparando flechas al cielo que acertaban sin excepción a los blancos. Daba la impresión de que sería capaz de continuar sin descanso, extrayendo flecha tras flecha del carcaj como si no le supusiera ningún esfuerzo. Al final se detuvo, pero solo porque la aljaba estaba vacía. Descansó el arco, se volvió hacia el podio donde estaban sentados Helena y su padre, y les ofreció un gesto respetuoso con la cabeza. Helena vio con el rabillo del ojo que su padre se ponía de pie y aplaudía, y ella hizo lo propio.

—¿Quién es ese hombre, padre? —preguntó—. Es la primera vez que lo veo.

—Filoctetes, hijo de Peante —respondió Tíndaro sin dejar de hacer gestos a los sirvientes que esperaban para entregar al vencedor el premio: un gran caldero de bronce con asas de oro—. Hay quien dice que ese arco es el mismo que utilizó Heracles para derribar a las aves de Estínfalo. —Helena puso los ojos como platos—. Patrañas, con toda probabilidad —prosiguió su padre—, pero es innegable que es muy ducho en su uso.

Mientras los esclavos limpiaban los restos de las manzanas, Helena preguntó:

—¿Hemos acabado por hoy, padre? ¿Puedo volver a palacio?

—No, diría que todavía queda una prueba —respondió—. Una carrera.

Helena suspiró aliviada. Al menos las carreras eran breves. Cuando terminara, podría retirarse al relativo frescor de su alcoba y quitarse aquel estúpido y asfixiante velo.

Los pretendientes ya se estaban alineando para dar comienzo a la carrera. Únicamente competían cinco, y reconoció a tres de pruebas anteriores. Uno era Odiseo, un hombre fornido y ancho de hombros. A Helena la parecía más bien feo, pero se las había arreglado bastante bien hasta el momento. Sus hermanos le habían contado que no había traído ningún regalo nupcial —¡ni uno solo!—. Era sin duda un hombre excéntrico, y se alegraba de saber que no sería su marido: ¿cómo podía esperar desposarla si se había presentado con las manos vacías?

Junto a Odiseo se encontraba Áyax. Había oído a algunas personas referirse a él como Áyax el Grande, y no era difícil entender por qué. Era casi un gigante, bastante más alto que los demás corredores, y más corpulento que Odiseo. Tenía los brazos y los muslos marcados por gruesos músculos. A Helena le daba un poco de miedo.

El tercer hombre que conocía respondía al nombre de Antíloco. Tenía la apariencia de un junco al lado de los otros dos mastodontes, además de ser el más joven y esbelto de todos los pretendientes. Era, sin embargo, todo un adonis, con unas facciones delicadas, a juego con su aspecto aniñado, y unos largos cabellos de un delicioso tono castaño. De los tres hombres que reconocía en aquella carrera, Helena tenía claro cuál esperaba que ganara.

Se percató de que Agamenón volvía a estar entre los espectadores. No lo había visto competir en ninguna prueba hasta el momento. Tal vez tuviera sentido considerando que había acudido en nombre de su hermano, pero Helena también tenía la impresión de que Agamenón se creía por encima de todos los demás. Había traído los regalos más lujosos, y todo el mundo lo sabía. A fin de cuentas, era el rey de Micenas: no había necesidad de probar nada.

Cuando Helena apartó la mirada de Agamenón, advirtió que la carrera estaba a punto de comenzar. En efecto, a los pocos segundos se oyó el grito del juez, y los competidores echaron a correr. Odiseo tomó la delantera, seguido por uno de los hombres, al que Helena no conocía, y por Antíloco. Aun así, Áyax, gracias a sus vigorosas piernas, ganó terreno, superó a Antíloco y alcanzó al siguiente corredor. En ese instante, se oyó un grito y se formó una nube de polvo: Áyax había caído al suelo, y el otro competidor también. Antíloco atravesó aquel alboroto a pleno rendimiento, dejando al quinto corredor a una distancia considerable. Odiseo estaba relajando la marcha y Antíloco se le acercaba cada vez más, hasta que pasó corriendo a su lado a tal velocidad que resultaba imposible distinguir sus jóvenes rodillas. Y terminó la carrera. Antíloco había vencido por poco a Odiseo, y el quinto competidor había llegado algo después. Sin embargo, Áyax y el otro corredor seguían tirados en el suelo, y fue entonces cuando Helena se percató de que se estaban peleando. No, *pelear* no era la palabra adecuada. Áyax se había montado encima del otro hombre y lo estaba estrangulando. Se produjo un gran griterío, e hicieron falta tres hombres para quitarle a Áyax de encima.

—¡Me ha hecho tropezar! —rugió Áyax. Helena podía oírlo a la perfección desde la distancia, tan intensa era su ira—. ¡Si no he vencido es por culpa de ese cretense hijo de perra!

Odiseo se había acercado a él y, a medida que le hablaba, el gigante parecía ir tranquilizándose ligeramente.

Helena pensó que era una lástima que la victoria de Antíloco hubiera quedado empañada por el temperamento de Áyax, pero el vencedor recibió su premio de todas formas —una esclava con dotes para tejer, a quien reconocía del gineceo— y, con la entrega, las pruebas del día llegaron a su fin.

9
HELENA

Estaba a punto de caer la noche. El banquete de aquel día había terminado y los pretendientes habían regresado a sus tiendas, lo que dio lugar a un silencio sepulcral en palacio. Habían convocado a Helena a los aposentos de sus padres, donde ahora se sentaba junto a ellos y sus hermanos. Hacía tiempo que no estaba tan cerca de su madre, cuyo cálido perfume le llegaba desde el asiento de al lado. Se alegraba de que volvieran a estar todos juntos, aunque Helena sabía que no se trataba de una reunión anodina.

—Llevamos varias semanas de torneo, como bien sabrán. —Su padre los iba mirando a todos alternativamente, con las arrugas del rostro enfatizadas bajo la luz de los candiles—. Han llegado todos los contendientes que esperábamos, y todos han tenido oportunidades más que suficientes para demostrar su valía. Por tanto, creo que ya es hora de escoger un vencedor.

Helena sintió un escalofrío; hacía mucho que esperaba ese momento. Su padre había apoyado la barbilla en sus huesudos dedos, al parecer aguardando a que alguien hablara. Al ver que nadie daba el primer paso, añadió:

—Cástor, ¿a quién elegirías tú?

—Bien, padre —comenzó Cástor—, debo posicionarme por Diomedes. —«Diomedes», pensó Helena. Sí, lo recordaba de las pruebas. Joven, fuerte y bastante atractivo—. Ha demostrado ser un guerrero más que capaz, a pesar de su edad —prosiguió su hermano—, y sus obsequios han sido generosos. Pólux y yo hemos salido a cazar con él algunas veces y nos hemos hecho buenos amigos. Es igual de apto que el resto de los hombres y le traerá gloria como yerno, no me cabe la menor duda.

Antes de que su padre pudiera responder, Pólux intercedió con su contribución:

—Y si Diomedes no le convence, padre, estoy seguro de que Áyax de Salamina sería una buena opción. —Helena se estremeció al oír el nombre de Áyax. «No, él no», suplicó mentalmente, como si su padre fuera capaz de oír sus pensamientos—. Su fuerza no tiene parangón —continuó su hermano—. Aventajó a todos en el lanzamiento de disco, y ya lo vio en el pugilato... Y eso por no hablar de su astucia como guerrero. Si lo que queremos es proteger Esparta, Áyax sería una apuesta inestimable. No voy a negar que no ha traído tantos regalos como otros, pero ha prometido reunir a todas las ovejas y a todos los bueyes de las costas de su reino, desde Ásine hasta Mégara, y presentarlos como obsequio de boda.

—A ese hombre lo pierde la boca —interrumpió su madre—. Es, a todas luces, demasiado orgulloso e impulsivo. No le confiaría jamás el mando de nuestro reino, y mucho menos la mano de mi hija.

Helena sintió una oleada de calidez y agradecimiento hacia su madre. No quería casarse con Áyax, pero tampoco se creía lo suficiente valiente como para confesarlo. Su madre seguía preocupándose por ella a pesar de haberse distanciado; no le cabía la menor duda. Helena se volvió hacia ella para darle, con un poco de suerte, las gracias con la mirada, pero su madre no volvió la cabeza.

—¿Qué hombre se ha ganado entonces tu favor, mi reina? —preguntó Tíndaro.

—Hay muchos hombres virtuosos que serían a todas luces una buena elección, querido esposo, pero no puedo evitar inclinarme por Antíloco, hijo de Néstor. Ha demostrado ser un joven capaz, pues es rápido de pies y un jinete experto, y ha traído unos estupendos regalos para honrar a nuestra familia. Además, su padre es conocido por su gran sabiduría y respetado en toda Grecia. Si de tal palo tal astilla, Antíloco será una buena elección.

Helena reprimió un gesto asertivo. Tenía que admitir que la idea de desposarse con alguien tan bello como Antíloco no le desagradaba.

—No te falta razón —respondió su padre, ceñudo y contemplativo—. Pero no debemos olvidar a nuestro estimado Agamenón. Es parte de la familia por razón de matrimonio y un aliado militar cercano. Tal vez resultaría imprudente faltarle al honor favoreciendo a otro hombre antes que a su hermano. Y, además, ha traído los obsequios más exquisitos: oro, bronce y caballos. No hay hombre que pueda discutirle eso, nadie...

Su padre parecía atribulado, dividido. Daba la impresión de que no solo trataba de convencer a los demás, sino también a sí mismo. A los pocos segundos, se volvió hacia Helena y la observó en condiciones por primera vez desde que se habían sentado.

—Helena, mi niña, ¿tú qué opinas? ¿A quién elegirías?

Helena no esperaba que se lo preguntara. Había asumido que se sentaría allí y aguardaría hasta que otros tomaran la decisión —se contentaba incluso con que le hubieran permitido estar presente—. Pero ¿su opinión? No estaba preparada, y tuvo que cavilar unos instantes. Muchos pretendientes le habían parecido atractivos, y algunos ciertamente la habían impresionado en las pruebas... Pero no había tenido la oportunidad de charlar con ninguno. Había soñado con tener un marido que la amara y a quien ella pudiera corresponder, como en las historias que Nestra solía contarle... Pero era incapaz de predecir algo así. ¿Acaso importaba a quién escogiera? A Diomedes o a Antíloco o al hermano de Agamenón, al que ni siquiera había visto... Aunque entonces cayó en la cuenta: sí que importaba.

—Padre, si me desposara con el hermano de Agamenón, sería hermana política de Nestra. Seríamos hermanas por partida doble, ¿no es así?

—Sí, es una forma de verlo —respondió su padre—. Pero no entiendo dónde...

—Y crees que, en ese caso, ¿podríamos vernos? Es decir, ¿podremos vernos cuando nuestros maridos se visiten, como hermanos que son?

Helena estaba entusiasmada y orgullosa de haber descubierto esa oportunidad por su cuenta.

—No lo tengo tan claro, Helena —respondió su padre, vacilante—. Las esposas no suelen...

—Pero sería más probable que si no fuéramos hermanas políticas, ¿verdad, padre?

—Sí, seguramente sí, pero...

—Bien, pues en ese caso elijo al hermano de Agamenón —concluyó con una sonrisa de satisfacción. La posibilidad de volver a encontrarse con Nestra justificaba correr ese riesgo.

Su padre abrió la boca para añadir algo más, pero en ese momento se oyeron unos golpes respetuosos en la puerta de madera de la estancia. El mayordomo de palacio, Nicodemo, entró con la cabeza gacha.

—Se-señor —balbució—. Odiseo, hijo de Laertes, desea hablar con vos. Ya le he dicho que estabais ocupado y que era indecoroso importunaros en vuestras estancias privadas...

—Y no te equivocas —sentenció Tíndaro—. Despáchalo, Nicodemo. Hablaré con él mañana.

—Ya lo he intentado, mi señor, pero insiste en que es urgente. Está justo aquí fuera. Afirma estar convencido de que os interesará plenamente lo que tiene que deciros.

El rey hizo una pausa, en apariencia indeciso, y suspiró:

—Muy bien —dijo impaciente—. Hazlo entrar cuando yo te avise.

Después de que Nicodemo hiciera una reverencia y se retirara de la alcoba, Tíndaro se volvió hacia Helena.

—No es conveniente que te vea, Helena. Los demás pretendientes podrían argüir trato de favor.

Se puso de pie y examinó la habitación hasta dar con lo que estaba buscando: una gran tela lisa que colgaba del respaldo de una silla.

—Aprovecha esto como rebozo y tápate —añadió, y se la entregó—. Cúbrete el rostro y mantén la cabeza gacha y la boca cerrada. Si te arrodillas en el suelo junto a tu madre, seguro que Odiseo te toma por una de las doncellas.

Helena lo obedeció, aunque no le complacía la idea de tener que arrodillarse. Después de cubrirse y colocarse donde debía, su padre avisó a Nicodemo, y Odiseo entró en la alcoba.

—Señor Tíndaro —pronunció con una reverencia—. Mi señora, estimados príncipes —prosiguió, saludando a todos con un gesto de cabeza. Ni siquiera prestó atención a Helena: por suerte, el plan de su padre había funcionado—. Estoy aquí porque deduzco que ya estáis listo para escoger el marido de la princesa Helena, y me gustaría ofreceros algunos consejos.

—Y ¿qué te hace pensar que necesito tu ayuda para elegir a un pretendiente? —preguntó el rey con aspereza—. Entiendo que acudes a mí con alguna justificación astuta sobre por qué debería escogerte a ti a pesar de no haber traído ni un solo regalo, ¿me equivoco? Sí, conozco tu pico de oro, señor Odiseo, pero me temo que aquí no te servirá de nada.

Helena temió que el señor Odiseo pudiera sentirse afrentado, pero él se limitó a sonreír.

—No vengo a deciros a quién debéis elegir, puesto que sé que la decisión ya está tomada —respondió Odiseo. Tíndaro abrió la boca para replicar, pero Odiseo no le dio tiempo—: Escogeréis al hermano de Agamenón, Menelao. Dada vuestra posición, es la única opción sensata. No podéis permitiros ofender a Agamenón, y otro enlace entre vuestras familias os hará aún más fuertes. ¿Por qué compartir riquezas e influencia con un forastero cuando podéis consolidar la unión de vuestras casas?

Helena se percató de que su padre había cerrado la boca y escuchaba con atención a Odiseo, con el ceño ya relajado.

—Es cierto que no he traído ningún obsequio, y me disculpo si os he ofendido —continuó Odiseo—, pero sospeché que Menelao podría ser uno de los pretendientes y era consciente de las pocas posibilidades que tenía de ganar la mano de vuestra hija en ese caso. Sencillamente, quería tener la oportunidad de ver con mis propios ojos a la mujer más hermosa del mundo.

En ese momento, Odiseo se detuvo, tan solo un instante, y su mirada se cruzó con la de Helena a través de un orificio en la tela que la cubría. Helena se sobresaltó y bajó la mirada al suelo, pero de poco servía ya. Odiseo la había reconocido. Lo sabía desde el principio. Se ruborizó debajo del velo. «La mujer más hermosa del mundo», la había llamado.

Con la cabeza aún agachada, lo oyó proseguir:

—En cuanto llegó a mis oídos que Agamenón asistiría en nombre de su hermano, supe que había hecho bien al no aspirar a conseguir a Helena antes de tiempo. Sin embargo, tengo la esperanza de poder encontrar a otra prometida a cambio de algún consejo.

—Adelante, pues —exclamó Tíndaro, claramente impaciente—. Expón los consejos que hayas venido a ofrecernos.

—Estáis en una posición complicada, señor Tíndaro —empezó Odiseo—. Yo lo sé, y vos también. Debéis escoger a Menelao, pero no queréis ofender a los demás pretendientes, ni tampoco hacerles sentir que toda esta historia del torneo ha sido una pantomima. Estoy seguro de que sois consciente de que es eso lo que va a parecer cuando elijáis al hermano de Agamenón como vencedor. Los contendientes clamarán que todo ha sido una farsa y que habéis conspirado para robarles la victoria y dejarlos en ridículo.

—Pero no es cierto —replicó su padre, agotado—. No se me había informado de que...

—Sea como sea, os digo lo que se percibirá —afirmó Odiseo con gravedad—. No solo se airarán contra vos y Esparta, sino que además existe el peligro de que alguno se tome la justicia por su mano y os arrebate por la fuerza el premio que se le ha negado. Tales son los riesgos provocados por los deseos de los hombres que con tanta habilidad se han enardecido, y de un orgullo herido de muerte.

Helena no pudo resistirse a girar la cabeza y buscar consuelo en los ojos de sus padres. ¿Era verdad que tratarían de secuestrarla? La mera idea de aquel salvaje de Áyax cargándola sobre sus hombros la hizo estremecerse.

—He visto ese peligro con mis propios ojos, pero ¿acaso tengo otra opción? —preguntó su padre con la voz tensa—. No veo forma de...

—Hay una manera, señor Tíndaro. Una forma de protegeros contra violencias y robos —contestó Odiseo. Helena percibió un amago de sonrisa en las comisuras de su boca cuando al final sacó a la luz su astucia—. Debéis obligar a los pretendientes a pronunciar un juramento. Antes de que anunciéis el nombre del vencedor, hacedles prometer por el altísimo Zeus, azote de los perjuros, que aceptarán vuestra decisión de buena fe y no cometerán actos violentos contra vos ni contra Helena, y tampoco contra el pretendiente victorioso. Además, obligadles a jurar que, si alguien se lleva a vuestra hija por la fuerza, ayudarán a su marido legítimo a recuperarla. Pronunciarán cualquier juramento que vos digáis si lo presentáis como requisito para todos los pretendientes. Sin embargo, debéis atacar cuando el bronce aún esté candente, cuando los pretendientes estén tan embelesados con la idea de Helena que se hayan engañado a sí mismos y crean que tienen alguna oportunidad de vencer. Hacedlo mañana, al alba. Acto seguido, organizad un último día de pruebas para mantener viva la ilusión de que la decisión aún no se ha tomado, y al anochecer anunciad a Menelao como vencedor.

Tras exponer su plan, Odiseo esbozó una sonrisa de satisfacción. A modo de ocurrencia tardía, añadió:

—También os sugeriría que devolvieseis todos los obsequios a los pretendientes una vez proclamado el vencedor y aliviaseis, así, la amarga derrota. Todos, salvo los de Agamenón, por supuesto. Os privaréis de una pequeña fortuna, claro, y no me cabe duda de que a la princesa no le hará ninguna gracia desprenderse de tantas prendas lujosas y joyas —dijo, y volvió a mirar de reojo a Helena—, pero el precio de una guerra sería indudablemente mayor.

Odiseo, expuesta su perorata, se quedó en silencio. Tíndaro tampoco habló durante unos instantes. Helena se fijó en las marcadas arrugas en el rostro de su padre y en su mirada perdida mientras cavilaba. Al cabo de un buen rato, el rey contestó:

—Eres un hombre inteligente, Odiseo, hijo de Laertes, y creo que tus consejos son sensatos. Haré lo que me propones, puesto que no se me ocurre mejor solución. Confiemos en que los acontecimientos se desarrollen sin altercados, como predices. —Suspiró hondo, como si hubiera expelido las precauciones acumuladas durante semanas—. Te agradezco tus consejos, aunque no creo que esto sea una obra de caridad. Has mencionado antes que esperabas encontrar una prometida, pero debes saber que ya no tengo más hijas.

—La duda ofende. Más bien pensaba en vuestra sobrina. Vuestro hermano Icario tiene una hija que pronto será casadera, ¿me equivoco? Puede que no me aporte ningún reino, pero yo ya dispongo de uno. Lo único que necesito es una mujer obediente e hijos que llenen mis salones.

—Sí, Penélope. Una muchacha encantadora —comentó Tíndaro. Helena recordaba que solían jugar de pequeñas. Penélope había vivido en el palacio algún tiempo, pero hacía años que no la veía—. Le comunicaré a mi hermano tu voluntad, como agradecimiento por los servicios que has prestado esta noche.

—Es lo único que pido —respondió Odiseo con una reverencia humilde—. Creo que ha llegado el momento de que regrese a mi tienda. Que tengan buenas noches.

En cuanto Odiseo se hubo marchado, Helena se levantó del suelo con las rodillas doloridas por la dura piedra. Mientras se retiraba el rebozo, oyó la voz de su madre, contenida pero furiosa:

—Si tenías pensado escoger a Menelao desde el principio, ¿a qué ha venido lo de convocarnos a todos y preguntarnos por nuestras opiniones? ¿Otra bufonada para hacernos creer que tenemos voz y voto? ¿Es eso?

—No, Leda, te equivocas —suspiró Tíndaro. Parecía exhausto—. Seguía pensando que tal vez habría alguna alternativa... Al menos quería hablarlo con ustedes. Con todos —insistió, mirando a los demás alternativamente—. Pero Odiseo tiene razón. Debemos elegir a Menelao. Y, si los dioses quieren, su plan funcionará y todo saldrá bien. —Se volvió hacia Helena—. De todas formas, esto era lo que querías, ¿no es así, mi niña? —le preguntó con una sonrisa cálida pero poco entusiasta—. Has comentado que querías ser hermana política de Nestra, y lo serás. Conozco a Menelao. Es un buen hombre y un gran guerrero. No me cabe duda de que te hará feliz.

Helena le devolvió a su padre la sonrisa, a pesar de la inquietud que sentía en sus adentros. Había disfrutado de la charla previa, incluso le había ilusionado pensar en quién podría ser su esposo. Sin embargo, ahora que se había decidido, todo era mucho más real, mucho más cercano. Pronto se casaría con Menelao, un hombre al que no había visto jamás, al que ni mucho menos conocía y de quien apenas sabía nada. Se sentía como una hoja otoñal arrancada del árbol por una ráfaga de viento y precipitada al río que discurría por debajo. Lo único que podía hacer a partir de entonces era mantenerse a flote ante la incesante corriente que la conduciría hacia su futuro.

A la mañana siguiente, todavía con la bruma del alba, los pretendientes se reunieron y todos pronunciaron el juramento. Odiseo estaba en lo cierto: nadie tuvo nada que objetar. Él mismo pronunció el juramento con todos los demás. Se llevaron a cabo libaciones y se sacrificó un inmaculado semental blanco. Habría bastado con un carnero, pero Tíndaro quería dejar patente la gravedad del voto. Helena reconoció al caballo de los establos reales. Era una bestia magnífica que empequeñecía a los hombres que la conducían al altar; calmada, ajena a todo. Helena desvió la mirada cuando su padre lo degolló.

Tal como Odiseo había sugerido, se celebraron algunas pruebas más y el día se cerró con una carrera de carros. Más tarde, cuando el sol estaba a punto de ponerse, su padre anunció a Menelao, hijo de Atreo y príncipe de Micenas, como el hombre al que había escogido para desposar a su hija. Y así fue. Sin protestas ni violencia, Helena había sido finalmente reclamada como premio.

10
HELENA

Menelao llegó a Esparta al anochecer, un mes después de que se hubiera decidido su compromiso. Se había organizado un gran festín para que el nuevo heredero de Esparta pudiera presentarse y brindar con el padre y los hermanos de Helena, así como con otros nobles de Laconia. Helena también estaba presente en el banquete, tal como dictaba la tradición, pero se sentía más como un intrincado adorno que como una invitada. Su padre había insistido en que se cubriera el rostro con un velo tan grueso que apenas podía ver nada, ni siquiera el fulgor de la lumbre. Pocas veces había vivido una experiencia tan extraña y frustrante como aquella, en la que oía a su alrededor el alboroto del banquete y sabía que su prometido estaba cerca, pero, aun así, era incapaz de ver nada. Su padre solo le permitía levantarse el velo cuando Alcipe le daba a Helena sorbitos de vino y restos de comida, y ni siquiera entonces se lo alzaba lo suficientemente alto ni durante el tiempo necesario como para examinar con detenimiento al hombre al que pronto se uniría. A pesar de que en general disfrutaba de la comida, la música y la frivolidad de tales ocasiones, no sintió más que alivio cuando, después de poco más de una hora, la acompañaron de vuelta a su alcoba, donde podría quitarse aquel odioso velo y respirar un aire que no estuviera viciado.

El día siguiente trajo consigo una larga tarde de espera para

Helena, quien aguardaba a que comenzara la procesión nupcial que la llevaría desde el palacio de su padre hasta su nuevo hogar, no demasiado lejos siguiendo el curso del río, construido para alojarlos a ella y a su nuevo esposo hasta que llegara el momento de remplazar a su padre como rey de Esparta. Cuando sus doncellas al final acudieron a prepararla antes de que cayera la noche, Helena se alegró de ver un velo mucho más delicado en las manos de Alcipe, como una reluciente red de oro. Por fin podría echarle un buen vistazo a su prometido, pensó con satisfacción. Y, sin embargo, cuando la vistieron y cubrieron con aquel destellante velo como una filigrana por encima de sus cabellos cobrizos y la condujeron por los pasillos de palacio hasta reunirse con la procesión a cielo abierto, el alma se le cayó a los pies al saber que Menelao ya había tomado posiciones al frente del cortejo. Le preguntó a su madre cuál era su caballo, y trató de adivinar sus rasgos en la penumbra del crepúsculo, pero casi en el mismo momento en que por fin dio con él, su padre la tomó de la mano para llevarla hasta el carro nupcial. Iba sola, como la refulgente pieza central de toda la procesión, y, aunque notara los ojos de Esparta clavados en ella, cuando el carro comenzó a moverse fijó la mirada al frente a través de la multitud y el humo, en el casco dorado que brillaba bajo la luz de las antorchas.

Cuando llegaron, le ordenaron que esperara en la alcoba nupcial. No estaba sola, claro. La acompañaban sus dos doncellas y su vieja nodriza, Tecla, preparadas para llevar a cabo su cometido. Le quitaron el traje de boda que había llevado durante el breve trayecto entre el viejo palacio y aquella flamante construcción. El olor terroso del ocre seguía flotando en el aire de la habitación desde las paredes pintadas pocos días antes.

Las mujeres procedieron a bañar a Helena, y le frotaron cada palmo de piel con paños ásperos hasta que la tuvo en carne viva. Cuando soltaba algún quejido, su nodriza le decía:

—Shh, tranquila. Tenemos que purgar de ti a la niña que eras.

Una vez que estuvo seca, la levantaron y se dispusieron a realizar la siguiente tarea: masajearle la piel con aceites aromáticos. El cuerpo le desprendía efluvios a flores y salvia, y su blanquísima piel relucía con un tono nacarado. Por último, las mujeres trajeron un pequeño cuenco lleno de agua con un fuerte olor a rosas. Helena no entendía por qué necesitaba aún más perfume; nunca había olido mejor que en ese momento. Sin embargo, en cuanto Tecla hundió un dedo en la fragante agua, se relajó y entendió que no iban a remojarla. En cambio, la nodriza perfumó con delicadeza y precisión los pezones sonrosados de Helena. No pudo evitar sobresaltarse, pero no lo exteriorizó. Se había convertido en una mujer, y era obvio que así era como se adecentaba a las mujeres. Por tanto, cuando Tecla le pidió que se tumbara en la cama para ponerle un poco de agua de rosas en la entrepierna, Helena obedeció sin protestar. Al incorporarse, sintió que algo había cambiado, que algunas partes de su cuerpo habían sido elevadas hasta un nivel de importancia que nunca antes habían alcanzado.

Helena comenzó a tiritar en cuanto el frío de la noche le acarició la reluciente piel desnuda, y agradeció que las mujeres la ayudaran a ponerse de nuevo el vestido nupcial. Era una prenda de corte sencillo, pero profusamente teñida con azafrán y con un olor que contribuía a las embriagantes nubes aromáticas que ya la rodeaban. También volvieron a colocarle el velo, pero no le trenzaron los cabellos ni le adornaron las muñecas, la garganta y las orejas. Atrás quedaban ya los momentos de exhibirla; ahora había llegado la hora de impresionar a su marido.

Adraste abandonó la habitación, sin duda para informar de que habían completado los preparativos.

Tecla se acercó a Helena y le susurró:

—Ahora que hemos acabado, vendrá tu marido. Estoy segura de que querrá yacer contigo, como todo buen marido debe hacer con su esposa. No tengas miedo. Estaré al otro lado de la puerta. Tal vez te duela cuando te lo introduzca, pero debes acceder a lo que él desee. De hecho, es su deber. Todo irá mucho mejor si lo recibes con los brazos abiertos. Intenta complacerlo, Helena. Dioses mediante, tendrán una vida dichosa juntos.

Helena no comprendió todo lo que le había dicho la nodriza, pero asintió de todas formas con frialdad y le devolvió la cálida sonrisa. Tecla se dispuso a esperar en uno de los rincones de la habitación junto con Alcipe. Helena se quedó sola delante de la cama, con la mirada clavada en la puerta. Ahora que se veía allí, en su alcoba nupcial, se dio cuenta de que no tenía demasiado claro qué iba a pasar. Había dedicado todos sus pensamientos a imaginarse cómo sería su esposo, qué llevaría puesto en el cortejo, qué les regalarían por sus nupcias. Aquella parte de la boda no había sido más que un borrón en su imaginación, y ni siquiera en ese momento se había aclarado. Se arrepintió de no haber planteado más preguntas cuando había tenido la ocasión.

Los minutos pasaban sin que se oyera ruido alguno al otro lado de la puerta, y el silencio de la alcoba solo lo rompían la respiración pausada de Helena y los movimientos nerviosos de Tecla. Helena se sentó a los pies de la cama y esperó.

Pasos en el corredor. Voces. Voces masculinas. Helena se puso de pie sin perder un instante y se enderezó tanto como pudo, dejó caer los brazos y levantó ligeramente la barbilla. Se sintió petrificada mientras aguardaba a que se abriera la puerta. No fue hasta que oyó que levantaban el cerrojo cuando se percató de que había estado encerrada.

La puerta se abrió y entraron dos hombres. Uno tenía el cabello claro y una altura considerable; el otro era algo más bajo y tenía el cabello oscuro. Helena reconoció al de pelo claro como su marido por los fugaces vistazos que le había echado durante la procesión. Llevaba una lujosa túnica roja y unas pesadas botas, pero se había quitado la brillante armadura que había portado poco antes. Helena no pudo evitar sentir cierta decepción al verlo de cerca. Incluso a través de la bruma del velo, vislumbró una cicatriz que le atravesaba la ceja derecha y le arruinaba el rostro con su oscuro trazo. También creyó verle la nariz torcida, como si se la hubieran roto más de una vez. Sus cabellos eran claros y no resultaban desagradables, pero tenía la barba moteada y daba la impresión de estar algo sucia. Habían participado hombres en el torneo mucho más bellos.

Con todo, Helena intentó no desanimarse. Se le había prometido un guerrero, y eso era lo que había recibido. A pesar de su aspecto rudo, parecía vigoroso y sano. Su madre siempre le había dicho que eso era lo más importante en lo relativo a maridos e hijos.

Helena cayó en la cuenta de que había estado conteniendo la respiración, así que espiró lentamente. Menelao la había mirado de reojo cuando había entrado en la estancia, pero ahora le susurraba algo al hombre de pelo oscuro. Los dos parecían haber coincidido en algo, y volvieron a alzar la vista. Menelao le hizo un breve gesto de cabeza a Tecla y Alcipe, y las dos se escurrieron de la habitación; antes de salir, la nodriza le dirigió una última mirada de consuelo a Helena.

El hombre de pelo oscuro cerró la puerta en cuanto se marcharon, pero permaneció en la alcoba.

—Este es Deipiro, mi acompañante —anunció Menelao señalando con la mano al hombre de cabello oscuro. Tenía una voz áspera y grave. Helena esperó a que siguiera hablando y explicara qué pintaba allí, pero Menelao cambió de tema:

»Soy Menelao, hijo de Atreo, tu prometido. He venido a concluir con los ritos matrimoniales.

Hablaba como si se estuviera dirigiendo a un público invisible, aunque estaban solos. Era unos diez años mayor que ella y, a pesar de mostrar un porte firme e imperturbable, Helena creyó percibir un ápice de incertidumbre en sus pasos cuando cruzó la habitación para plantarse frente a ella.

Sin mediar palabra, levantó los brazos y le quitó el velo de la cabeza. Sus miradas se cruzaron apenas un instante antes de que comenzara a deslizarle el vestido azafranado por los hombros. Notaba los callos de sus dedos en la piel. Estaba acostumbrada a que la tocaran, vistieran, desvistieran y bañaran las doncellas, pero aquello era del todo distinto. Aquellas eran las manos de un hombre, y uno ciertamente extraño. Tuvo que obligarse a no apartarse de él.

Cuando el vestido cayó al suelo, Helena se sintió más expuesta que nunca. Con el corazón a punto de salírsele del pecho, mantuvo la mirada al frente, clavada en un punto impreciso por encima de los hombros de Menelao. Sentía cómo la repasaba con los ojos, empapándose con la imagen de su cuerpo desnudo.

Sin embargo, no volvió a tocarla. Dio unos pasos atrás y continuó observándola. Helena vio que bajaba la mirada de los pechos a las caderas y los tobillos, para luego regresar a la zona cubierta de vello bajo su vientre.

—¿Has sangrado ya? —le preguntó.

Ella se sobresaltó ante la brusquedad de la pregunta. Comprendió que se refería a sus sangrados mensuales, así que asintió con la cabeza.

Menelao se volvió hacia su acompañante.

—Sus pechos siguen siendo incipientes, y tiene las caderas demasiado estrechas. ¿Qué opinas, Deipiro?

El tipo de pelo oscuro, quien también la había estado examinando desde el rincón, asintió. Se sintió como una ternera aguardando a que la sacrificaran. Se le estaba poniendo la piel de gallina sin el vestido que la protegía del frío de la noche. Tuvo el impulso de cubrirse con los brazos y darles la espalda a los dos, pero era Helena de Esparta, y ya no era una niña. Volvió a fijar la vista en la pared y apretó los labios para evitar los temblores.

—Un parto demasiado precipitado sería arriesgado —comentó el tipo de pelo oscuro, con los ojos aún revisándole las caderas—. Es joven. Te sugiero que esperes, pero la decisión es tuya, por supuesto.

—Agradezco tus consejos, Deipiro. Esperaré. —Helena no era capaz de discernir si el semblante de su esposo era de decepción o de alivio—. De todas formas, debemos consumar el matrimonio.

Menelao miró a su acompañante. Deipiro asintió y abandonó la alcoba, cerrando la puerta tras de sí.

Helena era consciente de que había metido la pata. Apretó con fuerza los labios y parpadeó varias veces para contener las lágrimas que le escocían en los ojos. Ni siquiera con aceites y perfumes era lo bastante aceptable. No era mujer suficiente. Al menos no había decidido dejarla tirada; seguía dispuesto a desposarse con ella, así que el vínculo doble con Nestra se mantenía en pie: serían hermanas por partida doble. Y ella, algún día, sería coronada reina de Esparta.

Menelao volvió a cruzar la estancia y, de nuevo, parecía inseguro. O tal vez fueran imaginaciones suyas. Quizá todo nacía de la necesidad de no sentirse la única que no tenía ni idea de lo que estaba ocurriendo.

Su marido se detuvo frente a ella. Él también olía a aceites aromáticos. Helena se preguntó si le habrían puesto como a ella agua de rosas en los pezones, o en alguna otra parte... La mera idea hizo que se sonrojara.

Menelao le levantó la barbilla, y a ella no le quedó otra opción que mirarlo a los ojos, unos ojos negros difíciles de descifrar. Hizo todo lo posible por no dirigir la vista hacia la cicatriz.

Él, con delicadeza, le tomó un mechón de pelo con los dedos.

—Tienes un pelo... precioso —murmuró.

Ella sonrió, de corazón. Al menos había algo de su cuerpo que le gustaba.

—Gracias, mi señor.

—Sí, ahora soy tu señor, y tú eres mi señora, y así será mientras vivamos.

En ese momento, Menelao se permitió esbozar la más sutil de las sonrisas. Tras unos segundos de vacilación, se inclinó hacia delante y la besó con suavidad en los labios. Su bigote le hizo cosquillas en la nariz a Helena, que notó que el aliento le olía a vino. No fue una sensación desagradable, pero tenía la esperanza de sentir... algo más. Se percató de que él aguardaba algún tipo de reacción, de modo que trató de sonreír, pero notaba los músculos del rostro abotagados. Cuando Menelao volvió a abrir la boca, su voz había perdido parte del tacto.

—Para que te conviertas en mi legítima mujer y esposa, debemos consumar el matrimonio. —Se interrumpió—. Porque eso es lo que quieres, ¿cierto?

Helena hizo un gesto tímido con la cabeza.

—En ese caso, debes tumbarte en la cama y abrir las piernas.

El corazón le dio un vuelco al recordar que estaba desnuda por completo, algo que había olvidado momentáneamente mientras él le acariciaba el cabello y la besaba en los labios. Aun así, asintió con obediencia e hizo lo que le había pedido.

Menelao parecía barruntar algo. Para sorpresa de Helena, se alejó del lecho y se acercó a un cofre que descansaba junto a la cama. Recogió un botecito de aceite de oliva que había justo encima y se vertió una cantidad generosa en la palma de la mano. Acto seguido, se levantó la túnica.

Helena sintió el impulso de desviar la mirada, pero la cabeza no la obedecía. Menelao tenía el miembro enhiesto y grueso, y lo vio pasarse la mano engrasada varias veces hasta que lo tuvo reluciente.

No era la primera vez que Helena veía a un hombre desnudo, claro; los había visto luchando en la palestra o echando carreras a lo largo del río. Tampoco era la primera vez que veía un miembro, pero aquel era del todo distinto. Nunca había tenido uno tan próximo. Le aterrorizaba.

Los nervios que había notado en el estómago durante toda la noche empeoraron. No quería que Menelao se le acercara. Quería ocultarse bajo las sábanas y avisar a su nodriza. Un sutil quejido se le escapó por la garganta.

Su esposo había vuelto a la cama y se había inclinado sobre ella. Helena seguía con las piernas completamente abiertas, a pesar del deseo irrefrenable que tenía de cerrarlas. Nunca se había sentido tan vulnerable. Cerró los ojos, como si pudiera esconderse tras los párpados. En ese momento, algo carnoso le rozó lo que tenía entre las piernas. Un dedo, pensó. No, era más grande que un dedo. Y, sin previo aviso, se introdujo en ella. Helena emitió un grito ahogado ante la repentina intrusión. Era algo ajeno, ingrato, grueso, demasiado grueso, abriéndose camino por su cuerpo. Quiso detenerlo. Le estaba haciendo daño. Abrió los ojos y alargó una mano hacia el pecho de Menelao, tratando de apartarlo. Y entonces se acabó. Él se incorporó y se alejó de ella, evitándole la mirada. Ella cerró las piernas como por resorte y se colocó de lado, subiendo las rodillas hacia el pecho y reprimiendo las lágrimas.

—Siento haberte hecho daño, mi señora —se disculpó Menelao con una voz áspera, pero con algo más que podría haber sido una preocupación sincera—. Ya hemos acabado. Ya no eres una muchacha, sino una mujer, mi esposa, en nombre y cuerpo.

Ella levantó algo la cabeza.

—¿De verdad?

Pero él ya se había dado la vuelta. Se acercó de nuevo al cofre y se limpió el aceite con un trapo. Con Menelao todavía dándole la espalda, Helena se permitió relajarse un poco.

—No volveré a introducirme en ti —anunció él por encima del hombro—. No hasta que hayas crecido del todo y puedas dar a luz.

Su voz le resultó extraña, pero no alcanzaba a verle el rostro. A pesar de sentirse aliviada, no podía evitar pensar que había vuelto a fallarle de alguna forma.

Cuando finalmente se volvió hacia ella, no le pareció que estuviera satisfecho, aunque tampoco estaba enfadado. Abrió la boca como si quisiera añadir algo más, pero la cerró antes de que pudiera salir palabra alguna. En su lugar, se sentó con pesadez en el borde de la cama y se agachó para desabrocharse las botas.

Helena echó un vistazo por encima de la cabeza de su esposo y vio, apoyado en el cofre, el trapo con el que se había limpiado. Y allí, sobre el pálido lino iluminado por la luz de los candiles, descubrió una mancha oscura de sangre. Su sangre. Sintió náuseas solo con verla. Le hizo pensar en lo que Tecla llamaba la primera «sangre de las mujeres». Esa no era la primera, y tampoco sería la última vez que debería pagar por su femineidad con sangre.

De repente volvió a notar el miedo aferrándose a su pecho. La punzada de dolor que tanto la había conmocionado antes se convirtió en algo mucho más profundo, un vacío que amenazaba con dominarle todo el cuerpo. La sensación de que había perdido algo que jamás sería capaz de recuperar.

Menelao se había levantado de nuevo y se quitaba el resto de sus prendas. Ella desvió la mirada y vio su vestido azafranado abandonado en el suelo. Salió de la cama con la mayor calma posible, intentando no parecer demasiado desesperada cuando se lo volvió a meter por la cabeza, ansiosa por tapar su desnudez. Allí en el centro de la alcoba, cubriéndose con brazos temblorosos, se dio cuenta de que Menelao se había acostado en la cama, tenía la cabeza girada hacia la pared y respiraba con tranquilidad.

Helena vaciló. Sabía que debía regresar al lecho y, sin embargo, algo la mantenía anclada al suelo. Ese pavor vacío que le repicaba en el pecho.

Podría irse. Podría salir al pasillo y echarse a las rodillas de Tecla, suplicarle que la llevara de vuelta al viejo palacio, a la habitación que compartía con Nestra, al cuarto de su infancia. No quería dormir allí con aquel desconocido.

Aguzó el oído por si percibía movimiento al otro lado de la puerta. Nada. Tal vez Tecla se hubiera marchado. Tal vez el hombre de pelo oscuro la había sustituido. Tal vez la habían vuelto a encerrar. Se sentía miserablemente sola.

En ese instante, el control que se había impuesto a sí misma se vino abajo. Las lágrimas se le acumulaban en los ojos y le resbalaban por las mejillas. La voz se le escapó de la garganta en forma de quejido.

Oyó un ruido en el lecho. Helena se volvió y vio que Menelao se incorporaba y la miraba. Abrió la boca, pero no parecía saber qué decir, así que volvió a cerrarla. Cuando la abrió por segunda vez, le ordenó:

—Apaga los candiles antes de meterte en la cama.

Y se tumbó de nuevo.

Helena obedeció sin dejar de sollozar. Con la habitación ya a oscuras, encontró el camino hacia el lecho y se acostó, ocupando el menor espacio posible para evitar, así, rozar a Menelao. Se tumbó de espaldas; lágrimas silenciosas le caían sobre las orejas. Cuando la respiración de su marido se ralentizó y empezaron los ronquidos, Helena se preguntó por qué habría sentido tantas ansias por convertirse en una mujer. ¿Cómo había podido ser tan estúpida? La vida adulta como mujer era extraña, dolorosa y humillante. Y no había vuelta atrás.

SEGUNDA PARTE

11
HELENA

Dos años más tarde

Reinaba el silencio cuando Helena entró en el salón del hogar, siguiendo de cerca a su esposo. No era un silencio vacuo, sino vivo y dinámico, lleno de charlas acalladas y carraspeos reprimidos. Menelao cruzaba con pasos meditados el salón y acaparaba todas las miradas, pero Helena percibió que algunas también se dirigían hacia ella, la sombra inferior de su marido. No, no la miraban a ella. Lo que atraía la atención de los presentes era el bulto en su vientre.

Menelao había llegado a la lumbre y se había detenido justo enfrente. Helena tomó asiento a su lado, sintiendo el calor de las llamas en el rostro cuanto más se acercaba. Se preguntó si el bebé también podría sentirlo. Instintivamente, se llevó la mano al vientre, una suerte de escudo entre el fuego y la vida que crecía dentro de ella.

Su esposo recibió un gran cáliz de oro rebosante de vino. Levantó la copa en alto para que todos pudieran verla y vertió el contenido sobre las llamas, lo que provocó que silbaran y titilaran. Era un buen augurio: los dioses estaban complacidos.

Una vez ofrecida la libación, Menelao dio la espalda a las llamas y se dirigió a los presentes con una voz de trueno:

—Los dioses me aceptan como nuevo rey, y exigen que todos ustedes hagan lo mismo.

Había llegado el día. Menelao por fin había recibido el reino que se le había prometido más de dos años atrás, cuando había conseguido a su esposa. Y Helena se convertiría en reina, una idea que la había entusiasmado desde el mismo momento en que la nombraron la heredera. «Helena, reina de Esparta», solía anunciarse mentalmente. Le gustaba cómo sonaba. Sin embargo, ahora que había llegado el día, estaba un poco asustada. Era una gran responsabilidad ser la esposa de un rey, y ya comenzaba a sentir el peso de la corona. La única razón para todo lo que estaba ocurriendo era ella, o, más bien, el hijo que llevaba en el vientre. Una vez confirmado el embarazo, su padre había accedido a dar un paso a un lado y entregar su reino a su sucesor. Por eso le habían ofrecido un lugar tan prominente en la ceremonia, junto a su esposo. Necesitaban exponerla como prueba fehaciente de fertilidad, como promesa de un legado. Allí, frente al hogar, callada e inmóvil, era consciente de que en el fondo no era más que eso. Sin embargo, se sentía presionada. No tenía más que diecisiete años y, aun así, un reino entero había puesto todas sus esperanzas en ella, de quien dependía ahora su seguridad. Ella, Helena, era el recipiente de su futuro.

Su padre dio un paso al frente y se quitó la corona de la cabeza. Alargó las manos hacia Menelao, que la tomó con respeto. Era una hermosa diadema de oro labrado, con largas agujas áureas en la parte superior semejantes a los rayos del sol. Cuando su esposo se la colocó en la cabeza, se completó el esplendor real de su imagen. Llevaba una exquisita túnica púrpura bordada con oro en los dobladillos y en la parte delantera, y oro era asimismo lo que le colgaba del cuello y las orejas. Con el añadido de la corona, ahora su cabello también resplandecía con destellos áureos. Brillaba como el fuego del hogar que había a sus espaldas. Incluso Helena, acostumbrada a ese tipo de lujos, tuvo que admitir que tenía un aspecto magnífico. Sintió una oleada de orgullo cuando vio que todo el salón observaba a su marido, el rey, con una admiración reverencial.

Finalizada la coronación, se pusieron en marcha las últimas preparaciones del banquete. Se sacrificó una miríada de ovejas y cabras, así como dos musculosos bueyes. Helena sintió náuseas ante el olor y el color de la sangre, y tampoco le gustaba ser testigo del momento en que les iban arrebatando la vida de uno en uno. Con todo, sabía que era algo que complacería a los dioses, además de a todas las personas que se habían reunido para ver a su nuevo rey, y ambas cosas eran de suma importancia en un día como aquel.

Después de quemar la ofrenda de grasa y huesos a los dioses, se asó la carne y el banquete dio comienzo.

Helena no tenía demasiado apetito durante el banquete. No dejaba de sentir punzadas de dolor en el vientre y en la espalda, aunque sabía que era normal y que no debía preocuparse. Probablemente sería el bebé dando patadas, algo bastante habitual. Fuera como fuera, estaba incómoda y aquello le estaba quitando las ganas de comer. Era consciente de la importancia del festín y le satisfacía ser el centro de la celebración, aunque fuera bajo el reflejo de su marido, pero lo que más quería en ese instante era retirarse al silencio y al frescor de su alcoba y acostarse en la cama.

Su madre estaba sentada a su derecha. Tampoco parecía haber probado bocado, aunque nunca solía tener demasiado apetito. Helena la había visto perder peso sin control durante los últimos años, desde que Nestra se había marchado. Era como si estuviera desapareciendo poco a poco, contrayéndose hasta la nada. Su famosa belleza se había ido marchitando, perdida en las cavidades de sus macilentas mejillas y las oscuras bolsas bajo sus ojos apagados. Helena deseaba que hubiera algo en su mano para devolverle parte de su esplendor, aunque tal vez ya la hubiera ayudado, de alguna forma, al convertirse en reina. Helena sabía el calvario que vivía su madre cuando acudía a actos públicos, siendo el foco de atención, dejando que los demás vieran en lo que se había convertido, pero a partir de ese momento quedaba relegada de toda obligación pública. A partir de entonces podría vivir el resto de sus días en paz, disfrutando de su intimidad. Y quizá el nacimiento de su nieta le traería parte de la alegría perdida. O eso esperaba Helena, acariciándose el vientre mientras pensaba en el día en que volvería a oír reír a su madre.

—¿Estás bien, Helena? ¿Es el bebé? —le preguntó su madre con preocupación al percatarse de que se estaba tocando el abdomen.

—Sí, sí, no te preocupes —respondió ella con una sonrisa—. Estaba pensando en cómo será todo cuando llegue el bebé.

Su madre asintió con la cabeza y volvió a relajar el rostro.

—Estoy orgullosísima de ti —añadió su madre con voz queda—. No hace falta que te lo diga, ¿verdad?

Contempló fijamente a Helena antes de agachar de nuevo la mirada. A Helena le dio un vuelco el corazón.

—No, madre —respondió, aunque no tenía ni la más remota idea de ello, no hasta ese momento.

¿Cómo iba a saber lo que sentía su madre cuando apenas le dirigía la palabra? ¿Cuando apenas la veía? Con reservas, alargó el brazo para agarrarle la huesuda mano y apretársela con delicadeza. No estaba segura de que fuera lo correcto, pero tampoco quería perder la oportunidad. Quería que supiera lo importantes que eran sus palabras, lo mucho que ella le importaba.

Su madre esbozó la sombra de una sonrisa y le dio unos golpecitos en la mano a Helena antes de apartar la suya.

—He estado rezando a Ilitía para que el parto salga bien —comentó con el gesto serio—. Ya sabes que siempre existe cierto riesgo con estas cosas.

—Sí, lo sé —contestó Helena—, pero no me preocupa.

Y no mentía. Nestra ya había dado a luz a dos hijos sin ningún tipo de problema. ¿Por qué el suyo debería ser distinto? No tenía sentido angustiarse por algo que podría, o no, pasar; no hasta que se demostrara cierto. O, de todas formas, eso era lo que ella creía.

A su izquierda estaba sentado Menelao con sus espléndidas galas. Volteó hacia él y trató de captar su atención. Estaba feliz y henchida de orgullo, animada por las palabras de su madre, y quería compartir el momento con su marido, fuera como fuera. Cruzar con él una simple sonrisa sería suficiente, pero no conseguía que la mirara. Justo cuando empezó a alargar la mano para tocarlo, uno de los nobles espartanos entabló con él una conversación y Helena perdió cualquier oportunidad. Apenas se habían dirigido la palabra en todo el día; sencillamente, quería un reconocimiento de la fortuna compartida. Aquella misma tarde se habían convertido en rey y reina de Esparta: ¿no era algo que ameritara algún tipo de comentario o, como mínimo, un intercambio tácito de sensaciones?

Helena no desconocía esa frustración. No había escogido a su marido, no del todo, ni tampoco lo amaba cuando llegó la hora de unirse a él, pero había entrado en el matrimonio con los brazos abiertos. Buscaba una vida de amor y pasión, como tantas veces había oído en las historias que Nestra le contaba cuando eran pequeñas. Quería sentir conexión, compartir los mejores y peores momentos con su marido. Sin embargo, a veces se sentía como si estuviera casada con un muro de piedra. Menelao hablaba poco y se abría todavía menos. A pesar de su intimidad física, Helena tenía la impresión de que apenas conocía a su esposo. Ante la ausencia de palabras, no le quedaba más que deducir lo que debía de sentir y lo que debía de pensar sobre ella. No era una persona cruel, jamás le había levantado la voz ni la mano, algo de lo que sabía que debía sentirse agradecida, pero no soportaba arrastrar siempre consigo la duda sobre si estaba satisfecho, sobre si lo complacía, sobre si era lo suficientemente buena para él. En ningún caso se hubiera imaginado que acabaría enfrentándose a ese problema: ¡había sido la novia más deseada de toda Grecia! Los hombres habían compuesto poemas sobre su belleza, competido para poder elogiarla y demostrar un amor que les permitiera ganársela. Pero Menelao era diferente. Si la amaba, no lo decía. Si le parecía hermosa, se lo guardaba para él.

Helena tenía, a pesar de todo, esperanzas renovadas en el bebé que crecía en su vientre. Los sentimientos de Menelao no eran tan crípticos en lo que a la criatura se refería. Le acariciaba el vientre con una dulzura enternecedora y una sonrisa distraída en los labios. Se había asegurado de que a Helena no le faltara ninguna comodidad mientras estuviera embarazada, y mostraba interés por cualesquiera punzadas de dolor. Helena sabía que querría al bebé con independencia de lo que sintiera por ella, y eso era a lo que apostaba: la criatura sería lo que los uniría a ella y a Menelao. Después de todo, no sería solo la sangre lo único que los uniría a aquella nueva vida, sino también las esperanzas, los miedos, las alegrías y los sufrimientos. Sí, aquel bebé sería el comienzo de su amor, de la unión de sus almas. No le cabía ninguna duda.

Al haber sido incapaz de llamar la atención de su esposo, Helena decidió que finalmente comería algo. Alargó el brazo para servirse un poco de sopa de lentejas, recelosa de cómo le sentaría la carne, pero, en ese mismo instante, el dolor volvió con más fuerza que nunca. Los espasmos la hicieron encogerse y tiró una copa de vino con el codo. Se dio cuenta de que tanto Menelao como su madre se habían girado hacia ella, pero el dolor la tenía demasiado absorta como para disculparse por el vino.

—¿Llegó la hora? —preguntó su madre con tono de preocupación.

Helena volteó hacia su madre y la sobrecogió un miedo repentino.

—No lo sé. ¿Puede ser?

Sintió a su marido posando con suavidad la mano entre sus omóplatos. «Por fin», pensó al notar la conexión que había esperado toda la noche. Sin embargo, cuando Menelao despegó los labios no fue para hablarle a ella, sino a su madre.

—¿Llegó el momento? —le preguntó.

El dolor empezaba a remitir. Estaba a punto de comunicárselo cuando sintió algo húmedo bajo el vientre. Preocupada por si estaba sangrando, se puso de pie y notó un líquido cálido recorriéndole las piernas. Se levantó la falda, aterrorizada. Se había formado un pequeño charco en el suelo, entre sus pies, pero no era sangre.

—Sí, llegó el momento —respondió su madre.

12
CLITEMNESTRA

Aquel día, como tantos otros, Clitemnestra tejía en su alcoba. Llevaba varios días trabajando en un suntuoso vestido estampado, una prenda que había sucedido a un mantón y, poco antes, a una túnica. Así era como pasaba ahora los días, encerrada en la habitación. Sabía que en cuanto sus hijas crecieran podría trabajar en el salón del hogar, observar a los viajeros y sentarse junto a su marido mientras ejercía sus funciones. Tal vez incluso podría echarle una mano y asesorarlo. Pero, de momento, su lugar estaba allí, y el confinamiento no la molestaba. Las niñas hacían que todos los días fueran distintos —a veces alegres, otros desafiantes, pero nunca aburridos—. Eran como los rayos del sol: pintaban su mundo de luces y sombras, aportando definición a una existencia por lo demás gris e informe.

Ifigenia había cumplido tres años con unos rizos dorados cada vez más largos y un carácter que florecía día tras día. Estaba empezando a hablar, y solía canturrear para sus adentros mientras jugaba con las muñecas de madera que su padre había encargado que le tallaran. Tenía un alma bondadosa y era tremendamente comprensiva con su hermanita pequeña. Nada hacía más feliz a Clitemnestra que verlas jugar juntas, aunque en ocasiones también le producía una profunda tristeza al recordar los momentos que había pasado con su propia hermana.

Electra no superaba el año y medio, pero ya mostraba un

espíritu fuerte. Tenía los ojos de Agamenón, y cuando levantaba la barbilla como él en un gesto de inamovible terquedad, era más que evidente que nunca que de tal palo, tal astilla.

Clitemnestra notó un jalón en la falda y supo que tenía a Electra a los pies. Sentada en el suelo, la niña comenzó a jalar los pesos del telar que colgaban alrededor de su cabeza.

—Eudora —exclamó Clitemnestra por encima del hombro—. ¿Puedes venir y llevarte a Electra? Me va a echar a perder el trabajo.

La doncella obedeció la orden, cargó a la niña en brazos y volvió al lugar en el que había estado devanando. Electra protestó en un primer momento, pero se calmó en un abrir y cerrar de ojos. Eudora había sido una ayuda inestimable para Clitemnestra durante los últimos años, y no solo como sirvienta, sino también como amiga. Estaban criando juntas a las niñas y sabía que podía considerarla una aliada en cualquier circunstancia. De hecho, de no ser por Eudora, Clitemnestra se sentiría terriblemente sola en aquel palacio, a pesar de que ya hacía cuatro años que era su hogar. Incluso en ese momento seguía siendo una forastera.

Su sensación de aislamiento estaba empeorando en los últimos tiempos. Temía estar perdiendo a su marido, la única persona que en verdad la ataba a aquel lugar. Seguía durmiendo en su alcoba la mayor parte de las noches, pero, por lo visto, eso era lo único que quería hacer. Hasta entonces, habían mantenido relaciones sexuales casi a diario. Él siempre parecía desearla, por muy largo que hubiera sido el día o por muy tarde que fuera. Y Clitemnestra no veía la hora de que llegaran esos momentos. Quizá no al principio, cuando el matrimonio era algo reciente y su marido, un extraño, cuando la experiencia era más abrumadora que excitante. Pero había acabado encontrando placer en el acto y en una intimidad que había ido creciendo con el paso del tiempo. Solos, a oscuras, Clitemnestra casi se sentía en igualdad con su esposo. Algunas veces incluso podía colocarse ella encima y controlar el placer de él con el movimiento de las caderas. Le gustaba esa sensación de poder. Era algo de lo que rara vez disfrutaba durante el día, cuando interpretaba a la esposa sumisa que no hacía más que agachar la cabeza, pero en medio de la oscuridad, lejos del mundo, podía ser diferente. Y él también.

Y luego, de la noche a la mañana, aquello se había terminado. Durante el último mes solo la había tomado una vez, y ni siquiera entonces había sentido la misma ternura, las ganas de probar cosas nuevas, las bromas, la pasión. Había sido algo casi rutinario.

Clitemnestra sospechaba cuál era la causa del desinterés de su marido: había encontrado placer en otro lugar. Una concubina. Eudora le había contado que había visto a una muchacha nueva por palacio. Joven y hermosa, aunque algo desubicada. No era una sirvienta; una de las obligaciones de Clitemnestra era estar al tanto de las idas y venidas de los esclavos. A fin de cuentas, era la señora del palacio, por poco tiempo que pasara fuera de sus aposentos.

No, aquella muchacha era el juguete nuevo de Agamenón, no le cabía duda. Si no, ¿por qué iba a darle su marido la espalda sin razón alguna? La chiquilla aún no había cumplido los veinte, estaba en la flor de la vida. Clitemnestra no la culpaba; probablemente nadie le hubiera pedido su opinión. Su marido era el rey de Micenas, así que ¿qué mujer podía rechazarlo? Sin embargo, ser consciente de ello no rebajaba la amargura que sentía. Sabía que era propio de los hombres tener otras amantes. Se había estado preparando para tolerarlo desde aquel solitario viaje por las montañas, diciéndose a sí misma que, si conseguía endurecer su corazón, poco importaría, que ella seguiría siendo la reina y sus hijos seguirían siendo los herederos. Pero al final había resultado ser mucho más complicado de lo que imaginaba. No existía preparación que evitara un golpe así, ni tampoco el dolor que este generaba.

Al deslizar las manos por el telar, con cada movimiento de la lanzadera sus gestos se iban volviendo más y más coléricos. ¿Acaso su padre no le había sido fiel a su madre? Por lo que sabía, sí. ¿Era tanto pedirle a su marido que hiciera lo mismo? ¿O que al menos esperara a que ella envejeciera y se marchitara antes de hacerla a un lado? Una sonrisa agria le vino a los labios al imaginarse cómo sería la situación inversa: ella conduciendo a algún apuesto joven a su alcoba para que todo el palacio lo viera. Agamenón la flagelaría en mitad de la calle.

Se dio cuenta de que había dejado de tejer y de que los dedos le temblaban alrededor de la lanzadera. ¿Sería por la ira o por el miedo? Su matrimonio apenas estaba empezando a gatear y, aun así, sentía como si ya se estuviera desmoronando. Si no era capaz de conservar a Agamenón en el lecho, la intimidad que compartían moriría, y ella perdería la poca influencia que hubiera podido tener y acabaría sujeta a una vida de soledad, impotencia e irrelevancia. Sintió un miedo cerval ante la mera idea de que esa pudiera ser la vida que le esperaba.

Pero todavía no estaban en ese punto. Al menos debía intentar atraer a su marido de nuevo hacia ella, mientras le importara lo suficiente como para prestarle atención. Decidió entonces que hablaría con él de inmediato, mientras le durara el coraje que le confería aquella energía inestable.

Clitemnestra dejó a las niñas con Eudora, salió de su alcoba y se dirigió al salón del hogar, donde supuso que Agamenón se encontraría a aquella hora. Confiaba en que su esposo no desaprobaría el hecho de que se paseara sola; a fin de cuentas, no cruzaría los límites de palacio. De camino se preguntó si tal vez debería haberse cambiado, haberse puesto algo más seductor, si es que esperaba volver a ganárselo. No, pensó. No era necesario recurrir a trucos baratos. Su marido no era un animal; escucharía lo que tuviera que decirle. Sería la razón, el deber y, con suerte, su afecto lo que la haría recuperar la relación, no la carne ni las joyas.

Alcanzó el vestíbulo del salón del hogar con el corazón en un puño. A pesar de todo lo que había sucedido entre ellos durante los últimos cuatro años, seguía temiendo un poco a Agamenón. Con todo, ya podía ver a través de las puertas del salón que, en efecto, estaba allí, y solo. Era ahora o nunca.

Volteó hacia ella cuando la oyó entrar y proyectó su voz de trueno por todo el salón:

—¿Vienes sin doncellas?

Clitemnestra se estremeció. Empezaban mal.

—Eudora está ocupada con las niñas —respondió, con la esperanza de ablandarlo un poco al mencionar a sus hijas—. Y yo estaba cerca de aquí.

Agamenón parecía algo molesto, pero no añadió nada más. En su lugar, le hizo un gesto para que se acercara.

—Recibí noticias de mi hermano —anunció cuando apenas los separaban unos pasos.

«¿Noticias de Esparta?» La idea la colmó de entusiasmo y preocupación a partes iguales.

—Menelao fue nombrado rey —dijo—. Tíndaro sigue vivo —añadió justo cuando ella comenzaba a abrir la boca para inquirir—, pero tu padre abdicó y le entregó el trono a su legítimo sucesor.

—¿Sabes algo de Helena? —preguntó. Hacía meses que le habían informado del embarazo, y Clitemnestra había estado ofreciendo libaciones a Ilitía y Artemisa desde entonces.

—Tu hermana dio a luz a una niña sana —contestó Agamenón con un interés casi nulo—. Empiezo a pensar que las hijas de Tíndaro son incapaces de engendrar varones —añadió con un punto de malicia.

Clitemnestra agachó algo la cabeza, como avergonzada. Sabía que había decepcionado a Agamenón al no haber sido capaz de proporcionarle un heredero varón. Aunque quisiera con locura a sus hijas, estaba decidido a entregar su reino a un hijo. Quería preguntarle si sabía algo de la recuperación de Helena tras el parto, pero decidió que lo más sensato era aprovechar la oportunidad para sacar el tema que había propiciado la visita.

—Tal vez podría engendrar a un hijo si yacieras conmigo más a menudo —murmuró, y temió al instante haber sido demasiado osada.

—¿Acaso no yazco contigo lo suficiente? —preguntó molesto—. La semana pasada...

—Han pasado ya tres semanas desde la última vez que yacimos juntos —lo corrigió, con la misma voz queda de antes.

—¿Me estás llamando mentiroso? —le espetó él.

—No-no, mi señor —respondió ella, vacilando ante el tono amenazador de Agamenón—. Solo digo que estás equivocado.

No respondió, pero Clitemnestra podía percibir su irritación. No se atrevía a mirarlo fijamente a los ojos. Deseó no haber dado pie a esa conversación, pero ya era demasiado tarde para echarse atrás.

—Perdóname, esposo, pero no deseo más que ser una esposa como los dioses mandan —añadió. Sus siguientes palabras le salieron atropelladamente de la boca, antes de que tuviera tiempo siquiera de estructurar lo que iba a decir—: Oí que tomaste a una concubina y siento que se está interponiendo entre los dos y entre la intimidad que una vez compartimos, y que, además, está provocando que me desatiendas como mujer. Te pido con humildad que...

—No me vas a pedir nada —gruñó su marido. Clitemnestra dio un paso involuntario hacia atrás, como si su ira la hubiera forzado físicamente a recular—. No es de tu incumbencia con quién yazco o dejo de yacer —prosiguió—. Tengo todo el derecho del mundo a tener una concubina, ¡o varias, si así lo deseo! Es más, deberías darme las gracias por que siga visitando tu lecho.

Clitemnestra se había quedado paralizada con la mirada clavada en el suelo, e intentaba dejar de temblar. Había errado, ahora lo sabía. Su marido la odiaba, y eso con toda probabilidad era muchísimo peor que el abandono. Las lágrimas comenzaron a brotarle de los ojos y a mojar el suelo del salón.

Tal vez Agamenón se hubiera dado cuenta, o quizá, sencillamente, su rabia se hubiera enfriado, pero cuando volvió a hablar su tono había perdido parte de la inquina.

—Clitemnestra, eres una buena esposa. Agradezco que me hayas dado a nuestras hijas y te respeto como reina, pero has olvidado cuál es tu lugar. No vuelvas a sacar este tema nunca más.

Cuando acabó de hablar, Agamenón se levantó del trono y abandonó el salón. Quizá fuera a cazar, o tal vez a empotrar a su ramera. Clitemnestra prefería no pensar en ello.

13
HELENA

Helena abrió los ojos. Pensó que debía de estar despierta, pero aún se sentía en una especie de duermevela. Era como si estuviera saliendo de una espesa bruma que seguía flotando a su alrededor y la presionaba hacia abajo, le llenaba los pulmones y le empañaba la visión, los pensamientos, la mente. Se quedó quieta y esperó. Lentamente, muy lentamente, la niebla comenzó a levantarse y, recostada como estaba, se dio cuenta de que estaba observando algún tipo de estampado. Líneas azules y amarillas se entrelazaban las unas con las otras. Un techo, pensó. Su techo. Estaba en su alcoba.

Había recuperado la percepción de su propio cuerpo. Tenía la garganta reseca, la cabeza dolorida y las sábanas pegadas a la piel por el sudor. Era demasiado real para tratarse de un sueño, estaba convencida, aunque la realidad hubiera sido una noción confusa en los últimos tiempos. Se sentía como si hubiera estado cayendo de sueño en sueño durante... Bueno, no tenía ni idea de cuánto. Podrían haber sido horas, pero también años. No recordaba la última vez que había estado plenamente despierta.

Sí, sí lo recordaba. Sangre y dolor. Un dolor inefable, interminable. Y sangre, mucha más de la que había visto en su vida. No lo había soñado; lo tenía grabado en la mente y se le aparecía cuando cerraba los ojos. Era un recuerdo visceral.

Se acordaba de haber pensado que iba a morir justo allí, en esa misma cama. Se acordaba también de haberlo deseado, de haberse entregado a los dioses, de notar cómo se iba alejando... Y allí seguía, aparentemente viva. Si aquello era el Elíseo, pensó, vaya decepción. En ese instante, a pesar del indescriptible agotamiento y del trauma por el dolor recordado, y tal vez por la absurda sorpresa de continuar con vida, Helena rio.

El sonido que emitió fue más bien un resoplido seco que acabó convirtiéndose en tos. Helena vio algo moviéndose a su izquierda, y en ese momento apareció el rostro de Alcipe justo encima de ella. Helena pensó que era el rostro más dulce que había visto jamás, y sonrió con debilidad.

—¡Señorita Helena, os habéis despertado!

Helena intentó responder, pero tenía la garganta demasiado reseca. El rostro de Alcipe desapareció y regresó poco después para acercarle una copa de agua a los labios. Helena levantó algo la cabeza y bebió el líquido como si de néctar se tratara, dejando que lo que no podía tragar cayera en fríos riachuelos garganta abajo.

—Cuidado, no se atragante, señorita —dijo Alcipe con timidez—. Lleva tanto tiempo ahí acostada que debe de estar sedienta. Su madre ha estado ayudándola en la medida de lo posible, dándole agua siempre que la aceptaba, y también miel. Pero las fiebres han sido tan terribles que temíamos que se la acabaran llevando.

La copa había quedado vacía, y Helena volvió a recostar la cabeza, agotada por aquel ínfimo esfuerzo. Suspiró y permaneció en silencio unos instantes con los ojos cerrados, intentando recomponerse. Cuando sintió que estaba preparada, se incorporó y se sentó en la cama.

—¿Qué pasó, Alcipe? ¿Cuánto tiempo llevo aquí? Tengo la memoria llena de lagunas.

—Pues casi una semana, señorita —respondió la doncella—. Ha sido de los malos. El parto, quiero decir. Ya había visto antes nacer a bebés, señorita, ayudé a mi madre cuando tuvo a mis hermanos, pero el suyo no fue según lo previsto. Se alargó demasiado, horas y horas. Era como si el bebé no fuera a salir nunca.

—Sí, me acuerdo —dijo Helena despacio, aunque lo que más recordaba era el dolor, un sufrimiento interminable, o eso le había parecido. Vagos retazos de personas corriendo a su alrededor y sus semblantes. Miedo. Preocupación. Lástima—. El bebé no sobrevivió —musitó al caer de súbito en la cuenta. No estaba en la habitación. Ni lo veía ni lo oía. Por lo visto, el proceso no había servido de nada. Las lágrimas le cosquilleaban en los ojos a medida que se iba hundiendo en aquel terrible pensamiento.

—¡No, no, señorita! ¡El bebé vive! No llore —exclamó Alcipe, colocándole una mano de consuelo en el antebrazo.

Helena estuvo a punto de estremecerse ante aquel contacto, y tardó unos segundos en entender por qué. Por alguna razón, esperaba aún más dolor.

—¿Vive? —preguntó Helena, esforzándose por adaptarse a esa nueva realidad.

—Sí, señorita. Es una niña menuda, bastante sana —contestó Alcipe con una sonrisa—. Es un milagro de los dioses que haya sobrevivido a un parto así. Debemos presentar ofrendas de agradecimiento a Ilitía.

—Sí, un milagro —repitió Helena distraídamente.

Con todo, no creía que le debiera nada a Ilitía. Sentía como si le hubieran partido el cuerpo en dos, como si su alma hubiera descendido al Hades y regresado. Y ¿dónde había estado Ilitía entonces? ¿Dónde estaban el resto de los dioses cuando suplicaba que terminaran el dolor y la sangre? Había tenido a una hija, sí, y sabía que debía sentirse agradecida, pero ¿acaso el precio debía ser tan alto? ¿Acaso los dioses debían exigirle tantísimo y esperar, después, que les agradeciera tal privilegio?

—¿Señorita? ¿Está bien? —preguntó Alcipe, lo que sacó a Helena de su ensimismamiento.

—Sí, no te preocupes. Estoy cansada —respondió.

En ese momento, se percató de algo: si el bebé había sobrevivido, ¿por qué no estaba allí con ella, que era donde debía estar?

—¿Dónde está mi hija? —inquirió Helena, examinando la alcoba como si el bebé fuera a aparecer tras un vistazo más exhaustivo.

—Está con la nodriza —contestó Alcipe—. Estaba usted tan agotada después del parto, y luego las fiebres... Tuvimos que buscar a alguien que la alimentara, señorita.

—Ah, bueno. Lo entiendo, supongo —repuso ella.

—Pero se la entregaremos en cuanto se haya recuperado. Una hija necesita a su madre —añadió la doncella con la sonrisa alentadora.

Helena consiguió devolverle una sonrisa tímida, aunque se notaba las mejillas pesadas, como si fueran de plomo.

—Estoy exhausta, Alcipe —confesó Helena—. ¿Puedo descansar un poco?

—Por supuesto, señorita —respondió la doncella—. Voy a informar a los demás de que se despertó y de que está bien. La dejo sola, pero hay un guardia en la puerta por si necesitara ayuda.

Helena sonrió con debilidad, agradecida. Su amiga comprendía que lo que de verdad necesitaba era estar sola, no tener que pensar, hablar o recordar. Puede que se hubiera despertado, pero lo de estar bien... Sentía como si le hubieran drenado las fuerzas, y tenía la cabeza como si todavía le rondara una bruma alrededor. Y eso por no hablar del dolor que sentía ahí abajo. De hecho, Helena no era capaz de discernir si era real o solo un recuerdo de lo que había pasado, pero le dolía de todas formas.

Apenas un minuto después de que Alcipe se hubiera marchado, se oyó un ruido al otro lado de la puerta. Helena abrió los ojos de golpe y vio a su marido entrar en la alcoba.

Sus ojos se cruzaron, pero ella desvió deprisa la mirada y, como por instinto, se cubrió con las sábanas. No quería ver a su esposo ni que él la viera; no en esas circunstancias. Se sentía demasiado vulnerable, demasiado agotada, demasiado fea. Sabía que no había forma de que comprendiera por lo que había pasado. Ni él ni ningún otro hombre. Y, en ese momento, al verlo de repente frente a ella, se dio cuenta de que en parte lo culpaba de su sufrimiento.

Menelao estaba ya junto a la cama y había alargado un brazo para tocarla. Helena dio un respingo.

—Estoy aquí, mi querida esposa. El guardia te oyó hablar y me avisó enseguida. Vine en cuanto pude. Me tenías preocupado.

Helena seguía evitándole la mirada. Parpadeó varias veces para contener las lágrimas que, por alguna razón, se le habían acumulado en los ojos. Le enternecía su preocupación y sabía que estaba intentando ayudarla, pero no era capaz de enfrentarse a él en ese instante. Era demasiado pronto.

—¿Estás mejor? ¿Se te quitó la fiebre?

Helena respondió con un ruidito ininteligible.

Menelao vaciló unos segundos, tal vez con la impresión de que su presencia no era tan bienvenida como pudiera haber previsto. Acto seguido, con un tono más delicado, añadió:

—Lo hiciste muy bien, Helena. Sé que has sufrido, pero... lo hiciste muy bien. Eso... era lo único que quería decirte.

Helena volteó hacia él y vio incerteza en su rostro, y también algo más. ¿Era afecto? Si no, al menos parecía un desasosiego genuino. Daba la sensación de que estaba esperando algo, así que Helena se forzó a esbozar una sonrisa.

Un fugaz gesto de alivio atravesó el rostro de su marido, y, de pronto, Menelao inclinó la cabeza como si fuera a agacharse para besarla. Helena apartó rápidamente la vista y lo vio recular con el rabillo del ojo. Tras una breve pausa, Menelao siguió inclinándose y la besó con dulzura en la coronilla.

Acto seguido, se enderezó y, sin mediar palabra, salió de la alcoba.

En cuanto se hubo marchado, Helena desató todas las lágrimas acumuladas, dejando que resbalaran veloces e incontrolables por sus mejillas. Estaba molesta consigo misma y con Menelao. Por fin había llegado la conexión, la ternura que tanto había ansiado y que, sin embargo, era incapaz de apreciar, al menos por el momento. Él había intentado acompañarla, cuidarla, pero ella lo único que quería era acurrucarse. No podía soportar esa nueva intimidad, no cuando se sentía tan rota, y mucho menos con el hombre que había sido la causa de su trauma.

Acabaría sanando, claro. Con el tiempo se sentiría mejor, más fuerte. Disfrutaría de la hija por la que tanto había sufrido y volvería a abrirle el corazón a su marido. Tan solo esperaba que aquella ternura repentina siguiera allí cuando ella estuviera lista para recibirla.

14
CLITEMNESTRA

Clitemnestra estaba pasando el día en el salón del hogar. Agamenón estaba atendiendo solicitudes y le había pedido que lo acompañara. No le cabía duda de que su intención era montar un numerito de solidaridad familiar, de riquezas y prosperidad; no en vano le había dicho que se vistiera con sus mejores galas y joyas. Allí sentada, devanando lana púrpura —¿qué otra cosa, si no, estando en un acto público?—, no era capaz de aventurar si estaba disgustada por sentirse utilizada o agradecida por que Agamenón siguiera considerándola lo bastante importante como para pedirle que se sentara a su lado. Le daba la impresión de que su función en la vida del rey iba menguando con cada día que pasaba; de hecho, no le habría sorprendido lo más mínimo si hubiera sentado a la concubina en la silla y no a ella.

Clitemnestra se había enterado de cómo se llamaba. Leucipe. Había querido odiarla —no dejaba de ser más sencillo que odiar a su marido y culparlo por el colapso paulatino de su matrimonio—, pero ahora que la había visto con sus propios ojos no podía sentir por ella más que lástima. Se la había encontrado una o dos veces por palacio, antes de virar con brusquedad para no toparse con ella. Era hermosa, por supuesto, pero ante todo tenía el aspecto de una chiquilla asustada. Asustada, desdichada y solitaria. Debía de tener la edad de Helena... Clitemnestra casi habría sentido que debía protegerla si las circunstancias fueran otras.

La solicitud actual —un granjero con la esperanza de recibir una concesión en sus contribuciones de cereales— había terminado incluso antes de empezar. A esas alturas, Clitemnestra ya había comprendido que Agamenón percibía la misericordia como una debilidad, y, sin embargo, sin despegar la vista del derrotado granjero que abandonaba en ese momento el salón, Clitemnestra no podía evitar pensar que un hombre sería mucho más capaz de contribuir a la riqueza del reino si antes podía alimentarse a sí mismo y a su familia.

El granjero apenas se había perdido de vista cuando entró el siguiente peticionario, anunciado por el heraldo como «Calcas de Argos, hijo de Téstor, vidente y sacerdote de Apolo Peón».

El hombre era joven, quizá de poco más de veinte años, pero caminaba con una dignidad poco acorde a su edad. Llevaba una cinta sacerdotal atada a la cabeza y un bastón envuelto con otras cintas. Rodeó el cuadrado de la lumbre y se detuvo frente a Agamenón.

—Un sacerdote, ¿eh? —bramó este último, removiéndose en el asiento sin razón aparente—. Supongo que vienes a pedir una rebaja de los impuestos, como todos los demás, ¿me equivoco? Por el honor de los dioses o vete a saber por qué motivo. ¡Ja!

El hombre dejó que las palabras de Agamenón retumbaran por el salón antes de responder.

—Vengo, en efecto, en representación de mi templo y de los dioses, señor Agamenón, pero poco tiene que ver nuestra contribución a palacio; estamos ciertamente satisfechos con nuestras provisiones por el bien mayor. —Se interrumpió y se enderezó un poco, y dio la impresión de que había plantado con firmeza los pies en el suelo. Tragó saliva antes de continuar—:

La razón de mi visita es pediros el retorno de una muchacha que estuvo sirviendo a los dioses mientras se formaba para ser sacerdotisa. Según tengo entendido, os la cruzasteis en un festival en los llanos de la Argólida, y la trajisteis a palacio. Tan solo os pido que permitáis que regrese conmigo al templo.

Agamenón permanecía en silencio, pero Clitemnestra pudo notar que lo colmaban nuevas energías. Al final, se inclinó hacia delante y exclamó:

—¿Por qué debería entregártela? ¿Por qué debería devolvértela? No me la llevé a la fuerza, ni tampoco se ha opuesto a su estancia aquí. ¿Qué clase de derecho crees tener que pueda socavar la voluntad de un rey?

Ya no le cabía duda de que hablaban sobre la concubina de Agamenón. Clitemnestra había abierto los oídos, aunque fingía estar concentrada en los hilos.

—Con el debido respeto, señor Agamenón —prosiguió el joven—, no es mi voluntad la que me hizo acudir a vos, sino la de los dioses. Leucipe había sido designada sirvienta de Artemisa. Se le había estado preparando desde una edad temprana para permanecer casta y sin desposar y, así, poder dedicar su vida a la Cazadora Virgen. Si no dejáis marchar a la muchacha, estaréis privando a la diosa de su sirvienta.

Agamenón soltó una sonora carcajada.

—Bueno, pues si esa es la razón de tu visita, yo no me preocuparía más. No creo que a la Virgen le sirva ya la muchacha.

A Clitemnestra le ardían las mejillas en una mezcla de vergüenza e ira que se sumaban al fuego que ardía en su interior. ¿Cómo podía hablar con tan poco pudor, teniendo a su esposa sentada justo al lado? ¿Tan poco le importaban sus sentimientos, su orgullo? ¿Tan poco le importaba ella?

El sacerdote, mientras tanto, no parecía estar mucho más animado que ella. Se le veía la rabia en los ojos, y tal vez un ápice de tristeza. Su cuerpo había alcanzado nuevas cotas de tensión.

—¿Queréis decir que la habéis mancillado? ¿Habéis deshonrado a una sacerdotisa de Artemisa?

—Vigila esa lengua —se quejó Agamenón—. No permitiré que se me acuse de impío. Como bien dijiste, se estaba preparando para el sacerdocio. No he cometido ningún crimen contra los dioses.

El sacerdote se había quedado sin palabras. Abrió la boca, pero no fue capaz de articular ningún sonido. Al fin, con voz queda, casi para sus adentros, murmuró:

—Llegué demasiado tarde.

—Así es —se mofó Agamenón—. Si su castidad era tan importante, el templo debería haber enviado a alguien antes. ¡Llevará aquí como un mes, por Zeus! ¡Yo tendría que haber sido un eunuco!

Rio ante su propia ocurrencia, mientras a Clitemnestra se le revolvían los adentros.

—Estaba de viaje —masculló el joven—. En Tebas. Volví justo ayer... Y los demás... cobardes.

La última palabra la escupió, como si hubiera notado un sabor amargo en la boca.

—Si eso es todo... —comenzó Agamenón.

—¿No podríais devolvérnosla de todas formas? —preguntó el hombre con un tono casi suplicante—. Puede seguir sirviendo en el templo... Esa muchacha es parte de Argos.

—No, me temo que no —respondió Agamenón sin consideración alguna—. Ahora es parte de este palacio. Deberías alegrarte por ella. Es un gran honor ser escogida por el rey.

—¿Un honor? —repitió el sacerdote, tembloroso. Pareció morderse la lengua—. Sí, mi señor —acabó diciendo entre dientes—. Gracias por atenderme.

Hizo una afectada reverencia y abandonó el salón, no sin antes cruzarse fugazmente con la mirada de Clitemnestra para enseguida voltear hacia la puerta.

En ese momento, Clitemnestra se dio cuenta de que había estado conteniendo el aliento, y lo soltó tan silenciosamente como pudo. Al no ser capaz de mirar a su esposo a los ojos, se centró en la rotación del huso y apenas oyó las últimas peticiones del día. Agamenón continuó con su carácter habitual, como si la súplica del sacerdote le hubiera importado lo mismo que cuatro campos de cebada, pero Clitemnestra no lograba quitarse de la cabeza la mirada triste del joven. Al parecer, no era ella la única que sufría por la nueva distracción de su marido.

15
HELENA

Helena notaba que poco a poco iba volviendo a su estado anterior. Con cada día que pasaba, tenía la impresión de estar recobrando más fuerzas. Cada vez le costaba menos salir de la cama, hablar con los demás y dedicarse a sus tareas habituales. Todas las mañanas acudían sus doncellas a bañarla, embadurnarle la piel con aceites perfumados, vestirla con sedosas lanas y engalanarla con joyas. Era un ritual que la hacía sentir mejor, y menos un cadáver viviente. Volvía a ser Helena, la reina, y no la muchacha rota y sanguinolenta. Y eso la hacía sentirse poderosa.

Sin embargo, no todo había vuelto a ser como antes. Ahora también era Helena, la madre. Comprendía lo que había pasado, sabía que el bebé era real y que estaba vivo —ahora descansaba en un rincón de su alcoba—, y que su situación, su vida, había sufrido un cambio monumental e irreversible. Los demás se encargaban de recordárselo a diario. Ya era una mujer hecha y derecha, decían, como si se hubiera metamorfoseado, como si, del dolor y la sangre, hubiera nacido un nuevo ser. Y, a pesar de todo, no acababa de creérselo. No se sentía como una verdadera madre.

Se levantó y se acercó a la cuna de su hija. Se llamaba Hermíone, un nombre que había escogido Agamenón mientras Helena seguía presa de las garras de la fiebre. Al bajar la vista hacia su rostro durmiente, los labios carnosos y las delicadas pestañas, sentía... poco más que nada. Sabía que era su hija y, sin embargo, no la sentía parte de ella, tal como le había dicho su madre. Según ella, amaría instintivamente a su hija, pero Helena no notaba ese amor cuando miraba a la criatura. Apenas sentía alguna conexión.

Era consciente de que debía sostener más a menudo a la niña, pero la aterraba no hacerlo bien, molestarla o herirla. Era como si siempre rompiera a llorar cuando Helena intentaba cargarla.

El llanto de Hermíone le resultaba insoportable. Se sentía impotente, sobre todo al no poder hacer lo único que sabía que podría calmarla. Helena había tratado de alimentar a la criatura en cuanto había tenido fuerzas para sostenerla, pero no había servido de nada. La leche no manaba. Cuando por último, y tras varios intentos, habían tirado la toalla y se la habían devuelto a la nodriza, se había sentido un fracaso como madre. Ahora todos los días, y no solo una vez, Helena debía soportar la humillación de ver a una esclava —Ágata, su compañera de juegos cuando era niña— realizar el deber que tendría que haber sido suyo y darle a su hija lo que ella no podía proporcionarle.

A pesar de no haber oído nada directamente, Helena sabía que el palacio hablaba a sus espaldas. ¿Qué clase de madre no es capaz de alimentar a su prole? Las nodrizas solían ser un recurso para los bebés cuyas madres habían muerto, pero ella respiraba, estaba viva. Una madre de carne y hueso que, sin embargo, no era suficiente. «Malograda. Maldita.» Esas eran las palabras que imaginaba que se musitaban en los corredores mientras ella yacía en el lecho por las noches.

Helena seguía junto a la cuna cuando la puerta de la alcoba se abrió y entró Ágata. La muchacha continuaba igual de apocada que siempre, aunque ahora era una mujer adulta y le sacaba algunos centímetros a Helena. Ágata siempre había sido más menuda que ella y Nestra durante las etapas de crecimiento, a pesar de ser cercanas en edad, pero había acabado alta y esbelta como un junco.

Agachó la cabeza al entrar, con el cabello castaño claro recogido con una cinta de trapo.

—Vengo a amamantar al bebé, señorita —anunció, como si Helena no lo supiera. Mantenían ese mismo intercambio de palabras cada pocas horas.

—Hermíone duerme —respondió Helena con una brusquedad involuntaria. No estaba teniendo un buen día, y la llegada de Ágata no había hecho sino empeorar sus ánimos.

—Ah —exclamó la muchacha agachando aún más la cabeza—. Quizá debería volver cuando se haya despertado.

Ágata dio media vuelta, pero Helena la llamó y trató de dirigirse a ella con más educación, algo que consiguió solo a medias.

—Bueno, ya que has venido, prueba a ver si te la acepta.

Prefería quitárselo de encima a que la molestaran otra vez dentro de una hora.

—Como desee, señorita —contestó Ágata, y se acercó a la cuna sin levantar la cabeza.

Al final resultó que Hermíone sí estaba lista para aceptar la leche, así que Helena se sentó y observó a su hija presionar el rostro contra un pecho suave y blanco que no era el suyo. Todo parecía natural —el modo en que Ágata le sostenía la delicada cabeza, los sutilísimos suspiros de satisfacción que se escapaban de aquellos labios lechosos—, y, a pesar de eso, Helena tenía un extraño nudo en el estómago.

Se percató de que Ágata desviaba la mirada, y comprendió que la había estado observando. ¿Notaría la otra muchacha su resentimiento? ¿Su envidia? ¿La sensación de que aquello era un error? En ese momento, algo peor le vino a la cabeza. ¿Ágata la compadecía? Lo último que quería Helena era que una esclava sintiera lástima por ella.

Desesperada por buscar alguna distracción, dijo:

—Háblame de tu hijo, Ágata. El que perdiste. —En cuanto las palabras salieron de su boca, se dio cuenta de que tal vez hubiera sido cruel preguntarle algo así. Pero, una vez dicho, no le quedaba otra que afrontarlo—. Es decir... Me contaron que por eso te decidiste a ser el ama de Hermíone.

—No hay mucho que contar, señorita —respondió la muchacha, aún con la mirada gacha—. Hacía poco que había nacido cuando la enfermedad se lo llevó, un puñado de meses. —Tras una pausa, añadió—: Se llamaba Nicón.

Ágata hablaba con ligereza, como si se tratara de un tema mundano, pero Helena tenía la impresión de que seguía de luto por la criatura. También pensó en lo extraña que debía de ser la sensación de cuidar a otro bebé después de perder al tuyo. No tenía claro si debía de ser un consuelo o algo más bien trágico. Tal vez ambos.

—¿Lo querías? A Nicón, quiero decir —inquirió Helena con voz queda.

Ágata respondió con un ligero gesto de cabeza. Quizá la pregunta había sido estúpida. Por supuesto que una madre quiere a sus hijos y llora cuando se los quitan. Puede que tuviera la esperanza de que Ágata dijera que no, que no había querido a aquella criatura, que no había vivido lo suficiente como para que el amor floreciera. Si Hermíone desapareciera en ese mismo instante, ¿qué sentiría Helena? ¿Sentiría algo que no fuera alivio?

—¿Quién era el padre del niño? —preguntó Helena, pensando que quizá podía llevar la conversación a un terreno más agradable—. ¿Mi padre te permitió casarte con otro de los esclavos?

—No, señorita.

—Ah, entonces era un hijo natural —comentó Helena con una sonrisa pícara, satisfecha de que Ágata no fuera tan perfecta como parecía.

—Tampoco, señorita. Nunca he tenido relaciones por amor —respondió la esclava con un semblante de seria inocencia.

—Vaya... Bueno, lo que quería decir es que... ¿quién era, entonces? La criatura debía de tener un padre —dijo Helena con un amago de risita. Le había picado la curiosidad.

—Uno de los invitados de su padre, supongo —contestó sin darle demasiada importancia—. No sé cuál. A veces vienen a verme cuando se alojan en el palacio.

—¿Y tú permites que yazcan contigo? —replicó Helena, incrédula—. ¿Aunque no los ames?

—No es una cuestión de permiso, señorita —respondió la esclava mientras volteaba hacia Helena y desviando la mirada—. Tampoco es que pueda negarme. Son invitados.

A Helena se le revolvió ligeramente el estómago.

—¿Y mi padre lo sabía? —quiso saber—. ¿Y no se lo impedía?

—Sí, señorita, creo que estaba al corriente —contestó Ágata con voz queda—. Diría que a veces incluso los invitaba a que me buscaran. Habría sido una falta de hospitalidad negárselo, señorita. Todo lo de su padre era también de los invitados... Así son las cosas. A mí, mientras no me hagan daño... La mayoría me tratan bien.

Helena permaneció en silencio unos segundos mientras Ágata seguía amamantando a Hermíone. Se sentía una necia, una ingenua por no haber sabido reconocer la realidad que la rodeaba. Y culpable, también, por estar resentida con la esclava. No le cabía duda de que Ágata la envidaba casi tanto como ella. Y más, con toda probabilidad. Decidió que se esforzaría por tratarla con amabilidad. Los errores maternales de Helena no eran culpa de Ágata. Aunque saber algo es muy distinto a sentirlo.

—Creo que ya terminó —anunció Ágata, apartándose a Hermíone del pecho. Helena levantó la vista y asintió, y permitió que la otra muchacha dejara a su hija en la cuna.

—Ya puedes irte, Ágata —dijo Helena tratando de esbozar una sonrisa amable o, como mínimo, educada.

—De acuerdo, señorita —respondió la muchacha con una reverencia, y se dirigió hacia la puerta. Sin embargo, antes de alcanzarla, se detuvo. Tras una pausa incierta, dijo—: Disculpe, señorita, pero estaba pensando... ¿No sería mejor si me quedara aquí en su alcoba para poder cuidar con más facilidad a la criatura? Es decir, sería más fácil para usted, señorita. Así no tendría que llamarme ni levantarse por la noche, y yo podría alimentarla siempre que lo necesitara.

Helena no respondió de inmediato, sino que dejó a la muchacha allí de pie, inquieta, probablemente temerosa de haber hablado fuera de lugar. Aun así, tenía razón: lo más fácil sería que estuviera siempre cerca de la niña. Pero entonces a Helena se le ocurrió otra alternativa.

—O ¿qué te parece si las movemos a ti y a la niña a una estancia individual?

Ágata parecía confusa.

—Pero, señorita..., no creo que quiera separarse de...

—Sí, sí, creo que será lo mejor. Será más fácil para ti y para la niña —insistió Helena decidida, para no dar pie a que la esclava añadiera nada más.

No mencionó, sin embargo, que sobre todo sería más sencillo para ella. Por mucho que no fuera capaz de admitirlo, la criatura la incomodaba; era una presencia constante en el rincón de la alcoba. Le recordaba su fracaso como madre y el calvario que había vivido para tenerla. Y ¿qué le había reportado? Ni alegrías, ni satisfacciones ni una conexión más estrecha con su marido, o no por el momento. Lo mejor era dejarla a cargo de otra persona y quizá, con el tiempo, acabaría queriendo a su hija.

—Dicho y hecho, señorita. Lo que desee, siempre que el rey esté de acuerdo —añadió Ágata con una nota de duda en la voz.

—Es mi hija, y decido yo —respondió Helena con más aspereza de la que pretendía—. Estoy convencida de que el rey accederá.

—De acuerdo, señorita —accedió Ágata agachando la cabeza—. Me trasladaré con la criatura en cuanto hayan podido preparar la alcoba.

—Gracias, Ágata —musitó Helena, tranquila después de saber que por fin terminaría su tormento—. Y gracias por todo lo que has hecho por mi hija.

La muchacha hizo una reverencia grácil y abandonó la estancia.

16
CLITEMNESTRA

Era un día frío de primavera; el tiempo perfecto para el ascenso. A pesar de que el sol vespertino caía a plomo sobre ellos, con una luz deslumbrante comparada con la penumbra de palacio, corría una brisa fresca que los ayudaba a sobrellevar el calor. Clitemnestra la había agradecido durante los tramos más duros del sofocante ascenso, y ahora que habían llegado a la cima de la colina, el viento soplaba aún con más fuerza y le inflaba el vestido. Tuvo que sujetarse la falda con una mano por miedo a que pudiera levantarse con una de las ráfagas más intensas. En la otra mano sostenía un ramillete de trigo, igual que el resto de las mujeres que habían realizado el ascenso con ella. Los habían llevado como ofrendas que les aseguraran unas buenas cosechas. Esa era una de sus funciones más importantes como reina: guiar aquel ascenso varias veces al año y brindarle fertilidad a la tierra.

Disfrutaba de aquellos insólitos viajes fuera de la ciudadela, hacia los paisajes que habitaban los dioses. Apenas se habían alejado —Clitemnestra seguía viendo la extensión pétrea que conformaba la ciudad de Micenas a los pies de la colina— y, sin embargo, era como si hubiera entrado en un mundo totalmente distinto, que no se regía por las mismas reglas. Existían una libertad y un primitivismo que no podían hallarse dentro de los muros de palacio. Por ejemplo, allí no estaban obligadas a llevar velo. Era un ritual propio de las mujeres, de modo que no había hombres que pudieran verlas, salvo los esclavos que las habían ayudado a cargar con las ofrendas colina arriba, claro, pero ellos no contaban.

Tal vez la diferencia más marcada fuera la ausencia de su marido. En las alturas no había rey, sino tan solo una reina. Allí arriba no respondía más que ante ella misma y ante los dioses. Allí arriba el poder era suyo.

Sintió ese poder al dirigir el ritual, mientras colocaba un puñado de trigo sobre una gran piedra llana que usaban como altar natural y guiaba a las demás mujeres para que siguieran su ejemplo. Algunas de las espigas salieron volando, pero poco importaba; le gustaba pensar que era cosa de los dioses, quienes se las llevaban al monte Olimpo. Pronunció las palabras esperadas durante las libaciones —aceite y vino, y una pizca de miel—, y ella misma se encargó de degollar al lechón que uno de los esclavos había transportado. Dejó que su sangre bañara la tierra seca y, acto seguido, tomó una espiga de trigo y la hundió en el lodo rojizo.

Cuando se incorporó, tenía las manos manchadas de sangre y tierra; la falda, polvorienta, y las rodillas, arañadas, pero sonrió ante un trabajo bien hecho. Se alegraba de poder ejercer una función real por su reino, de ser la reina por algo más que el título y los lujos.

Ahora que los ritos habían concluido, podían descender y regresar a la ciudadela. Sin embargo, Clitemnestra decidió rezagarse y disfrutar del sol, la brisa y las vistas. Y allí arriba no había nadie que pudiera negárselo.

Así que las mujeres se instalaron sobre las rocas y las matas de hierba, charlaron, chismearon y rieron, y el viento se llevó sus voces hacia lugares desconocidos. Clitemnestra se sentó algo alejada de las demás, puesto que apenas las conocía. Sus doncellas, incluida Eudora, se habían quedado en palacio para cuidar de sus hijas, y sabía que incomodaría a las demás si intentaba unirse a sus conversaciones. Por muy nobles que fueran, ella seguía siendo su reina.

Sentada en aquella cumbre rocosa con vistas sobre los llanos de la Argólida, sabía que en algún lugar, mucho más allá de las lejanas montañas, estaba Esparta. Se preguntó qué debía de estar haciendo Helena en aquel momento, si sería feliz en su matrimonio y si su hija estaría sana. Se preguntó si su madre y su padre estarían bien y si sus hermanos habrían encontrado esposas. De repente deseó tener alas, volar con la ayuda de las brisas, sobrepasar las montañas y regresar a su hogar para ver a su familia, para charlar con ellos, tocarlos.

Sentada con la mirada clavada en el horizonte, se percató de que una sombra le había tapado el sol. Sin voltear la cabeza, supo que se trataba de un esclavo y no de una de las doncellas, puesto que la figura iba vestida con prendas simples en lugar de con brillantes y lujosas telas.

—Señora, ¿os apetecería algún refrigerio? He traído agua y algunos dátiles.

La voz no pertenecía a ninguno de los sirvientes domésticos que conocía y, a pesar de todo, le resultaba familiar...

Volteó y se encontró, observándola desde las alturas, con un rostro que reconoció.

—Eres el sacerdote —suspiró con un miedo repentino que le puso los pelos de punta—. ¿Qué haces vestido como un esclavo? ¿Qué haces aquí?

Echó un vistazo por encima del hombro sin saber si debería pedir ayuda. No habían traído a ningún guardia con ellas, pero había un par de esclavos a no demasiada distancia de allí.

—Por favor, no avise a nadie —murmuró el hombre—. Solo quiero hablar con vos.

Clitemnestra había tomado aliento para proferir un grito, pero lo contuvo, indecisa. El hombre no parecía ir armado; le había mostrado sus manos vacías, como si quisiera evitar cualquier acción que ella pudiera tomar. Parecía tan preocupado como ella, y la miraba con ojos suplicantes.

Exhaló y se relajó ligeramente, sin dejar de observar con cautela al sacerdote, que seguía con las manos extendidas. En ese momento, el hombre se agachó a su lado y comenzó a servirle una copa de agua del gran pellejo que había traído consigo.

—Por favor, no os alarméis —le pidió con voz queda mientras vertía el líquido—. Actuad con normalidad y los demás pensarán que tan solo la estoy atendiendo.

El sacerdote alargó la copa para que ella la tomara. Tras unos segundos de vacilación, Clitemnestra extendió el brazo y la aceptó, rozando fugazmente los dedos de él. Apartó la mano lo más deprisa que pudo.

—Me acuerdo de ti —comentó ella en voz baja, sin dejar de mirar al frente para no levantar sospechas—. Te presentaste en el salón del hogar la semana pasada. Venías a preguntar por aquella muchacha.

—Sí, Leucipe —respondió—. Me llamo Calcas.

—¿Qué haces aquí y por qué te has hecho pasar por uno de mis esclavos? Te has arriesgado mucho. Si Agamenón se entera...

—Sí, me he arriesgado —admitió, y ella vio con el rabillo del ojo cómo abría una cajita con dátiles—. Pero debía hablar con vos. A solas. Y confío en que no se lo contaréis a vuestro esposo. —Le acercó la cajita, lo que la obligó a voltear y mirarlo—. Veo en vuestros ojos que tenéis un corazón justo.

Clitemnestra tomó un dátil y se lo llevó a los labios, pero de repente se sintió cohibida. No era apropiado que charlara con un desconocido sin velo. Tal vez allí las normas fueran distintas, pero eso no impedía que se mantuvieran unos ciertos estándares básicos de decencia. El problema era que ya no podía taparse con nada; levantaría sospechas.

Se comió el dátil con torpeza y se lo tragó tan rápido como pudo, lo que provocó que casi se atragantara con él.

—¿Qué quieres? —susurró con la garganta ya despejada.

—Vengo por la cuestión de Leucipe —respondió Calcas. Clitemnestra notaba su mirada clavada en la nuca, pero siguió con la vista puesta al frente.

—Sí, eso ya lo deduje —dijo—. La muchacha debe de ser importantísima para el templo si estás dispuesto a correr tantos riesgos. —El tono de su voz era inquisitivo, pero decidió proseguir al no obtener respuesta—: ¿Por qué acudes a mí, Calcas? Ya le presentaste tu petición a mi marido y oíste su respuesta. No sé qué poder crees que tengo, pero...

—Acudo a vos porque creo que sois una buena mujer... y porque hay algo que no le dije al rey.

Clitemnestra permaneció en silencio, esperando a que continuara.

—Leucipe es mi hermana.

—¿Tu hermana? —repitió Clitemnestra, volteando hacia él. Había sospechado que debía de existir algún tipo de relación personal con la muchacha para asumir el riesgo, pero había supuesto que debía de estar enamorado de ella.

—Sí, aunque a veces me sienta más bien como su padre. —Suspiró—. Nuestros padres murieron cuando ella era muy pequeña; se podría decir que la he criado yo, más o menos. —Volvió a detenerse y clavó sus ojos en los de Clitemnestra—. Sé que vos también tenéis una hermana pequeña, la famosa Helena de Esparta. He pensado que tal vez comprenderíais... Que me ayudaríais. Tenía la esperanza de que Leucipe se uniera a la comunidad del templo para cuidarla, pero sé que ahora ya no hay posibilidad alguna... Con todo, aún podría casarse con un buen hombre y tener una vida feliz. Es lo único que quiero para ella... Seguro que lo entendéis, ¿verdad? —Sus ojos transmitían una profunda desesperación—. Por eso tengo que llevármela. Ningún hombre respetable aceptará desposarse con lo que otros no quieren, con la ramera de un rey. Pero si la sacamos a tiempo, antes de que... Puedo encontrarle algún pretendiente en una ciudad donde todavía no hayan llegado los rumores. Por favor, se lo suplico. Decidme que me ayudaréis.

El torrente de palabras del sacerdote dejó atónita a Clitemnestra. Su desasosiego era tan descarnado, y su angustia, tan sincera... Tal vez hubiera pasado demasiado tiempo en Micenas, pero no era capaz de recordar a ningún hombre que se preocupara tantísimo por la felicidad de una muchacha. Y por supuesto que lo comprendía: una buena vida era lo único que ella siempre había querido para su propia hermana. Era imposible que el sacerdote estuviera al tanto de lo mucho que había tenido que sacrificar para conseguirlo... y, aun así, por alguna razón, sentía que quizá sí lo sabía. Conocía el mismo amor, la misma sensación de responsabilidad, la misma necesidad de proteger.

—¿Por qué no le dijiste al rey que la chica era tu hermana? —le preguntó—. Eres su tutor. Estás en tu derecho de decidir adónde va y quién...

—¿Creéis realmente que esas normas se aplican a los reyes? —replicó él tajantemente—. ¿Creéis que si reclamo mis derechos me la entregará?

Clitemnestra no supo qué responder.

—Conocéis a vuestro esposo, y sabéis que tengo razón —musitó el sacerdote, esta vez con más urgencia—. He oído muchas cosas sobre él; conozco a los de su calaña. Si hubiera sabido que Leucipe es mi hermana, habría supuesto que actuaba solo por motivos personales, y no como representante del templo. Jamás habría puesto los deseos de otro hombre por encima de los suyos, pero pensé que... Pensé que tal vez atendería a la voluntad de los dioses. Y puede que no sea demasiado tarde.

—Supongo que... lo que dices tiene sentido. Y creo que quizá acertaste al no contárselo —respondió con un leve suspiro—. Mi marido tiene una voluntad férrea. Cuando decide que quiere algo...

—Debéis jurar que no le contaréis a vuestro esposo que Leucipe es mi hermana. Por favor. Si lo hacéis, me temo que no seré capaz de recuperarla.

Clitemnestra vaciló. ¿Podría llegar a ocultarle la verdad a su marido? Tal vez se viera obligada hasta a engañarlo... Y sería la primera vez en cuatro años de matrimonio. ¿Estaría traicionándolo incluso charlando con aquel hombre a sus espaldas? En ese momento, le vino a la mente el rostro de Leucipe. Y ¿qué sucedía con la lealtad que el esposo debía a su mujer? Y esa pobre muchacha, arrebatada de su hogar. ¿Quién podía imaginarse lo que estaría sufriendo? La idea de ocultarle algo así a Agamenón la inquietaba y, a pesar de todo, notaba una especie de excitación sutil en algún lugar de sus adentros. El hecho de que una parte de ella pudiera existir más allá de los dominios de su matrimonio, de que pudiera tener secretos al igual que él... Era también una suerte de poder, por extraño que fuera.

—Te prometo que no se lo contaré.

—No, necesito que lo juréis —masculló Calcas, atravesándola con unos ojos tan intensos que le resultó imposible desviar la mirada.

—Lo... Lo juro. Por los dioses —dijo circunspecta.

—Juradlo por vuestras hijas. Por sus vidas —le suplicó él, agarrándola del dobladillo de la falda.

—¿Por mis hijas? —suspiró, apartándose de él—. No puedo...

—Si decís la verdad, ¿por qué dudar? Por favor. Así sabré que mantendréis vuestra palabra.

—Yo... Está bien —concluyó, tragando saliva con dificultades—. Juro por los dioses y por la vida de mis hijas que guardaré tu secreto y no le contaré a mi esposo los lazos que te unen a Leucipe.

—Bien —suspiró, y le soltó la falda—. Gracias, mi señora. Sabía que podía confiar en vos.

Clitemnestra tenía la impresión de que un terrón le oprimía la garganta. ¿Cómo había sido capaz de pronunciar tales palabras? Aunque, si pretendía cumplir su promesa, ¿qué daño podían hacer? Y si la muchacha podía regresar a casa, si ella misma podía recuperar a su esposo...

—¿Qué es lo que quieres que haga? —le preguntó—. ¿Cómo puedo devolverte a tu hermana?

—Lo primero es que habléis con vuestro esposo para ver si tenéis éxito allí donde yo he fracasado.

—No sería la primera vez que le saco el tema —respondió con voz queda, afligida por el recuerdo de aquella conversación—. No me hizo caso.

Calcas frunció el ceño y pareció perder parte de los ánimos.

—Me temía que me diríais algo así —mascculló—. En ese caso, tengo otro plan.

Clitemnestra seguía mirándolo. Había recuperado la llama en sus ojos y, cuando volvió a hablar, se dirigió a ella con una voz grave y solemne:

—Quiero que la ayudéis a escapar.

17
CLITEMNESTRA

Era tarde. Hacía más de una hora que el sol se había puesto y la alcoba solo estaba iluminada por la luz danzante de los candiles. Clitemnestra estaba sola, arrancándose con nerviosismo la piel alrededor de las uñas. Por suerte, las doncellas se habían dormido. Lo único que le quedaba por hacer era esperar hasta que Eudora regresara.

No estaba segura sobre si involucrar o no a la doncella. Si las descubrían, si Agamenón se enteraba..., el riesgo era mucho mayor para una esclava. Pero Eudora era la única persona en la que confiaba plenamente, y Clitemnestra no se veía con ánimo de hacerlo sola. El mero hecho de tener a alguien en quien confiar ya había sido de gran ayuda. Y solo le había pedido una cosa. La verdadera tarea seguía en manos de Clitemnestra.

El silencio de la noche solo quedaba interrumpido por los ruidos lejanos de un banquete. Agamenón estaba celebrando un festín para sus comandantes militares y sus mejores soldados. Hacía más de una hora que había comenzado, así que debían de haber acabado de comer, pero sabía que la bebida seguiría corriendo durante al menos dos horas más, como siempre. Hacía semanas que se había planeado aquel banquete, y la idea de aprovechar esa ocasión había sido de Calcas. Puede que fuera la única en mucho tiempo.

Clitemnestra empezaba a notar la presión. No podía echarse

atrás: la maquinaria ya se había puesto en movimiento. Pero ahora que había llegado el momento de la verdad, el momento en que de verdad llevaría a cabo el plan y actuaría a espaldas de su marido, sentía náuseas. ¿Qué clase de esposa era?

«Una que quiere recuperar a su marido», le respondió una vocecilla en su cabeza. Era consciente de lo egoísta que era pensar en su felicidad cuando la de tantos otros estaba en juego, y, sin embargo, la idea de que la conspiración de aquella noche pudiera ayudarla a remendar su matrimonio era una de las únicas cosas que le servían para mantener la calma. Estaba haciendo lo mejor para todos, ¿no? Y, sobre todo, para Leucipe. No le costaba imaginarse el sufrimiento de la muchacha, alejada de su familia, sola y aterrorizada. Se veía reflejada en ella, y recordaba lo que había sentido el día que llegó a palacio, aunque sus casos fueran muy distintos. Clitemnestra estaba casada y tenía hijas legítimas. Agamenón le había arrebatado eso a Leucipe. Le había robado algo que no le pertenecía, y dependía de Clitemnestra que la muchacha lo recuperara. Si no la ayudaba, ¿quién lo haría?

Y, no obstante, era consciente de que al traicionar a su marido estaría traicionando también su deber. Su padre siempre hablaba de la importancia del deber, de la función que todos cumplimos en nuestras vidas, de lo que se espera de nosotros. Se refería al deber como quien habla de algo sagrado.

¿Era un sacrilegio lo que planeaba hacer esa noche? ¿Sería un sacrilegio siquiera pensar en ello, estar allí sentada esperando?

Fue entonces cuando le vino a la mente otro recuerdo, uno de ella sentada en el salón del hogar con su madre y los guardias custodiando a un hombre que habían descubierto tratando de robar grano de los almacenes de palacio. Padre escuchaba la historia de aquel hombre: su familia se moría de hambre y su aldea había sufrido malas cosechas. Después, su padre lo había dejado ir. Ordenó que enviaran subsidios de grano a la aldea y que al hombre se le permitiera llevar todo lo que pudiera cargar para alimentar a su familia hasta que llegaran los suministros.

Clitemnestra estaba desconcertada. ¿No le había dicho su padre que el deber era algo inquebrantable? ¿No había afirmado que el deber de un rey era defender la ley y castigar a quienes la incumplieran?

Su padre había esbozado una sonrisa.

—¿Cómo voy a castigar a un hombre que solo intenta ayudar a su familia? Tal vez yo habría hecho lo mismo en su lugar.

Pero Clitemnestra había mantenido el ceño fruncido, así que Tíndaro le había sostenido la barbilla y se había dirigido a ella con la voz sosegada que usaba siempre que trataba de enseñarle algo.

—A veces debemos cumplir con nuestro deber, y otras, hacer lo que creemos correcto —añadió—. El truco está en saber cuándo esas dos cosas van de la mano y cuándo no.

Un golpecito suave en la puerta provocó que la sonrisa de su padre desapareciera y la devolvió al presente. Un segundo más tarde, entró Eudora seguida del rostro pálido y aterrorizado de Leucipe.

Al menos su doncella había cumplido con su parte sin problemas. Clitemnestra le había pedido que fuera a buscar a la muchacha a la estancia donde la retenía Agamenón. Habría levantado demasiadas sospechas que la reina en persona se hubiera presentado ante la concubina del rey.

Hizo entrar a las dos mujeres y Eudora cerró cuidadosamente la puerta tras ellas. De repente Leucipe se hincó de rodillas.

—Lo siento, mi señora, no pretendía haceros sufrir. Sé que debéis de odiarme, pero-pero... os lo suplico, no me hagáis daño.

Tenía el rostro surcado de lágrimas y los brazos levantados en actitud suplicante.

—¡Shh! ¡Calla! —siseó Clitemnestra—. ¡Te van a oír! —Volteó hacia Eudora—. ¿No se lo explicaste?

—No, señora, preferí dejarlo en vuestras manos.

Clitemnestra suspiró y dejó una mano reposando sobre el hombro tembloroso de Leucipe.

—No voy a hacerte daño —le dijo—. Voy a ayudarte.

Los ojos de Leucipe pasaron de mostrar un miedo cerval a una confusión absoluta.

—Tu hermano Calcas vino a verme —prosiguió Clitemnestra, enderezándose—. Me pidió que te sacara de palacio, y eso es lo que voy a hacer. Debería estar esperándonos en las puertas en este mismo instante.

—¿Calcas? —musitó la muchacha—. Sabía que no me abandonaría. ¡Sabía que vendría! No esperaba que... —Alzó la vista y miró fijamente a Clitemnestra con ojos pudorosos—. Siento muchísimo todo el daño que debí causaros, mi señora.

Clitemnestra vaciló, sin dejar de mirar aquellos ojos grandes y brillantes. Sí, le habían hecho daño, pero no era culpa de la muchacha. Ya había superado aquellos celos que durante meses la habían atenazado, esa enfermiza sensación que la dominaba siempre que se imaginaba las manos de su marido acariciando una piel blanca que no era la suya.

—No tienes la culpa de nada, Leucipe —indicó con dulzura, y trató de esbozar una sonrisa, ofreciéndole a la muchacha una mano para que se levantara del suelo—. Ahora, antes de marcharnos, debemos cambiarnos de ropa. Nadie se fijará en nosotras si parecemos esclavas —explicó, y le entregó un montón de prendas sencillas a Leucipe—. O eso espero.

Las dos mujeres se desvistieron de sus lujosas telas, Clitemnestra ayudada por Eudora, como siempre, y comenzaron a ponerse sus nuevas prendas. Clitemnestra, gracias a su doncella, acabó mucho antes que Leucipe, y mientras Eudora le ajustaba el vestido no pudo evitar echar un vistazo a la joven, quien seguía descubierta.

No tenía claro qué esperaba ver. Tal vez una belleza radiante, incuestionable. La razón por la que su marido había optado por aquel cuerpo y no por el suyo. Pero lo único que vio fue a una muchacha huesuda y agitada. En lo más profundo de su ser sabía que el encanto de la muchacha radicaba en la novedad, en la atracción por lo diferente, y, sin embargo, le resultaba difícil no hacer comparaciones. Los pechos de Leucipe eran más pequeños que los suyos, y sus caderas, más estrechas. Había tenido, claro, la ventaja de no haber dado a luz a dos hijos; tenía aún la piel del vientre suave e impoluta.

Y entonces fue cuando lo detectó: un sutil bulto en el bajo vientre de Leucipe. Apenas era perceptible, a menos que una tuviera muy claro lo que tenía ante los ojos.

—¿Cuándo sangraste por última vez? —le preguntó Clitemnestra, que notaba un creciente sabor amargo en la boca.

Leucipe se dio cuenta de que la observaba y trató de cubrirse con la tela que había estado desdoblando.

—A-antes de venir a palacio —respondió la muchacha.

Clitemnestra y Eudora compartieron sendas miradas de preocupación.

—Sé que ya me tendría que haber bajado, pero a veces viene tarde... No sería la primera vez. Yo... pensé que si esperaba...

Parecía aterrorizada. Clitemnestra vio que le temblaba el labio.

—No pasa nada —le susurró—. Ahora no pienses en eso. Ponte la ropa. Tenemos que irnos.

Una vez vestidas, se despeinaron y se cubrieron la cabeza con harapos antes de abandonar la alcoba con el mayor silencio posible. Eudora se quedó atrás con las niñas.

Las dos llevaban sendas canastas llenas de ropa bajo el brazo, para que diera la impresión de que no estaban más que cumpliendo con sus tareas. Se dispusieron a atravesar el palacio con la cabeza agachada.

Tal como Clitemnestra había previsto, apenas se cruzaron con nadie mientras avanzaban por los pasillos. Era demasiado tarde para que los verdaderos sirvientes estuvieran corriendo de un lado para otro, y aquellos que aún estuvieran despiertos debían de estar ocupados atendiendo a los invitados del banquete.

No tardaron en llegar al patio delantero. «Casi hemos salido de palacio», pensó Clitemnestra. No obstante, en cuanto la luz de la luna comenzó a bañarlas, oyeron una voz que las llamaba y un guardia emergió del portal que pretendían cruzar.

—Buenas noches, señoras —las saludó el hombre mientras caminaba hacia ellas con una mano descansando sobre la vaina que llevaba colgada de la cadera—. Un poco tarde para pasear, ¿no les parece?

Clitemnestra se quedó paralizada con el corazón en un puño. Cuando apenas los separaban unos pasos, le mostró la canasta, todavía con la cabeza baja, y masculló algo sobre la ropa sucia.

—¿A estas horas? Las hacen trabajar duro, ¿eh? —Se detuvo frente a ellas y pareció repasarlas de pies a cabeza—. Bueno, pues nada —acabó diciendo—. Cuidado por dónde van. Nunca se sabe con quién pueden toparse a estas horas de la noche.

Se le escapó una risita sutil de la garganta y se apartó para dejarlas pasar. Leucipe fue la primera, con Clitemnestra siguiéndola de cerca. Sin embargo, cuando pasó al lado del hombre, notó que este le tocaba la zona lumbar con la mano, y, antes de que tuviera tiempo de girarse, la bajó todavía más.

Volteó de súbito, sorprendida por aquella intrusión. Resopló, pero el guardia se limitó a esbozar una sonrisa. Ella abrió la boca para espetarle que quién se creía que era, pero se frenó justo a tiempo. Se suponía que era una esclava, así que debía comportarse como tal. El guardia era un hombre libre, y no le cabía duda de que estaba acostumbrado a tomarse tales libertades. Así que cerró la boca y se apresuró a seguir a Leucipe, convenciéndose a sí misma de que debería sentirse agradecida por que la situación no se hubiera complicado.

Habían llegado al porche principal; ya veía la luna a través de las enormes puertas del palacio. Lo habían conseguido. Ahora solo tenían que llegar a las puertas exteriores y confiar en que las dejaran pasar. Se aferró a su canasta mientras atravesaban el portal, tratando de aparentar normalidad, que era lo que se esperaba de ellas, y Leucipe y ella comenzaron a descender la gran escalinata que conducía a las calles inferiores.

Bajaron y bajaron, hasta que solo les faltaron cinco escalones para llegar a la base de las escaleras. Cuatro. Tres.

—¡DETÉNGANSE! —rugió una potente voz a sus espaldas.

La conmoción fue tal que Clitemnestra dio un traspié y consiguió mantener el equilibrio a duras penas. Permaneció inmóvil, con la cesta bien agarrada y la mirada clavada en el suelo. Tenía miedo de darse la vuelta y ver el rostro que sabía que las esperaba en la parte alta de las escaleras.

Oía los resuellos desesperados de Leucipe a su lado, que se fueron convirtiendo en sollozos hasta que rompió a llorar. Acto seguido, oyó unos pasos pesados a sus espaldas que no hacían sino retumbar más y más a medida que se aproximaban. Cuando cesaron, supo que lo tenía justo detrás. Se armó de coraje; era la reina, no una chiquilla. No debía temerle. Volteó para enfrentarse a él y levantó la barbilla para demostrarle que no estaba asustada. Cuando sus miradas se cruzaron...

¡Plaf!

La golpeó con tanta fuerza que cayó al suelo y soltó la cesta mientras rodaba por los pocos escalones que la separaban del pavimiento a los pies de la escalinata. Notaba el gusto de la sangre en la boca, y creyó que la cabeza le explotaría por el dolor.

Era la primera vez que le pegaban. Había visto palizas a esclavos muchas veces, pero nunca había estado al otro lado de una mano violenta. Ahora conocía el dolor que producía, aunque lo que sentía con mayor intensidad era la humillación. Notaba los ojos de los presentes clavados en ella mientras seguía tirada en el suelo, cubriéndose el rostro con las manos. Qué patética debía de parecer. Qué frágil.

Una vez que hubo remitido la conmoción del dolor inicial, plantó las manos en el suelo sin dejar de temblar y se puso de pie, tambaleándose ligeramente mientras se enderezaba y hacía frente a su esposo.

Sus oscuras cejas parecían nubes de tormenta cubriendo los truenos que eran sus ojos. La espesa barba le temblaba por la ira. Leucipe estaba a su lado, en silencio y con la cabeza agachada. Agamenón la tenía agarrada con fuerza por la muñeca.

—¿Pensabas que no me enteraría? —bramó, con su profunda voz salpicada de rabia—. Estúpida. Aunque hubieras podido deshacerte de ella, ¿crees que no habría visto tu mano en su desaparición? Perra celosa.

Sus palabras fueron como otro bofetón, pero se convenció a sí misma de que no iban dirigidas a ella, o no del todo. Pudo ver a algunos de los invitados al festín apelotonados en la parte superior de las escaleras, observándolo todo, y oía a otros hombres removiéndose a sus espaldas, ciudadanos de la ciudadela que habían acudido a presenciar la trifulca. Había desafiado a su marido, menoscabado su autoridad en su propio palacio, mientras sus hombres festejaban en su mesa. Sabía que Agamenón no podía dejarlo pasar. Debía avergonzarla y ponerla en su lugar.

No era el momento de mostrar orgullo. Consciente ya de lo

que debía hacer, subió por el puñado de escalones que la separaban de su esposo y se arrodilló a sus pies.

—Lo siento, mi señor —se disculpó, esforzándose por controlar el temblor en su voz y que la oyeran todos los presentes—. Te he agraviado y suplico tu perdón. No volverá a suceder.

Acto seguido, le besó los pies y sintió una punzada de dolor en el labio partido.

Agamenón permaneció en silencio unos instantes, tal vez sorprendido por las acciones de Clitemnestra y sin saber cómo responder.

—Levántate —le acabó ladrando, y apartó los pies.

Se dispuso a ascender de nuevo la escalinata, arrastrando tras de sí a Leucipe y con Clitemnestra siguiéndolos a poca distancia, con la cabeza visiblemente agachada y el dolorido rostro contraído en un rictus de humilde penitencia.

Tenía la esperanza de haber hecho lo suficiente para evitar más violencia, ya fuera hacia Leucipe o hacia ella misma. Mientras avanzaban, articuló una plegaria silenciosa para que la parte que había ejercido Eudora pasara inadvertida.

Un pensamiento positivo la sobrevino cuando llegaron a la entrada de palacio: Agamenón había dado por sentado que la había movido la envidia y que, simplemente, trataba de deshacerse de su rival. No había mencionado a Calcas ni su papel en todo ese asunto. El sacerdote se había arriesgado a mucho más que a unos momentos de vergüenza o a una paliza al conspirar contra el rey, pero parecía estar a salvo de su venganza. Al menos, alguien se había librado.

18
HELENA

Habían pasado poco más de dos meses desde que Helena había dado a luz a Hermíone. Tras la conmoción inicial y la lenta recuperación, ayudada por el hecho de que hubieran trasladado a la criatura a otra estancia, a Helena la carcomía un nuevo temor: que Menelao quisiera volver a yacer con ella. No era el acto en sí lo que la aterrorizaba —había acabado acostumbrándose durante el año anterior al nacimiento de Hermíone, y había sanado lo suficiente como para que no le doliera, o eso creía—, sino las consecuencias. El sexo implicaba más hijos, y no había nada en el mundo que temiera más que volver a tener una vida en sus entrañas. El dolor, la sangre... No podía volver a pasar por lo mismo. Había escapado de las garras de la muerte, pero por muy poco. No se atrevía a tentar a las Moiras una segunda vez. Helena amaba la vida, y todavía le quedaba mucho por vivir. No lo echaría todo a perder por una criatura, y tampoco por su esposo.

Era consciente de lo erróneo que era sentirse así. ¿Acaso no le habían dicho todos que traer un hijo al mundo era la mayor alegría de una mujer, el mayor regalo que podía ofrecerle a su reino? Hablaban de la maternidad como algo que debía hacerte sentir poderosa, pero Helena se sentía como un desecho. Se preguntó si su hermana habría vivido con el mismo pavor el nacimiento de sus hijas. No, lo dudaba. Nestra siempre hacía y sentía lo que se esperaba de ella. Era Helena la que siempre parecía ir a contracorriente.

Hasta el momento había sido capaz de evitar cualquier encuentro íntimo con Menelao. Él había estado durmiendo en otra alcoba mientras ella se recuperaba, pero ya hacía dos semanas que acudía a su habitación cada dos o tres días. Jamás anunciaba el motivo de la visita, sino que se limitaba a deambular sin rumbo durante un rato, y quizá incluso daba pie a alguna conversación banal. Los dos sabían por qué estaba allí, pero no lo reconocían. A veces Menelao se acercaba para tocarla, acariciarle un brazo o tomarla de la mano, pero ella acababa apartándose de él y fingía no comprender cuáles eran sus intenciones. Sabía que no podía evitarlo eternamente —al final terminaría perdiendo la paciencia—, pero, de momento, se sentía segura.

Helena estaba tejiendo en su alcoba aquella noche. Aunque todavía no se le daba demasiado bien, había descubierto que lo disfrutaba mucho más que antes. Era algo casi contemplativo: las idas y venidas de la lanzadera, ir construyendo la tela capa a capa. Pasara lo que pasara, Helena siempre podía sentarse en el telar y olvidar que el resto del mundo existía.

Un golpe seco en la puerta de la alcoba desmontó la ilusión. Helena detuvo la lanzadera y volteó para ver quién era. Cuando la cabeza asomó por la puerta, un miedo cerval le recorrió la columna. Era su marido.

Helena no deseaba reducir la distancia que los separaba, así que se quedó inmóvil en el taburete. Tal vez Menelao vería que estaba ocupada y se marcharía. O fingiría que tan solo venía a preguntarle algo trivial, como hacía de vez en cuando.

La visita de hoy era distinta. Aquella noche lo colmaba una nueva energía que lo hizo entrar directamente, resoluto, y cerrar la puerta. Se acercó a ella con una suerte de firmeza afectada en los pasos. Acto seguido, y ya delante de ella, le colocó una mano en el hombro, se agachó y la besó en los labios.

Era la primera vez que se besaban desde el nacimiento de su hija. Helena se dio cuenta de que le había gustado, a pesar de los nervios. El contacto, el afecto. Fue un beso dulce, pero también decidido, y se había quedado con ganas de más. De repente deseó que la abrazara con sus fuertes brazos, que le acariciara el cabello y le dijera que era hermosa, que la amaba. Aquello era lo que más quería en el mundo, lo que siempre había querido. Pero las cosas habían cambiado desde que conocía las posibles consecuencias.

Menelao se había enderezado y ella lo contemplaba absorta, dividida entre las dos partes de su ser. Debería apartarlo de ella, alejarse de allí. Pero estaba sentada contra el telar. ¿Adónde iría?

—Helena —dijo Menelao antes de que ella pudiera actuar—. ¿Estás... bien?

Ella se puso de pie, alentada por una repentina sensación de reclusión.

—Sí, gracias —respondió, rodeándolo—. Aunque estoy muy cansada. Debería irme a la cama...

Trató de alejarse de él, pero Menelao la agarró de la muñeca con un gesto delicado pero apremiante.

—Helena —repitió, girándose para que volvieran a estar frente a frente—. Esperaba... que pudiéramos yacer juntos. Como marido y mujer. Si ya te recuperaste...

Había llegado el momento. Finalmente había pronunciado las palabras tácitas que durante semanas habían flotado a su alrededor. Helena trató de apartar el brazo, pero Menelao no la soltaba.

—Es demasiado pronto —respondió con voz queda, sin mirarlo a los ojos.

—Han pasado más de dos meses —insistió Menelao—. Sé que el parto fue duro, y te he dejado tranquila, pero ya sanaste, y no creo que tenga sentido posponerlo más. —Le soltó la muñeca inerte y la tomó de la mano—. Necesitamos otro hijo, Helena.

Sabía que no podía ser honesta con él y confesarle que no quería tener otra criatura y que por eso se había estado resistiendo. Menelao jamás lo aceptaría. Un rey debe tener herederos, y es responsabilidad de la reina proporcionárselos. De lo contrario, pensó con amargura, ¿de qué le servía? Tal vez le concediera otro día, otra semana u otro mes, pero en algún momento tendría que ceder ante su deber. Era fútil intentar evitarlo.

Cuando él volvió a besarla, no se apartó. Y cuando empezó a deslizarle el vestido por los hombros, no lo detuvo.

Una vez culminado el acto, Helena se quedó recostada en la cama, incapaz de dormir. Estaba de espaldas, con las manos sobre el abdomen y la mirada clavada en la densa negrura. Menelao ya roncaba.

Podía sentir su semilla en su interior, una sustancia ajena, una cicuta. Se la imaginaba filtrándose hacia el suelo fértil de su vientre, fundiéndose con ella y brotando como una planta. Se le revolvía el estómago. Habría querido expulsarla, alcanzarla con la mano y arrancársela de dentro. Era su propia muerte gestándosele en las entrañas. Podía sentirla.

Estaba al borde de un ataque de pánico. ¿Cómo había podido permitirlo? Se había creído capaz de soportarlo, que tan solo necesitaba un poco de valor. Pero se equivocaba.

Debía deshacerse de ella, sacársela de dentro. Debía salvarse.

No había tiempo que perder. Salió de debajo de las sábanas con cuidado de no despertar a Menelao y atravesó de puntillas la habitación. Se puso rápidamente el vestido, peleándose con los pliegues en medio de la oscuridad, y se acercó a tientas a la mesa que había al lado de la puerta. Dio las gracias a los dioses cuando tocó con las manos la jarra de agua medio llena que buscaba. La alzó, junto con el candil que había cerca, y abandonó la alcoba lo más silenciosamente que pudo.

Las antorchas de los pasillos seguían ardiendo, así que prendió el candil y se apresuró hacia su destino: una sala de invitados en el otro extremo del corredor que sabía que estaba vacía.

Helena entró y cerró la puerta tras de sí. Examinó la estancia bajo la tenue luz que proyectaba el candil, y suspiró aliviada al vislumbrar lo que estaba buscando: una pequeña esponja junto a la bañera de una de las esquinas de la habitación. Podría haberlo hecho sin ella, pero se lo tomó como una señal, la confirmación de que estaba haciendo lo correcto.

Se aproximó a la bañera y se desvistió. Acto seguido, recogió el fragmento de esponja, lo hundió en la jarra de agua y se lo introdujo entre las piernas. Lo hundió todo lo que pudo, retorciéndolo según fuera necesario, se lo extrajo, lo enjuagó en la jarra y se lo volvió a introducir. Repitió el proceso varias veces, sintiéndose poco a poco más y más purificada, como si estuviera limpiándose la suciedad de una herida. Solo tenía una oportunidad. La esponja estaba empezando a irritarle el cuerpo, pero no podía arriesgarse. Cuando por fin se detuvo, le dolía la espalda por la postura y las puntas de los dedos se le habían empezado a arrugar. Escurrió la esponja hasta que estuvo seca y se incorporó.

Estaba sola, engullida por la oscuridad, desnuda y tiritando de frío. Ahora que había acabado, ahora que su tarea había finalizado, se sintió colmada por una oleada de sensaciones. Se dejó dominar durante unos pocos minutos por el miedo, la soledad y la culpa que la bañaban con lentitud y que se materializaban en cálidas lágrimas y sutiles sollozos.

No tardó en contener las emociones. Con la respiración ya más calmada, se secó las lágrimas, se puso el vestido y regresó a su alcoba.

19
HELENA

Al día siguiente, Helena se despertó completamente exhausta. Después de su escapada por los pasillos, se había pasado el resto de la noche en vela, inquieta. ¿Se habría deshecho de todo? ¿La habría visto alguien? ¿Cómo reaccionaría Menelao si llegaba a enterarse? ¿Qué haría ella la próxima vez que su esposo quisiera que yacieran juntos?

Estaba sentada en su alcoba, como siempre, devanando lana con Adraste. Su doncella no paraba de hablar, pero Helena estaba demasiado cansada para escucharla. Observaba el huso girar en uno de los extremos del hilo. Aquella eterna rotación tenía algo de hipnótico, y se percató de que había empezado a cerrar los ojos y a cabecear.

—¿Señora? —La voz alarmada de Adraste la despertó, y se incorporó con un respingo—. Se quedó dormida, señora. No es propio de vos. ¿Os encontráis bien?

Helena se avergonzaba de que la hubiera descubierto a punto de dormirse, y se dispuso a trabajar con energía la lana.

—Sí, sí, estoy bien —respondió—. Un poco cansada. Continúa con lo que me estabas diciendo. Era algo sobre tu hermano... o tu tío...

—Os pido disculpas, señora, pero no os veo bien. Tenéis unas bolsas terribles bajo los ojos. Me da la impresión de que no habéis pegado ojo.

Adraste la miraba con un destello de preocupación en sus cálidos ojos pardos. Helena no tenía claro cómo proceder. La prueba era su propio rostro. Pero no podía contarle a Adraste la verdad, ¿no? Al final, decidió confesarle al menos la mitad de lo que había pasado.

—El rey vino a mi alcoba anoche... —comenzó, pero Adraste la interrumpió.

—Ay, señora, no tenía idea —exclamó, y sus pálidas mejillas fueron tomando un color sonrosado—. No sigáis, lo comprendo. No debería... Ay, disculpad mi indiscreción, señora.

Tras una breve pausa, durante la cual la doncella fingió estar concentrada en la lana, añadió:

—Qué buena noticia, ¿no le parece? Me alegro de que ya estéis lo suficientemente recuperada como para... Ya sabéis. Y pronto podréis tener otro bebé, dioses mediante. Me alegro muchísimo por vos, señora.

De repente, y casi por sorpresa incluso para ella misma, Helena notó los ojos anegados en lágrimas, y antes de que pudiera reprimirlo se le escapó un sollozo de la garganta. Le dio la espalda a Adraste, pero no había forma de ocultarlo.

—¡Ay, señora! —soltó la doncella con un grito ahogado, y se acercó a tocarle la rodilla a Helena—. ¿Qué os ocurre? ¿Me excedí con algo?

Se detuvo, y Helena notó su mirada intensa y atribulada clavada en ella, buscando una respuesta que no podía ofrecerle.

—Yo no me preocuparía, señora —acabó por decir, apretándole a Helena la rodilla en un gesto de consuelo—. Estoy segura de que podréis alumbrar a más hijos.

Aquellas palabras fueron como echar aceite a las llamas, y Helena sintió otro gemido agitado escapándosele del pecho.

Adraste dejó de hablar tras darse cuenta de que claramente no estaba sino empeorando la situación. Helena se permitió unos segundos para tranquilizarse y, cuando por fin volvió a mirar a la doncella a los ojos, percibió tal turbación que no pudo sentir más que lástima por ella.

—No te preocupes, Adraste —dijo Helena, con una mano reposando sobre la que la doncella tenía en su rodilla—. Estoy bien.

—No me mintáis, señora —respondió la doncella mientras escrutaba el rostro surcado de lágrimas de Helena—. ¿No me diréis lo que os pasa para que pueda ayudaros? Podéis confiar en mí, señora. Os lo prometo.

Helena clavó los ojos en los de la muchacha, claros y sinceros. Por supuesto que confiaba en ella. Y tal vez la ayudaría compartir sus miedos, contarle a alguien por lo que estaba pasando. Se sentía miserablemente sola.

Despacio, y con grandes dosis de vacilación, le reveló lo que había hecho la noche anterior, y por qué.

Cuando hubo acabado, las dos permanecieron en silencio, hasta que Helena le preguntó:

—¿Estuvo mal lo que hice? ¿Crees que soy una mala esposa?

—No, señora —respondió Adraste tras una breve pausa—. Entiendo que no queráis tener a otro bebé todavía. El parto fue muy duro... Quizá lo mejor sea esperar un poco más, hasta que os sintáis preparada.

Helena asintió, pero sabía que Adraste no había acabado de comprenderla. No estaba intentando posponer un futuro embarazo, sino evitarlo por completo. No quería tener más hijos; no si podía eludirlo. Pero tenía la sensación de que a la doncella le costaría comprender algo así, y mucho más apoyarla. Después de todo, ¿qué valor podía tener una mujer sin hijos? Era una vida triste, antinatural, y aún más contra natura era la mujer que escogía vivirla. No se sentía capaz de confesarle a su amiga hasta dónde llegaban sus pensamientos ni de ver cómo aquellos dulces ojos se endurecían por la repulsión o cómo apartaba su cálida mano por miedo, así que no dijo nada.

—Señora, veréis... —comenzó Adraste, y agachó la cabeza hacia la lana—. Existen algunos... métodos, a los que las mujeres recurren cuando no quieren... —Miró de reojo a Helena—. He oído a algunas doncellas hablar de tales cosas. Hay una mujer, no lejos de aquí, a la que acuden cuando... Tal vez tenga algo que pueda ayudaros.

Helena miraba fijamente a su doncella. Trató de mantener el gesto sereno, pero el corazón le latía con fuerza bajo el vestido. ¿Cómo que había otras mujeres? ¿Había otras que intentaban evitar aquella terrorífica hinchazón? ¿Otras que hablaban al respecto, como si no fuera el mayor pecado de su género el hecho de desear la infertilidad allí donde debería brotar la vida? Helena se sintió extrañamente aliviada, más ligera, sabiendo que no estaba sola en su actitud contra natura. Y, a pesar de todo, también la enfurecía el hecho de que nadie le hubiera hablado jamás de tales cosas.

—Puedo enterarme de dónde vive —añadió Adraste—. Podríamos ir a verla. Juntas.

Helena le apretó la mano a la muchacha con más fuerza de la pretendida.

—¿Lo dices en serio, Adraste? ¿Me acompañarías? —suspiró—. ¿Aunque eso implique mentirle al rey?

Helena creyó percibir un atisbo de miedo en los ojos de la doncella, pero esta se limitó a asentir.

—Eres una buena amiga, Adraste —comentó Helena, y esbozó una sonrisa de gratitud y alivio—. Iremos mañana.

Aquella noche, con el corazón en un puño, Helena le contó a Menelao que había planeado abandonar el palacio. Le dijo que necesitaba airearse y ver el sol después de un confinamiento tan prolongado, y que aprovecharía para visitar un altar rural que había cerca. Se decía que los dioses respondían a las súplicas de los que depositaban ofrendas allí, y quería pedirles otro hijo. Era una mentira arriesgada, era consciente de ello, pero también sabía que su esposo no se opondría a una misión así.

Al principio había insistido en que se llevara con ella algún guardia, algo que ya había previsto, pero le había dicho que el altar estaba reservado a las mujeres y que se llevaría a su doncella como compañera de viaje. Al ver que aquello tampoco lo satisfizo, le comentó que se vestiría como si fuera una mujer corriente, y que dos mujeres humildes llamarían mucho menos la atención que una reina con su comitiva.

Por fortuna, al final cedió. Y fue así como esa misma mañana Helena y Adraste partieron con prendas sencillas, envueltas en los velos prácticos y modestos que llevaban las campesinas. En cierto modo, era liberador salir al mundo no como la reina Helena, sino, simplemente, como Helena, una muchacha de diecisiete años que se iba a buscar aventuras con su amiga. Había algo de regocijo en sus pasos cuando atravesaron las lindes de palacio. Se sentía libre y alentada por la esperanza de asegurarse su libertad futura cuando alcanzaran su destino.

Fue toda una caminata, o al menos mucho más larga de las que Helena había estado acostumbrada a hacer durante los últimos años. Le dolían las plantas de los pies cuando Adraste frenó en seco.

—Creo que es allí —anunció, señalando una pequeña construcción a medio camino de la colina que tenían frente a ellas.

—¿Estás segura? —preguntó Helena, entrecerrando los ojos con escepticismo en dirección a la diminuta choza. Parecía más bien un refugio de cabras. Esperaba encontrarse con algo más... impresionante.

—Sí, creo que sí —respondió Adraste, y echó a andar hacia la choza, levantándose la falda para encarar mejor la subida—. Este es el lugar que me describieron —exclamó por encima del hombro.

Helena no tenía más opción que seguir a su acompañante. La choza estaba mucho más arriba de lo que había estimado, y los pulmones le ardían cuando por fin se detuvieron frente a la puerta de madera hinchada. Las dos muchachas se miraron mutuamente.

—¿Queréis que llame yo, señora? —susurró Adraste con un tono que daba a entender que prefería no hacerlo.

—No lo sé —le contestó Helena—. Ahora que estamos aquí... ¿Crees que puedo fiarme de esta mujer? ¿Y si se lo cuenta a alguien? O... ¿y si es algún tipo de bruja? Quién sabe lo que puede llegar a hacernos...

—Pero hemos viajado mucho, señora, y...

De repente la puerta se abrió y dejó al descubierto a una anciana menuda pero robusta, con la piel oscura como el cuero y una capa raída cubriéndole los hombros. Miraba alternativamente a las muchachas con unos ojos penetrantes.

—Son conscientes de que las estaba escuchando, ¿no? —señaló—. Ah, y de bruja nada.

Helena se ruborizó y esbozó una sonrisa de disculpa.

—He-hemos oído que tal vez podrías ayudarnos —comentó con la voz atenazada por los nervios—. O sea, a mí. Ayudarme.

La mujer la repasó de arriba abajo.

—Si vienes a purgarte, vuelve otro día. Me quedé sin fuerzas y...

—No, no —la interrumpió Adraste—. No es eso. Necesita algo para evitarla directamente. Algo que detenga la semilla.

La anciana no apartó la vista de Helena mientras Adraste hablaba, y tampoco contestó de inmediato. Helena empezaba a temer que acabara por denegarles la entrada, y se dio cuenta de que, bruja o no, quería que aquella mujer le echara una mano.

Por último, la anciana respondió:

—Lo mejor será que entren.

El interior era tan diminuto como parecía desde fuera, con los rescoldos de un fuego ardiendo en el centro. La mujer les señaló un par de taburetes desgastados por las visitas previas, y se acercó a un cofre de madera situado en una de las esquinas de la estancia. Tras uno o dos minutos rebuscando e inspeccionando el contenido, la anciana volvió y se sentó en un tercer taburete con un par de tarros en sus ajadas manos.

—Ahora, antes de darte nada, tendrás que demostrarme que tienes los medios para pagarme —dijo la anciana, aproximándose los tarros al pecho—. Aunque no creo que eso sea un problema para ustedes, señoritas —añadió con una sonrisa pícara.

A Helena le dio un vuelco el corazón, y debió de notársele en el rostro.

—No te preocupes, cielo. Te sorprendería la cantidad de mujeres nobles que llaman a mi puerta. Mientras no me pidan mi nombre, yo no les pediré el suyo. —Acto seguido, dejó los tarros en su regazo, se inclinó un poco hacia delante y alargó una mano marchita—. ¿Qué tienes para mí?

Helena miró con nerviosismo a Adraste, quien asintió, así que se metió una mano en el vestido y sacó una bolsita de tela. La abrió y se volcó el contenido en la palma de la mano: un collar de amatista pulida. Lo había tomado de la cajita de su dote —las gemas más hermosas que había podido encontrar—, y le satisfacía su elección. Observó el rostro surcado de arrugas de la anciana con expectación.

Con los ojos entrecerrados, la mujer alargó un brazo y aceptó el collar, que destellaba bajo la luz que entraba por el ventanuco.

—Esperaba algo de vino, o tal vez un chal nuevo, pero me conformo con esto —dijo mientras examinaba las piedras pulidas—. Sí, claro que me conformo. Esto te da acceso a todos mis servicios.

Cuando acabó de hablar, ocultó las cuentas entre los pliegues de sus prendas.

De repente, una pregunta se formó en los labios de Helena, y emergió antes de que pudiera evitarlo:

—¿Cómo es que vives aquí si, según tú, recibes pagos de mujeres acaudaladas? Tan solo ese collar vale... Bueno, mucho. Estoy segura de que podrías permitirte vivir en algún lugar menos... remoto.

—¿Quieres saber por qué vivo en esta choza dejada de las manos de los dioses? ¿Es eso? —preguntó la mujer con una risita—. Bueno, antes vivía cerca de Amiclas, y bien feliz que era. El problema eran las personas. No a todo el mundo le parecían bien mis prácticas. Aquí estoy mucho más segura. Y, oye, las cabras me juzgan muchísimo menos —añadió con una sonrisa desdentada.

Helena le devolvió la sonrisa, pero no pudo evitar sentir lástima por la anciana. ¿Qué clase de vida podía llevar en aquellas colinas, sola? Y, a pesar de todo, parecía alguien con una sonrisa siempre en los labios. Sola, sí, pero también libre. Helena sintió algo extraño mezclado con la lástima. ¿Envidia, quizá?

—Bueno, ahora que me han pagado, me toca cumplir con mi parte. —La anciana torció el gesto—. Tu amiga me dijo que quieres evitar el desarrollo de un bebé, ¿sí? Y entiendo que sabes que no lo tienes ya, ¿me equivoco?

Helena asintió.

—¿Cómo lo sabes? —preguntó la anciana—. Debe de estar visitándote algún hombre, o, de lo contrario, no habrías venido.

¿Cómo sabes que la semilla no ha brotado ya? Porque, en ese caso, esto no serviría de nada.

Helena vaciló. Ya le había costado suficiente confesárselo a Adraste, pero aquella mujer hablaba con tanta contundencia que Helena dudaba de que hubiera algo que pudiera sorprenderla.

—Hace poco que tuve un bebé —respondió con voz queda—. Así que mi esposo y yo no hemos tenido... Pero me visitó hace dos noches, y, bueno..., me metió su semilla. Pero me la limpié para que no creciera. La limpié a fondo.

—¿Cómo que la limpiaste? —repitió la anciana—. ¿A qué te refieres?

—Con una esponja. Me la puse ahí y... lo limpié —respondió Helena, pero con cada segundo que la anciana la fulminaba con la mirada se sentía más y más insegura.

—Ay, cielo. Eso no sirve de nada —indicó negando con la cabeza—. Ni hablar, no. Eso no... Mira, déjame que te lo enseñe.

En ese momento, se puso de pie y comenzó a rebuscar por la estancia llena de humo. Al poco rato, recogió un pequeño pellejo de agua y volvió a su taburete.

—Mira, cariño, el útero de una mujer... Sabes lo que es, ¿no? ¿Donde crecen los bebés? Bueno, pues el útero es como este pellejo, pero al revés. —Giró el pellejo hasta que la boca quedó apuntando al suelo—. Aquí es donde se desarrolla el bebé —añadió señalando la bolsa—. Y esto es lo que llamamos cuello —prosiguió, ahora señalando la sección inferior con la boquilla—. La cosa es que la semilla del hombre es diminuta para que pueda pasar por el cuello, introducirse en el útero y formar un bebé. Pero si intentas limpiarla, no podrás pasar del cuello, no con la mano ni con una esponja. El orificio es demasiado pequeño. Lo que necesitas es evitar directamente que lo atraviesen.

Helena asintió para mostrar que lo comprendía, pero las

mejillas le ardían de pudor. Era una mujer adulta, ya había dado a luz a un bebé, y, sin embargo, apenas conocía su propio cuerpo. La anciana debía de tomarla por una tonta. Pero ¿cómo iba a saberlo? Su madre nunca le había hablado del tema, ni tampoco Tecla ni Nestra. Tal vez ni siquiera ellas lo supieran. Después de todo, no necesitas saber nada para que te crezca un bebé dentro. En todo caso, lo que requería cierto aprendizaje era saber evitarlo.

—No te preocupes, cielo. Me consta que hiciste lo que pudiste —añadió la anciana con una sonrisa empática—. Pero tienes que entender estas cosas para que pueda ayudarte.

Helena volvió a asentir, pero un pensamiento inquietante la asaltó.

—Si no lo limpié, ¿significa que sigue ahí metido? ¿Se desarrollará un bebé?

Helena sintió náuseas ante la idea de que todos sus esfuerzos hubieran sido en vano, que la semilla pudiera estar brotando en ese mismo instante y que ella no pudiera hacer nada para evitarlo.

—Quizá sí, quizá no —respondió la mujer—. Fue solo una vez, ¿no? Es bastante probable que se quede en nada. —Hizo una pausa, pensativa—. Si no, vuelve a verme y haré todo lo que esté en mis manos por ayudarte. Debería tener ya todos mis suministros para entonces.

Helena recordó lo que la anciana les había dicho al llegar, algo sobre «purgarse». Una parte de ella quería preguntarle lo que significaba, y, sin embargo, la siniestra expresión de su ajado rostro le hizo pensar que quizá fuera mejor no saberlo.

La mujer convirtió las arrugas en una sonrisa cálida y continuó:

—Ahora mismo, lo más importante es cómo vamos a impedir que te vuelva a pasar. Y aquí es donde entran en juego estos pequeñines —comentó, sosteniendo los tarros que descansaban en su regazo.

—¿Qué hay dentro? —preguntó Helena, que los observaba con una mezcla de curiosidad y sospecha.

—Este está lleno de resina de cedro —respondió la anciana mientras le acercaba a Helena el más grande de los dos—. ¿Te acuerdas del cuello del que te he hablado? Bueno, pues tienes que ponerte un poco de resina en los dedos e introducírtela antes de yacer con tu esposo. Es imprescindible.

Helena levantó la tapa del tarro y olisqueó el contenido. El olor no era desagradable, y le pareció una tarea bastante sencilla.

—De acuerdo, creo que podré hacerlo —dijo.

—Bien, pero también vas a necesitar esto —añadió, y le entregó a Helena el segundo tarro.

Lo abrió y olió el contenido.

—¡Es miel! —exclamó, sorprendida por un aroma tan familiar—. ¿Me la tengo que poner igual que la resina?

—No exactamente —contestó la mujer—. Flotando en la miel hay un terrón de... varias cosas. Después de ponerte la resina, saca el terrón y métetelo todo lo que puedas. Y no te olvides de volver a sumergirlo en miel cuando acabes. Evitará que la semilla atraviese el cuello, como esta boquilla —comentó señalando el pellejo de agua, que ahora yacía en el suelo.

Helena no tenía tan claro lo del segundo tarro.

—¿Qué hay exactamente en este... terrón? —preguntó.

—Pues... unas cuantas hojas de acacia, un poco de artemisa —indicó la anciana sin mirar a Helena—. Ah, y excrementos de oveja, claro...

—¡¿Excrementos de oveja?! —escupió Helena, apartando de sí el tarro—. ¿Esperas que me meta caca de oveja... ahí?

—Sí, si quieres evitar que se desarrolle el bebé —respondió

la mujer, tajante—. Eres tú la que vino a pedirme ayuda, y esto es lo que te puedo ofrecer. Si no lo quieres...

—Sí —exclamó Helena—. Lo siento, es que...

—No hace falta que uses las dos cosas, si no quieres —añadió la anciana, suavizando un poco el tono—. Depende de lo mucho o poco que te importe. Estos remedios son lo mejor que tengo, pero eso no significa que sean infalibles. Lo más fiable es que uses todo lo que tengas y confíes en que salga bien. Pero si prefieres correr el riesgo... —dijo, y alargó una mano como si quisiera recuperar el tarro de miel.

—No —contestó Helena, agarrando con fuerza los dos tarros—. Me quedo los dos.

—Me alegro —repuso la mujer, retirando la mano—. Tú asegúrate de utilizarlos como te dije.

Helena asintió.

—Bueno, si eso es todo, lo mejor será que se vayan —indicó la mujer, poniéndose de pie sobre sus esqueléticas piernas—. Este valle no es lugar para unas muchachas tan jóvenes cuando cae la noche.

Salieron de la choza con los tarros bien ocultos bajo los pliegues de la ropa de Helena. Justo cuando ella y Adraste estaban a punto de bajar por la colina, la anciana agarró a Helena de la muñeca.

—Te he dado todo lo que tengo, cielo, y, si los dioses quieren, funcionará —le comentó con el gesto serio—. Pero la mejor forma de evitar el embarazo es la que ya conoces —afirmó mirándola solemnemente—. Existe un riesgo cada vez que él yace contigo. No lo olvides.

20
CLITEMNESTRA

Era el primer día de luna nueva, así que Clitemnestra estaba sentada en el salón del hogar atendiendo súplicas con su esposo. La había tomado bastante de improviso que aquella mañana acudiera a su alcoba y le pidiera que lo acompañara durante la sesión, pero la sorpresa no había tardado en dar paso al alivio. No le había permitido atender a la última; había pasado muy poco tiempo desde la infracción. Y, a pesar de ser consciente de que seguía molesto con ella, de que no había dormido en el lecho nupcial desde el incidente, de que aquel día no fuera más que una demostración pública de que había conseguido someterla, Clitemnestra tenía la esperanza de que aquello pudiera ser el inicio de su reconciliación. La estaba volviendo a meter en el redil de su vida, y ella se aferraba a ese pensamiento como si de un salvavidas se tratara.

Había acabado comprendiendo que necesitaba a su marido. Su ya de por sí reducida vida no había hecho sino empeorar sin su compañía, sin sus visitas a su habitación, sin las noticias que llegaban desde más allá de los muros de Micenas. Y era evidente que las niñas lo echaban de menos. No había dejado de visitarlas, claro, pero con unos modos mucho más severos y unas atenciones más encorsetadas. Habían llegado a ser una familia, y Clitemnestra solo quería que volvieran a serlo.

Se había esforzado por ofrecer su mejor cara durante toda la mañana: cabeza gacha para no parecer altiva y velo puesto, aunque fuera innecesario, para enfatizar su modestia. No se había atrevido a dirigirse a su esposo, sino que había optado por declarar su deferencia hacia él con el más humilde de los silencios. Sabía que era la mejor forma de comportarse si lo que quería era ganarse su perdón. Había sido su osadía lo que lo había airado, la independencia de su voluntad. Debía demostrarle que ya había sofocado aquel fuego y ocultado los rescoldos que seguían brillando en su interior.

Había llegado el mediodía, así que se anunció un breve descanso en las súplicas mientras traían comida y vino al salón. Todo el refrigerio se colocó en una mesa junto a Agamenón, en el lado opuesto del trono donde Clitemnestra estaba sentada en su silla de madera tallada. ¿Lo habría ordenado deliberadamente? ¿La seguía castigando?

Estaba hambrienta y sedienta, pero su humildad no había alcanzado todavía el punto de rebajarse tanto como para implorarle nada. Por tanto, decidió ignorar la comida, mirar al frente y mantener las manos en el regazo hasta que Agamenón terminara.

En ese momento, notó un golpecito en el brazo y, al voltear, vio una copa de vino entre los dedos regordetes de su marido. Comprendió que se la estaba ofreciendo, y se apresuró a aceptarla.

—Gracias —dijo casi en un susurro, y le sorprendió lo mucho que le había importado aquel pequeño gesto. Cuando le alargó también un higo, no pudo evitar esbozar una sonrisa.

Agamenón respondió con un gruñido, pero Clitemnestra notó que la colmaba un optimismo cálido mientras mordisqueaba la dulce piel del higo. Seguía importándole, no le cabía duda. Y eso significaba que aún existía la posibilidad de encontrar la felicidad y la armonía en su vida compartida. Sintió como si la aligeraran del terrible peso que llevaba en el pecho mientras daba sorbos silenciosos al vino.

Cuando Agamenón terminó de comer, hizo un gesto para que retiraran el resto de la comida. Acto seguido, llamó la atención de su heraldo, quien estaba al otro lado del salón, junto a la entrada.

—Deja entrar al siguiente, Taltibio —bramó—. No quiero pasarme aquí toda la tarde.

El heraldo respondió con un gesto afirmativo, desapareció unos instantes y regresó para anunciar al próximo suplicante.

—Calcas de Argos, hijo de Téstor, vidente y sacerdote de Apolo Peón.

La calidez que había sentido Clitemnestra dejó paso a un frío gélido, pero trató de no exteriorizar su inquietud cuando el sacerdote entró en la estancia con grandes pasos.

Agamenón se sirvió una copa de vino y levantó la vista para ver quién había entrado.

—Ah. ¿Te conozco? Me resultas familiar —dijo como el que no quiere la cosa, removiendo el vino en la copa.

—Sí, mi señor —respondió Calcas mirándolo directamente. Clitemnestra sabía que debía de haberla visto sentada junto al rey, pero parecía decidido a no fijarse en ella. Y Clitemnestra lo agradecía—. Vine hace dos lunas, como representante de mi templo. Nos preocupaba la situación de Leucipe.

No había venido el mes anterior, entonces, cuando ella no estuvo presente. Una decisión sabia, pensó Clitemnestra. La ira de Agamenón debía de seguir demasiado fresca, y podría haber llegado a olerse el papel del sacerdote en el complot. Trató de calmar el temblor en las manos con otro sorbo de vino.

—Ah, sí —declaró Agamenón incorporándose algo—. Sí, me acuerdo. Bueno, pues puedo asegurarte que está muy bien.

—Puede ser —respondió Calcas. Daba la impresión de que estaba intentando reprimir la urgencia de rebatir el comentario del rey—. Pero no vengo únicamente a preguntar por la muchacha. De hecho, vengo a llevármela de vuelta al templo.

—Vaya, lo mismo que la última vez —replicó Agamenón, algo irritado—. Y mi respuesta no ha cambiado. La muchacha se queda conmigo. Todo sigue igual, así que si solo has venido por eso, ya puedes darte la...

—Con su permiso, mi señor —lo interrumpió el sacerdote—, pero no todo sigue igual. —Dio un paso al frente, y su bastón ribeteado emitió un golpe seco, sombrío y presagioso en el suelo de piedra del salón—. Mi señor, no soy solo sacerdote, sino también vidente. Apolo me ha concedido el don de la adivinación y la capacidad de columbrar los sentimientos de los dioses. Y he venido a deciros que esa muchacha no os traerá más que peligros. Artemisa está furiosa por haberle arrebatado a una de sus adeptas y haberla mancillado. Está furiosa con vos, mi señor, y os castigará. Lo he visto. La única forma de evitar su ira es devolver a la muchacha. Por eso he regresado, mi señor. Para advertiros y salvaros. Dejad que me lleve a la muchacha y estaréis a salvo.

Agamenón escuchó en silencio lo que Calcas tenía que decir, aferrado con sus grandes manos a los brazos del trono.

—¿Por qué debería creerte? —acabó diciendo—. No estaba al corriente de tus poderes de adivinación. ¿Por qué debería fiarme de tu palabra? —Se removió en su asiento—. No querrás a la muchacha para ti, ¿no? ¿Es eso? ¿La imagen de sus blancos pechos te tiene en vela por la noche, sacerdote? —Soltó una risotada grave y violenta, y a Clitemnestra se le revolvió el estómago. Ya más calmado, añadió—: La chica es mía y no pienso hacer caso de tus mentiras.

Clitemnestra veía la ira en los ojos de Calcas. Temió que pudiera decir o cometer alguna estupidez, pero intentó ocultar su preocupación.

—No son mentiras, mi señor. La diosa está airada y sufriréis las consecuencias.

—Eso me ha sonado a amenaza —bramó Agamenón, a medio levantar del trono—. Ya he oído suficiente. ¡Guardias! —gritó, y apenas tardaron unos segundos en entrar en el salón—. Llevaos a este hombre —les ordenó.

—Por favor, mi señor —insistió Calcas mientras los guardias lo agarraban de los brazos y se lo llevaban casi a rastras de la estancia—. ¡Debéis escucharme, mi señor! ¡Estáis en peligro! Debéis entregar a la mu...

Uno de los guardias le propinó un puñetazo en el estómago y las palabras se convirtieron en un gemido de dolor. Antes de que pudiera recuperar el aliento, se lo habían llevado.

El corazón de Clitemnestra latía con fuerza. Sufría por Calcas. Conocía su desesperación, la había visto en el fuego de sus ojos mientras se lo llevaban del salón, pero había corrido un gran riesgo al acudir a palacio. No dudaba de que su marido explotaría antes que ceder. Pero, si ella estuviera en la posición del sacerdote, si Leucipe fuera Helena o una de sus hijas, ¿hasta dónde llegaría? Lucharía hasta el final.

Dio un respingo cuando, de repente, Agamenón se dirigió a ella.

—Qué problema con los fanáticos religiosos, ¿eh? —comentó, y rompió a reír sonoramente—. ¡Que pase el siguiente, Taltibio!

21
HELENA

Habían pasado tres meses desde que Helena había visitado a la anciana de las montañas, y tres veces les había dado las gracias a los dioses cuando le había bajado la sangre. Había estado usando los remedios tal como la mujer le había indicado, aplicándoselos todas las noches por si su marido decidía yacer con ella. Al principio le había preocupado que pudiera darse cuenta, que los oliera o los notara, pero tras las primeras veces sus miedos se habían disipado. Yacía con ella como siempre, con vigor, con diligencia y en silencio.

En ocasiones, al recordar las últimas palabras de la anciana, le decía que estaba cansada, o que no se encontraba bien. Menelao solía aceptar esas excusas y la dejaba tranquila, pero Helena tenía la sensación de que sabía que no eran más que eso: excusas. A Helena no le gustaban las mentiras, los secretos ni los malentendidos. Jamás se había sentido tan alejada de Menelao. No era lo que quería, pero tampoco podía terminar con la mentira, entregarse a los hados y lanzar su vida al viento. Debía sobrevivir.

Había caído la tarde y Helena estaba en su alcoba devanando lana con Adraste y Alcipe. Las tres se habían pasado el día charlando y riendo, hasta el punto de que a Helena empezaban a dolerle las mejillas. Hacía meses que no reía tanto. Primero se había tenido que enfrentar al horror del parto y, luego, a la ansiedad de yacer con su marido y el riesgo de tener otro hijo. El miedo había sido una presencia constante en su mente. Pero por fin tenía la sensación de que comenzaba a relajarse. Tres meses, tres sangrados y ningún bebé. Parecía que aquellos preciados tarros estaban cumpliendo su función.

Se oyó un golpe inesperado en la puerta.

—¿Quién es? —preguntó Helena, sin dejar de reír del todo por la imitación que Adraste había hecho del tímido molinero que, según ella, estaba enamorado de Alcipe. Alcipe, con sus sonrosados cachetes, también reía, y le daba golpecitos a Adraste para que parara.

La puerta se abrió y Menelao entró en la estancia.

Las risas se sofocaron como cuando una llama se apaga. Las doncellas de Helena se apresuraron a ponerse de pie y agacharon la cabeza.

—Debo hablar con mi esposa, a solas —anunció Menelao.

Mientras las doncellas abandonaban la habitación, Helena comenzó a entrar en pánico. ¿Por qué las había hecho salir? ¿Pretendía yacer con ella? Era demasiado pronto; no se había preparado. Por lo general, no venía hasta la noche. ¿Podría inventarse alguna excusa?

Antes de que pudiera decidir qué hacer, se encontró a solas con su esposo. Y se estaba acercando.

—Estaba a punto de ir a ver a Hermíone —mintió, e hizo ademán de levantarse y marcharse.

—Será solo un momento —replicó su marido, aproximándose aún más a ella—. Tengo que hablar contigo.

Helena seguía con el corazón acelerado, pero permaneció quieta.

—Muy bien —dijo—. Si es solo un momento...

Menelao tomó asiento junto a Helena, y ella se acomodó en el suyo.

—Llevamos yaciendo varios meses, y sigues sin estar embarazada —comentó con voz queda, jugando nerviosamente con su anillo grabado y evitándole la mirada.

Helena volvió a sentir un pico de ansiedad. ¿Lo sabría? ¿Por eso había venido, para enfrentarse a ella? ¿Para castigarla?

No se atrevía a formular una respuesta, así que se limitó a producir un ruidito afirmativo.

—He pensado que tal vez haya llegado el momento de pedir ayuda —prosiguió—. De acelerar un poco las cosas.

El miedo inicial de Helena se convirtió, por un instante, en una curiosidad cauta.

—¿Qué tipo de ayuda?

Menelao se removió algo y se aclaró la garganta.

—Hay una cueva a poco menos de un día de viaje de aquí —respondió mirando a Helena y desviando de nuevo la vista—. Dicen que está santificada a la diosa Ilitía, y que si un hombre y una mujer hacen allí el amor, la diosa les proporcionará un hijo.

Helena casi sintió lástima por su marido. Estaba desesperado por que se quedara embarazada, y el pobre necio no sabía que era ella, y no los dioses, quien impedía la consecución de sus deseos. Pero entonces recordó el dolor y la sangre, la realidad de lo que aquel deseo implicaría para ella, y la lástima se convirtió en pavor.

—¿Quieres que vayamos a esa cueva? —preguntó, manteniendo la voz firme.

—Sí —contestó Menelao—. Mañana. Ya está todo organizado.

Helena sintió que sus miedos se acrecentaban. Por lo visto, la decisión ya se había tomado; de poco serviría oponerse. ¿Y si funcionaba? ¿Y si la cueva era realmente especial? ¿Y si el poder de la diosa era superior al de sus diminutos tarros? El pánico se le acumulaba en la garganta, la ahogaba, la asfixiaba. Pero ¿qué alternativa tenía?

—Muy bien —consiguió pronunciar al final—. Así sea.

El sol estaba a punto de ponerse cuando llegaron a la cueva al día siguiente. Helena, entrecerrando los ojos ante la luz cegadora de los rayos, examinó la abertura en la roca. Era ancha y alta, y la cueva parecía adentrarse un buen trecho, hasta el punto de que sus profundidades se acababan fundiendo en una desconocida oscuridad.

Un esclavo apareció junto a su esposo con una antorcha encendida. Menelao tomó la antorcha con una mano y la estrecha muñeca de Helena con la otra, y la condujo hacia el interior con andares solemnes.

Helena se había aplicado la resina de cedro y el terrón de miel aquella misma mañana, aprovechando los pocos minutos que la habían dejado sola. Le preocupaba que el terrón pudiera haberse salido durante el accidentado viaje por las montañas, pero, por lo que parecía, seguía donde debía estar. De todas formas, intentó no separar demasiado las piernas mientras se dirigían a la cueva. Tal vez fuera una tontería, pero prefería no correr riesgos innecesarios. Sin sus remedios, ¿qué podía hacer contra la voluntad de una diosa? Mientras se adentraban en la cueva, Helena se imaginaba los ojos divinos observándola y el aliento dulce de Ilitía erizándole los pelos de la nuca. Se estremeció. La respiración se le aceleró y los sutiles resuellos resonaron en el silencio impenetrable de la cueva.

De repente Menelao se detuvo. Helena había mantenido la mirada clavada en las irregularidades del suelo mientras andaban, pero en ese momento se permitió alzar la vista.

Por lo que podía ver gracias a la luz danzante de la antorcha, creyó que se encontraban en el fondo de la cueva. El techo era más bajo y las paredes, más estrechas, pero seguía habiendo espacio. Frente a ella, se alzaba una enorme roca redondeada, mucho más alta que ella.

—Ya hemos llegado —susurró Menelao rozando la roca con las puntas de los dedos—. La roca de Ilitía.

Helena torció el gesto a espaldas de su esposo. ¿Eso era todo? ¿Un pedrusco? Ni siquiera tenía rostro. Aunque, claro, había quien afirmaba que existían sitios especiales, lugares habitados por los dioses en árboles, rocas y fuentes comunes. Y su marido aseguraba haber oído historias de personas que habían yacido allí y habían recibido la bendición de la diosa. Tal vez hubiera algún poder allí. Y, tal vez, funcionara de verdad. La mera idea provocó que a Helena se le acelerara aún más el corazón y los músculos se le tensaran de súbito, como si le estuvieran diciendo que echara a correr.

Sin embargo, reprimió ese instinto. Si huía o se negaba, Menelao conocería la verdad y sabría que había estado luchando contra él. Quizá encontraría los tarros y los destruiría. ¿En qué lugar la dejaría? Lo más seguro era resignarse y confiar en que la roca no fuera más que eso: una roca.

Su marido había empezado a rezar, y en ese momento hacía una libación para pedir la bendición de la diosa. Mientras tanto, Helena entonaba una contrasúplica silenciosa. «No permitas que entre la semilla. Deja que mi vientre siga siendo yermo. No permitas que entre la semilla.»

Cuando terminó de pronunciar el rezo, Menelao volteó hacia ella. Todavía llevaba el vaporoso velo para protegerse del sol que se había puesto durante el trayecto, y él se lo apartó cuidadosamente del rostro. El gesto le recordó a Helena la noche de bodas, lo aterrorizada y vulnerable que se había sentido. Esos sentimientos seguían con ella, pero ya no eran los de una muchacha ingenua, sino algo más profundo, arraigado en la experiencia y bañado con su propia sangre.

Menelao había empezado a desabrocharle el vestido, sin mediar palabra, claro. Ya estaba acostumbrada. Nada de susurros afectuosos. Su esposo solo hablaba cuando era imprescindible. Ahora era el momento de pasar a la acción.

El vestido le había caído ya sobre los pies y Helena tiritaba por el frío de la caverna. La única calidez era la que desprendía la antorcha, incrustada entre dos rocas a unos pocos pasos.

Menelao se había quitado la túnica y miraba a Helena fijamente. Ella se preguntó si su esposo sería capaz de ver cómo temblaba de frío, de miedo. ¿Le importaría acaso el motivo? Él le examinaba el rostro con la boca abierta y unos ojos inseguros. Siempre se producían unos instantes de vacilación, como si estuviera a punto de decir algo, pero al final el cuerpo acababa venciendo a la lengua.

Le colocó las manos en los hombros y fue bajándolas por encima de los pechos, alrededor de la cintura. Helena dio un respingo cuando le rozó la maraña de cicatrices que le atravesaban el vientre. ¿Se habría dado cuenta? Parecía que no; sus manos estaban demasiado hambrientas y se aferraban a la carne como si fuera suya en exclusiva. No tardaron en estar los dos acostados en el suelo de la cueva, con el cuerpo oscuro de Menelao presionando la piel suave y pálida de Helena. Las rocas desnudas del suelo hacían que la situación fuera dura e incómoda, pero a Menelao no parecía importarle. Había viajado hasta allí por una razón, y no estaba dispuesto a echarse atrás. No obstante, con cada caricia, con cada embestida y grito ahogado, Helena sentía que estaba perdiendo una parte de sí misma, del control que había adquirido, del muro que había construido. Sentía un miedo cerval al pensar en aquella semilla mortal, imaginándose que las protecciones fallaran bajo el asalto decidido y conjunto de Ilitía y su esposo. Tensó todos los músculos del cuerpo, como si pudiera llegar a formar parte del suelo rocoso; imperecedero, impermeable. E incluso cuando Menelao hubo terminado, ella permaneció rígida e inerte, salvo por los furiosos latidos de su corazón.

Pasaron la noche en la caverna —Menelao había insistido en que era imprescindible— y, a pesar de que su esposo no tardó en empezar a roncar, Helena no fue capaz de pegar ojo sobre la dura roca. Estaba helada, por mucho que se hubiera vuelto a poner el vestido. Una parte de ella sentía el impulso de arrimarse a Menelao, de abrazarlo y compartir su calor. Pero había otra que no paraba de disuadirla. ¿Y si se despertaba? ¿Y si quería volver a intentarlo, para asegurarse? Y eso no era lo único que la repelía. No se veía capaz de acercarse al hombre que podría haberle provocado la muerte.

La antorcha se había extinguido al principio de la noche, pero en ese instante, y tras horas de la más absoluta oscuridad, una tenue luz comenzaba a deslizarse por las paredes de la caverna. Por fin rayaba el alba, apenas una tímida penumbra, pero Helena se alegró de ver la promesa del amanecer. No había dormido nada y le dolía todo el cuerpo de haber estado acostada en la fría roca.

Se incorporó y se estiró, esperando que el movimiento despertara a Menelao y pudieran marcharse. Funcionó, y él se levantó.

—¿Ya amaneció? —preguntó somnoliento.

—Sí, esposo —respondió Helena.

Se había alejado unos pasos de él y se rodeaba el cuerpo con los brazos para evitar darle ideas. Sin embargo, y para su alivio, Menelao añadió:

—Hemos hecho lo que era necesario. Ya podemos irnos.

No habían traído pertenencias que tuvieran que recoger, así

que simplemente se puso de pie y comenzó a andar hacia la luz del día. Helena lo seguía de cerca.

Con todo, cuando estaban a punto de salir, cayó en la cuenta de algo. Se paró en seco.

—Esposo, ¿te importaría que volviera un momento a la piedra? Quiero dejar una ofrenda. Quizá si le doy algo hermoso, la diosa nos sonría.

Se deslizó un brazalete de oro de la muñeca para mostrarle lo que tenía pensado.

—Sí —respondió él tras una breve pausa—. Claro, puedes volver. Te espero en la entrada.

Ella asintió y se apresuró a regresar a la cueva. No tardó en plantarse frente a la piedra. En la penumbra, la gran roca se alzaba imponente. Sí que emanaba un extraño poder, una suerte de presencia inefable. Tuvo la sensación de que alguien la observaba, como si la roca estuviera aguardando su próximo movimiento.

Helena tomó el brazalete y lo lanzó al fondo de la cueva. Cayó en algún lugar de las tinieblas, pero no le importó dónde. Acto seguido, se acercó a la roca y la pateó con todas sus fuerzas, evitando hacerse daño. Y lo repitió con el otro pie. Luego, escupió encima y observó con satisfacción cómo se deslizaba la saliva por la roca inmóvil.

Se sentía poderosa. Algo asustada, sí, pero poderosa. «Veamos si ahora la diosa me sonríe», pensó desafiante.

Sin perder un instante, volvió a la entrada y se reunió con su esposo, quien esbozó una sonrisa al verla. Helena notó una punzada de culpa cuando sus ojos esperanzados se clavaron en los suyos, pero no sintió remordimientos.

22
CLITEMNESTRA

Otro día y otra tarde en el telar. Pero, como de costumbre, las niñas se ocupaban de romper la monotonía. Electra ya aguantaba mucho mejor el equilibrio, y su juego favorito era provocar a Ifigenia para que la persiguiera por toda la alcoba. Sin embargo, aquel día su hermana mayor se había negado a morder el anzuelo, y había preferido vestir y desvestir a su muñeca predilecta con una túnica en miniatura y una manta que Clitemnestra le había tejido. Electra empezaba a hacer pucheros ante la falta de atención de su hermana, e Ifigenia, a pesar de la increíble paciencia que tenía con Electra, comenzaba a impacientarse.

—Electra —dijo Clitemnestra, dejando lo que estaba haciendo—, ¿por qué no salimos al patio?

Ifigenia podía quedarse allí con Eudora, pensó, y así Electra tendría más espacio donde cansarse. La idea de abandonar la alcoba pareció entusiasmar a la niña, que accedió de buena gana. Se agarró a la mano de su madre y la balanceó con fuerza de camino al patio. Clitemnestra deseaba poder llevarla al exterior, a que rodara por la hierba y lanzara piedras al río, como ella y Helena habían hecho tantas veces de niñas, pero Agamenón no se lo permitía. Micenas carecía de la amplitud de Esparta; para alcanzar los campos se tenía que salir de la ciudadela y atravesar la ciudad exterior. Su esposo insistía en que no era seguro.

Durante los meses posteriores a la segunda súplica de Calcas, Agamenón había suavizado su comportamiento hacia ella. Ahora, cuando acudía a ver a las niñas, solía hablar también con ella y le preguntaba si necesitaba algo. Incluso habían compartido el lecho en alguna ocasión y, aunque la intimidad que un día compartieron hubiera desaparecido, Clitemnestra tenía la esperanza de que siguiera amándola. La esperanza de que, cuando se hartara de Leucipe, regresaría con ella. La esperanza de que, en algún momento, todo volvería a ser como antes. No hacía falta más que paciencia.

Ella y Electra habían llegado al patio y, nada más soltarle la mano a su hija, esta había echado a correr, apretando los brazos con esa determinación tan suya. Clitemnestra se unió al juego y se dispuso a perseguirla, midiendo cada paso para no atraparla demasiado rápido. Cuando la alcanzó, le hizo cosquillas en las costillas para que gritara y la dejó volver a escapar. Continuaron así un buen rato, con Electra gritando y riendo a partes iguales y Clitemnestra soltando tales carcajadas que debía detenerse y recuperar el aliento. Jugar así bajo los rayos del sol era la definición de felicidad. Clitemnestra casi se sentía una niña de nuevo, y, de repente, el resto de sus preocupaciones no parecían importarle mientras corría por el patio sosteniéndose la falda con la mano.

Al cabo de un rato, entre los gritos y las risas, Clitemnestra percibió otro sonido. Al principio pensó que se trataba del alboroto habitual de la ciudadela, pero fue cobrando volumen y distinción. Un grupo de personas se aproximaba, y algunas gritaban. Había pasado algo, y estaban de camino.

Clitemnestra dejó de reír y atrapó de nuevo a Electra, esta vez en serio.

—Suficiente —le espetó.

La agarró de la muñeca y la llevó de vuelta a la alcoba. Electra protestó al principio, pero se resignó cuando quedó claro que el juego había terminado.

Clitemnestra se tranquilizó al alcanzar la puerta de la habitación. Pasara lo que pasara, no estaba dispuesta a correr riesgos, no con las niñas. Lo mejor era permanecer en la alcoba y trancar la puerta.

Sin embargo, poco después de cerrarla, se oyó un golpe urgente y una voz familiar atravesó la madera.

—¿Señora Clitemnestra? ¿Estáis ahí?

A pesar de que se alegraba de oír a alguien a quien conocía, la urgencia en la voz de Taltibio la asustó. Desatrancó la puerta y la abrió lo suficiente como para poder atisbar el gesto circunspecto que había detrás.

—Se trata del rey, mi señora —anunció el heraldo casi sin aliento, como si hubiera estado corriendo—. Tuvo un accidente.

Agamenón estaba muy malherido. Apenas estaba consciente y en los momentos de mayor lucidez no dejaba de gruñir de dolor. Clitemnestra no estaba acostumbrada a ver a su esposo tan vulnerable, y la dominó un miedo que no había conocido hasta entonces.

Había salido de caza con algunos de sus hombres cuando un jabalí sobresaltó a su caballo. Según afirmaban, había aparecido de la nada y se había lanzado contra ellos. El caballo del rey se había encabritado, lo había tirado al suelo y había caído encima de él. Por lo visto, se había torcido la pierna con la caída, y el peso del caballo se la había aplastado. Eso por no mencionar el corte en la nuca y las magulladuras que ya empezaban a mostrarse sobre las costillas.

Ignoraba si había preguntado por ella o si, simplemente, le habían avisado por ser la reina. Con el rey incapacitado se producía una evidente falta de liderazgo, pero el pánico impedía que Clitemnestra se viera capacitada para ocupar el cargo.

A pesar de todo, hizo lo posible por gestionar la situación. Ordenó que trasladaran al rey a una de las estancias para invitados y envió esclavos a buscar agua fresca y lino. También hizo llamar al médico real y ordenó a todos los que no fueran útiles que abandonaran la alcoba. La situación ya era lo suficientemente caótica con todo el mundo rondando como moscas alrededor de un cadáver, aunque esa no era la única razón. Sabía que su esposo no querría que todo el palacio lo viera en ese estado. Parecía tan frágil, tan mortal, tan débil. Un rey no podía permitirse ser débil.

Le limpió la frente con agua fría, no sin antes lavarle y vendarle la herida de la cabeza. Por la cantidad de sangre, había temido que fuera más grave.

Al médico, lo que más parecía preocuparle era la pierna del rey. Tenía muy mal aspecto, como si estuviera torcida en un ángulo extraño, y daba la impresión de que se hinchaba con cada minuto que pasaba. Era claramente la fuente de su dolor, lo que provocaba que profiriera gritos lastimosos cuando el doctor se la presionaba o movía. Clitemnestra torcía el gesto al oírlos. Aun con todo lo que habían vivido, se preocupaba por su marido. Le dolía verlo en ese estado, y le inquietaba lo que podría llegar a pasar si muriera. ¿Los hombres de Micenas escogerían a un nuevo esposo para ella? ¿O romperían su compromiso con Esparta y la expulsarían? Y ¿qué pasaría con las niñas? Las hijas no serían una amenaza para el nuevo rey, o eso se decía a sí misma, y, sin embargo, podían llegar a convertirse en peones en la pugna por el poder. De repente notó una opresión en el pecho y se obligó a respirar hondo. Estaba permitiendo que sus pensamientos la dominaran. Su esposo seguía vivo y era una persona fuerte. Debía calmarse, por él y por sí misma.

Cuando el examen hubo finalizado, Agamenón se las arregló para recomponerse un poco. Por fin parecía haber registrado dónde estaba y quién había a su lado.

—... Nestra... —masculló, alzando la vista. Sus ojos seguían dominados por el dolor, pero al menos ya no tenía la mirada perdida.

—Sí, estoy aquí —dijo, tocándole con dulzura el hombro.

—El jabalí..., el jabalí... —murmuró.

—Sí, has sufrido un terrible accidente. Pero estás a salvo y...

—No —exclamó, moviéndose de súbito para agarrarle la mano—. No fue un accidente.

Ahora la miraba fijamente. Clitemnestra le devolvió el gesto, confundida.

—¿A qué te refieres? Este... ¿te lo hizo alguien?

No podía creerse lo que estaba oyendo, pero Agamenón hablaba con gravedad.

—No... Alguien no... —jadeó, e hizo una pausa para controlar una punzada de dolor—. Fue la diosa.

Clitemnestra se quedó muda, sin saber cómo responder.

—Artemisa. Ella envió el jabalí —continuó, apretándole la mano—. El sacerdote... tenía razón. Debemos devolver a la muchacha. Debes... deshacerte de ella.

Clitemnestra abrió la boca para contestar, pero, antes de que pudiera pensar qué decir, Agamenón añadió:

—Deshazte de ella —repitió, y perdió el conocimiento.

Clitemnestra envió un mensajero a Argos y Calcas llegó al día siguiente. El rey no estaba en condiciones de recibirlo, así que, como reina, el deber recayó sobre ella.

Aguardaba con impaciencia la visita del sacerdote. ¿Estaría agradecido por recuperar al final a su hermana? ¿O furioso por que aquello se hubiera dilatado tanto? Leucipe llevaba en palacio casi seis meses. Con todo, lo que más preocupaba a Clitemnestra era una cuestión muy distinta: Calcas no sabía nada del estado de su hermana.

Las dos mujeres esperaban sentadas en el salón del hogar, Leucipe en una sencilla silla de madera que habían traído ex profeso y Clitemnestra en su habitual asiento tallado. El trono del rey permanecía vacío. Había tenido sus reservas sobre si el salón era el lugar adecuado para el encuentro, pero al menos era íntimo. Salvo por el guardia de la puerta, no había nadie más que pudiera vigilarlos.

Leucipe pataleaba nerviosa. Clitemnestra alargó un brazo y la tomó de la mano. La muchacha esbozó una sonrisa y pareció relajarse levemente.

No tardaron en oír voces fuera del salón, y Calcas entró en la estancia. Sus ojos se cruzaron de inmediato con los de Leucipe y echó a andar a grandes zancadas hacia ella con una sonrisa de oreja a oreja. Leucipe soltó un grito ahogado y se puso de pie, pero el gesto hizo que se le sacudieran los faldones de la túnica y quedara al descubierto la hinchazón de su vientre.

Clitemnestra vio cómo Calcas torcía el gesto. Hundió las mejillas y palideció a la vez que comprendía la situación y su mirada se oscurecía.

Pero, apenas un segundo más tarde, Leucipe se abalanzó sobre él, le rodeó el cuello con los brazos y apretó el rostro contra su pecho.

—Calcas —susurró al soltarlo y alzar la vista—. Sabía que vendrías. Sabía que no me abandonarías.

El sacerdote pareció superar la parálisis y se obligó a sonreír.

—Por supuesto que he venido —respondió, y la abrazó.

Sin embargo, por encima de la cabeza de la muchacha su mirada se cruzó con la de Clitemnestra, y no mostraba más que temor.

Clitemnestra era consciente de los pensamientos que lo atenazaban, pues ella misma también se había enfrentado a ellos. ¿Quién se casaría ahora con Leucipe? ¿Qué harían con la criatura? ¿Qué futuro les esperaría?

A pesar de todo, Leucipe parecía ignorar la preocupación de su hermano.

—¿Volvemos a casa ya? ¿Esta tarde? —le preguntó esperanzada.

—Sí —respondió su hermano, luchando todavía por controlar su consternación—. Sí, marcharemos en cuanto podamos. A ver si podemos estar de vuelta antes del crepúsculo.

Los ojos de Calcas acababan inevitablemente en el vientre de la muchacha, y daba la impresión de estar a punto de añadir algo más, pero no lo hizo. En su lugar, volteó con torpeza hacia Clitemnestra.

—Adiós, mi señora. Dudo que volvamos a vernos. Dadle recuerdos al rey.

Y se marcharon. Clitemnestra se percató de que el sacerdote había conseguido fingir una educada veneración hacia su marido sin llegar a desearle una pronta recuperación, aunque tampoco podía culparlo. Era su deber amar a su esposo, pero había perjudicado a la muchacha y a su familia, y no era descabellado pensar que le había arruinado la vida.

Cuando regresó a la alcoba donde descansaba Agamenón, semiconsciente, tomó asiento a su lado y le sirvió una copa de agua con miel. Al acercársela a los labios y observar cómo se la bebía con el ceño fruncido por el dolor, pensó que tal vez su marido mereciera sufrir por todo el daño que les había causado a los demás. Pero apartó rápidamente ese pensamiento; no era propio de una esposa. Ya todo había terminado. Leucipe regresaba a casa y Calcas no volvería a visitarlos. Debía centrarse en contribuir a la completa recuperación de Agamenón y así, tal vez, pudiera reanudar su propia vida.

23
HELENA

Habían transcurrido varios meses desde el viaje a la caverna de Ilitía y el vientre de Helena seguía vacío. Había pasado las primeras semanas aterrorizada, convencida de que habría funcionado y fustigándose por haber pensado que podía resistirse al poder de la diosa. Pero entonces le bajó la sangre. Y otra vez al mes siguiente. Y otra. Y otra. Había pasado medio año y no había ni rastro de ningún bebé. Con cada nuevo mes, Helena se había sentido más poderosa, más invencible. Había retado a una diosa y había vencido.

Tampoco podía pecar de autocomplacencia, claro. Seguía utilizando sus remedios —de hecho, había tenido que enviar a Adraste a la colina a comprar suministros— y evitaba a Menelao siempre que podía. Era consciente de que él la estaba pasando mal; le veía en los ojos que sabía que lo estaba rechazando a propósito, pero ¿acaso tenía otra opción? Él quería un hijo, y ella no estaba dispuesta a proporcionárselo. No había nada que pudiera decirle ni nada que ninguno de los dos pudiera hacer para superar ese óbice. Era como si un muro invisible e inamovible los separara.

Habían llegado noticias de Micenas: Nestra estaba embarazada de nuevo. A Helena le asustaba, como no podía ser de otra forma, que su hermana tuviera que afrontar los mismos riesgos que ella había luchado tanto por evitar, pero también se alegraba por ella. Nestra siempre había soñado con tener montones de hijos; al menos una de las dos acabaría viviendo la vida que había deseado. Helena, sin embargo, se sentía atrapada entre la vida y el amor —o, como mínimo, la posibilidad del amor—, aunque cuanto más se aferraba a uno más le parecía que se alejaba sin remedio del otro, hasta ni siquiera lograr alcanzarlo con las puntas de los dedos.

El problema no era solo la distancia que la separaba de su esposo, sino también de su hija. Hermíone tenía casi un año y Helena se sentía igual de unida a ella que cuando dio a luz. Ágata había asumido la responsabilidad de su cuidado en una alcoba separada, tal como Helena había ordenado. E incluso cuando Helena llamaba a su hija, era evidente que Hermíone prefería a la esclava; rompía a llorar siempre que Ágata las dejaba solas. Helena se sentía terriblemente culpable de no haber sido capaz de amar a la criatura y de ser ella la responsable de haber creado lo que se le antojaba un vado infranqueable entre las dos. Era como si su hija supiera que Helena no la había deseado.

Helena sabía en lo más profundo de su corazón que nada de aquello era culpa de Ágata. Y, sin embargo, estaba resentida con ella. Por hacer lo que ella no había podido hacer, por ser lo que ella no era, por darle a su hija lo que ella no podía darle. Cuando Hermíone sonreía al ver a la esclava y hacía ademán de ir hacia ella con sus bracitos rechonchos, Helena era consciente de que se odiaba a sí misma. Pero era más fácil odiar a Ágata.

Aquel día estaba decidida a visitar a Hermíone. Habían pasado varios días desde su última visita, y por fin había terminado la manta que había estado tejiendo para ella. El patrón era algo simple y la tela tenía algunas taras, pero quería poder darle algo a su hija para que la acompañara cuando ella no estuviera. No era precisamente el sustituto de una madre, pero era mejor que nada.

Cuando llegó a la alcoba, abrió la puerta sin llamar y se encontró a Ágata amamantando a Hermíone con el vestido bajado hasta la cintura. La muchacha dio un respingo al ver a Helena.

—Bu-buenas tardes, señora —tartamudeó, intentando subirse el vestido con la mano que tenía libre—. No sabía que vendríais hoy.

—Puedo ver a mi hija cuando quiera, ¿no? ¿O es que tengo que pedir permiso?

Helena respondió con mucha más aspereza de la que pretendía.

—Sí, por supuesto, señora. Es decir, no... Ya terminó, de hecho —dijo, y apartó a Hermíone de su pezón húmedo y rosado para poder subirse el vestido en condiciones.

Helena se limitó a asentir. Sabía que había avergonzado a Ágata, pero no podía parar de mirarla. No dejaba de fascinarle, por amargo que fuera, el ritual de vida y alimentación que ella jamás había sido capaz de lograr.

—Iba a dejarla descansar un rato, señora —añadió Ágata, insegura—. Suele entrarle sueño después de amamantar. Pero si lo preferís puedo...

—No, tranquila —la interrumpió Helena, sin moverse del lugar en el que estaba desde que había entrado—. Sigue con tus planes, no te preocupes.

Ágata llevó a Hermíone a su cuna y la acostó. Cuando la esclava empezó a arreglar las sábanas, Helena recordó lo que llevaba en las manos.

—He traído una manta —anunció con torpeza, y dio un paso al frente con el trozo de tela. Ágata volteó hacia ella.

—El rey pidió que le tejieran una hace poco, señora. ¿No os lo contó? —En ese momento, pareció percatarse del semblante desilusionado de Helena—. No hay problema —añadió, acercándose para tomar la manta de las manos de Helena—. Usaremos esta, señora. Es magnífica —mintió, y esbozó una sonrisa educada.

Cuando acabó de hablar, regresó a la cuna y terminó de arropar a Hermíone. Helena se acercó a la diminuta estructura de madera y echó un vistazo dentro. Hermíone seguía despierta, pero los ojos cada vez le pesaban más. Helena se quedó observando los movimientos regulares del minúsculo pecho de su hija. Se preguntó si debería alargar un brazo y tocarla. ¿La molestaría? No estaba segura, y notaba la presencia de Ágata a su lado. Siempre le daba la sensación de que la otra muchacha juzgaba todo lo que hacía.

—Ágata, tengo un poco de hambre —dijo de repente, volteando hacia la esclava—. ¿Te importaría traerme algo de comer?

—En absoluto, señora —respondió la muchacha.

Helena debía desembarazarse de ella, aunque solo fuera un rato. Su facilidad natural para cuidar a Hermíone no servía más que para dejar al descubierto las dolorosas incertezas de Helena, y no era capaz de soportarlo. Si pretendía llegar a querer a su hija, necesitaba espacio.

El ruido de la puerta le indicó que Ágata se había ido. Se relajó un poco, pero no podía olvidar la vida que seguía teniendo delante de ella, durmiendo, sí, pero muy real, viva e... inescrutable. ¿Qué debía de pensar de su madre? ¿La querría? No, ¿cómo iba a quererla? Aunque, quizá, con el tiempo...

Alargó una mano nerviosa y le acarició la suave piel de la mejilla. Hermíone frunció la naricita, y Helena apartó con rapidez la mano por miedo a que la criatura rompiera a llorar.

Pero en ese instante abrió los ojos y la miró fijo. No estaba molesta ni enojada. Sencillamente, la observaba.

A Helena la invadió una confianza repentina y volvió a acercarle la mano, esta vez hacia una de sus manitas, y Hermíone le tomó un dedo. Helena comenzó a moverla alrededor de aquellos diminutos dedos, y una risita emergió de la cuna.

Helena sonrió, olvidando ya todo nerviosismo. Con cada risita balbuceante tenía la sensación de que iba progresando hacia la creación de esa conexión que tanto la eludía, cuya ausencia la había acompañado como un velo de vergüenza durante el último año.

Pero entonces se produjo un fuerte estruendo a sus espaldas y el hechizo desapareció. Hermíone rompió a llorar y Helena dio media vuelta y vio a Ágata en el umbral con un desastre de pan, sopa y cerámica rota a sus pies.

Helena se puso hecha una furia. Era como si Ágata lo hubiera hecho a conciencia, como si no estuviera dispuesta a permitirle que fuera feliz.

—¿Se puede saber qué haces? —le gritó a la esclava sin tener demasiado claro qué decir, pero con una necesidad imperiosa de gritarle.

—Lo siento, señora —se disculpó la muchacha, agachándose a limpiar lo que podía—. Tropecé y...

—¡Más torpe y no naces! —le espetó Helena—. ¡Mira el desastre que hiciste! Y asustaste a Hermíone. Tendría que pedir que te azotaran.

Hizo ademán de acercarse a Ágata, pero entonces una voz proveniente de la entrada la obligó a alzar la vista.

—¿Qué está pasando aquí?

Detrás de Ágata, en el pasillo, estaba Menelao. Parecía molesto.

—Ah, esposo —dijo Helena aproximándose a él—. Justo a tiempo. Mira la que hizo esta idiota, e hizo llorar a nuestra hija. Hay que...

—Basta —exclamó él, y agachó la mirada hacia Ágata—. ¿Estás bien? —le preguntó, ofreciéndole una mano para que se levantara.

Los ojos de la muchacha seguían cargados de temor, pero asintió y respondió:

—Sí, mi señor. Gracias, señor.

Aceptó la mano que le tendía y se puso de pie.

Helena seguía echando humo, pero su ira quedó paralizada unos instantes por lo que estaba viendo. ¿Qué estaba haciendo? Era su esposo. ¿Cómo se le ocurría preguntarle a la esclava si estaba bien? ¿Cuántas veces se lo habría preguntado? Sin embargo, antes de que pudiera encontrar las palabras, Ágata volvió a hablar:

—La señora dice la verdad, mi señor. Se me cayó la charola, hice mucho ruido y...

—No me parece motivo suficiente para que te azoten, ¿me equivoco? —dijo, mirando fríamente a Helena—. Ágata está cuidando a nuestra hija. Espero que muestres por ella un poco más de simpatía.

Ágata había agachado la cabeza y clavado la vista en el suelo. Debía de estar henchida de orgullo, pensó Helena. Le dolía que su esposo pusiera a una esclava por delante de ella. ¿La estaría avergonzando Menelao por no ser capaz de cuidar de Hermíone? Las mejillas le ardían de rabia, de disgusto y de vergüenza, y sentía como si tuviera la lengua congelada en la boca.

Tras unos instantes de silencio, Menelao añadió:

—Tenía pensado pasar un rato con Hermíone. Helena, puedes quedarte, si quieres.

—No, ya me iba —mintió, creyendo que no podría guardar la compostura con Ágata y Menelao, quien la había hecho sentir como una niña malcriada.

Así que salió aprisa de la alcoba, pasando por delante de ellos con la barbilla bien alta, y se adentró en el pasillo. Antes de salir, vio que Menelao le ponía la mano a Ágata en el codo, un gesto insignificante que irritó a Helena y sobre el que no dejó de pensar hasta que volvió a su habitación. ¿La estaría ayudando únicamente a entrar de nuevo en la alcoba, o había algo más? ¿Había algún tipo de intimidad entre los dos, nacida durante las horas que su esposo pasaba con Hermíone?

Como una marea que golpea de repente contra un rompeolas, Helena cayó en la cuenta de que estaba celosa. Era consciente de que no tenía ningún sentido, y menos cuando ella misma intentaba evitar a su marido a toda costa. Y, aun así, la idea de que pudiera importarle otra mujer la dejó con un sabor amargo en la boca. Pese a todo lo que había ocurrido, pese a lo que se había visto obligada a hacer, Helena seguía queriendo que Menelao la amara, a ella en exclusiva. Y no fue hasta entonces cuando comprendió que existía la posibilidad de que llegara a perder sus afectos en favor de otra persona.

Pero, de nuevo, tal vez se lo hubiera imaginado, meditó sentada en el tocador aquella misma noche. Se estaba pasando un peine de marfil por sus largos cabellos, admirando cómo brillaban bajo la luz de los candiles. Su esposo tenía buen corazón; quizá solo estuviera defendiendo a Ágata como sirvienta leal que era. En lo más profundo de su ser, Helena sabía que la muchacha no se merecía la reprimenda que le había dado, y su marido también lo sabía. Estaba siendo amable, sin más. Sí, era improbable que hubiera algo más que eso. Después de todo, la mera idea era ridícula. Ágata era una chica bastante anodina, y ella... Bueno, ella era Helena de Esparta.

24
HELENA

Unas cuantas semanas más tarde, Helena estaba recostada en la cama. Apenas había empezado a caer la noche, pero ya se había desvestido y acurrucado bajo las sábanas. Sabía que Menelao no tardaría en acudir a la alcoba, y tenía la esperanza de evitar cualesquiera intenciones amorosas fingiendo estar dormida. Ya lo había rechazado dos veces esa semana, arguyendo malestar o fatiga, y no tenía claro si volvería a tragarse otra excusa vacía.

Se había quedado sin resina de cedro la semana anterior, pero no se había atrevido a enviar a Adraste por más. La doncella aún creía que los remedios eran solo una medida temporal, y Helena no sabía cuánto tiempo más sería capaz de prolongar la mentira. Adraste la habría obedecido independientemente de lo que opinara, pero eso no la consolaba. ¿Qué pensaría de ella, de una mujer —de una reina— que se negaba a llevar a cabo su deber sagrado? Aún peor: ¿y si se lo contaba a alguien? ¿Y si Menelao se enteraba?

Lo más posible era que acabara enviándola de todas formas, pero esos temores la habían retrasado. Y ahora se encontraba entre la espada y la pared, confiando únicamente en el terrón de miel y en su sentido común.

Así que allí estaba, acostada de espaldas a la puerta de la alcoba, aferrada con fuerza a las sábanas de la cama. Como no conseguía pegar ojo, hasta el menor ruido que proviniera del pasillo se amplificaba. Y entonces lo oyó. Pisadas sobre las losas. Ya llegaba.

La puerta se abrió y la luz de las antorchas del pasillo iluminó la estancia. Las pisadas se detuvieron, como si Menelao se hubiera parado en el umbral. No tardó en echar a andar de nuevo, y el lecho tembló cuando se sentó a su lado.

Helena tenía el pulso acelerado, pero trató de mantener una respiración calmada. Apenas pudo soportar los segundos de silencio que se sucedieron.

—¿Helena? —la llamó su esposo con la voz ronca—. ¿Estás despierta?

No respondió, sino que se limitó a permanecer en silencio con los ojos cerrados. Poco después, notó su mano en el hombro, sacudiéndola con delicadeza.

—¿Helena?

Ya no podía ignorarlo más. Se movió un poco y fingió un leve sonido de desvelo. Volteó hacia él, aunque no llegó a hacerlo del todo.

—¿Qué pasa, esposo? —preguntó con una somnolencia fingida.

—Este..., yo... —respondió con vaguedad—. El sol se acaba de poner. Pensé que quizá seguías despierta.

—Me dolía la cabeza y me acosté pronto.

Helena dejó que la mentira flotara en el aire, creyendo que Menelao se la rebatiría. Pero no lo hizo.

—Muy bien —suspiró, y en el aliento exhalado fue capaz de mezclar una tristeza y una molestia que provocó que a Helena le diera un vuelco el corazón, motivado por la culpa.

En cierto modo, aquella rendición y aquella decepción eran peores que si le hubiera discutido la mentira. Tal vez podría yacer con él, pensó. El terrón de miel debería protegerla; no era necesario ser tan cauta. Y, además, empezaba a echar de menos sus momentos íntimos, el roce de sus pieles.

Con todo, antes de que pudiera reaccionar y verbalizar su nueva decisión, Menelao volvió a hablar.

—Voy a ver cómo está Hermíone.

En unos pocos segundos, se había marchado de la alcoba. Helena siguió acostada un buen rato, mirando fijamente hacia la oscuridad. Se cernía sobre ella el convencimiento de que se había excedido, de que lo había rechazado demasiadas veces. Su marido la repudiaba. Lo sentía, lo oía en la frialdad con que le hablaba. ¿Era ese el precio que debía pagar por preservar la vida? Comenzó a preguntarse si valía la pena preservar una vida desprovista de amor.

Quizá no fuera demasiado tarde, pensó. Quizá podría recuperarlo y compartir sus vidas como era debido, como un hombre y una mujer. Quizá aún estuviera a tiempo de encontrar el amor que tanto había ansiado. Podía seguir usando los remedios —hasta el momento, habían funcionado, ¿no?—, pero no podía apartar más a Menelao. A fin de cuentas, estaban unidos. Si no hallaba el amor en sus brazos, no lo hallaría en absoluto.

Impelida por la decisión, Helena apartó las sábanas y salió de la cama. Se echó una manta por encima del camisón y abandonó en silencio la alcoba. Iría a buscar a Menelao, le diría que se encontraba mejor y lo llevaría de vuelta al lecho. A pesar de los riesgos, se había dado cuenta de que estaba excitada. Sería muy emocionante ejercer el papel de seductora. No podía esperar a ver la expresión de Menelao. Estaba convencida de que todo acabaría siendo perdonado entre besos y caricias.

La habitación de Hermíone estaba en uno de los extremos del pasillo, así que Helena tardó poco en plantarse frente a la puerta. A pesar de no oír voces al otro lado, puso la mano sobre la madera y la empujó.

Pero entonces sí que oyó algo; no en la habitación de Hermíone, sino en otra de las estancias del pasillo. Era una de las habitaciones de invitados, desocupada en ese momento, aunque la puerta estaba entornada.

A Helena le picó la curiosidad, de modo que se alejó de la puerta de Hermíone y se fue hacia la que estaba abierta. Al acercarse, oyó los jadeos de una mujer, seguidos de una voz más grave. Un gruñido. Un murmullo. Dos alientos entremezclándose en la quietud de la noche. Helena sabía lo que estaba oyendo, pero no dio media vuelta. Tal vez fueran dos esclavos. Lo más sensato era dejarlos en paz, pero la intriga pudo con ella, sumada a una extraña inquietud que no era del todo capaz de descifrar.

Fue entonces cuando los vio, y se le hizo un nudo en el estómago. Allí, a través de la puerta entornada, vio a Ágata con su marido.

Ellos no vieron a Helena. Menelao estaba de espaldas a la puerta, y Ágata tenía los ojos cerrados. Estaba desnuda, encaramada al borde de una mesa, y Menelao tenía la túnica levantada, la boca sobre su cuello, las manos en sus pechos y las caderas metidas entre sus blancos muslos. La imagen de sus nalgas prietas le revolvió el estómago a Helena y, sin embargo, no desvió la mirada. Él había empezado a besar a Ágata en los labios, a acariciarle las mejillas y a susurrarle cosas al oído.

Fue eso lo que hizo que Helena dejara de mirarlos. Reculó varios pasos y se detuvo al chocar contra la pared del pasillo. Sus resuellos eran tan sonoros que pensó que tal vez acabarían oyéndola, pero poco le importaba. De hecho, casi le habría gustado.

No era tanto la infidelidad lo que le dolía, porque ¿qué podía esperar si había sido ella quien lo había alejado? No, no era por eso. Era por cómo la tocaba, por cómo la besaba. Como si Ágata fuera lo que más le importaba en el mundo entero. La ternura, la pasión. ¿Por qué a ella nunca la había tratado así? ¿Por qué nunca había compartido con ella esa parte de su ser? Ni siquiera se había comportado así antes de que naciera el bebé, antes de que pasara todo.

Y entonces le sobrevino un pensamiento oscuro: ¿sería ella el problema?

Se dio cuenta de que ese era el origen real de su sufrimiento. A pesar de su belleza, de las lujosas prendas y sus envidiados encantos, su marido no la amaba. Siempre había creído que el problema era él y su incapacidad de sentir afecto, o bien de demostrarlo. Y ahora caía en la cuenta de que, desde el principio, el problema había sido ella. Helena de Esparta, la belleza que no podía ser amada.

TERCERA PARTE

25
CLITEMNESTRA

Siete años más tarde

Clitemnestra estaba sentada en su asiento de madera tallada del salón del hogar, cosiendo lentejuelas de oro en la parte frontal del manto nuevo de su esposo. Aquel día corría un frío glacial por el palacio que la había animado a buscar el calor de la lumbre. Esbozó una sonrisa al ver la luz del fuego relucir en los flamantes discos y extenderse por la parte que ya había terminado. Le satisfacía imaginar el magnífico aspecto que tendría Agamenón con sus nuevas prendas, y saber que los ojos que admirarían a su esposo estarían también admirando su propia artesanía.

Empezaba a tener la sensación de que su vida iba por buen camino. Los años que siguieron a la partida de Leucipe habían sido complicados. Clitemnestra había creído que la marcha de la muchacha significaría el fin de sus problemas, pero no fue más que el principio. La esperanza que había generado su embarazo, poco después de reconectar con su marido, se había convertido en amargas cenizas en el momento del parto, cuando vieron al bebé morado e inmóvil. Y lo mismo ocurrió con el siguiente, un año más tarde. Era un mal presagio traer la muerte donde debería haber solo vida, pero dos en un par de años... Se había convencido a sí misma de que alguien estaba castigándolos a ella y a Agamenón, de que Artemisa seguía furiosa por lo que le había sucedido a Leucipe. ¿No había sido suficiente el accidente de su esposo? Se había recuperado, sí, pero no había vuelto a ser el mismo. Tenía la pierna torcida y andaba con una cojera permanente. Aunque no podía olvidar que cabía la posibilidad de que Artemisa no fuera quien los estaba castigando. Tal vez hubieran hecho algo que había enfurecido a Ilitía, se habían olvidado de ella en los sacrificios o habían desatendido su altar. Ambas diosas tenían poder sobre el nacimiento; podía ser obra de cualquiera de las dos. Clitemnestra se había pasado muchas noches en vela barruntando sobre esos asuntos, preguntándose cómo podría solucionarlos.

No dejaba de sorprenderle y aliviarle que Agamenón no la hubiera culpado a ella. Se había sentido un fracaso como esposa y, a pesar de todo, él nunca la había abandonado, sino que se había limitado a repetirle que la criatura acabaría llegando. En cualquier caso, aquella oscura época había servido para fortalecer más que nunca su vínculo.

Y, efectivamente, al fin la criatura llegó. La bautizaron Crisótemis. Otra niña, sí, pero después de todo lo que había ocurrido, a Clitemnestra le bastaba con dar a luz a una criatura viva, rosada y gritona, como debía ser. Para ella, daba igual si hubiera nacido con doce dedos en los pies; por fin tenía una vida nueva y cálida que sostener en los brazos, y eso era lo único que quería. Ni siquiera a Agamenón pareció importarle que fuera una niña. Heredera o no, era una señal de que su fortuna había cambiado y de que el castigo había terminado.

Con todo, a Clitemnestra le había durado la angustia. Se había pasado casi los dos primeros años creyendo que, al final, Crisótemis acabaría enfermando y se la arrebatarían de los brazos. Pero había sobrevivido. Justo había cumplido los cuatro años, y Clitemnestra por fin sentía que el corazón le permitía confiar en que nadie se la quitaría. Y no solo eso, sino que volvía a estar embarazada, con un vientre ya hinchado y que crecía día a día. Si los dioses querían, no tardaría en volver a sostener a otro hijo en sus brazos, y esta vez estaba convencida de que sería el varón que Agamenón tanto deseaba. Notaba algo distinto a los embarazos anteriores. No habría sabido afirmar qué, pero tenía la corazonada de que sería un niño.

Había sido un largo camino, y no precisamente de rosas, aunque al final parecía que su fortuna había cambiado. La época de Leucipe, aquel puñado de meses que le habían causado tanta ansiedad a Clitemnestra, parecía poco más que un recuerdo lejano. Si no fuera por la pierna de Agamenón, tal vez hubiera sido capaz de olvidarla por completo.

Clitemnestra levantó la vista de su trabajo. Empezaba a ver chispazos de tanto mirar aquellos destellantes discos dorados, todos cosidos con precisión. Se recostó en la silla, cerró los ojos y disfrutó de la sensación del fuego de la lumbre calentándole la túnica. Doce años de matrimonio, y por fin se sentía como en casa en Micenas. Era la reina con todas las de la ley, una figura que imponía respeto por todo palacio. Agamenón incluso le pedía su opinión en algunas ocasiones. Siempre la invitaba a asistir a las audiencias públicas y a acompañarlo cuando tocaba recibir a invitados.

Pasaba mucho más tiempo fuera de los muros de su alcoba que durante los primeros años. Por las tardes, como aquel día, solía estar en el salón del hogar, trabajando en su última prenda o devanando lana con Ifigenia y Electra. Ya eran unas mujercitas, sobre todo Ifigenia. Clitemnestra sabía que tal vez dejaría de verlas pronto, conque saboreaba cada momento como si fuera la última jarra de un buen vino añejo. Acabarían casándose y teniendo hijos, pero todavía no. De momento seguían con ella; su pequeña familia estaba completa y era feliz, y estaba a punto de crecer.

Se oyó un grito en el patio que hizo que Clitemnestra abriera los ojos. La inconfundible voz de trueno de su esposo atravesó con facilidad las grandes puertas de madera del salón; de hecho, dudaba de que hubiera alguna estancia de palacio a la que no pudiera llegar. Se estaba quejando de algún asunto, aunque eso no era precisamente algo inusual, así que volvió a cerrar los ojos.

A pesar de armonía doméstica, Agamenón llevaba unos meses inquieto. Podía seguir cabalgando y cazando pese a su pierna, pero daba la impresión de que ni siquiera eso lo satisfacía cuando estaba de mal humor. Un hogar feliz y un reino próspero parecían ser todo lo que un hombre podría desear, y, sin embargo, no eran suficientes para su marido. Clitemnestra confiaba en que la llegada de un hijo pudiera solucionar lo que fuera que lo preocupara. Sí, pensó mientras se acariciaba el voluminoso vientre: la oportunidad de transmitir lecciones vitales sobre virilidad podría ser exactamente lo que Menelao necesitaba para absorber tanta energía. Pero al bebé le faltaba todavía más de un mes. Por ahora, a su esposo no le quedaba otra que esperar.

26
HELENA

Helena vigilaba a Hermíone mientras jugaba en el patio, con los cabellos brillando bajo la luz del sol. Eran más oscuros que los de su madre; sin embargo, conservaban una parte de su brillo rojizo, algo más cercano a una cornalina oscura que al centellante color de las llamas, pero hermosos de todas formas. También había heredado la tez pálida de Helena, aunque poco le duraría si Ágata seguía permitiendo que jugara al aire libre. Tal vez debería comentárselo y que Hermíone pasara más tiempo dentro, pero acabó desechando la idea. Era extraño: ella era la madre de Hermíone y, sin embargo, sentía que Ágata tenía más autoridad sobre la vida de su hija. La mujer —porque ya no podía llamarla muchacha— ejercía más como madre de Hermíone que ella misma, y, por lo general, Helena la dejaba a su libre albedrío. Hacía tiempo que había decidido que era mucho más fácil ceder sus obligaciones que luchar por algo que nunca había querido.

Seguía viendo a su hija, por supuesto. A veces, como aquel día, la observaba desde la sombra del pórtico mientras Hermíone danzaba y reía al sol; otras, Ágata la llevaba a la alcoba de Helena y se producía un intercambio de palabras formal. Helena le preguntaba por sus trabajos con la lana, o lo que había tomado para desayunar, y Hermíone respondía educadamente con una vocecilla dulce y aguda. Eran raras las veces que Helena tocaba a su hija —hacía años que no la abrazaba ni se la subía al regazo—, pero creía que era lo mejor. Pensó que habría sido algo antinatural teniendo en cuenta el abismo que las separaba. Mejor observarla desde la distancia. Además, Hermíone parecía feliz con Ágata. Helena dudaba de que pudiera competir con ella, conque lo mejor para su orgullo era no intentarlo.

Ágata además la había ridiculizado de otra forma: le había dado un hijo a Menelao. Megapentes, como lo había bautizado su padre, jugaba también en el patio, con sus rizos y sus mejillas sonrosadas. Ágata estaba criando a los dos niños a la vez, y Menelao mimaba tanto al bastardo como a su hija legítima. Helena no recelaba del compañero de juegos de Hermíone, ni Menelao de su heredera —los dos habían ganado algo que ella se había negado a proporcionarle, y eso, como se decía a sí misma, solo podía ser positivo—, pero no podía evitar sentirse usurpada. Ágata seguía igual de dócil y sumisa que siempre, y Helena ni siquiera tenía claro que ella y Menelao aún yacieran juntos, pero al haberle dado un hijo había ganado un estatus que se acercaba peligrosamente al suyo.

Tal vez Helena fuera la reina oficial, pero su función en palacio no había hecho sino menguar con el paso de los años, así que ahora se sentía como si estuviera encima de poco más que un montículo hueco que un día podría venirse abajo por completo y lanzarla a la penumbra de una solitaria irrelevancia. Su madre ya había afrontado ese destino después de perder los pocos apoyos que le quedaban tras la muerte de Tíndaro. Quizá sería inevitable que ella, Helena, se hundiera también.

En cierto modo, su vida era mucho más sencilla. Por un lado, ya no tenía que preocuparse por concebir a un varón. Ella y Menelao seguían compartiendo cama, como marcaba la costumbre, pero era raro que intentara intimar con ella. Daba la impresión de que, con la llegada de Megapentes, Menelao ya no estaba tan decidido a que Helena le diera otro hijo. En teoría, era algo que debía agradecerle a Ágata, aunque en ocasiones le parecía más una maldición que una bendición. La poca ternura que ella y Menelao llegaron a tener habría sido mejor que nada. Aún la trataba con amabilidad, sí, y con respeto, pero a veces, recostada en la cama junto a la presencia cálida de su cuerpo, lo que más deseaba era que se acercara a ella y la tocara.

Unos pasos veloces provocaron que Helena cayera en la cuenta de que llevaba un buen rato mirando a la nada. Salió de su ensimismamiento, lejos del lecho conyugal, de las manos cálidas y la piel suave, y volvió al patio soleado. Y allí, como invocado por sus divagaciones, vio a Menelao caminando con ligereza hacia ella, y notó que se le levantaban los ánimos. ¿De qué querría hablarle?

—Helena —dijo cuando la alcanzó—. Acaban de llegar unos invitados del otro lado del mar, una delegación real de Troya. Esta noche organizaré un banquete, y me gustaría que asistieras.

Helena se llevó una decepción, pero se obligó a asentir con diligencia. Parecía que la reina seguía siendo útil, pensó con amargura. Después de todo, ¿de qué servía haber conseguido a la muchacha más hermosa de toda Grecia si no podía fanfarronear delante de los invitados?

Helena aguardaba sentada en una silla del salón del hogar que antaño había pertenecido a su madre. Ya se había mezclado el vino y preparado la comida. El estómago le rugía mientras observaba el banquete que tenía delante, y percibía el olor a carne asada, cilantro y comino que flotaba hacia ella. No veía el momento de comerse un buen pedazo de carne de jabalí, pero adelantarse habría sido de mala educación. Debía esperar a que entraran los invitados y presentaran sus regalos. Helena tenía la esperanza de que se dieran prisa.

A su derecha se sentaban Cástor y Pólux. Ninguno de los dos se había desposado aún, pero, como hijos del rey emérito y hermanos de la reina, habían gozado de posiciones de prestigio en la corte espartana. Menelao tenía todo el derecho del mundo a expulsarlos, si así lo deseaba, aunque parecía disfrutar de su compañía. Además, si el reino llegara a necesitarlos, los dos eran guerreros experimentados.

A su izquierda, al otro lado de Menelao, estaba Deipiro, el amigo de la infancia de su marido y mano derecha, y a su izquierda se sentaba la madre de Helena, la reina Leda, ya viuda. Helena agradecía en secreto que hubiera cierta distancia entre ella y su madre. Seguía queriéndola de corazón, por supuesto, pero nunca era fácil saber qué decirle. Aunque la muerte de su padre había sido un duro golpe para todos, Leda se había llevado la peor parte. Ya habían pasado cinco años desde el entierro, pero ella seguía de luto, con un velo negro cubriéndole permanentemente su rostro cadavérico. Eso sí era amor verdadero, pensó Helena mientras observaba a su madre con una suerte de envidia pesarosa. Su padre se había entregado en cuerpo y alma a ella, y Leda a él, incluso ahora. No era habitual que una mujer mantuviera el luto tanto tiempo, pero nadie estaba dispuesto a comunicárselo. A Helena le sorprendía que hubiera accedido a asistir al festín. Lo normal era que evitara cualquier tipo de evento público, aunque quizá Menelao se lo hubiera pedido como algo especial.

«Tendría que acercarme y hablar con ella», pensó Helena, que ya se imaginaba a su madre pasando la noche sola. Sus hermanos se entretendrían bebiendo y compartiendo relatos obscenos con quien quisiera escucharlos. La compañía de su madre les resultaba demasiado ceniza en aquel momento. No, Helena debía ser quien estuviera por ella.

Justo en ese instante, se oyó el chirriar de la madera contra la piedra y todos los pensamientos sobre su madre se desvanecieron. Por fin se abría el portón.

Cuando la madera se separó y los esclavos se echaron a un lado, apareció en el umbral un hombre con las prendas más extravagantes que Helena había visto en su vida. Sus ropajes eran un caos cromático: púrpuras brillantes, rojos intensos, amarillos vibrantes, todos entremezclados en unos patrones extraordinariamente complejos. Llevaba una piel de leopardo echada al hombro y colgándole por la espalda, un elemento que no hacía sino añadir una decoración suntuosa a la mezcla. Sus largos y oscuros cabellos caían en lustrosos rizos hasta los hombros y le cubrían la frente, adornada con diademas de oro y joyas refulgentes. Ornamentos similares le pendían de las orejas, de la garganta y de los dedos, lo que generaba un efecto de mosaico de luces y colores que destellaba a cada paso que daba hacia ellos. Los acompañantes del hombre, que lo seguían de cerca, iban vestidos con una extravagancia parecida y, a pesar de todo, él era como un faro entre los demás, una joya reluciente entre rocas pulidas.

Cuando lo tuvo más cerca, Helena se concentró en el rostro del hombre. Era muy hermoso, con unas facciones delicadas y una tez bronceada e inmaculada. Era joven, tal vez de la edad de Helena, y existía una ligereza en su expresión que hacía pensar que en cualquier momento iba a esbozar una sonrisa. Tenía unos ojos avellana con tonos dorados, perfilados con kohl, conque era imposible no acabar hechizado por su mirada. Helena estaba convencida de que jamás había visto a un hombre tan bello.

A su izquierda, Menelao se puso de pie, y ella hizo lo propio. Acto seguido, su esposo dio la bienvenida a los invitados, alzando su ya de por sí voz ronca para que todos pudieran oírlo:

—Paris, príncipe de Troya, Esparta os saluda y os da la bienvenida. Que vuestra visita sirva para cultivar una buena amistad entre nuestros reinos, y que los dioses nos permitan prosperar.

Cuando el eco de las últimas palabras de su marido se hubo desvanecido, el deslumbrante príncipe respondió:

—Rey Menelao, Troya os agradece la hospitalidad. Nos honráis como noble anfitrión y amigo. Para celebrar la amistad entre nuestros pueblos, he traído regalos para vos y vuestro reino.

En ese instante, el príncipe volteó e hizo un gesto con la cabeza a sus acompañantes, quienes llevaron al frente un gran cofre y abrieron la tapa. El príncipe fue mostrando uno a uno todos los objetos del arcón para que los presentes los admiraran. Unas lujosas bridas de bronce, dos cuencos de oro, dagas de plata con mangos de marfil, prendas púrpuras, un peine con incrustaciones de lapislázuli...

Una vez presentados todos los obsequios a Menelao, y después de recibir un ceremonioso agradecimiento, el príncipe se agachó una vez más y extrajo una cajita de marfil tallado del fondo del cofre. Sin embargo, en lugar de presentárselo al rey, se lo ofreció a Helena, no sin antes asegurarse de que podía agachar la cabeza y mirarla al mismo tiempo.

—Un último regalo para vuestra hermosa reina —comentó con un acento extraño y meloso.

Helena se sorprendió y vaciló unos segundos. Los regalos de los invitados eran siempre para el rey, no para sus esposas. Miró a Menelao de reojo, quien hizo un gesto afirmativo, y alargó un brazo para aceptar con delicadeza el obsequio de manos del príncipe. Con todos los ojos del salón clavados de repente sobre ella, Helena levantó la tapa con manos temblorosas y extrajo el contenido para que todo el mundo lo viera. Se trataba de un collar, tres cordeles de un ámbar brillante y puro con gotas de oro entre las cuentas.

—Es precioso —murmuró, y esbozó una sonrisa cuando el collar destelló con la luz de las antorchas.

Al levantar la vista, vio que el príncipe también sonreía, pero no tardó en torcer el gesto y convertirlo en una expresión de falsa decepción.

—Por desgracia, pensaba que podría complementar la fiera belleza de la que tanto he oído hablar, pero ahora veo que no hace más que palidecer a vuestro lado.

Helena no pudo evitar esbozar una sonrisa de oreja a oreja ante aquel cumplido, y notó cómo se ruborizaba bajo el maquillaje. ¿De verdad conocían su belleza en un lugar tan remoto como Troya? De hecho, no sabía a cuánta distancia estaba la ciudad, pero sus palabras consiguieron que se sintiera como el tema de conversación de todo el mundo. Después de tantos años, seguía importándoles a los demás. Seguía siendo alguien para los jóvenes de tierras lejanas, aunque no lo fuera ya en Esparta. Hacía mucho que Helena no estaba tan contenta, y había bastado con un puñado de palabras.

Presentados todos los regalos, los esclavos se los llevaron para que el banquete pudiera dar comienzo. Helena continuó como en una nube el resto de la noche, y, aunque el príncipe no volvió a hablar con ella, los ojos dorados de Paris se cruzaron con los suyos en más de una ocasión. Se olvidó de toda idea de charlar con su madre mientras pasaba la noche con una satisfacción rebosante y observaba al deslumbrante príncipe desde el otro extremo del abarrotado salón.

27
HELENA

Paris y sus acompañantes se pasaron los cinco días siguientes entreteniéndose en los salones de Menelao. Hubo alguno que otro debate político, pero la mayor parte del tiempo se dedicaron a beber y festejar.

Helena acudía al salón del hogar todas las noches, y no había día en que no notara los ojos del príncipe clavados en ella. Por lo visto, había pasado de observadora a observada, y, a pesar de la timidez inicial que la obligaba a desviar la vista siempre que sus miradas se cruzaban, se había dado cuenta de que le gustaba ser el centro de atención. Escogía siempre sus mejores galas para atender a los banquetes, mostrando todo lo que se atrevía a mostrar, anticipando cómo se posaría la mirada del príncipe sobre su piel expuesta y sintiendo un escalofrío de excitación. Había pasado mucho tiempo desde la última vez que se había sabido deseada, o aun advertida; demasiado desde que un hombre la había contemplado de esa forma. Su esposo no la admiraba así, ya no, y no había hombre que se atreviera. Pero Paris era distinto. Era osado. Incluso cuando lo sorprendía observándola, él no desviaba la vista, sino que le sostenía la mirada. En un momento dado, cuando sus ojos se posaron sobre los suyos, Paris tomó un higo de una charola, se lo acercó a los labios y chupó su tierna carne, y los labios le brillaron con el jugo rojizo de la fruta. Ella se ruborizó y apartó la mirada, echando un vistazo a cada lado para asegurarse de que nadie los había visto. Aunque tratara de entablar una conversación vacua con alguno de sus vecinos para distraerse, no podía dejar de sonreír para sus adentros, consciente de que Paris seguía contemplándola, y notaba la piel cálida como si aquellos ojos dorados fueran el mismísimo sol.

Al sexto día, mientras Helena tejía en su alcoba y se preguntaba qué vestido se pondría esa noche, Menelao fue a hablar con ella.

—Tengo que marcharme, Helena —le anunció sin ambages, después de detenerse a un puñado de pasos de su taburete en el telar—. Me llegaron noticias de Creta. Mi abuelo Catreo murió, y debo asistir a los ritos fúnebres.

—Sí, por supuesto —respondió ella, procesando lo que su esposo le acababa de decir—. ¿Te marcharás inmediatamente?

—Me temo que sí —contestó—. Ya sé que no es oportuno, con nuestros invitados aquí, pero no tengo más opción. Lo comprenderán, no me cabe duda, pero eso es en parte por lo que deseaba hablar contigo. Debo pedirte que ejerzas de anfitriona en mi ausencia. Asegúrate de que no les falte nada durante el resto de su estancia, y procura que partan con obsequios adecuados si no he vuelto para cuando se marchen. Confío en ti para que representes a Esparta, y a mí mismo —concluyó con solemnidad.

Helena hizo un tenso gesto afirmativo, aunque notaba en el estómago una sensación extraña y ambigua. Por una parte, sentía gratitud y no menos sorpresa por el hecho de que su esposo le hubiera revelado que confiaba en ella, pero había algo más... Nervios, quizá.

—Cumpliré con mi deber, esposo —añadió con voz queda. Acto seguido, los nervios le afloraron de repente—: ¿Cuándo regresarás?

—Estaré fuera una semana, más o menos —contestó con una sonrisa cálida—. Tranquila, tienes aquí a tus hermanos.

Helena, creyendo que Menelao esperaba algún tipo de confirmación, esbozó una sonrisa y asintió, reprimiendo al mismo tiempo la ansiedad.

—Sí, estoy tranquila. Cuidaré de los invitados. Que los dioses los protejan en su viaje.

—Gracias, Helena. Tengo que irme.

Y, con un último y breve gesto de cabeza, Menelao se volteó y abandonó la alcoba. Cuando cerró la puerta, Helena sintió los nervios latiéndole con más fuerza en el pecho. Menelao estaba a punto de marcharse. Su presencia le había servido de ancla durante los últimos días, mientras los ojos de Paris la vigilaban desde el otro extremo del salón. Sí, el príncipe estaba cortejándola, y sí, tal vez Helena le hubiera dado alas, pero tener a Menelao sentado al lado la había hecho sentirse a salvo, controlada. A pesar de estar unida a su esposo, los cortejos no eran más que eso, y no podían llegar a nada más. Pero ahora tenía la sensación de navegar a la deriva, y la libertad que eso le otorgaba le resultaba tan excitante como aterradora.

28
HELENA

Helena estaba sentada a la cabeza de la mesa, junto al trono vacío de Menelao. Había optado por un conjunto más recatado que el de la noche anterior, con el objetivo de no atraer más atención de la que fuera capaz de gestionar ni tentar al destino más allá de lo que podía considerarse decente. Por raro que fuera, se sentía expuesta sin su esposo, y el corazón le latía claramente con fuerza cuando tomó asiento y dio la bienvenida a los invitados.

Paris entró, saludó con un educado gesto de cabeza a su anfitriona y se sentó junto a sus acompañantes. Durante el banquete, mientras las copas se servían, se vaciaban y volvían a rellenarse, Helena esperó a que aquellos ojos dorados la alcanzaran desde el otro lado de la estancia, a sentirlos en la piel aunque fingiera no darse cuenta. Pero no llegó a notarlos, y cada vez que volteaba hacia el príncipe extranjero lo encontraba riendo y bebiendo con sus vecinos. Parecía haber perdido por completo el interés por ella, y apenas si le dirigió una mirada en toda la noche. De hecho, les hizo más caso a los hermanos de Helena que a ella.

No podía negar que había sentido cierto alivio después de preocuparse por hasta dónde podían llegar los coqueteos con la marcha de Menelao, pero también se dio cuenta de que estaba algo dolida. Tal vez el interés del príncipe por ella no hubiera sido más que imaginaciones suyas. O quizá sus ojos ya habían saciado su sed. Mientras avanzaba la noche, deseó haber escogido unas prendas más atrevidas, y siguió comiendo sumida en un silencio desanimado.

Tras un par de horas, Helena decidió que había cumplido su deber como anfitriona y dejó a los hombres con sus bebidas. Dudaba que nadie fuera a echarla de menos; sus hermanos estaban entreteniendo a los invitados a las mil maravillas sin ella.

Cuando Helena llegó a su alcoba, dio las gracias por encontrarla vacía. No tenía ánimo para charlar con sus doncellas, así que se preparó para acostarse. Sabía que debía alegrarse por que el príncipe hubiera perdido el interés. Ya no tenía necesidad de protegerse ni de preocuparse por su reputación. Pero, si era algo positivo, ¿a qué venía tanta decepción?

Se limpió el kohl de los ojos, el color de las mejillas y el ocre rojo de los labios, y notó amargura al recordar los nervios con que se los había puesto. Vaya que era boba. Cuando terminó, apagó los candiles y se metió en la cama.

No sabía qué hora era cuando un golpe en la puerta la despertó. Muy tarde, se imaginó, puesto que se había dormido y había soñado desde que se había marchado del festín. Lo más probable era que todo palacio estuviera ya durmiendo... ¿Quién habría llamado a la puerta? ¿Un esclavo? Pero ¿qué querrían a esas horas? O, tal vez, un mensajero. ¿Traería noticias de su marido?

Helena saltó de la cama y cruzó descalza la habitación. Cuando llegó a la puerta, la entreabrió lo menos posible, ya que no podía evitar sentir cierto indecoro con el camisón. Cuando la luz del pasillo se filtró en la estancia, la recibieron un par de ojos dorados.

—¡Príncipe Paris! —exclamó sorprendida. La había tomado tan de improviso que se le hizo un nudo en la garganta. Cuando volvió a encontrar las palabras, añadió—: ¿Qué hacéis aquí? ¿Necesitáis algo? Estoy segura de que los esclavos podrán...

—Os necesito a vos —respondió él con una sonrisa—. Es decir, necesito hablar con vos.

—Es muy tarde —dijo ella, con la esperanza de que, con la penumbra, Paris no pudiera ver que se había sonrojado—. Estoy so-sola... y no estoy vestida para recibir a nadie. —Él se limitó a sonreír, y ella hizo una pausa. A pesar de que todo lo que había dicho era cierto, y de que podría haberlo aprovechado para despacharlo, no lo hizo. En su lugar, abrió la puerta de par en par—. Entrad, príncipe Paris.

—Por favor, llamadme solo Paris —la corrigió al pasar por delante de ella hasta llegar al centro de la habitación—. Y espero que, a cambio, me permitáis llamaros Helena —prosiguió, volteando hacia ella.

—Sí, como queráis —respondió con timidez—. Después de todo, además de invitado, sois también amigo.

Helena notó cómo se le aceleraba el corazón ante su osadía. No era apropiado que estuviera a solas con aquel extraño, por muy amigo o invitado que fuera. Sabía que no debería haberlo dejado entrar, y que a aquellas alturas ya lo tendría que haber echado. Pero había una parte de ella entusiasmada con su presencia allí, en su espacio íntimo, en su alcoba marital, el último lugar donde debería estar.

Helena se giró para encender un candil y cerró la puerta de la habitación, pero cuando volteó, se sorprendió al ver que Paris se había acercado y que apenas los separaban un par de pasos. Podía oler el perfume que le impregnaba la piel, terroso y dulce a la vez, mezclado con aromas exóticos a los que no estaba acostumbrada.

—Helena —susurró de pronto. Su voz sedosa se aferró a los bordes de su nombre—. No finjáis que no sabéis por qué vine. No me cabe duda de que sabéis que os admiro, que os he observado. Habéis sido el centro de todos mis pensamientos desde que llegué. Debía hablar con vos, abriros mi corazón. ¿Me lo permitiríais?

Helena lo miraba fijamente, confusa. ¿Acaso no se había pasado la noche ignorándola? ¿Y ahora, de repente, quería abrir su corazón? No tenía ningún sentido... Fue entonces cuando percibió un olor flotando en el aire con el perfume.

—Seguís arrastrando el vino del banquete —le espetó molesta y, por extraño que fuera, decepcionada—. Deberíais marcharos.

Helena se volteó para abrir la puerta de nuevo, pero él la agarró de la muñeca sin previo aviso.

—No, mi señora —replicó con gesto serio y la mirada clavada en ella—. Os prometo que no fue el vino lo que me trajo aquí. Apenas me tomé dos copas esta noche.

—Pero... os vi —insistió, decidida a no dejarse llevar por aquellos ojos—. Estabais bebiendo con mis hermanos. Me imagino que acabáis de dejarlos.

No pudo evitar dirigirse a él con amargura en la voz. Y pensar que lo habría arriesgado todo por una lujuria alimentada por el vino...

—Os equivocáis, Helena —la reprendió con urgencia—. Fingí que bebía tanto como ellos, pero era una argucia. Pensaba que si los llenaba de vino, sería más fácil visitaros esta noche... y pasar desapercibido.

Helena permaneció en silencio, tratando de leer en sus ojos si decía la verdad. No parecía ebrio y, sin embargo, ella no podía evitar sentir cierto recelo. Paris le soltó la muñeca y la tomó de sus blanquísimos dedos.

—Siento haberos ignorado durante la cena. No quería levantar sospechas, pero ahora temo que os hice recelar de mí. Necesitaba veros a solas, hablar con vos... Pero tal vez tengáis razón. Quizá lo mejor sería que me fuera...

Le dejó ir los dedos e hizo ademán de dirigirse hacia la puerta, pero en ese momento fue Helena quien lo agarró de la muñeca.

—No, esperad —exclamó—. No os vayáis.

Él se detuvo y volteó hacia ella.

—Os creo —dijo lentamente—. Y... ya que estáis aquí, creo que deberíais decirme lo que veníais a contarme.

Hablaba como si Paris no fuera más que un suplicante y, a pesar de todo, el corazón le latía con violencia ante lo que pudiera decirle.

—Muy bien —respondió con dulzura. Se aproximó aún más a ella, hasta que Helena pudo percibir el aroma dulce de su aliento—. Os amo, Helena. Eso he venido a confesaros. Que os amo con un fuego que arde con tanta fuerza que ya no puedo ver nada ni a nadie, solo a vos. He venido a deciros que vuestro rostro domina mi vista durante el día y mis sueños por la noche. Que vuestra belleza es la envidia del mismísimo sol, que mi corazón sangra por vos, que iría hasta los confines de la Tierra solo para teneros cerca. Que la idea de dejaros aquí, de vivir el resto de mi vida sin vos, sería equiparable a que me enviaran a morir, pues no volver a veros el rostro sería lo más cercano a la muerte.

Helena permaneció callada, incapaz de hablar o moverse. Las palabras de Paris fueron como un diluvio tras una década de sequía. En ese momento, lo único que podía hacer era no dejar que el agua la ahogara.

Paris la tomó de las manos, y el tacto de su piel la hizo volver en sí. Agachó la vista hasta aquellos suaves dedos, relucientes con los anillos de oro, y la alzó de nuevo hacia su rostro.

—Vuestro esposo no os valora como lo que sois. No, es imposible, pues he visto cómo se comporta con vos. Apenas os mira. Si fuerais mi esposa, Helena, jamás dejaría de miraros. —Levantó una mano y le acarició con dulzura la mejilla—. Jamás dejaría de abrazaros, de tocaros, de...

Y entonces notó el tacto de sus labios, suaves y cálidos. Antes de comprender lo que estaba pasando, ella le devolvió el beso con unos labios ávidos por aquel néctar vivificante, como un banquete para personas famélicas. Podría haberse quedado allí para siempre, prendada entre sus brazos, respirando su embriagador aroma.

Fue él quien se apartó primero.

—Disculpadme. Fue un error. No debería haber..., pero... cuando os tengo cerca no puedo pensar en otra cosa.

—No, no deberíamos haberlo hecho —repitió ella, antes de recular e intentar controlar sus resuellos, deseando, sin embargo, que la volviera a besar.

Permanecieron en silencio durante unos largos minutos, ella con sus ojos verdes clavados en la mirada dorada del príncipe, tan cerca de él que estaba convencida de que podía oír el latido de su corazón. Aunque tal vez fuera el suyo.

—Deberíais marcharos —acabó diciendo, desviando la mirada—. No deberíais estar aquí... Yo... No deberíais haberme dicho esas cosas.

—¿Habríais preferido que me las hubiera callado?

Helena abrió la boca, pero fue incapaz de responder. Tras unos instantes, repitió sus palabras anteriores, aunque esta vez casi en un susurro:

—Deberíais marcharos.

Paris hizo una sutil reverencia y Helena abrió la puerta de la alcoba y echó una ojeada a ambos lados del pasillo. Después de asegurarse de que no hubiera nadie a la vista, se apartó para dejarlo pasar. Justo cuando Helena estaba a punto de cerrar la puerta a sus espaldas, él la detuvo con la mano.

—¿Me permitiríais volver? —susurró.

Helena se detuvo mientras sus ojos buscaban la belleza de aquel rostro. Acto seguido, hizo un breve gesto afirmativo con la cabeza y cerró la puerta.

29
HELENA

Paris regresó a la alcoba la noche siguiente, y la otra. Pasaban horas sentados a mitad de la noche, mientras él la observaba, le decía lo hermosa que era y, en ocasiones, le tomaba la mano o le acariciaba el brazo. Le contaba historias de su juventud, de los días en que se dedicaba a brincar por el monte Ida con sus hermanos, de las carreras de caballos que corrían en las llanuras o de las falsas guerras que batallaban por las sinuosas calles de Troya. También le hablaba de sus viajes, de los lugares que había visto y de las gentes que había conocido, de tierras lejanas que Helena jamás había oído mencionar. Se enteró de que tenía un año menos que ella, pero había vivido mucho más. Helena comprendió lo pequeña que era su vida. Nunca había salido de Laconia.

Tenía la sensación de estar viajando por el mundo mientras Paris le contaba sus historias, y cuando él le decía que debía volver a su estancia, ella le pedía que se quedara un ratito más. Su voz, su mirada... alimentaban una parte de Helena que se había encogido tanto con el paso de los años que había aprendido a vivir sin ella. Pero ahora, con cada demostración de amor, cada elogio de su belleza y cada caricia de sus brazos, sentía cómo aquella parte menguada cobraba vida. Y ya no podía ignorarla más. El corazón le palpitaba y los labios ansiaban el tacto de su piel, y la piel, el tacto de los labios. La hacía sentirse viva.

La cuarta noche, Helena estaba sentada en el borde de la cama cuando oyó que llamaban a la puerta. Seguía con el lujoso vestido que había elegido para el banquete, y les había insistido a las doncellas en que ella misma se desvestiría aquella noche. No le gustaba engañarlas, pero las visitas de Paris eran algo tan preciado que las mentiras piadosas le parecían el pequeño precio que debía pagar. No podía arriesgarse a que alguien los descubriera, a que Paris tuviera que marcharse y aquel hermoso sueño tocara a su fin.

El golpe en la puerta había llegado antes de lo habitual, y Helena esbozó una sonrisa al oírlo. Fue hacia la puerta y dejó entrar al príncipe, antes de volver a cerrarla con delicadeza.

—¿Ya se acostaron mis hermanos? —le preguntó.

—No, los dejé bebiendo con mi primo Eneas. —Dio un paso hacia ella y le acarició la mejilla con la suave palma de la mano—. Tenía que venir. No podía esperar más.

Helena sonrió y puso su delicada mano encima de la de Paris.

—Me alegro de que hayáis venido. Así tendremos más tiempo. Debéis acabar de contarme vuestra visita a Hattusa, o lo de la reina de Mileto, o lo de la vez que salvasteis a vuestra hermana de morir ahogada... Esa me gusta.

Helena esbozó una sonrisa de oreja a oreja.

—Tengo una idea mejor —respondió él, bajando la mano de la mejilla al hombro. Agachó la cabeza antes de volver a mirarla a los ojos—. Helena, vuestra belleza es como el sol. —Ella sonrió y Paris continuó—: Pero, de momento... Tengo la sensación de que solo he visto una parte de vuestro esplendor, como un rayo de luz que se cuela entre las nubes. Me preguntaba si me permitiríais contemplar toda vuestra belleza, sin nada que la cubra.

Aquellos ojos dorados la observaban con solemnidad, y ella se sonrojó al entender a qué se refería.

—Lo siento —se disculpó el príncipe, y dio unos pasos atrás—. Os he avergonzado. No tendría que habéroslo pedido. Lo que pasa es que...

—No —lo interrumpió ella, y le tomó la mano—. Quiero que me veáis. Íntegra.

Helena no comprendió la fuerza de sus verdaderos sentimientos hasta que no pronunció aquellas palabras. Le levantó la mano a Paris, dejó atrás los violentos latidos de su corazón y le hizo asir la tela que le cubría el hombro. Él se detuvo, con la mirada clavada en ella, le deslizó con delicadeza la prenda por el brazo y, sin perder un instante, hizo lo propio con el otro lado.

Helena emitió un suspiro involuntario cuando notó el vestido cayéndole por los pechos, pero Paris no desvió la mirada. En su lugar, bajó las manos y le desató el lazo que le cubría la cintura. Helena notaba que estaba temblando, pero no era por miedo. Todo su cuerpo vibraba de energía, y mientras él le deslizaba el vestido por las caderas, sentía un escalofrío cada vez que le rozaba la piel.

Con el vestido ya en los pies, Helena se quedó paralizada. Su respiración entrecortada era lo único que rompía el silencio en la estancia. Paris dio un paso atrás y finalmente dejó de mirarla a los ojos para poder repasar cada centímetro de su nívea piel. Era una sensación extraña; no sentía el pudor que le provocaba que Menelao o las doncellas la contemplaran. Los ojos de Paris la hacían sentirse hermosa, deseada, aceptada, y ella se deleitó con esa sensación.

—Sois mucho más bella de lo que habría imaginado jamás —terminó diciendo Paris después de volver a clavar en sus ojos su mirada dorada—. No miento si digo que ni siquiera las diosas pueden haceros sombra.

Helena debería haberlo reprendido por hablar con tanta impiedad, pero no pudo evitar esbozar una sonrisa. Paris se acercó de nuevo a ella, la tomó de las manos y se las apretó con dulzura.

—Gracias, Helena. Me alegro de haber venido. Necesitaba veros antes de partir.

A Helena le dio un vuelco el corazón.

—¿Os marcháis?

—Sí, mañana a primera hora.

Paris le sostenía la mirada.

—No, no podéis iros —exclamó ella con un pánico creciente—. Debéis quedaros más tiempo, al menos hasta que Menelao regrese. No podéis marcharos todavía. No podría soportarlo.

Después de la felicidad que había sentido, en ese momento estaba al borde del llanto.

—No tengo alternativa. —Se volteó e hizo ademán de dirigirse ya hacia la puerta—. Me necesitan en casa, y no sería sensato que siguiera aquí cuando vuestro esposo regresara. Me temo que se daría cuenta de lo que ha surgido entre nosotros.

Helena puso los ojos como platos, con la boca abierta y una mirada suplicante, pero no tardó en comprender su futilidad al ver la expresión decidida de Paris. Desesperada, le llevó un mano a sus pechos y presionó.

—Yaced conmigo antes de marcharos, si es que debéis iros. Por favor —le pidió, con el corazón repiqueteando bajo el calor de sus dedos—. No puedo soportar la idea de que todo vuelva a ser como era antes. O peor, ahora que... —Reprimió las lágrimas que amenazaban con brotar—. Pero, tal vez si tuviera algún recuerdo al que aferrarme... Entonces quizá podría aguantarlo mejor.

Era consciente del patetismo de la situación, pero no le importaba. Aquella pequeña porción de felicidad se le escapaba entre los dedos, conque no le quedaba otra que agarrarla, prolongarla todo lo posible, almacenarla en alguna parte de su ser. Era la única forma de sobrevivir.

Paris no respondía, y ella era incapaz de leerle el rostro.

—Decidme que sí —insistió, y le puso la mano en la mejilla—. Decid que yaceréis conmigo esta noche. Menelao nunca lo sabrá. Y no me quedaré embarazada, tengo mis métodos...

—Helena —respondió él con voz queda, subiendo la mano de los pechos a la mejilla—. No puedo yacer con vos. No sería correcto yacer con la esposa de otro hombre en su propio hogar.

—Y tampoco es correcto que me hayáis visto así ni que me hayáis dicho las cosas que me habéis dicho, pero ¡os ha dado igual!

—Yacer con vos sería cruzar otra línea, Helena, y lo sabéis. No voy a convertiros en una ramera en vuestro propio hogar. Merecéis algo mucho mejor.

Helena estaba furiosa. ¿Acaso no veía con quién la estaba abandonando? ¿Lo que había despertado en ella? No era justo que ofreciera su amor cuando a él le conviniera y lo negara cuando no. Los ojos de Helena brillaban con lágrimas nuevas.

—No lloréis —dijo, y le levantó la barbilla.

Ella cerró los ojos para no tener que mirarlo, pero notó sus labios rozándole los párpados cuando se los besó. Incluso en ese momento la obligaba a amarlo. Torció el gesto ante la amargura del momento, ante su propia estupidez por no haber sabido ver que aquello acabaría terminando. Se inclinó hacia delante y reposó la cabeza en su pecho, empapándole la túnica con lágrimas silenciosas.

Se quedaron así un buen rato. Paris la abrazaba y le acariciaba la piel desnuda con las manos. Finalmente, fue él quien rompió el silencio.

—¿Y si venís a Troya conmigo?

Helena se quedó de piedra. La pregunta le sonó tan absurda, flotando a mitad del silencio, que no pudo sino soltar una carcajada amarga:

—¿Como vuestra ramera, queréis decir? ¿No me habéis dicho que merecía algo mejor?

—No, no como una ramera, sino como mi esposa.

Helena se enderezó y lo miró a los ojos.

—¿Vuestra esposa? —Las palabras en su boca le causaron extrañeza. Jamás había valorado esa posibilidad—. Pero... yo ya estoy casada —añadió.

—A medias —la corrigió Paris—. ¿Con qué derecho puede reclamaros? ¿Cómo puede echar a perder vuestra juventud y vuestra belleza? —Le rodeó el rostro con sus cálidas manos—. Os amo, Helena. Podría daros una nueva vida, la que merecéis, con todas las comodidades que queráis. Tal vez no seríais reina, pero ser princesa de Troya no es poca cosa. Y mis hermanas y cuñadas os harían compañía. Os darían la bienvenida como si fuerais sangre de su sangre. Seguro que os gustaría.

Sí, sí que le gustaría, pensó. Hacía mucho que no contaba con una hermana. Paris hacía que aquella nueva vida pareciera tan atractiva, tan fácil, como si ella pudiera alargar la mano y cogerla, si era su elección. Pero no podía, ¿verdad?

—No... creo que me deseéis como esposa, Paris —dijo, y se apartó de él—. No tendré más hijos. Os decepcionaría.

Era consciente del peso de aquellas palabras, y se preparó ante la posible expresión de confusión, y aun disgusto, del príncipe. Pero él apenas parpadeó.

—No me importa —respondió con una sonrisa, y volvió a atraerla hacia sí—. No soy el primogénito. No necesito herederos.

—Pero ¿no queréis hijos? —le preguntó incrédula—. Todos los hombres querrían tener descendencia.

—A quien quiero es a vos.

Se inclinó hacia delante y la besó en los labios.

Helena estaba confundida. ¿Debía creerle? ¿Que un hombre

pudiera quererla por lo que era y no por los hijos que pudiera darle? Veía tanta sinceridad en aquellos ojos dorados, y sus abrazos eran tan confortantes... Se sentía aliviada en sus brazos, como si el peso de ser heredera, reina y madre hubiera desaparecido. Una hora atrás había sido Helena de Esparta, con el pensamiento de pasar otra noche con Paris como única luz en el horizonte, y el mundo que se extendía más allá formando un borrón indistinguible. Sin embargo, ahora se encontraba ante la posibilidad de una vida nueva, llena de esperanzas y libertad, la opción de ser la Helena de un lugar totalmente distinto. Todo le resultaba extraño e inestable, como si la tierra se hubiera abierto bajo sus pies y la única certeza fuera el convencimiento de que quería estar cerca de Paris, que volviera a tocarla, a besarla, oírlo otra vez diciéndole que la amaba. No creía posible que pudiera llegar a cansarse de esas palabras.

—No es necesario que me respondáis ahora —la quiso tranquilizar aquella voz melosa—. Aunque deberemos partir pronto si no queremos que nos vean. —Le levantó la barbilla con delicadeza—. Pensáoslo, Helena. Pensad en la vida que queréis, y regresaré dentro de una hora para conocer vuestra decisión.

Cuando acabó de hablar, la besó de nuevo y abandonó la alcoba.

30
HELENA

Helena volvió a vestirse, se sentó en el borde de la cama y apoyó la cabeza en un puño. Debía tomar una decisión en menos de una hora: ¿quería seguir siendo Helena de Esparta o prefería convertirse en Helena de Troya? Una parte de ella todavía no creía que tuviera que enfrentarse a una decisión así. ¿Sería capaz de tomarla? ¿Podría, sencillamente, marcharse y comenzar una nueva vida en otro lugar, abandonar su hogar y a su familia? ¿Era acaso una locura llegar a planteárselo? ¿O lo era tan siquiera valorarlo?

Alguien llamó a la puerta.

Helena se quedó paralizada. Era demasiado pronto como para que Paris hubiera regresado. Pero, si no era él, ¿quién había llamado? Era muy tarde; nadie debería tener motivos para hablar con ella a esa hora. Tal vez Paris hubiera cambiado de opinión. Tal vez hubiera decidido que el riesgo era demasiado grande. A Helena se le cayó el alma a los pies con solo pensarlo.

Se oyó un segundo golpe en la puerta, más impaciente que el primero.

Helena se puso deprisa de pie y trotó hacia la puerta. Antes de abrirla, tomó aire y se preparó para llevarse una buena decepción. Sin embargo, al tirar del pomo, no fue el rostro de Paris el que apareció.

—¡Madre! —gritó Helena desconcertada.

Su madre se limitó a entrar atropelladamente en la habitación, no sin antes dedicarle una mirada de reojo al pasar por delante de ella. Por sus movimientos, Helena tuvo la sensación de que había estado bebiendo, y el olor a vino que colmó la habitación confirmó sus sospechas. Tenía bolsas en los ojos y se había soltado los oscuros cabellos.

—No te esperaba, madre —añadió Helena confusa, intentando sonreír—. Qué sorpresa que...

—Sé lo que está pasando, Helena —la interrumpió su madre, fulminándola con la mirada—. Nadie presta atención a la pobre Leda, no. Perdió su belleza, a su hija, a su esposo... Pero sigo viva, aunque les resulte mucho más fácil fingir que no es así. Y veo cosas. —Se detuvo, sosteniéndole la mirada con dificultad—. Te veo..., ramera.

Pronunció aquella palabra con tanta inquina que Helena sintió como si le clavaran una daga en el pecho. Se quedó de piedra, observando aquellos ojos cargados de odio.

—Lo supe desde el principio —prosiguió su madre—. No como tu hermana, mi dulce niña... Las rameras engendran rameras, y aquí estás, abriéndole las piernas al primer hombre que te regala un collar bonito.

«Eso es mentira.» Helena quiso defenderse, pero el nudo que tenía en la garganta se lo impidió, y su madre continuó antes de que pudiera deshacerlo:

—No te preocupes, que no se lo voy a contar a nadie. Me niego a avergonzar a tu padre en la tumba. No, no quiero que él también sienta esta vergüenza. Es demasiado, demasiado...

Rompió a llorar y empezó a sacudir la cabeza, como si estuviera luchando internamente contra algo. Helena estaba desconcertada, y la observaba con los ojos muy abiertos. Por mucho que le doliera, también sentía el impulso de abrazarla, de ayudarla y evitar que se desmoronara. Pero parecía haberse recompuesto.

—No, no voy a dejar tu vergüenza al descubierto. —Tomó una larga bocanada de aire, y su macilento pecho pareció temblar por el esfuerzo—. Solo venía a decirte que te veo, Helena, y que lo que veo me pone enferma. Puede que seas de mi sangre, pero no eres mi hija. En el fondo, nunca has sido mi hija. Y no quiero tener nada que ver contigo.

Le dirigió una última mirada asesina y salió con precipitación de la alcoba, dejando a Helena sola y con la boca abierta.

Ya no le cabía duda. Su madre la odiaba. En cierto modo, siempre la había odiado. Por fin se daba cuenta, aunque no lo comprendiera. Nunca había sido lo bastante buena, nunca había sido como Nestra. Helena la ramera, Helena la decepción, Helena la no deseada.

Rompió a llorar, y las densas lágrimas que le resbalaban por rostro y cuello se mezclaron con sollozos dolorosos y atormentados. Durante un rato, no pudo hacer otra cosa que dejarlas caer. Tenía la sensación de haber estado acumulándolas durante años, toda su vida, de hecho, más y más, aguardando aquella revelación.

Sin embargo, los sollozos acabaron remitiendo, como si comenzara a salir de una tormenta. Y, mientras el nubarrón en su mente se esfumaba, otro pensamiento afloró lentamente. No tenía por qué ser Helena la no deseada. Ya no. Podía marcharse con Paris y convertirse en Helena la deseada, Helena la amada... Helena de Troya.

¿Acaso le quedaba algo que la ligara a aquel lugar? Nestra se había ido y su padre estaba muerto. Su madre la odiaba y su esposo la ignoraba. Sus hermanos seguirían jugando a los dados y bebiendo con o sin su presencia. Y Hermíone... Hubo un momento en que creyó posible que surgiera el amor entre ellas, pero con cada año que pasaba se le antojaba más improbable. Hermíone no la necesitaba. Nunca la había necesitado. Tenía a

Ágata. Helena incluso dudaba de que, con el tiempo, su hija llegara a recordar su rostro.

Estaba decidida. Su hogar se había convertido en poco más que un cascarón familiar. A nadie iba a importarle demasiado que se marchara, conque ¿por qué quedarse? Enfrentada a la decisión entre el vacío que conocía y la vida esperanzadora que le habían prometido, escogía la esperanza.

31
HELENA

Cabalgaron durante toda la noche, y alcanzaron el puerto meridional de Gitión justo cuando comenzaba a rayar el alba. Helena no había pegado ojo, pero no estaba cansada. Le resultaba demasiado excitante haberse escabullido a mitad de la noche, cabalgar hacia su nueva vida con el pecho de Paris pegado a la espalda, el aliento en su nuca, sus brazos alrededor de la cintura. Se había pasado todo el viaje con un hormigueo dentro, y ahora que vislumbraban los barcos negros, sintió un escalofrío recorriéndole la columna. No era un sueño. Estaba a punto de marcharse.

Desmontaron y Helena se encontró cara a cara con Paris, con las manos entre las suyas. Las piernas le temblaban tras el largo trayecto y se tambaleaba ligeramente. Sonrió a Paris y él le devolvió la sonrisa.

—Me alegro de que hayáis venido conmigo, Helena —le dijo con voz queda, escudriñándole el rostro.

—Yo también —murmuró.

En ese momento, él se inclinó hacia ella y le dio un beso dulce y prolongado.

Cuando se separaron, Helena echó un vistazo por encima de Paris y se percató de la presencia de numerosos cofres en la orilla, esperando a que los cargaran en los barcos.

—¿Qué hay ahí? —preguntó sin darle importancia cuando

los hombres de Paris empezaron a subir el primer baúl por la pasarela.

—Nada, cuatro baratijas que nos hemos traído —respondió, y la obligó con delicadeza a que volviera a centrar la mirada en él, pero Helena seguía observando a los hombres.

—¿De palacio? —preguntó.

Él vaciló antes de responder.

—Sí, de palacio.

—¿Son regalos de mi esposo? No recuerdo que me dijera...

—No, no nos regaló nada —la interrumpió Paris con tono molesto. Helena se volteó hacia él.

—No quería... Es curiosidad —se disculpó; lo último que deseaba era arruinar la emoción de la fuga.

—Es justo que los invitados reciban obsequios a su partida. Solo tomamos lo que nos pertenece por derecho. Y a vos, claro —añadió—. Todas las novias tienen una dote. Las riquezas de Esparta también son vuestras, ¿me equivoco?

Helena no respondió, sino que se limitó a seguir con la mirada, y el ceño sutilmente fruncido, los cofres que iban cargando en los barcos. No le parecía correcto. Lo normal era que el anfitrión ofreciera obsequios, no que los invitados los tomaran. Menelao se pondría furioso cuando regresara y se encontrara con el palacio saqueado y su esposa desaparecida. No quería causarle más daño del necesario.

—Helena, miradme —le dijo Paris, y ella volteó hacia él—. No pasa nada. Son cuatro baratijas. Vos sois el mayor tesoro que Esparta puede ofrecer. ¿Cómo me va a importar el oro si os tengo a vos?

Helena esbozó una sonrisa. Su voz había recuperado la dulzura habitual, y sus ojos volvían a brillar con fuerza.

—No habría tomado nada si hubiera sabido que podía llegar a perjudicaros. Pensé que os gustaría tener algún recuerdo de vuestro hogar, comodidades para vuestra nueva vida. Las devolvería si pudiera, pero no tenemos tiempo.

La miró con remordimientos, esperando su respuesta.

—No os preocupéis —contestó ella con una sonrisa comprensiva—. Sé que no habéis obrado con mala intención. Pero no necesito tesoros. Solo os necesito a vos.

Sonrió de nuevo y, cuando él le devolvió el gesto, ella olvidó todos los recelos. Paris la tomó de los hombros y la besó de nuevo.

—Debemos irnos —anunció.

La tomó de la mano y la guio hacia la pasarela sin dejar de sonreír, para que, mientras daba aquellos pocos pasos, lo único que viera fuera su hermoso rostro y aquellos ojos áureos que tanto prometían y tanto la alentaban. Una vez a bordo, la rodeó con los brazos, la besó y le acarició el pelo, y Helena sintió que el mundo se derretía a su alrededor y que ellos dos eran los únicos supervivientes; tan solo la fuerza de sus brazos y los latidos de su corazón.

Cuando la soltó y el mundo se recompuso, Helena se percató de que se estaban moviendo y de que ya había un buen tramo de agua entre el barco y la orilla que crecía por momentos.

Y así, como si nada, dejaron Grecia atrás sin que ella apenas se diera cuenta. Aunque empezaba a sentirlo, a notar cómo su vida, su hogar y su familia se desvanecían, engullidos por el horizonte. Todo lo que conocía o había llegado a conocer, lo bueno y lo malo, le fue arrebatado por aquella inestable masa azul, y fue entonces cuando por fin comprendió que no habría forma de regresar.

Una extraña sensación de pánico comenzó a palpitarle en el estómago mientras se cuestionaba si habría tomado la decisión correcta. Se había sentido mucho más segura cuando todavía tenía la opción de dar media vuelta, pero, ahora, rodeada de agua...

Se arrepintió de no haberse llevado a sus doncellas. ¿Cómo no había pensado siquiera en despedirse de ellas? Se había dejado arrastrar por la situación. Y ya no volvería a verlas. Y Hermíone... Ojalá le hubiera dado un beso de despedida, un último recuerdo de su madre. También le entristeció pensar que no asistiría a las bodas de sus hermanos, y recordar las últimas palabras que le había dirigido su madre. Incluso sintió cierta pena al pensar que no volvería a ver a Menelao. Había sido bueno con ella, a pesar de todo.

Pero ya era demasiado tarde. Había tomado una decisión. Paris también era un buen hombre —y, además, la amaba, y ella le correspondía. Porque debía de quererlo, ¿no? Si estaba dispuesta a seguirlo por medio mundo...—. Había algo en Paris que la atraía, que le generaba confianza y hacía que quisiera estar cerca de él.

Miró a un lado con la intención de tomarle la mano y equilibrarse, pero no estaba allí. Lo divisó al otro lado de la cubierta, charlando con su primo. Helena se volteó hacia la costa menguante y se agarró al pasamanos del barco.

Se dijo a sí misma que había hecho lo correcto. Tenía que marcharse. Se estaba asfixiando y nadie la extrañaría, en especial Menelao. Lo comprendería y todo se acabaría solucionando. Su nueva vida sería casi como un renacimiento, una nueva oportunidad en el amor.

Allí, manteniendo el equilibrio contra el balanceo de cubierta, rezó a los dioses por que hubiera tomado la decisión correcta.

32
CLITEMNESTRA

Clitemnestra estaba sentada en el salón del hogar con su hijo recién nacido balbuciendo en sus brazos. No podía dejar de mirarlo, y habían pasado ya diez días. Era real: por fin había llegado el heredero. Su pequeña familia estaba completa y ella no cabía en sí de la alegría. Sonreía a todos los visitantes que le traían obsequios y le deseaban lo mejor. No era solo su retoño, sino también el hijo de toda Micenas, y daba la impresión de que medio reino había acudido a celebrar el bautizo. Se había ido sucediendo un flujo constante de rostros respetuosos en el salón durante toda la mañana, con regalos que iban desde sonajeros de plata hasta flores silvestres recogidas en el último momento. Todos eran bienvenidos. Clitemnestra quería compartir su felicidad y su retoño con todas las personas que acudieran a verlo.

Su esposo lo había bautizado Orestes. Le parecía un buen nombre. Él también había pasado la mañana embelesado con la criatura, henchido de orgullo, presentándolo a todos los que entraban como «Mi hijo, Orestes, príncipe de Micenas». Tal como Clitemnestra había esperado, el nacimiento parecía haber satisfecho a su esposo. Aquel día, quedaba claro que no había lugar donde prefiriera estar que no fuera allí con su hijo.

De repente Clitemnestra advirtió un escándalo fuera del salón, algo comprensible si se tenía en cuenta la gente que hacía fila para conocer al bebé, pero ella habría preferido que Taltibio mantuviera a los visitantes callados. No quería que Orestes se asustara; hasta el momento se había portado como un ángel.

Agamenón también se percató del alboroto y clavó la mirada en las puertas. Poco después torció el gesto, y Clitemnestra volteó para ver qué ocurría.

En la entrada, abriéndose paso entre la fila de personas que tenía delante mientras se dirigía hacia el salón, estaba Menelao.

—¡Hermano! —bramó Agamenón—. ¡No te esperaba! ¿Has venido a conocer a tu sobrino?

Su tono jovial se alzaba entre el runrún de la multitud, pero su sonrisa desapareció cuando vio la expresión en el rostro de su hermano.

—Dile a todo el mundo que se vaya —murmuró Menelao—. Necesito hablar contigo. A solas.

Mostraba un semblante peculiar que Clitemnestra no acababa de interpretar, pero la expresión en sus ojos era grave. Ella, por instinto, le cubrió la cabeza a su hijo con una mano, como si lo estuviera protegiendo de la tempestad que se avecinaba.

Agamenón asintió y se puso de pie para dirigirse al salón:

—Mi hijo y yo les agradecemos sus bendiciones, pero la audiencia terminó. Vuelvan a sus hogares.

Acto seguido, le hizo un gesto a Taltibio, quien se encargó de hacer salir a los visitantes. Cuando el salón se sumió en silencio y las puertas estuvieron cerradas, Menelao le contó a su hermano lo que lo había traído a Micenas.

—¿Cómo que se fue? —exclamó Agamenón—. ¿A qué te refieres? ¿Se te perdió?

Exhaló una breve risita, pero ni Menelao ni Clitemnestra la recibieron con humor.

—Invité a unos extranjeros a palacio, de Troya...

—¿Troyanos? ¿En qué cabeza cabe querer entretener a esos

canallas? Yo no les ofrecería un lecho ni aunque se arrodillaran. ¿Sabes qué te digo? Que dejes que se postren ante sus amos hititas.

Escupió en el suelo.

—Pensé... Venían en son de paz, hermano. Querían reabrir las rutas comerciales, o eso prometieron. Pero... tienes razón. No tendría que haber confiado en ellos. —Menelao estaba afligido—. Mis hombres creen que mi esposa se marchó con ellos. Yo estaba fuera, en el funeral del abuelo, y cuando regresé ya no estaba. No tenemos claro... cómo se la llevaron. Pero nadie la oyó pedir ayuda.

Clitemnestra sabía lo que estaba insinuando, pero se negaba a creerlo. Helena jamás abandonaría a su familia por voluntad propia. Debían de haberla engañado. Tal vez hubieran amenazado a su hija. Ella misma sería capaz de cualquier cosa por proteger a sus hijos.

Temía por Helena. Debía de estar aterrorizada, alejada de su hogar, raptada por un forastero. Pero si no se la habían llevado, si se había marchado de buena gana... La alternativa no era mucho más halagüeña. «Ay, Helena, ¿qué hiciste?»

—Me alegro de que hayas venido —dijo Agamenón con gravedad—. Cuando se entere el resto de Grecia... ¿qué pensarán? ¿Que no somos capaces de conservar a nuestras mujeres? ¿Que permitimos que nuestros invitados nos desairen? No, la estirpe de Atreo no permite la mofa. No pienso...

En ese momento, torció el semblante, como si se le hubiera ocurrido algo. Y, para desconcierto de Clitemnestra, la sombra de una sonrisa se le insinuó en las comisuras de los labios.

—No, no van a mofarse de nosotros —repitió lentamente—. Hermano, esto no es una prueba que los dioses nos hayan enviado. Es una oportunidad.

Agamenón se había inclinado hacia delante y una energía repentina le había animado las facciones. Menelao parecía confuso, y daba la impresión de que reflejaba parte del desconcierto que debía de estar mostrando la misma Clitemnestra.

—¿Una oportunidad? ¿Entendiste lo que te dije, hermano? —le preguntó Menelao con sequedad—. Mi mujer desapareció. Se la llevaron. O bien fue seducida, y en ese caso me habrán dejado como un cornudo y una vergüenza ante el resto del mundo, o bien se la llevaron por la fuerza para ser deshonrada por forasteros, violada y maltratada. Puede que ya esté muerta.

Clitemnestra sentía náuseas, y la extraña emoción en la voz de Menelao la aterraba. Se preguntó dónde estaría Helena en esos momentos, y le vino a la mente una imagen del cuerpo putrefacto de su hermana en el fondo del mar. Intentó alejar ese pensamiento. ¿Habría sido capaz Helena de algo así? ¿Se habría marchado por voluntad propia? ¿Lo habría hecho por amor? Posiblemente, o eso esperaba.

La voz de trueno de Agamenón la sacó del ensimismamiento.

—Comprendo la situación a la perfección, hermano. Mejor que tú, me atrevería a decir. —Menelao frunció el ceño, irritado, pero Agamenón prosiguió antes de que pudiera hablar—: ¿Es que no lo ves? Manos extranjeras arrancaron la flor de Grecia, tu esposa, de tu propio palacio. Quebrantaron las leyes sagradas que existen entre anfitriones e invitados. Te deshonraron, humillaron y, sobre todo, hermano, ultrajaron a Grecia.

Menelao permaneció en silencio unos instantes, examinando el rostro de su hermano. Poco después, y con voz queda, respondió:

—También saquearon mis tesoros. Pensaba que el asunto de mi esposa era más urgente, pero...

—Harto mejor —bramó Agamenón golpeando el brazo del trono con el puño. Clitemnestra vio que la sombra de la sonrisa se le había acentuado—. Ratas orientales robándole bienes a Grecia. Debemos demostrarles que no pueden violar a nuestras mujeres ni saquear nuestro oro.

—Y ¿cómo pretendes demostrárselo? —preguntó Menelao con cautela.

—Recuperando lo que nos robaron.

Las palabras de Agamenón resonaron por toda la estancia, y Clitemnestra tuvo la sensación de que pesaban, de que cargaban con un significado que no podía retirarse una vez insufladas al mundo.

—Te refieres a ir a la guerra.

Y, con esas palabras, Menelao corporeizó lo que comenzaba a tomar forma en la mente de Clitemnestra.

—No seas necio, hermano —añadió cuando vio que Agamenón no decía nada—. Nos faltan fuerzas. Troya es una urbe rica y poderosa, con aliados igual de ricos y poderosos. No podemos subestimarla. Ni siquiera con las fuerzas de Esparta y Micenas juntas...

—¿Esparta y Micenas? No me has entendido —lo corrigió Agamenón—. Esta guerra no la afrontaremos tú y yo solos, sino toda Grecia.

—¿Cómo? —se extrañó Menelao—. ¿Cómo vas a convencerlos? No es su casa. ¿Por qué iban a arriesgarse por la esposa de otro hombre?

—Te olvidas de algo, hermano: Helena no fue solo tu prometida, sino la de toda Grecia. Todos los reinos desde aquí hasta Ítaca enviaron a un príncipe para competir por ella. Y todos esos hombres juraron acudir en ayuda del hombre que venciera si se la arrebataban.

A Menelao se le iluminó el rostro, y Clitemnestra comprendió que lo que decía su esposo era cierto. El miedo le provocó un nudo en el estómago.

—Tenemos a Grecia a nuestros pies, hermano —exclamó Agamenón con entusiasmo—. Les recordaremos a los pretendientes su juramento, les contaremos que unos viles forasteros te arrebataron a tu esposa y saquearon tus riquezas. Y les enseñaremos a esos perros extranjeros que con Grecia no se juega.

Hacía meses que Clitemnestra no veía a su marido tan animado, si no años. Ni siquiera el nacimiento de su hijo le había generado ese brillo en los ojos. Y la espantaba. Era un hombre decidido, y cuando algo se le metía en la cabeza... Si lo que quería era ir a la guerra, nadie se lo podría impedir. Por fin comprendía que llevaba tiempo esperando una oportunidad así, la coyuntura de hacer algo grande, de ganar aún más poder. Micenas no le bastaba. Su familia no le bastaba. Ni siquiera Orestes le bastaba. En ese momento, Clitemnestra se dio cuenta de que su esposo siempre querría algo más.

A pesar de temer por su hermana, también le daba miedo perder a su marido. No podría soportar que su familia se desmoronara cuando apenas empezaba a sentirla como algo completo. Y, si Agamenón moría, ¿qué sucedería con los niños? ¿Qué sucedería con ella? Pero Helena también formaba parte de su familia; estaban unidas por la sangre y por los años que habían pasado juntas en Esparta. La idea de que estuviera sola en un país extranjero, a merced de su captor —o incluso de su seductor—, traía consigo nuevos temores. En la mente de Clitemnestra, Helena seguía siendo la muchacha inocente, ilusionada y optimista que había dejado en Esparta, y ahora más que nunca deseaba verla de nuevo y cerciorarse de que estuviera a salvo.

Clitemnestra, dividida entre la familia que había dejado atrás y la que ella misma había creado, no hizo ademán de expresar inquietud o ánimo por las visiones de gloria de su marido, sino que se limitó a permanecer en silencio, meciendo con delicadeza a su hijo mientras los hombres urdían planes y las ruedas de la guerra comenzaban a girar.

33
CLITEMNESTRA

Orestes estaba inquieto. Tal vez se debiera a las altas temperaturas de aquel día. Se había pasado toda la mañana llorando sin consuelo, y se había resistido tanto a la prenda con que lo envolvía Clitemnestra que al final se la había quitado. Deambulaba por el palacio meciéndolo en los brazos. Parecía estar funcionando, se había calmado un poco; los llantos anteriores habían dado paso a sonidos quebrados.

Hubo un tiempo en que su esposo la habría reprendido por pasearse por palacio sin escolta, pero durante los últimos años había ido preocupándose cada vez menos. Ella esperaba que se debiera a que confiaba en ella, y no a que le hubiera dejado de importar, pero, fuera como fuera, agradecía la libertad que le ofrecía el palacio.

Siguió caminando, sin dejar de mecer a Orestes en sus brazos cansados, hasta llegar al patio principal. Justo en ese instante, vio a un hombre extenuado saliendo apresuradamente del salón del hogar.

Clitemnestra se detuvo unos segundos antes de dirigirse a la puerta abierta que el tipo acababa de cruzar. Echó un vistazo cuando estuvo cerca, y se encontró con su esposo sentado en el trono dorado.

—Ah, esposa —exclamó al alzar la vista—. Tráeme a mi hombrecito. Quiero que recuerde mi rostro cuando me haya ido.

De nuevo, el recordatorio de aquello en lo que tanto había intentado no pensar. Sabía que era una niñería, pero mantener aquel pensamiento alejado de su cabeza la ayudaba a verlo como algo menos real, al menos por el momento.

Cuando llegó al trono, reparó en que su marido sostenía una tablilla de arcilla, que dejó en el suelo para poder cargar a Orestes.

—¿Hay noticias nuevas? —preguntó, echando un vistazo a la arcilla a pesar de ser consciente de lo fútil que era tratar de comprender aquellos extraños símbolos. Siempre le había parecido casi místico que los hombres pudieran mirar aquellas diminutas líneas y ver en ellas la voz de otros hombres que quizá se encontraran a millas de distancia.

—El último mensajero acaba de regresar —respondió su marido con satisfacción—. Odiseo me tuvo semanas esperando. Por lo visto, reaccionó con bastante reticencia, pero ha terminado cediendo, como todos los demás. ¡Me apuesto lo que quieras a que no quería perderse la gloria! —Agamenón soltó una sonora carcajada y los ojos le brillaron—. Si te soy honesto, al final todo fue bastante más fácil de lo que esperaba. ¡Me atrevería a decir que algunos habrían accedido incluso sin el juramento! Con darles una causa, decirles que luchan por Grecia, por la libertad o... por lo que sea, se lanzan a lo primero que se les proponga, siempre que haya algo de acción.

Clitemnestra esbozó una sonrisa tímida al percatarse de que no había mencionado a Helena, pero se mordió la lengua. No podía negar que tenía cierta esperanza de que los demás príncipes rechazaran la convocatoria, pero parecía que la gloria los atraía tanto como a su esposo.

—Pronto serás la esposa no solo del rey de Micenas, sino del comandante de toda Grecia. Y el reino de nuestro hijo será mucho mayor que el de sus ancestros. Imagínate las riquezas que traeré de la Tróade.

Los ojos le relucían como si ya estuviera contemplando los tesoros que saquearía. Ella intentó obligarse a sonreír de nuevo, pero no podía pasar por alto la mención de su hijo.

—¿Y si no regresas? Micenas solo es nuestra porque, en primera instancia, es tuya —dijo, mirando el pequeño bulto que su esposo tenía en sus gruesos brazos—. ¿Dejarás a tus hijos desprotegidos?

Sabía lo atrevido que era exponer sus inquietudes, aunque aquello era lo que más temía. Sin Agamenón, Micenas sería un lugar vulnerable, con sus hijos en primera línea ante cualquier advenedizo ambicioso que se propusiera apoderarse del reino.

Agamenón puso el semblante serio.

—Ten fe, esposa. Los dioses no nos habrían brindado esta oportunidad si no quisieran que la aprovecháramos y que el resultado nos beneficiara. Ya lo verás.

Ella asintió, aunque con reservas.

—Micenas no se quedará sin protección —prosiguió—. Dejaré una guarnición de soldados y uno de los lugartenientes te ayudará con el reino.

—¿Con el reino? —repitió sorprendida.

—¿Acaso no eres la reina de Micenas? Orestes es muy joven. El pueblo necesita a alguien que lo represente.

Ella asintió con solemnidad.

—Sí-sí, claro.

—El lugarteniente se encargará de casi todo. Te necesito aquí para que le recuerdes al pueblo quién es el rey, para entretener a los invitados, ese tipo de cosas.

—Ah —suspiró, cayendo en la cuenta de que se había adelantado al significado de las palabras de Agamenón. Le sorprendió su propia decepción—. Por supuesto, señor.

—Y no te olvides de los sacrificios. Necesitamos a los dioses de nuestro lado.

—Claro, esposo.

—De hecho, ya tomé medidas para asegurarnos de eso, conque no hace falta que te preocupes.

Ella le dirigió una mirada inquisitiva.

—Un vidente. Si pretendemos conocer los caprichos de los dioses, vamos a necesitar uno. Ya mandé que lo traigan. Dicen que es el mejor del reino, y no lo dudo.

Clitemnestra sintió una inquietud repentina.

—¿Quién es?

—Es de Argos. No recuerdo el nombre, pero seguro que reconoces su rostro. Estuvo una vez en palacio, hace años. Fue el que predijo mi accidente. Por eso pensé en convocarlo.

«Calcas.»

—Sí... Quizá me acuerde de él cuando lo vea —dijo ella.

El corazón se le aceleró ante el recuerdo de una época que había tratado de olvidar, y de la ira que vio en los ojos del sacerdote la última vez que se encontraron.

—¿Estás seguro de que es el mejor del reino? —preguntó ella, intentando mostrar indiferencia—. Me han hablado de videntes muy buenos. Oí de uno en Tirinto que...

—Sí, estoy seguro —le espetó su marido—. Sí, hay muchos que afirman conocer las artes de los adivinos, pero pocos han demostrado su valía, y mucho menos a mí en persona. Mi decisión es definitiva.

—Pero, esposo, ¿no recuerdas por qué vino a Micenas? Fue por... aquella muchacha. Y, quizá, por cómo... acabaron las cosas te siga teniendo mala voluntad.

—¡Por los dioses, mujer! ¡Cuánta insistencia! Dije que la decisión es definitiva, y me reafirmo. Ya ordené que lo vayan a buscar a Argos.

Incluso tras todos aquellos años, un solo bramido de su esposo bastaba para amedrentarla. Habría querido decirle algo más, advertirlo sobre lo peligroso que era fiarse sin reservas del sacerdote, pero sabía que no le prestaría atención. Nunca la había escuchado. Y, además, si ya habían ido a buscar a Calcas, poco más podría hacer en ese momento.

El acceso de ira de Agamenón pareció remitir cuando empezó a agitar un dedo por las manitas de su hijo, que todo lo agarraban. Pero entonces Orestes rompió a llorar.

—Toma —dijo el padre, devolviéndole con brusquedad la criatura a su madre—. ¿Te lo llevas a la alcoba? No lo aguanto cuando se pone a llorar.

34
CLITEMNESTRA

Aquella noche, Clitemnestra volvía a estar en el salón del hogar, esta vez sentada en su silla con incrustaciones de marfil y con su esposo al lado, ocupando el trono. Los niños ya dormían y Eudora los estaba vigilando. Clitemnestra no quería perderse aquella audiencia. Sabía que debía estar presente cuando llegara. Tenía que verle el rostro.

Calcas se había presentado ante el rey con los pies bien plantados en los adoquines y las llamas de la lumbre titilando a sus espaldas. Clitemnestra pensó que parecía mayor; sí, habían pasado un buen puñado de años desde la última vez que lo había visto, pero tuvo la sensación de que había envejecido el doble que los demás. Las mejillas, tan vivaces antes, se le habían hundido; la ancha y suave frente estaba surcada de arrugas, y se apoyaba en un cayado como si el cuerpo tampoco se correspondiera con su edad.

—Adivino, tenéis mi gratitud por haber acudido tan rápido. —Agamenón se recostó en el trono y siguió proyectando su poderosa voz sin apenas esfuerzo—: Ahora que todos me han jurado lealtad, preferiría partir hacia Áulide lo antes posible. Entiendo por tu presencia que accediste a mi petición, ¿me equivoco?

—Por supuesto, mi señor —respondió el sacerdote con tono educado y un semblante indescifrable—. Para mí es un honor servir a los griegos como adivino.

A Clitemnestra le dio un vuelco el corazón ante aquella confirmación. Aún tenía la esperanza de que rechazara la oferta.

—¡Me alegro! —bramó Agamenón con una sonrisa de oreja a oreja—. No he olvidado la última vez que estuviste en mi salón. Entonces supe que tus poderes no eran una patraña. Mi accidente te dio la razón.

—Querréis decir «castigo», mi señor —lo corrigió Calcas con la misma cortesía—. Os comuniqué que la diosa os castigaría.

—Sí, sí, a eso me refería —respondió Agamenón, haciendo un gesto de desdén con su enorme mano.

—Por llevaros a Leucipe.

Calcas había clavado los ojos en Agamenón y mostraba un semblante pétreo.

—¡Ah, claro! ¡De ahí venía todo, ahora me acuerdo! —Hablaba con jovialidad, como si todo hubiera sido una gran broma compartida—. ¿Cómo está el pequeño bastardo? Tendrá ya... siete años, ¿no?

Clitemnestra vio que el sacerdote tensaba los labios, aunque apenas fue perceptible.

—La criatura no sobrevivió al parto. Y la madre, tampoco.

Hablaba sin perder la compostura, pero Clitemnestra notaba el dolor que escondían aquellas facciones imperturbables, un sentimiento que ella compartía al pensar en aquella pobre muchacha a la que habían arrebatado tan pronto la vida, y también en el bebé, producto de la semilla de su marido. Pero entre la tristeza y la lástima afloró el miedo. Aquellas pocas palabras habían modificado lo que estaba en juego, y Clitemnestra temió más que nunca lo que escondían aquel rostro pétreo y aquella voz calmada.

—Ah, bueno, cosas de la voluntad de los dioses —comentó su marido con una brizna de solemnidad, aunque no tardó en recuperar el entusiasmo anterior—. ¿Te pusiste ya en contacto con los dioses para preguntarles por mi campaña? ¿Nos espera buena fortuna? ¿Están satisfechos con los sacrificios?

Clitemnestra estaba convencida de que Calcas no sería capaz de ocultar su ira mucho más, que no permitiría que Agamenón cambiara tan rápido de tema después de haber mencionado a Leucipe, pero cuando volvió a hablar, no podría haber respondido con más elegancia.

—No hay ninguna necesidad de consultarlo con ellos, mi señor, puesto que hoy mismo me enviaron un augurio. Lo vi durante el trayecto desde Argos: una liebre muerta junto al camino, con el vientre lleno de gazapos. Dos pájaros se habían posado encima, uno negro y otro blanco, y le desgarraban la piel y los tesoros que ocultaba. Un pájaro por cada hermano, los gloriosos Atridas: uno vos, mi señor, y el otro vuestro hermano ultrajado. Y la liebre, claro, representando a la misma Troya.

La imagen le provocó náuseas a Clitemnestra, pero parecía haber complacido a su esposo.

—Excelente —dijo frotándose las manos—. Ya has demostrado tu valía, ¡y ni siquiera hemos salido de las murallas de Micenas! —Soltó una violenta carcajada—. Sabía que eras la opción adecuada. Está decidido. Partiremos mañana, y tú nos acompañarás.

Calcas hizo una reverencia.

—Taltibio te llevará a tu alcoba y te proporcionará lo que necesites. Descansa. ¡A saber cuándo volverás a acostarte en una cama en condiciones!

El sacerdote se inclinó de nuevo y abandonó la estancia sin mediar palabra.

—Esposo, por favor —susurró Clitemnestra con urgencia en cuanto las puertas se cerraron—. No te lo lleves con ustedes. Elige a otro vidente. Me da miedo que te pueda desear mal.

—Tonterías. ¿Por qué dices eso? Ya oíste los augurios. Ha visto mi gloria, y me ayudará a alcanzarla.

—Pero la muchacha...

—Ah, ¿lo dices por eso? —le espetó—. Es una lástima, pero no es nada que no le pueda pasar a diario a cualquier ramera desdichada. ¿Por qué debería importarme? ¿Qué relación tenía con él? ¿No era una sirvienta cualquiera del templo? Creo que debería agradecerle a los dioses el hecho de tener dos bocas menos que alimentar.

Clitemnestra contemplaba a su esposo horrorizada. ¿De verdad podía estar tan ciego? A veces se convencía a sí misma de que lo amaba, pero otras... La ponía enferma su marido, lo que le había ocurrido a Leucipe, la futura guerra y su impotencia supina ante todo. No podía contarle a Agamenón que Leucipe era la hermana de Calcas —había jurado por sus hijos que lo mantendría en secreto—, pero incluso si se lo confesara, dudaba del impacto que pudiera llegar a tener. Era como si estuviera rodeado por altos muros y tuviera los oídos tapados con cera, y que no viera más allá de Troya, la guerra y la brillante gloria que creía que le esperaba.

—Ven —dijo, tomándola de la mano y alzándose del trono—. Partiré por la mañana. Vamos a ver si te puedo engendrar otro hijo para cuando regrese.

35
CLITEMNESTRA

Había transcurrido casi un mes desde la partida de Agamenón, y, a pesar de todo, el palacio no había cambiado tanto como Clitemnestra esperaba. Tal vez estuviera algo vacío, sin algunos de los rostros que estaba acostumbrada a ver, y parecía más grande sin la colosal presencia de Agamenón llenándolo. Pero la vida cotidiana apenas era distinta. Seguía pasándose las tardes enseñando a las chicas a devanar y tejer, y gran parte de la noche cuidando a Orestes. Era como si su marido estuviera fuera en alguna de sus visitas y pudiera volver en cualquier momento con nuevos regalos para encandilar a los niños.

Sin embargo, algo sí había cambiado. Todas las mañanas, después de bañar y preparar a las criaturas, las dejaba con Eudora y se dirigía a una de las estancias más modestas, justo detrás del salón del hogar. Para Clitemnestra siempre había estado rodeada de cierto halo de misterio, y no solo porque nunca hubiera tenido motivo para visitarla. Tampoco lo tenía prohibido, ni mucho menos, pero sabía que a su marido no le habría hecho gracia. «No es lugar para mujeres», habría dicho con una sonora risotada o un gesto de desdén con la mano. Pero ahora que Agamenón no estaba, no había nadie que le dijera dónde debía pasar el tiempo. Y, por tanto, la mañana posterior a que su esposo se marchara, ese fue su primer destino.

Aquella mañana, como todas las mañanas desde aquella primera aventura que tantos nervios le causaba, llamó a la sencilla puerta de madera.

—Buenos días, señora —la saludó el hombrecillo que le abrió. Se retiró unos pasos y señaló una silla tallada, mucho más lujosa que el resto de mobiliario que había en la sala—. Ahora mismo os traigo una tablilla limpia y nos ponemos manos a la obra.

Aquella diminuta estancia con olor a humedad era donde los escribas de palacio llevaban a cabo sus tareas. Allí era donde elaboraban los informes de todos los bienes almacenados en palacio, los impuestos que se recibían de los pueblos y los sacrificios en honor de los dioses; palabras y números escritos en arcilla que posteriormente se solidificaba y se guardaba en el archivo, la sala contigua. Era algo que a Clitemnestra le parecía casi magia, y disfrutaba con solo verlos rasgar la superficie a toda prisa, como si no fuera más complicado que devanar la lana.

Pero lo que realmente le interesaba, y lo que sobre todo había ido allí a aprender, era entender los símbolos que escribían. Se había convertido en la reina de Micenas con todas las de la ley, en la responsable de todo lo que pasara tanto dentro como fuera de palacio. ¿Cómo iba a cumplir su deber con el reino si no era capaz de leer las nuevas que le trajeran, como cualquier hombre? No podía fiarse de los demás en esa clase de asuntos. ¿Y si tergiversaban las palabras? ¿Y si omitían algo? Necesitaba leer por sí misma.

Eusebio, el escriba en jefe, le había estado enseñando lo que significaba cada línea, el sonido que hacían y cómo se combinaban. Incluso había practicado la escritura. Seguía yendo muy lenta y a veces cometía errores —algunas formas eran muy similares—, pero mejoraba con cada día que pasaba. Eusebio se llevó una buena sorpresa cuando vio lo rápido que aprendía.

Al principio se había mostrado algo reacio. Dudaba de que

Agamenón hubiera accedido a algo así, y temía recibir un castigo cuando regresara. Las mujeres no tenían por qué aprender a escribir, y quizá aún menos las reinas. Pero ella le había jurado y perjurado que asumía toda responsabilidad, y lo había convencido de que Micenas necesitaba a una verdadera reina mientras el rey estuviera ausente. Y no mentía. Aun así, a medida que aprendía a interpretar aquellas misteriosas formas, descubrió un mundo nuevo que hasta entonces le había sido ocultado. ¿Quién sabía lo que su esposo, su padre y sus hermanos habrían llegado a leer, cuánto habrían compartido con ella y cuánto habrían dejado que la arcilla se tragara? Se sentía poderosa al acceder a aquel mundo secreto de palabras mudas.

Mientras alisaba con delicadeza la superficie de la tablilla que le había proporcionado Eusebio, pensaba que, tal vez, podría compartir aquel poder con sus hijas. ¡Sería el mejor regalo del mundo! Y lo más fácil para ellas sería comenzar cuando aún eran jóvenes. Si se les enseñaba a dar forma a las letras igual que aprendían a devanar la lana, si podían tejer palabras igual que tejían patrones en el telar, sus manos serían capaces con el tiempo de hacerlo todo por su cuenta, de materializar sus pensamientos prácticamente en el momento en que los concebían.

Pero aún no. Eusebio había asumido un gran riesgo al acceder a enseñar a Clitemnestra, y prefería no presionarlo demasiado. Sentía que ella y el escriba habían entablado una buena amistad, o casi. Se alegraba de tener a otro aliado en palacio, sin contar a Eudora y sus doncellas. Con Agamenón fuera, no le quedaba otra que edificar sus propios fundamentos de respeto y lealtad si lo que quería era proteger Micenas hasta que el rey regresara, y para ello necesitaba el apoyo de los hombres.

Apenas había empezado a practicar la escritura de las letras con su estilete cuando alguien llamó a la puerta. No alzó la vista de la tablilla, pero vio a Eusebio levantarse de su taburete.

—Llegó un mensaje del señor Agamenón.

Clitemnestra alzó la cabeza al oír la voz del lugarteniente.

—Me dijeron que la reina estaba aquí —continuó.

Le pareció percibir cierto tono de desaprobación, pero se convenció a sí misma de que se lo había imaginado.

—Estoy aquí, Damón —exclamó, y se puso de pie para atender al lugarteniente—. ¿Cuáles son las noticias? ¿Cómo avanza la campaña? ¿Llegaron a Troya sin contratiempos?

Se dio cuenta de que ya habían roto el sello de la tablilla, y temió la fortuna que pudieran traer consigo aquellas palabras. Agamenón no habría enviado a un mensajero desde la Tróade si la situación no lo requiriera.

—La flota aún no ha abandonado Grecia, mi señora —informó Damón—. Aguardan en Áulide. El señor Agamenón retrasó la partida hasta que... Hasta que la princesa Ifigenia se despose con el señor Aquiles, príncipe de Ftía. El rey pidió que parta hacia Áulide lo antes posible para que dé comienzo la ceremonia.

Clitemnestra necesitó unos segundos para procesar lo que el lugarteniente acababa de anunciar. ¿Ifigenia, su niña, iba a casarse? Y no con cualquier hombre, sino ¿con el mismísimo Aquiles? Sí, su fama lo precedía. Un gran guerrero, o eso se comentaba, tocado por los dioses y heredero del reino de su padre. Difícilmente podría haber un mejor partido, y, sin embargo... Parecía ayer cuando la sostenía en brazos y la amamantaba. Su primogénita, tan pura, delicada y preciada. Era consciente de que aquel día llegaría, de que el matrimonio se concertaría por el bien del reino, pero era demasiado pronto. Ifigenia no tenía más que once años; no era más que una niña que no estaba preparada para convertirse en mujer. Ni siquiera había empezado a sangrar. ¿Cómo iba a condenarla a una vida de soledad en un palacio extranjero, lejos de todos los que la amaban, mientras su nuevo esposo corría por el mundo haciendo la guerra?

Y, en ese instante, comprendió lo que debía hacer. Acompañaría a su hija hasta Áulide y negociaría con los hombres para que Ifigenia siguiera por el momento en Micenas, al menos hasta que terminara la guerra. No se opondría al matrimonio —estaba convencida de que Agamenón debía de tener una razón de peso para haberlo concertado, a pesar de que Ifigenia fuera tan joven—, pero ¿qué sentido tenía que su hija se marchara cuando todavía no ofrecía ninguna utilidad como mujer?

Estaba segura de que Agamenón no objetaría nada. Todo se arreglaría y ella dispondría de más tiempo para disfrutar de su hija.

—¿Mi señora? —preguntó Damón.

—Sí. Enviaremos de inmediato a la princesa Ifigenia —respondió, pergeñando mentalmente lo que le comunicaría a su esposo—. Y yo iré con ella.

36
CLITEMNESTRA

Partieron a la mañana siguiente, montadas en un carruaje cubierto para protegerse de las gotas de agua que repiqueteaban indolentes sobre el toldo. Clitemnestra estaba sentada frente a su hija, separadas por un enorme cofre que hacía las veces de mesa y sobre el que descansaba, entre otras cosas, el vestido nupcial de Ifigenia. Se alegraba de haber tenido listos tanto el vestido como el velo de su hija, consciente de que algún día los acabaría necesitando, aunque se arrepentía de que no estuvieran tan pulidos como le habría gustado. Al vestido le faltaban algunos remates dorados, y el velo, por muy bien tejido que estuviera, era algo grueso. Tenía pensado hacerle otro, pero todo se había precipitado de improviso. De repente pensó que podría haberse traído el velo que había llevado en su boda —una prenda vaporosa que le había tejido su madre—, pero ya era demasiado tarde para dar media vuelta. Había pasado más de una hora desde que habían tomado la carretera.

Orestes probablemente estaría a punto de recibir la segunda toma del día, algo que le provocó a Clitemnestra una punzada de culpa. Se arrepentía de haberlo dejado con la nodriza, a su queridísimo bebé, sangre de su sangre, pero estaría más seguro en palacio que en un viaje así. Y, en esos momentos, su hija la necesitaba mucho más.

Miró de reojo a Ifigenia, quien no despegaba la vista de las colinas que se iban sucediendo. No había protestado por haber partido sin previo aviso, ni tampoco se había opuesto a los deseos de su padre. Siempre lo había idolatrado. Lo que más la complacía en aquel momento era que podría verlo antes de que se echara a la mar con destino a Troya.

Clitemnestra esbozó una sonrisa al ver cómo los brillantes ojos de su hija registraban el paisaje. Las niñas no siempre tenían la oportunidad de salir de palacio; de hecho, Electra había hecho pucheros cuando le había dicho que no podía acompañarlas. Fue entonces cuando ella desvió también la mirada hacia las colinas y cayó en la cuenta de que aquel viaje sería el más largo desde que había llegado a Micenas, doce años atrás. Recordó los nervios de aquel trayecto en carro cuando ella misma era una jovencísima novia, sabiendo, o sin saber, lo que la aguardaba en su destino. Volvió a observar a Ifigenia e intentó interpretar su gesto. ¿Estaría nerviosa? ¿Pensaría en la boda o en lo que pudiera pasar después? Si ese era el caso, no lo parecía. Aunque con ella nunca era fácil. Era una muchacha alegre y dulce, tanto que Clitemnestra a veces temía que ocultara sus momentos de tristeza para ahorrarles esa carga a los demás.

—Dicen que el señor Aquiles es un gran hombre —aventuró, sin despegar la vista del paisaje calado por la lluvia—. Y un gran guerrero. Y con los pies más rápidos que cualquier otro hombre.

Clitemnestra vio con el rabillo del ojo que Ifigenia giraba brevemente la cabeza hacia ella, pero no tardó en volver a centrarse en las montañas.

—Sí, no me cabe duda. De que sea un gran hombre, quiero decir —dijo Ifigenia con un tono jovial y, tras una corta pausa, añadió—: Si no lo fuera, padre no permitiría que se casara conmigo.

Su hilo de voz traslucía cierto recelo, así que Clitemnestra intervino para tranquilizarla:

—No, claro que no. Eres una princesa de Micenas. Tu padre no te entregaría a un hombre cualquiera.

Sonrió a su hija y ella le devolvió el gesto.

—Sí, eso pienso yo —respondió casi para sus adentros, y volvió a centrar la atención en las colinas.

Permanecieron unos minutos en silencio, botando ocasionalmente en sus asientos cada vez que el carruaje pasaba por encima de las rocas o zanjas que delimitaban la estrecha carretera del valle. Al cabo de un rato, Ifigenia volvió a hablar:

—Aunque sea un gran hombre, y, si padre lo escogió, seguro que lo es, no tengo claro... si estoy preparada para ser la esposa de nadie.

Sus frágiles palabras se quedaron flotando en el aire mientras ella seguía con la mirada clavada en las montañas, pero en cuanto su madre la tomó de la mano, la niña giró su áurea cabeza hacia ella y, por primera vez desde que le habían comunicado la decisión de su padre, Clitemnestra creyó percibir preocupación en su mirada.

—No te preocupes, cielo —le dijo Clitemnestra con una sonrisa cálida—. Será una ceremonia sencilla, más que nada para oficializar la unión. Ya serás su esposa cuando estés preparada. Aún eres demasiado joven. —Le apretó la mano a su hija—. Cumpliremos con los rituales y el banquete, y quizá tengas que dejar que te bese; nada, solo un besito. Pero después volveremos juntas a casa. —Sonrió de nuevo, en un intento por convencerse tanto a sí misma como a Ifigenia—. Te lo prometo. Tu padre me hará caso. Y voy a estar a tu lado durante toda la ceremonia.

Ifigenia suspiró y le devolvió la sonrisa a su madre.

—Me alegro de que estés conmigo —concluyó antes de volver a centrarse en las colinas.

«Yo también», se dijo Clitemnestra para sus adentros, observando el rostro de su hija, sus cabellos claros mecidos por el viento, los movimientos nerviosos de sus ojos mientras escudriñaban el paisaje. No quería que Ifigenia sufriera, pero sus propios miedos emergían hacia la superficie incluso cuando trataba de apaciguar los de su hija. ¿Y si no lograba convencer a los hombres? ¿Era acaso una necedad pensar que podía siquiera intentarlo? ¿Hasta qué punto podía prometerle a su hija que regresarían a casa cuando todo terminara? Puede que aquellos fueran los últimos dos días que estarían juntas. Cada minuto y segundo que pasaba era valioso, irrecuperable. Disfrutaría de aquel viaje, y de su hija, en la medida de lo posible.

Cuando cayó la noche del tercer día, Clitemnestra vio, más allá de la próxima colina, una maraña de mástiles negros amontonados contra el cielo gris como altos árboles sin hojas. ¿Tan pronto? Tragó saliva ante aquel escenario, con un nudo en la garganta, y le tocó el brazo a Ifigenia con delicadeza.

—Ya llegamos.

El campamento militar era vastísimo, con construcciones temporales, grandes braseros y trillados caminos de lodo que parecían llevar bastante tiempo en uso. Después del aire puro de las montañas, los olores a cuero, caballo y sustancias menos agradables le resultaron algo abrumadores, y Clitemnestra se alegró por partida doble del grueso velo que llevaba cuando los hombres comenzaron a percatarse de su presencia. Con el rostro cubierto, y arrepentida de no haberle ofrecido su propio velo a Ifigenia antes de entrar en el campamento, intentó ignorar los comentarios lascivos que empezaron a lanzarles, las miradas indiscretas, los codazos y los susurros.

Supuso que debía de parecerles extraño que dos mujeres se adentraran en un campamento militar sin más compañía masculina que el conductor y un soldado en la retaguardia. Tal vez aún no se hubiera corrido la voz sobre lo de la boda; puede que Agamenón lo quisiera mantener en secreto para que otros hombres no exigieran un privilegio similar al de Aquiles. Sí, sería sensato. No se creía capaz de desprenderse de otra hija. O, vaya, todavía no.

Aunque pudiera comprender su curiosidad, Clitemnestra lamentó no haber enviado a uno de los hombres a buscar a Agamenón para que se reuniera con ellas fuera del campamento y las escoltara. Dudaba de que incluso el más osado de los soldados se atreviera a mostrar tales faltas de respeto con su marido presente.

En ese preciso instante percibió un sonido familiar, no tanto una voz como un bramido, y le sorprendió lo mucho que se alegraba de oírlo. Más adelante, el inimitable trueno que su esposo tenía por voz domeñaba el estruendo general, y pronto vislumbró la cabeza negra a la que pertenecía.

—Mira —le dijo a Ifigenia, señalando por encima del hombro de la muchacha mientras le apretaba la mano—. Por fin llegamos.

Ifigenia giró la cabeza y Clitemnestra notó que se le levantaban las mejillas al sonreír.

—¡Padre! —exclamó la niña con entusiasmo.

De alguna forma, Agamenón la oyó por encima de los gritos, carcajadas y ruidos del campamento y volteó hacia ella, pero no le devolvió la sonrisa, sino que se giró hacia Taltibio, quien, como siempre, lo rondaba como una sombra. Clitemnestra vio que su marido articulaba una orden y el heraldo se escabullía, posiblemente para preparar su estancia. Sin embargo, cuando Taltibio desapareció, Agamenón no volvió a centrar la atención en el carruaje.

No se dirigió a ellas hasta que el carro no se hubo detenido a su lado.

—No te pedí que vinieras —mascculló, con los ojos grises clavados en Clitemnestra—. No deberías haber venido.

Clitemnestra abrió la boca, pero no sirvió de nada. No sabía qué decir. No era la bienvenida que esperaba tras un viaje tan largo, y se sintió algo herida.

—¡Padre! —gritó Ifigenia por segunda vez mientras bajaba del carruaje y se lanzaba a los brazos de su padre—. ¡Qué alegría verte, padre! —dijo con voz quebrada, hundiendo la dorada cabellera en el abdomen de Agamenón.

Él permaneció impasible, como un árbol que resiste los embates del viento, e hizo ademán de acariciarle la cabeza a su hija, pero acabó por sostener la mano en el aire, vacilante. En su lugar, le plantó ambas manos en sus estrechos hombros y la apartó con cuidado, obligándose a sonreír cuando ella alzó la vista.

—Me alegro de que hayas llegado sana y salva —dijo antes de voltear hacia Clitemnestra, quien ya había bajado del carruaje.

—No tendrías que haber venido —repitió ceñudo—. El campamento no es lugar para una mujer. Tu presencia aquí socava mi autoridad. Y ¿qué pasa con nuestro hijo? Si lo abandonaste, ¿qué pensarán los hombres cuando vean a mi esposa aquí y sepan que mi hijo se quedó en casa? Me deshonras.

Las últimas palabras fueron como una dentellada, y Clitemnestra estaba convencida de que su intención había sido hacerle daño. ¿Por qué reaccionaba así? Si el campamento no era lugar para mujeres, ¿por qué había hecho venir a Ifigenia? ¿De veras esperaba que la enviara sola? Se había esforzado por hacer lo correcto, tanto por él como por sus hijos, pero aquella mirada pétrea la hacía dudar de sí misma.

—Sé que no lo pediste, pero tampoco me lo prohibiste. Pensaba que...

—Basta. —Hablaba con una voz extrañamente queda, algo que la hacía aún más amenazadora—. Partirás mañana por la mañana. Hoy ya es tarde.

—Pero ¡me perderé los ritos! —exclamó—. ¿Cómo no voy a

asistir a la ceremonia después de un trayecto tan largo? ¡Nuestra hija ni siquiera tiene a una doncella que la vista!

Ifigenia observaba a sus padres, ofreciéndole su apoyo con la mirada a su madre.

—No, es imposible. No puedes estar aquí. Lo siento.

El hecho de que se disculpara la desarmó, y se quedó en silencio unos instantes, con la mirada clavada en aquellos ojos grises, tratando de interpretarlos y esperando que cambiara de parecer. Pero no hubo suerte.

—Muy bien —concedió con sequedad, incapaz de mirar a su hija y ser consciente de la decepción, como mínimo, que podría ver en sus ojos. Le había prometido que no la dejaría sola—. Partiré mañana por la mañana —añadió—, pero primero debo hablar contigo sobre las disposiciones que seguirán a la boda. Por favor, esposo, tenía la esperanza de que...

—Sí, sí. Lo que quieras. Hablaremos mañana, antes de que te marches. Ahora tengo que atender unos asuntos.

Habría preferido hablarlo lo antes posible para que tanto ella como Ifigenia se quedaran tranquilas, pero temía perder el poco terreno que había ganado, así que se limitó a decir:

—Gracias, esposo.

Él asintió.

—Preparamos una tienda para Ifigenia. Pueden dormir las dos allí. Taltibio les mostrará el camino... Aquí viene.

Y, antes de que el heraldo se reuniera con ellos, Agamenón se marchó. Allí de pie en el lodo, observando aquellos anchos hombros desaparecer por uno de los numerosos caminos trillados, Clitemnestra soportó su dolor en silencio, agarrando con fuerza la mano de su hija. Había creído que Agamenón se alegraría de verla. Había pasado un mes desde su partida, y solo los dioses sabían cuántos más se sucederían hasta que volvieran a verse. Tal vez nunca. Puede que se hubiera equivocado, pero estaba en el campamento y, sin embargo, él no se había dignado a compartir su tienda con ella.

«Qué tonta eres —se dijo—. Como una niña pequeña.» Hacía mucho tiempo que había dejado de ser una niña, e incluso una mujer. Era la reina, y más le valía recordarlo. Estaba casada con un rey, y no con uno cualquiera, sino con el comandante de toda Grecia. En ese momento, Agamenón debía anteponer esa responsabilidad a la de esposo, e incluso a la de padre.

37
CLITEMNESTRA

Clitemnestra apenas pegó ojo aquella noche. Los hombres del campamento se quedaron despiertos hasta mucho después de que se pusiera el sol, bebiendo y jugando a los dados alrededor de las hogueras, y sus voces se oían perfectamente aun a través de la gruesa tela de la tienda. Sin embargo, ellos no eran los culpables de su insomnio. Tenía la mente saturada de incertidumbres. ¿Y si no era capaz de convencer a Agamenón? ¿Permitiría que Ifigenia se quedara sola durante el casamiento, que la enviaran a algún reino extranjero? ¿Podría negarse a marcharse y desafiar, así, a su esposo? Sería un movimiento poco sensato, pero la pobre Ifigenia...

Oía la respiración lenta y profunda de su hija en el otro extremo de la tienda. Al menos una de las dos había caído rendida, aunque Clitemnestra no comprendía cómo había sido capaz de ello Ifigenia. Tal vez confiara en que su padre no la mandaría a desperdiciar su juventud en una solitaria redundancia. O quizá estuviera convencida de que su madre lo evitaría. Clitemnestra deseó compartir su fe.

Al final debió de quedarse dormida, porque cuando abrió los ojos las voces del campamento se habían acallado y la tenue luz de los fuegos se había desvanecido.

No, mentira. Seguía flotando una luz, solo una, a poca distancia de la tienda. Y se acercaba.

Apenas tuvo tiempo de levantar la cabeza de la almohada antes de que la puerta de la tienda se abriera de repente y la luz danzante iluminara el interior.

—¿Esposo? —susurró.

No, la figura tras el candil era demasiado achaparrada. Pero, si no era Agamenón... La luz se dirigió hacia ella. Clitemnestra abrió la boca para pedir ayuda, pero en ese momento el individuo se quitó la capucha y dejó al descubierto un rostro familiar.

—¿Álcimo? —masculló asombrada—. ¿De verdad eres tú?

Pensó que tal vez estuviera soñando. Tenía ante ella a un hombre que no veía desde su niñez, un esclavo de su padre que solía hacerla reír esbozando muecas cuando su madre no miraba. Era mayor, claro, pero seguía teniendo un aspecto lozano y saludable. Verlo allí le hizo sentir una nostalgia inmediata.

—¿Qué haces aquí? —siseó, hablando lo más bajo posible para no despertar a Ifigenia—. En el campamento, quiero decir.

—Asisto al rey, mi señora —le respondió él.

«Pero si mi padre está muerto», pensó en un primer momento, antes de caer en la cuenta de que se refería a Menelao. La pregunta había sido una bobada, aunque no podía culparse, pues seguía medio dormida.

—Sí, por supuesto —contestó, alzando la vista hacia el rostro oscuro iluminado por el candil—. Me alegro mucho de verte —añadió, y no mentía.

—Yo también me alegro de veros, mi señora. Pero el asunto que me trae aquí es de suma urgencia.

Su expresión no mostraba ninguna de las sonrisas joviales que ella recordaba, sino un gesto sombrío, y el cuerpo le temblaba. Clitemnestra se incorporó, desvelada ya por completo.

—Debéis marcharos con vuestra hija —le susurró—. Antes del alba. Dejadlo todo, tomad un caballo y alejaos cuanto podáis antes de que se entere. ¿Recordáis cómo se cabalga?

Clitemnestra asintió sin convicción, perpleja por lo que le estaba diciendo.

—¿Antes de que se entere quién?

—El señor Agamenón —respondió, y echó un vistazo por encima del hombro, como si pronunciar el nombre del rey pudiera invocarlo.

—Pero... no entiendo nada.

—No hay tiempo, mi señora. Hallaréis un caballo fuera de la tienda. Los guardias no deberían importunaros, pero...

—No —lo interrumpió, esta vez con convicción—. ¡No pienso llevarme a mi hija a la espesura a mitad de la noche sin saber por qué!

Álcimo miró de reojo el lecho donde descansaba Ifigenia. Su hija seguía durmiendo plácidamente.

—No está a salvo —murmuró, y volvió a echarle una ojeada a Ifigenia—. Vuestro esposo va a hacerle daño.

—¿Cómo que daño? ¿Por el matrimonio? ¿Acaso es Aquiles un hombre cruel?

—No, mi señora. No lo comprendéis. No habrá matrimonio.

Clitemnestra estaba aún más confusa.

—¿Cómo que no va a haber matrimonio? ¿Por qué nos pidió que viniéramos? No tiene ningún sentido...

—Era una mentira. Una sarta de mentiras. Yo... —Hizo una pausa—. Que los dioses nos perdonen a todos, mi señora. Su esposo la trajo aquí para matarla.

Clitemnestra había oído a algunas personas afirmar que algo les había helado la sangre, pero hasta ese momento no comprendió a qué se referían.

—No-no —balbució—. Mientes. No la... No sería capaz.

—Digo la verdad, mi señora. Tenía la esperanza de ahorraros la verdad, pero no me hacíais caso, y no podía... Debéis marcharos. Ahora.

Pero sus palabras eran como una ruidosa cascada en los oídos de Clitemnestra.

—Pero ¿por qué? —preguntó—. Cómo podría... si la quiere. No entiendo...

—Se debe a una profecía. Llevábamos tiempo con muy malos vientos, y el señor Agamenón le preguntó al vidente por qué los dioses impedían la travesía...

—¿Dijiste vidente? —exclamó Clitemnestra.

—Sí, mi señora. El vidente dijo que el rey había matado a una sirvienta sagrada de Artemisa, y que eso había enfurecido a la diosa. También le comunicó que la princesa era el sacrificio que los dioses exigían, y que los barcos no podrían navegar hasta que...

Clitemnestra había dejado de escuchar. Se había puesto de pie de un salto y se había dirigido deprisa hacia el lecho de Ifigenia.

—Mmm. ¿Qué pasa, madre? —le preguntó su hija con somnolencia cuando Clitemnestra le sacudió el hombro. Acto seguido, al ver la expresión de su madre, añadió—: ¿Pasó algo malo?

—No, tranquila —mintió—. Estás a salvo. No pasa nada. Pero necesito que te vistas. Ponte la ropa de viaje.

Ifigenia le lanzó una mirada inquisitiva, y abrió los ojos como platos al detectar al hombre que tenía detrás.

—¿Quién es ese?

—Un amigo —respondió—. Se quedará contigo hasta que yo vuelva. No te preocupes; no te espiará.

—Pero ¿adónde vas?

—Cerca, no tardo. Vamos, haz lo que te dije, sé una niña buena.

Se inclinó para besarle la frente y no pudo resistirse a un rápido abrazo.

—Te quiero muchísimo —le susurró, tratando desesperadamente de desterrar el miedo de su voz.

Luego, se enderezó y se volteó hacia Álcimo.

—¿Dónde está la tienda del vidente?

38
CLITEMNESTRA

Clitemnestra arrastraba el camisón por el lodo mientras atravesaba el campamento. No había tenido tiempo de cambiarse; con la prisa, ni siquiera se había puesto sandalias. Las piedras se le clavaban en las plantas de los pies, pero apenas las notaba. Lo único que veía era la tienda que tenía enfrente y sus sacras cintas ondeando bajo la luz de la luna, tal como Álcimo se la había descrito.

Estaba completamente dominada por la ira. ¿Cómo había sido capaz de algo así? ¿Cómo? Ifigenia... Su queridísima Ifigenia... Debía hablar con él. Su hija no estaría a salvo ni aunque huyeran. Tenía que solucionarlo de una vez por todas.

Apenas la separaban unos pocos pasos de la tienda. Estaba agarrando el candil con tanta fuerza que le temblaban las manos. ¿Cómo se había atrevido?

Apartó la puerta de la tienda y entró. Echó un vistazo alrededor de la estancia, y bajo la luz del candil pudo discernir un lecho, una sábana y a su ocupante. Estaba solo.

—¡Que los dioses te maldigan, Calcas! —gruñó, tirando de la sábana—. ¡Que no halles descanso! ¿Cómo pudiste? Mi Ifigenia... ¿Qué daño te hizo mi hija?

Se había propuesto no llorar, pero no fue capaz de contener las lágrimas. Tuvo que hacer un gran esfuerzo por evitar que se le rompiera la voz.

Calcas se incorporó y la miró con calma.

—Señora Clitemnestra —dijo con frialdad, como si el hecho de que hubiera acudido a su tienda a mitad de la noche fuera lo más normal del mundo—. ¿Puedo hacer algo por vos?

Su tranquilidad la enfureció aún más.

—Sabes muy bien por qué vine, Calcas —le espetó—. Sabes lo que hiciste. Mi Ifigenia... ¿Por qué? ¡Intenté ayudarte! Leucipe y tú... Yo... traicioné a mi marido por ti, y...

—Yo no controlo las exigencias de los dioses, mi señora. Me limito a interpretar las señales...

—Ni se te ocurra engañarme —siseó—. ¡Yo no estoy tan ciega como mi esposo! —Se detuvo para recomponerse, consciente de que había levantado la voz—. Tienes que arreglarlo, Calcas. Dile que no es cierto. Solo los dioses saben cómo se te pudo ocurrir algo así en primer lugar.

—Vos sabéis por qué.

La miraba con el sosiego y la frialdad de una roca.

—Ah, ¿entonces lo que quieres es vengar una vida inocente segando otra?

—Pues... —Calcas se interrumpió, titubeante. Soltó un delicadísimo suspiro—. Si os soy sincero, no pensaba que fuera a seguir adelante. Mi idea era que... si los dioses exigían algo inimaginable, se vería obligado a tirar la toalla. La campaña fracasaría, llevándose por delante su reputación. Creía que podría humillarlo y que regresaría a casa.

—Pero... no puedo creer que los soldados accedieran a que sacrificara a su propia hija. Podría haberse negado y no lo habrían culpado.

—¿Vos creéis? —Calcas volvió a alzar la vista—. Hablamos de unos hombres que han sacrificado parte de su vida para luchar por él, por Grecia. Dejaron sus reinos vulnerables, a sus hijos sin padres, a sus padres sin hijos. Me atrevería a decir que muchos estarían dispuestos a dar su vida. ¿Qué pensarían si su líder, el que los llamó a las armas, no estuviera dispuesto a sacrificar a una niña que ni siquiera es su heredera? Habría quedado en evidencia.

Clitemnestra se había quedado boquiabierta, pero no sabía qué decir.

—Creí que asumiría la vergüenza —prosiguió Calcas—. Que bastaría para verlo caer desde lo más alto y que yo podría seguir con mi vida. Pero... lo subestimé. Subestimé su orgullo y su vanidad. Su ambición. Troya es su meta. Es como si una fiebre se hubiera apoderado de su mente. —Hablaba con aversión—. No ve más allá de Troya, y de su puño rodeándola. No se detendrá ante nada. Por fin lo comprendo.

—¡Pero si es mentira! —exclamó desesperada Clitemnestra—. ¡El sacrificio es una farsa! ¡Tú eres quien lo exige, no los dioses! ¡Confiésale que lo engañaste, o que te equivocaste, o que los dioses enviaron un nuevo augurio! Los vientos llegarán, los barcos zarparán, y... Y yo seguiré teniendo a mi hija.

Su última palabra fue prácticamente un sollozo.

—Me temo que no puedo retractarme —replicó Calcas, de nuevo impasible.

Clitemnestra lo fulminó con la mirada.

—¡Te lo ordeno! ¡Eres el único que puede poner fin a esta pesadilla! —Hizo una pausa y buscó con desesperación sus ojos con los suyos—. Calcas, eres un buen hombre, o lo fuiste. Querías a tu hermana; sabes lo que significa perder a las personas que amas. Sé lo mucho que has sufrido... Lo mucho que él te ha hizo sufrir, y lo siento en el alma. Pero... ¡matar a Ifigenia no te devolverá a Leucipe!

Se arrodilló en actitud suplicante, se aferró a las sábanas y derramó su corazón a través de las lágrimas que le surcaban las mejillas. Sin embargo, Calcas la observaba con indiferencia, con el mismo gesto pétreo de antes.

—Lo siento —respondió con voz queda—. No os penséis que esto me reporta placer, ni mucho menos. De hecho... Creo que ya no siento nada. —Emitió un sonido vacío, como una carcajada sin el aire necesario para materializarla—. Vuestro esposo es un villano, y debe sufrir. Ahora tengo la oportunidad y no pienso desperdiciarla, sean cuales sean las consecuencias. No puedo hacer lo que me pedís. No voy a permitir que se zafe de esto.

Clitemnestra estaba paralizada. ¿Qué más podía decirle? ¿Qué más podía hacer? Siguió observándolo con detenimiento, buscando algo que pudiera hacerle cambiar de idea, alguna grieta en aquel rostro de piedra. Pero él le devolvió la mirada, impertérrita, y ella supo que ahí no había nada. Estaba perdiendo el tiempo.

Se puso de pie y se dispuso a marcharse, pero a medio camino de la entrada la voz del sacerdote la hizo detenerse.

—Podéis odiarme, si eso os resulta más sencillo. Sé que me odiáis. Pero fue vuestro esposo quien nos trajo hasta aquí, y quien nos retiene. —Ella negó con la cabeza y dio un paso más, pero se detuvo de nuevo cuando oyó que continuaba—. Podéis tratar de convencerlo; por favor, adelante. Decidle que dé media vuelta y regrese a casa. Tal vez tengáis más suerte que su hermano. Quizá tengáis esa influencia. —Clitemnestra lo miró por encima del hombro—. Pero no olvidéis lo que me prometisteis. Jurasteis por las vidas de vuestros hijos que no le contaríais a vuestro esposo mi relación con Leucipe. No pongáis en riesgo a vuestra descendencia solo por la posibilidad de salvar a la criatura que ya habéis perdido.

—Sé lo que te juré —gruñó ella con amargura.

Y, antes de que pudiera verter otra lágrima, se apresuró a salir de la tienda.

39
CLITEMNESTRA

Clitemnestra deshizo el camino andando a marchas forzadas, con el pecho dominado por resuellos breves y entrecortados. Estaba al borde de un ataque de pánico. Su única opción era huir, y ya había perdido demasiado tiempo. Debía volver con su hija y poner pies en polvorosa.

Las piernas le temblaban y tenía la falda tan enlodada que se le adhería a la piel. Recogió la prenda de lana con las manos y echó a andar a grandes zancadas. Estaba a punto de llegar. Ya veía la tienda. Tan solo unos pasos más.

Abrió la puerta y entró con rapidez.

—Ya volví, cielo. ¿Estás...?

Pero no era su hija a quien tenía delante.

—Esposo —masculló, y reculó—. No-no te esperaba tan tarde. —Echó un vistazo alrededor de la estancia—. ¿Dónde está Ifigenia?

—Envié a nuestra hija a dormir a mi tienda. Creo que allí estará más segura.

Se había enterado. Lo dejaban claro su tono y las oscuras sombras en sus ojos. Alguien debía de haberla visto.

Álcimo no estaba en la tienda. ¿Lo habría descubierto Agamenón con las manos en la masa? Sí, lo más probable. O tal vez se hubiera escabullido...

Fue entonces cuando lo vio. Lo que había juzgado un montón de ropa junto al lecho de Ifigenia se movía. Y gemía.

Sintió una punzada de culpa en las entrañas. Tendría que haberse marchado inmediatamente. Si le hubiera hecho caso... Ay, pobre Álcimo. E Ifigenia...

—No sigas adelante con esto —le suplicó con voz queda—. Por favor, esposo. Es nuestra hija.

—Los barcos deben zarpar.

—¿Por qué? ¿Por qué tanta insistencia cuando el precio que hay que pagar es tan alto? Podríamos regresar a casa. Todavía no es demasiado tarde. —Intentaba apelar a sus ojos, a su corazón, pero él ni siquiera la miraba. Lo tomó de la manga—. Esposo...

—No entiendes nada —le espetó él, y apartó el brazo de un tirón—. ¿Cómo va una mujer a comprender lo que es ser un hombre? ¿Lo que un hombre debe hacer? ¿O lo que debe ser? Hablas desde la ignorancia.

—Sé lo que es ser madre y engendrar a una hija... A tu hija. Dar a luz. Amamantarla. Morirse de miedo por si se la llevan las fiebres del verano o los fríos del invierno. Criarla para que sea buena, amable y valiente. Disfrutar de ella todos los días. Eso sí lo sé.

Agamenón resopló con indiferencia.

—Me culpas de algo que es responsabilidad de tu hermana. Me odias por sus errores. Queremos zarpar para recuperarla, ¿o es que ya lo olvidaste? ¿Prefieres que la deje en manos de unos forasteros? ¿Que se convierta en la ramera de un perro oriental?

Aquellas palabras fueron como cuchillos, y la obligaron a guardar silencio un instante. Sus temores por Ifigenia habían hecho que casi se olvidara de Helena.

—Mi hermana jamás... —murmuró, antes de levantar el tono—: Nuestra hija no tiene por qué morir. ¡Los vientos acabarán soplando!

—Mira que eres necia. El esclavo me dijo que te contó lo de la profecía. ¿Acaso pones en duda a los dioses?

—Solo al mensajero —replicó, mirándolo fijamente a los ojos—. No te fíes del vidente. Calcas...

—Te estás aferrando a los vientos —bramó su esposo—, pero has malmetido contra el vidente desde antes de que comenzara la campaña. No sé qué te hizo, pero...

—El problema es lo que tú le hiciste a él —le espetó—. ¿No te acuerdas? La muchacha, el niño y... ¿Cómo puedes estar tan ciego?

Se produjo un golpe seco, piel contra piel, cuando su mano le alcanzó el rostro. Clitemnestra se tambaleó, frotándose la mejilla dolorida.

—Te estás sobrepasando. —Su voz retumbaba como un trueno—. Una reina jamás debe cuestionar el juicio de un rey. Tienes suerte de que no te dé una paliza por haberme deshonrado esta noche. —Clitemnestra miró de reojo la maraña de ropa que era Álcimo, que había dejado de moverse—. Pero me compadezco de ti, dadas las circunstancias. No pongas a prueba mi paciencia.

Ella se enderezó despacio, con la mejilla aún palpitante, y volvió a mirarlo fijamente a los ojos.

—Calcas miente —dijo con voz ronca, con la esperanza de que su esposo la mirara y se diera cuenta de que decía la verdad, que comprendiera lo que sabía.

—Yo le creo —gruñó su esposo—. Me lo ha demostrado. Sería una insensatez no hacerle caso. —Clitemnestra clavó en él unos ojos desesperados, nublados por las lágrimas que se acumulaban en los lagrimales—. Y, aunque yo no le creyera —prosiguió—, tampoco podría ignorar a mis soldados. Oyeron la profecía y saben lo que debo hacer, y lo que implica que no lo haga. Les prometí la gloria. La sangre les hierve con solo pensarlo... Debes entender que si yo no cumplo mi parte, ellos se tomarán la justicia por su mano. Y quizá no se detengan con Ifigenia. Podríamos perderlo todo y no recibir nada a cambio.

—Vuelves a hablar de ti. Tú no recibirás nada.

Le sorprendió el desprecio en su propia voz. Temblaba de ira y de dolor, sí, pero también le daban osadía. Se preparó para otro bofetón, aunque no pasó nada. Agamenón se limitó a observarla con esos ojos grises, como si quisiera dar por zanjada la discusión. Ella notaba el corazón palpitándole en la garganta, y las piernas le flaqueaban. Él intentaba asustarla, obligarla a rendirse. Pero Clitemnestra no estaba dispuesta a acobardarse. Era la vida de su hija lo que estaba en juego. Su Ifigenia. Una parte de ella sabía que le convenía callar, pero ya era demasiado tarde. No podía permitir que su esposo se marchara, consciente de lo que eso implicaría. Debía luchar.

—¿Es porque no es más que una niña pequeña que estás dispuesto a desperdiciar su vida? Si yo le hiciera daño a Orestes, jamás me lo perdonarías.

—¿Qué dijiste? —Agamenón se acercó a ella, y dio la impresión de ganar altura y de que los hombros se le erguían—. No te atrevas a amenazar a mi hijo.

Ella reculó.

—No-no... Nunca. Lo que quiero decir es que...

—Todo esto lo hago por él, ¿o es que no lo ves? —Tenía el cuerpo dominado por una energía aterradora y una luz inquietante en los ojos—. ¡Todo! Para demostrarle que su padre es un gran hombre, igual que su abuelo. Quiero que se enorgullezca cuando lo llamen agamenónida. ¡Quiero entregarle un legado!

—Y ¿qué pasa con el legado de Ifigenia? —le escupió, dominada de nuevo por una ira que superaba al miedo—. ¿Con quién se casará? ¿Cuántos hijos tendrá? ¿Cuál será su legado?

Él le dirigió una mirada impasible.

—Su legado será la gloria de Grecia. Su sangre hará zarpar a cien navíos. Se referirán a ella como la salvadora de toda Grecia. ¿Puede haber mayor legado que ese?

Los ojos le brillaban con la majestuosidad del discurso, como si se convenciera con sus propias palabras. Clitemnestra sintió náuseas, se alejó de él y se apoyó contra la pared de la tienda, incapaz de articular ningún sonido. En ese momento comprendió que no podría convencerlo de nada. Ese espantoso gesto en su rostro... Estaba completamente embriagado por la posible gloria —por la campaña, por Troya, por su propio legado—, tanto que no era capaz de asumir la terrible realidad, de ver a la hermosa hija de carne y hueso que con tanta ligereza hablaba de destruir. Cegado por el sueño de la conquista, no era capaz de ver nada más.

Puede que culpara a Helena, a los dioses o al ejército; puede que arguyera que lo hacía por el futuro de la familia, o incluso por el de Grecia, pero los dos sabían que podía ponerle fin a todo aquello, si quería. Él, y solo él, había escogido recorrer aquel camino.

—Ifigenia pasará la noche en mi tienda, y tú volverás a Micenas por la mañana.

La voz le llegaba amortiguada a los oídos, como si los separara una gran distancia, pero entendió lo que había dicho, y lo que implicaba.

—No —mascculló—. No pienso irme. —«No te lo voy a poner tan fácil», se dijo para sus adentros—. Si vas a matar a nuestra hija, yo quiero estar delante.

Lo fulminó con una mirada adusta, retándolo a que se opusiera.

—Muy bien —respondió—. Pero te aviso: no interfieras en la ceremonia.

Ella se obligó a asentir con la cabeza.

—Déjame que esté con ella por la mañana —añadió de repente—. Déjame... prepararla. Como si se fuera a casar. —Ante la mirada escéptica de Agamenón, continuó—: Es lo que espera que vaya a pasar. Creo que lo mejor es que no sepa nada. Por favor, esposo. Déjala ser feliz durante sus últimas horas.

—Está bien —convino—. Pero te pondré vigilancia.

Volvió a asentir con desgana. Era lo máximo que podía confiar que le concediera.

Agamenón se volteó para marcharse, pero se detuvo al divisar el montón de ropa abultada en el suelo. Clitemnestra le siguió la mirada, deseando que se produjera algún leve movimiento en las prendas que indicara que Álcimo continuaba respirando. Estaba inerte.

—Ahora le digo a Taltibio que se deshaga de eso —anunció Agamenón—. Te sugiero que duermas un poco.

Y entonces, con una última mirada de desaprobación a la falda enlodada de Clitemnestra, salió de la tienda.

Clitemnestra temblaba. Se acercó con paso inestable al baúl de viaje y se desmoronó encima, con la cabeza entre las manos.

Había fracasado. No quedaba nada que pudiera hacer. Su hija estaba fuera de su alcance y mañana se despedirían para siempre. El pecho se le sacudía con resuellos terribles, aterrados, y sintió náuseas atenazándole la garganta.

¿Qué más opciones tenía? No podía estar todo perdido. Seguro que había pasado algo por alto. ¿Habría la posibilidad de escapar por la mañana? Robar un caballo y... En cuanto comenzó a pensar en esa idea, supo que era fútil. Agamenón estaría vigilándola de cerca después de lo que había ocurrido. Habían perdido toda oportunidad de fuga. Y, además, ¿adónde huirían?

Lloraba lágrimas amargas que le caían sobre la túnica. Lágrimas húmedas, pesarosas y absolutamente inútiles. Era tan débil, estaba tan indefensa...

En ese momento, cayó en la cuenta de algo.

«Los dioses.» ¿Cómo no lo había pensado antes? Tenía que pedirles ayuda. Suplicársela. No, no sería necesario rezarles a todos. Sabía de cierto quién la ayudaría.

Se puso de pie, se secó las lágrimas con la manga y levantó la tapa del baúl de viaje. Tanta prenda delicada, tantas joyas, y... ¿para qué? Las apartó a un lado y hundió los brazos entre las suaves telas hasta que...

Allí estaba: la había encontrado. Con cuidado, la sacó del cofre y desenvolvió el manto dorado que la cubría.

—Mi señora —suspiró, acunando la figurilla de madera con las manos.

No era más grande que su antebrazo y la pintura había perdido parte del lustre —había desaparecido por completo del rostro y los pechos después de que los frotaran incontables dedos antes que los suyos—. La estatua llevaba muchas generaciones en Micenas; de hecho, nadie sabía a ciencia cierta cuántos años tenía. Había voces que afirmaban que había caído del cielo, enviada por los dioses. Fuera cual fuera su historia, era antigua. Y eso le otorgaba poder.

Clitemnestra cerró el baúl y colocó con delicadeza la estatuilla sobre la tapa y un candil al lado. Se arrodilló y observó el rostro de madera desnuda; la pequeña protuberancia que antaño había representado la nariz y la línea tallada que conformaba la boca. Había traído a Hera consigo para aprovechar sus poderes durante las negociaciones con los hombres, y ahora necesitaba su bendición más que nunca.

—Señora Hera —empezó con voz ronca, y se aclaró la garganta—. Eres esposa y madre, como yo, y por eso sé que conoces el amor de una madre. Salva a mi hija, Hera de brazos blancos, y sacrificaré cien carneros en Micenas. Evita que se derrame su sangre y yo verteré la de las bestias en tu nombre. No permitas que el padre mate a la hija, contra toda ley natural, igual que tu padre intentó matarte a ti. Soy débil, pero tú eres poderosa. Por la sangre maternal que nos une, por todo lo que es correcto, protege a mi hija Ifigenia.

Cuando dejó de hablar, la tienda volvió a sumirse en el silencio, como si no hubiera pronunciado palabra alguna. El rostro de madera permanecía impertérrito.

Había pronunciado la súplica con el corazón en la mano, había ofrecido un sacrificio, había hecho todo lo necesario y, aun así..., no era suficiente. Lo que tenía entre manos no era una plegaria por una buena cosecha o un viaje sin sobresaltos. Era la vida de su hija. Y estaban a punto de arrebatársela contra todas las leyes de decencia, santidad y justicia. Además, por si fuera poco, el culpable sería el hombre que debería erigirse como su máximo protector. No era lo correcto. No podía ser lo correcto.

Antes de percatarse de que había vuelto a abrir la boca, las palabras comenzaron a fluir como el agua de una cascada:

—Señora Hera. Os juro aquí y ahora, por mi propia vida, por todo lo que me es amado, que si mi esposo comete un acto tan vil, si... Si Agamenón mata a nuestra hija, juro que, a cambio, pondré fin a su vida. —Se detuvo, conmocionada brevemente por lo que acababa de decir—. Y, por el amor que sientes por tus hijos, igual que el que yo siento por los míos, haz que mi esposo comprenda lo que es correcto y detén esta locura.

40
CLITEMNESTRA

—Ya amaneció, mi señora.

La voz de Taltibio atravesó la tela de la tienda y le informó de lo que ya sabía. Se había pasado la última hora observando cómo se iba iluminando la estancia, con el ruido de fondo de los sirvientes alimentando a los caballos cercanos y una sensación de pesadez en el estómago que aumentaba por momentos.

—Estoy despierta, Taltibio —respondió, con la garganta tan seca que cada palabra parecía restallar—. Puedes entrar.

La tela de la puerta se abrió y ella se incorporó.

Y se estremeció.

El heraldo iba acompañado de su hija. No sabía si llorar de amor o de pena al ver aquel rostro angelical, pero optó por reprimir ambos sentimientos.

—El señor Agamenón cree que lo mejor es que la princesa se prepare en vuestra tienda, ya que es aquí donde tenéis el baúl de viaje.

—¿Tan pronto? —preguntó—. Acaba de rayar el alba.

¿Es que Agamenón no podía darle a su hija ni siquiera un par de horas bajo la luz del sol? Taltibio se limitó a asentir.

—Me ha exhortado a que os ayude —añadió con sequedad—. Si necesitáis algo, no tenéis más que pedírmelo.

Hablaba como si fuera su sirviente, pero los dos sabían que la estaba vigilando.

—Gracias, Taltibio —respondió a pesar de todo, y volteó hacia su hija—. Ven aquí, Ifigenia. —Le costó sonreír, pero al final lo consiguió—. Es la hora de que te convirtamos en una novia.

Ifigenia le preguntó por la noche anterior, claro, pero Clitemnestra cambió de tema.

—Pensé que quizá tendríamos que marcharnos, pero me equivocaba —mintió, ayudando a su hija a quitarse el camisón—. Siento haberte despertado, cielo. ¿Dormiste bien en la tienda de tu padre?

¿Hacía bien ocultándole la verdad? Tal vez fuera la única del campamento que desconocía el propósito real del viaje y, aun así... Sí, era lo mejor. ¿Por qué aterrorizarla? Sonreía, estaba feliz, quizá algo nerviosa, pero radiante de todas formas. Clitemnestra no era capaz de arrebatarle eso, y menos sabiendo que era lo único que le quedaba.

Y puede que ni siquiera hiciera falta que lo supiera. Clitemnestra seguía creyendo en lo más profundo de su corazón que su esposo cambiaría de parecer. Era la esperanza lo que impedía que le temblaran las manos mientras le cepillaba a su hija los cabellos dorados y esbozaba una sonrisa cada vez que Ifigenia giraba la cabeza. Y pensar que aquella dulce alma podía apagarse como un candil que alguien acababa de prender... Y aquel terrible juramento que había pronunciado la noche anterior, presa de la desesperación... Un corazón latiente no podía soportar tanto.

No. Agamenón no seguiría adelante con el sacrificio. Se fue convenciendo más y más a sí misma mientras vestía a Ifigenia con las lujosas prendas nupciales. Tal vez su esposo pudiera soportar la mera idea de lo que iba a suceder, e incluso estar dispuesto a llegar al límite, pero no sería capaz de culminarlo.

—¿Estás bien, madre?

Cayó en la cuenta de que llevaba varios minutos alisándole una de las mangas.

—Sí, cariño. —Se forzó a sonreír—. Estaba pensando en lo hermosa que te verá tu esposo.

—¿Lo has visto? —preguntó entusiasmada—. Al señor Aquiles, digo. ¿Es guapo?

—No lo he visto, no —contestó, intentando imitar el tono ligero de su hija—. Pero se dice que es el hombre más bello de toda Grecia.

Ifigenia respondió a la sonrisa falsa de su madre con una genuina.

—Pues a ver si le gusto... —suspiró.

Clitemnestra tomó a su hija de los hombros.

—Le vas a encantar —dijo—. Salvo que sea un necio.

Ifigenia soltó una risita y se sonrojó.

—Bueno, a lo mejor cuando acabes de prepararme...

Clitemnestra esbozó una sonrisa y asintió, pero mientras le cepillaba por segunda vez aquellos prístinos cabellos, notó cómo le crecía el nudo de la garganta. Deseó no acabar de prepararla nunca, seguir cepillándole el cabello hasta el crepúsculo, y regresar al día siguiente a casa como si ese día no hubiera existido.

—Hablé con tu padre —empezó mientras le peinaba la coronilla—. Y accedió a que vuelvas a casa después del banquete nupcial. No tienes de qué preocuparte, de acuerdo?

No sabía qué la había llevado a decir eso, pero tuvo la impresión de que Ifigenia había relajado ligeramente los hombros, de modo que había valido la pena.

—Qué bien, así se lo podré contar todo a Electra —dijo con voz quebrada—. Ah, y tenemos que llevarle un regalito. Se lo prometí.

Continuó charlando sobre lo que podría gustarle a su hermana —quizá un guijarro de la playa, o, con algo de suerte, una concha—, y si también debería tomar algo para Crisótemis y Orestes. Clitemnestra dejó que el dulce trino de la voz de su hija la colmara al tiempo que terminaba de trenzar los últimos mechones de color miel. Y en el momento en que hubo colocado la trenza en su lugar y apartó la mano, sintió que los últimos rayos de sol del verano se desvanecían.

Trató de decirle a su hija lo preciosa que estaba, pero las palabras se le congelaron en la garganta. En su lugar, se volteó y sacó el velo azafranado del baúl de viaje. Se alegró del grosor de la prenda al notar el peso en las manos. Lo mejor era que Ifigenia no viera nada.

Volteó hacia su hija y la observó, esta vez con detenimiento, consciente de que podía ser la última oportunidad que tuviera. No quería olvidarse de nada, ni de una sola de sus pecas.

—¿Qué esperas, madre? Vamos, que quiero probármelo.

Clitemnestra esbozó una sonrisa de disculpa e Ifigenia se la devolvió. Acto seguido, y con manos temblorosas, alzó la pesada prenda y la posó con cuidado en la cabeza de su hija, asegurándola con una diadema de oro.

—¡Qué oscuro! —exclamó Ifigenia meneando los brazos—. ¡No veo nada! —No paraba de reír mientras giraba la cabeza a un lado y a otro—. Qué pena que me tape el pelo, ¿no? Con lo que te esforzaste.

—Pues sí, la verdad —respondió Clitemnestra con voz queda, al fin permitiéndose dejar de sonreír, ahora que Ifigenia ya no podía verla—. Pero el velo es una parte importantísima en las bodas. Ni se te ocurra quitártelo, y tampoco levantártelo. ¿Me lo prometes? —Clitemnestra la agarró de sus estrechos hombros—. Eso se lo tienes que dejar a tu esposo, después del sacrificio.

Estuvo a punto de atragantarse con la última palabra.

—Sí, ya lo sé, madre. —Dejó escapar un leve suspiro—. Ojalá pudiera ver cómo estoy.

—Estás como... una princesa de Micenas —afirmó Clitemnestra con lágrimas en los ojos—. Estoy orgullosísima de ti.

—¿Estás bien, madre?

Ifigenia debía de haber notado las lágrimas en la frágil voz de su madre. Clitemnestra la tomó de la mano.

—Hoy entrego a una hija en matrimonio... Es un día de muchas emociones.

—Pero luego volveré a casa. No estés triste, madre —dijo con voz quebrada por debajo del velo.

Clitemnestra tuvo que reprimir el sollozo que le subió a la garganta. Incapaz de responder, y por inútil que fuera, asintió.

Todavía era temprano cuando Taltibio las hizo salir de la tienda. El sol apenas se había elevado y quedaban restos rosáceos en las nubes. Clitemnestra se aferraba a la mano de su hija y la guiaba a cada pasito ciego que daba.

—El sacrificio nupcial se llevará a cabo en el prado que hay fuera del campamento —les informó el heraldo, avanzando a buen paso delante de ellas.

Hombres y caballos les dejaban libre el camino, mientras que rostros sombríos las observaban a cada lado.

A medida que marchaban en lenta procesión, Clitemnestra aún guardaba la esperanza de que su esposo apareciera para decirles que dieran media vuelta, que no habría sacrificio. Escudriñó el campo en busca de su negra cabeza, pero las tiendas ya escaseaban y ellos tres ya habían empezado a ascender por la colina que conducía al prado, así que Agamenón no estaba a la vista.

A Clitemnestra le empezaron a temblar las piernas cuando se aproximaban a la cima de la colina.

—Ya falta poco —le dijo a su hija, con la esperanza de que interpretara la fragilidad de su voz como falta de aliento.

«Agamenón lo detendrá. La diosa la salvará. Agamenón lo detendrá. La diosa la salvará.» Ese fue el mantra que comenzó a recitarse en silencio. No le cabía duda de que Hera habría oído su plegaria. Intervendría, seguro. Su marido entraría en razón y pondría fin a todo. Estaba convencida de ello. En cuanto lo viera...

Y allí estaba. Sus anchos hombros emergieron por encima de la cresta. Iba acompañado de un sacerdote —no era Calcas, el muy cobarde—, y cerca...

Había un altar.

A Clitemnestra le dio un vuelco el corazón y dio un traspié.

—¿Estás bien, madre? —le preguntó Ifigenia, tomándola del brazo a ciegas—. ¿Qué pasa? ¿Ya llegamos?

—Sí, cariño. No queda nada, unos cuantos pasos más.

Procuró ocultar el terror en su voz, pero, cuando Ifigenia volvió a hablar, Clitemnestra supo al instante que su hija tenía un mal presentimiento.

—¿Por qué está todo el mundo tan callado, madre? ¿Y la música nupcial?

Clitemnestra no tenía fuerzas para responder, así que se limitó a seguir guiándola, sin dejar de reprimir la urgencia de dar media vuelta y echar a correr.

«Agamenón lo detendrá. La diosa la salvará. Correr es inútil. Agamenón lo detendrá.»

Su marido se acercó a ellas.

—Aquí estás, hija mía —exclamó, con la voz más débil que de costumbre y unas marcadas sombras bajo los ojos.

Un sutil suspiro de alivio se escapó por debajo del velo.

—Padre.

—Ven conmigo, ha llegado el momento.

La tomó de una de sus palidísimas manos y fulminó a Clitemnestra con la mirada para indicarle que la soltara. Ella vaciló, aferrándose a su hija aún con más fuerza, pero Agamenón la agarró de la muñeca y se la apretó hasta que ella esbozó una mueca de dolor y dejó caer la mano de la niña.

Agamenón acompañó a Ifigenia hacia el altar, donde ya los esperaba el sacerdote, y allí la dejó antes de volver con Clitemnestra y asirla de nuevo de la muñeca con su enorme mano.

«Lo detendrá. La diosa la salvará.» Las vocecillas en su cabeza adoptaban un tono cada vez más urgente.

—¡¿Padre?! —gritó Ifigenia—. ¿Madre? ¿Qué está pasando?

—Estoy aquí —respondió Clitemnestra—. No tengas miedo.

El corazón le latía con violencia. «Agamenón lo detendrá. La diosa la salvará.»

El sacerdote había recogido un puñal que descansaba junto al altar.

Clitemnestra volteó hacia su esposo y entonó una súplica muda con unos ojos anegados en lágrimas. Pero él había desviado la mirada.

«Cobarde.» Ni siquiera se atrevía a mirar. Dejaría que su hija sufriera sola. Pero su madre no la abandonaría.

Dirigió la vista hacia el altar.

«La diosa la salvará. Tiene que pasar algo. No va a morir. No puede morir.»

Su hija había roto a llorar.

El sacerdote alzó el puñal —«Agamenón lo detendrá, la diosa la salvará»— y le levantó a Ifigenia el velo, lo justo para dejarle la garganta al descubierto.

No había escapatoria. Su padre no lo detendría. La diosa no la salvaría.

Clitemnestra se abalanzó hacia delante, pero Agamenón le sujetaba la muñeca.

—¡No! —gritó.

Y el cuchillo se deslizó por la garganta de Ifigenia.

41
CLITEMNESTRA

Clitemnestra profirió un grito.

Se retorció hasta liberarse de Agamenón, se lanzó hacia su hija y se desplomó nada más llegar junto al cuerpo.

—No, no, no, no, no, no, no... —murmuró.

Se sentía como si un caballo le hubiera propinado una coz en el pecho. Tanta sangre. Piel blanca salpicada de rojo. Le levantó el velo, pero no encontró más que unos ojos sin vida.

Mojó una mano temblorosa en la sangre, sin creerse del todo que aquello fuera real. Presionó la herida con la mano, como si pudiera devolverle la vida. Pero sabía que Ifigenia se había ido. La apretó contra su pecho sin dejar de mecerla con los ojos arrasados en lágrimas.

—Lo siento, lo siento —susurraba entre sollozos—. Te fallé. Perdóname.

Miró de reojo a su marido, pero él seguía de espaldas al altar.

—¡Ni se les ocurra tocarla!

Clitemnestra apartaba violentamente al sacerdote y sus ayudantes con un brazo, mientras con el otro sostenía el cuerpo inerte de Ifigenia.

—Debemos proseguir con los ritos, mi señora —exclamó el sacerdote reculando unos pasos.

—¡No pienso ver a mi hija arder como un buey! —gritó, con las mejillas entumecidas y surcadas de lágrimas—. Pueden decírselo a mi esposo. La enterraremos en Micenas, en su hogar.

Fulminó con la mirada a los hombres que la rodeaban, retándolos a que la desafiaran.

—Muy bien, mi señora —respondió el sacerdote tras un instante—. Ahora mismo se lo comunicamos.

Y abandonaron el lugar con las cabezas gachas. Clitemnestra seguía arrodillada en la hierba, justo donde todo había sucedido, completamente cubierta por la sangre de su hija: las manos, los brazos, el pecho. El aire hedía a hierro. De algo tan puro había emanado el aroma de la maldad, y una vez liberado era imposible contenerlo.

Clitemnestra estaba henchida de horror, como una bestia salvaje encerrada en una jaula. Gritó y gimió, y lloró, y maldijo, pero la bestia vivía y le rasgaba el corazón. Ella le devolvía los arañazos, hundiéndose las uñas en sus frías mejillas hasta que gotas oscuras de su propia sangre descendían y se mezclaban con la de su hija. Y apenas sentía el dolor.

Agamenón debía de haber accedido a cancelar la pira, puesto que cuando los sirvientes regresaron traían consigo un carro y una mortaja.

Incluso entonces ella seguía aferrada a su hija, incapaz de soltarla. Con paciencia, y no menos cautela, los sirvientes retiraron el cuerpo, y al fin Clitemnestra permitió que le limpiaran la sangre y la envolvieran en la tela perfumada. Era consciente de que debería ser ella quien llevara a cabo aquellos preparativos, pero era como si tuviera los pies enraizados en la tierra y los brazos le pesaran demasiado como para moverlos. Así que observó en un silencio desgarrador cómo alzaban a su hija, cuya voz había oído ni siquiera una hora antes, cuya cálida mano había tocado, y la depositaban en el carro como a cualquier otro cadáver.

Clitemnestra siguió el carro a lo largo de todo el campamento, arrastrando los pies uno tras el otro, movidos por inercia. Apenas distinguía los rostros que se giraban a mirarla; apenas oía los gritos ahogados y las plegarias amortiguadas de la multitud al ver la sangre. Estuvo a punto de chocar contra el carro cuando este se detuvo.

—Mi señora —dijo una voz a su lado. Clitemnestra se volteó y, tras un par de segundos, procesó que el rostro que tenía ante ella era el de Taltibio—. Deberíais cambiaros de ropa, mi señora —añadió con voz queda. Había perdido toda la serenidad anterior y el color en la cara. No fue hasta que levantó la tela de la entrada cuando Clitemnestra cayó en la cuenta de que estaban justo fuera de su tienda—. Rápido, entrad. Así, muy bien, señora.

Atravesó con torpeza la abertura de la tela que se cerró a sus espaldas. Echó un vistazo al frente y allí estaba: el lecho de Ifigenia.

Fue como si le retiraran un velo de los ojos y los vientos de la realidad arrastraran consigo la bruma desconcertante que la rodeaba.

Su hija estaba muerta, y ella lo había permitido.

Tendría que haberla salvado en vez de conducirla hacia su muerte como si se tratara de un borrego. No debería haber confiado en la diosa. Tendría que haber hecho algo. Y ahora... Ahora era demasiado tarde. Y ella era la culpable.

No. Claro que no.

La culpa era de Agamenón. Agamenón, quien había dado la orden. Agamenón, el que había permitido que sucediera. Agamenón, cuya ambición era tan inmensa que había sido capaz de sacrificar a su propia hija para lograr su propósito. Y en eso se resumía todo, ¿no? Se había pasado la vida, desde su traslado a

Micenas, obedeciendo su voluntad. La esposa que él quería que fuera; los hijos que él quería que tuviera. A fin de cuentas, ella solo deseaba formar una familia, y lo había conseguido, ¿verdad? Siempre tan atenta, tan obediente, con una mansedumbre asfixiante. Tantas horas devanando lana y agachando la cabeza, cerrando la boca y abriendo las piernas. Y, a pesar de todo, ni siquiera le había permitido conservar a la familia. La injusticia de aquella tragedia le ardía en los adentros; por ella, por su hija, por aquellos blanquísimos ojos abiertos que una vez proyectaron la luz del mundo.

Fue entonces cuando recordó el juramento.

«A cambio, pondré fin a su vida.» Eso fue lo que había susurrado a mitad de la noche. Con los labios entumecidos articuló aquellas palabras, y recordó qué forma tenían. ¿Acaso no se lo merecía? Su hija yacía fría en una mortaja. Y ¿para qué? ¿Por vientos favorables? ¿Por augurios de gloria?

Tenía las mejillas al rojo vivo y el corazón le latía con violencia. Cuanto más observaba aquel lecho vacío, más se le aceleraba. Y más coraje reunía.

No se cambió de ropa. Si lo postergaba, tal vez acabara perdiendo la determinación, conque dio media vuelta y salió de la tienda. Los aposentos de su esposo no estaban lejos; podía ver la punta de la tienda desde la suya. Echó a andar a grandes zancadas, ignorando miradas y susurros.

Mientras se acercaba a la tienda, se dio cuenta de que no había pensado qué hacer cuando llegara.

«Matarlo», musitó la bestia que seguía aferrada a sus entrañas.

«¿Cómo?», replicó su propia voz, siempre tan mansa. Pero no había tiempo. Ya estaba allí.

No había nadie vigilando. Era como si Hera la estuviera espoleando. Le temblaban las manos cuando echó a un lado la tela de la entrada.

Agamenón estaba sentado en uno de los extremos de la tienda, de espaldas a la puerta. Parecía no haberla oído. Clitemnestra se detuvo en el umbral.

¿Sería capaz de matarlo? Levantó ambas manos, aún cubiertas por la sangre de su hija. ¿Eran esas las manos de una asesina?

Por Ifigenia, lo que fuera.

Entró de puntillas y echó un vistazo alrededor de la tienda.

Allí. Una daga descansaba sobre la mesa que la separaba de su marido. El mango lanzaba destellos dorados, tentadores, como si la mismísima Hera la hubiera dejado allí.

La tomó y siguió andando hacia las anchas, y expuestas, espaldas de su marido.

Ya faltaba poco. A pesar de la rigidez que sentía en las piernas, continuó adelante. Alzó la daga. Estaba tan cerca que oía su aliento, olía su sudor.

Vaciló, con la daga pendiendo en el aire, como si algo la retuviera.

Debía hacerlo. Había pronunciado un juramento.

Levantó aún más la daga y...

—Mi señor.

Clitemnestra dejó caer el brazo y volteó hacia la entrada, hacia el origen de la voz. Se las ingenió para ocultarse el puñal en la manga antes de que Taltibio entrara.

—Mi se... Señora Clitemnestra —exclamó sorprendido—. Vuestra vestidura... ¿No os habéis cambiado?

—No, pero...

—¿Qué haces aquí? —le preguntó la voz de su marido a sus espaldas.

Sin embargo, al voltearse vio cómo la expresión confusa de su marido daba paso a un gesto de aflicción... O tal vez fuera repulsión.

—Tu rostro... Taltibio, creo recordar que te dije que atendieras a mi esposa. ¿Por qué sigue cubierta de sangre? ¿Se paseó así por el campamento? Y esos cortes...

—Sí-sí, mi señor. Es decir, intenté...

—Que venga ahora mismo un sirviente a ayudarla. No quiero que deambule así por el campamento. Y asegúrate de traer ropa limpia.

—Sí, mi señor. De inmediato.

Taltibio se apresuró a salir de la tienda y los dejó solos una vez más. Clitemnestra seguía conmocionada por lo que había ocurrido, o, más bien, por lo que había estado a punto de ocurrir. Observó a su esposo en silencio.

—Enterrarán a Ifigenia en Micenas, tal como pediste —le informó con voz ronca. No parecía ser capaz de mirarla a los ojos—. Espero que eso te complazca. Yo... Lo que sufriste hoy... no se lo deseo a nadie. Te sugiero que vuelvas a casa lo antes posible.

Ni siquiera entonces era capaz de disculparse, de asumir la responsabilidad de sus actos. Ella siguió con la mirada clavada en sus ojos y la mano temblando alrededor del mango de la daga. Un par de segundos. Era lo único que hubiera necesitado. Los dos segundos que había titubeado. Los dos segundos de cobardía.

—Voy a pedir que te preparen un carro —anunció—. No volveremos a vernos antes de que te marches. El vidente no se equivocaba; los vientos ya han empezado a cambiar. Debo prepararlo todo para la travesía.

Se puso de pie y se dirigió a la puerta.

—Esposo —murmuró ella, y él se detuvo, pero eso fue lo único que pudo pronunciar. Apretó el mango de la daga.

—Que tengas un buen viaje, esposa —le replicó él—. Hasta que volvamos a vernos.

Y, entonces, desapareció, así como la oportunidad de Clitemnestra de cumplir su juramento.

CUARTA PARTE

42
HELENA

Dos años más tarde

Adelante y atrás. Adelante y atrás. Helena movía mecánicamente la lanzadera entre los hilos. Después de tantos años, sentía una familiaridad reconfortante en el telar. El ritmo de la lanzadera, el aroma de la lana, la firmeza de la estructura de madera. Si cerraba los ojos, casi podía imaginarse de vuelta en Esparta.

En el otro extremo de la estancia, Paris se arreglaba los cabellos, aplicándose delicados aceites aromáticos en cada mechón y valorando el progreso con un espejo de plata. De vez en cuando, la superficie pulida del metal captaba los rayos de luz que entraban por la ventana y deslumbraban a Helena a través de los hilos del telar.

Troya estaba en guerra, pero, por lo general, su vida seguía sin más contratiempos. El ejército griego se había pasado una gran parte de los últimos dos años saqueando los asentamientos vecinos y haciendo acopio de mercancías y riquezas de las inmensas tierras interiores troyanas. Paris le había contado que incluso habían asaltado algunas de las islas más próximas a la costa, y se había referido a ellos como «cobardes».

—Las murallas de Troya son infranqueables —le había asegurado—. Tus camaradas griegos lo saben, y temen a nuestros soldados. Que maten a granjeros. Jamás tomarán Troya.

Era innegable que la ciudad parecía bien defendida. La ciudadela, dominada por los palacios reales, descansaba en la cima de una rocosa acrópolis, con unos muros tan altos y anchos que Helena creía que debían de haberlos levantado los gigantes. Y abajo, en la llanura, como la carne que rodea el carozo de las aceitunas, se extendía el arrabal, rodeado a su vez por otra muralla y, más allá, un gran foso. En las pocas escaramuzas que se habían producido —todas durante los primeros meses tras la llegada de los griegos—, habían atacado puntos externos a la ciudad, en la llanura que separaba la muralla perimetral de Troya y la playa en la que habían desembarcado las naves helenas. Si no fuera por el racionamiento de comida, sería difícil afirmar que realmente se estaba desarrollando una guerra.

Los griegos insistían en que su objetivo era recuperar a Helena, pero por el momento parecían más interesados en saquear la Tróade de todos sus suministros. Helena a veces se preguntaba qué robo habría enfurecido más a su marido: el suyo o el del tesoro real de Esparta.

Pero ¿por qué preocuparse? Tenía una vida nueva y un flamante esposo. Paris era bello, rico y... Troya le ofrecía todo lo que necesitaba.

Helena continuó tejiendo. Adelante y atrás, adelante y atrás. Mientras trabajaba, comenzó a tararear por inercia una canción familiar, una melodía de su niñez que solía cantar cuando Nestra y ella devanaban la lana en el gineceo...

Las notas se le atascaron en la garganta y una terrible sensación le colmó el pecho. «Ay, Nestra.»

Había llegado información a Troya sobre lo que Agamenón había hecho para llevar a su ejército a aquellas costas. «Pobre Nestra.» Pensar en su hermana siempre solía aliviarla, pero en aquel momento no sentía más que culpa. Jamás habría imaginado que pudiera llegar a ocurrir algo así, ni a Nestra ni a nadie más. De hecho, jamás habría imaginado nada de lo que estaba pasando. Había sucedido, y ya está.

—¿A qué viene esa cara tan larga? —Paris se había vuelto hacia ella, perfectamente acicalado—. Estás mucho más guapa cuando sonríes.

Helena se secó la lágrima que estaba a punto de caer y se obligó a sonreír.

—Mucho mejor —exclamó Paris, y se levantó del taburete—. Me voy a la armería. Necesito una vaina nueva para la espada, esta está hecha un desastre.

—¿Puedo ir contigo? —le preguntó Helena, poniéndose de pie de un salto. No le gustaba quedarse sola en la alcoba.

Paris soltó una carcajada.

—¿Temes que aparezca alguna harpía y te lleve mientras yo esté fuera? —Se echó la piel de leopardo por los hombros—. La armería no es lugar para mujeres. Ve a sentarte al salón con las demás si prefieres no estar sola.

Helena vaciló.

—Vamos —añadió Paris, dirigiéndose hacia la puerta—. Me queda de camino. Te acompaño.

Helena asintió; lo último que quería era admitir que el salón de las mujeres le daba casi tanto miedo como la posibilidad de estar sola.

Tal y como había prometido, Paris recorrió con ella el breve trayecto que los separaba del salón, atravesando los lujosos edificios que abarrotaban la terraza central. Cuando llegaron, alguien había dejado entornada una de las puertas del salón y podían oírse las voces provenientes del interior. Helena volteó para despedirse de Paris, pero él ya iba camino de la puerta que conducía a la terraza inferior. Tomó aire y se coló por el espacio entre las enormes puertas de madera.

El salón se sumió en el silencio cuando la vieron entrar. Helena hizo caso omiso de las miradas que sabía clavadas en ella y se escabulló, con la cabeza gacha, hasta el rincón desocupado más próximo. El murmullo general se acabó reanudando poco a poco, aunque Helena seguía notando alguna que otra mirada de desaprobación, y estaba convencida de que, cada vez que oía a otras mujeres charlar en aquella lengua extranjera, estaban hablando de ella. Intentó identificar su nombre entre aquella maraña de sonidos extraños, pero iban demasiado rápido.

Helena se maldijo por no haberse llevado el huso; ciertamente, la habría ayudado a rebajar la tensión. Se sentía una inútil redomada, allí sentada en un rincón solitario mirándose las sandalias. Debería marcharse. Una alcoba vacía era mucho mejor que aquello. No eran más que sus ridículos miedos los que la hacían sentirse vulnerable. Nadie se atrevería a entrar en su alcoba sin Paris presente.

Helena estaba a punto de levantarse cuando, con el rabillo del ojo, vio ondear una falda azul. Alzó la vista y se encontró con una muchacha que la observaba.

—Hola —saludó la joven con una sonrisa de oreja a oreja. Tenía el cabello claro y lacio, los codos huesudos y una mirada cálida—. Me llamo Casandra. ¿Me puedo sentar contigo?

A Helena le sorprendió la aparición repentina de la muchacha, pero consiguió responder:

—Sí-sí, claro. Siéntate, si quieres.

La niña sonrió y acercó un taburete. Se sentó con las manos en el regazo y comenzó a juguetear con la tela de su falda.

—Yo me llamo Helena.

—Ya lo sé —replicó la muchacha—. Estás casada con mi hermano.

—Ah, así que eres una de las hijas del rey Príamo —contestó Helena, casi para sus adentros. Había tantas mujeres en Troya..., las mujeres del rey, las hijas del rey, las nueras del rey, que a menudo las confundía.

—Tienes un pelo precioso —dijo Casandra, pronunciando cuidadosamente cada palabra. Hablaba griego a la perfección, pero no era su lengua materna—. Mi hermano Polites siempre está metiéndose con mi pelo —continuó, mirando a Helena y bajando la vista de nuevo a su regazo—. Dice que los dioses se olvidaron de darle color. Pero yo le digo que es tonto. Los dioses no le tiñen el pelo a la gente.

Helena dejó escapar una risita, sorprendida por lo rápido que se había relajado.

—Pues yo creo que tienes un cabello muy hermoso —respondió sonriendo con cautela.

—¿Qué haces aquí sentada sola, y no con las otras mujeres? —le preguntó Casandra con voz queda—. ¿No te caen bien?

—No, no es eso... —contestó Helena mirando de reojo a las otras mujeres—. Es que... no acabo de encajar con ellas.

—Ah —exclamó Casandra, y asintió como si la comprendiera—. Yo tampoco encajo con las otras niñas. No hablan de nada más que de tonterías. Y nunca me entienden cuando intento... Algunas me insultan.

Helena permaneció en silencio, observando a la muchacha, que tenía la mirada clavada en sus rodillas.

Al cabo de un rato, Casandra alzó la vista:

—¿Te importa si me quedo un ratito contigo?

Helena asintió.

—Como quieras —dijo como quien no quiere la cosa, y dio las gracias en silencio a los dioses porque al menos una persona en el salón de las mujeres no la tratara como si tuviera la peste.

43
CLITEMNESTRA

—Ah, Teófilo. ¿Habéis escogido ya un buey para el sacrificio de mañana? —preguntó Clitemnestra al ver al sumo sacerdote cruzando el patio en dirección hacia ella—. El último tenía un humor de perros. No podemos permitirnos otro incidente igual.

El sacerdote la saludó con una reverencia.

—Sí, mi señora. Este complacerá sin duda a la diosa Hera. Es una bestia magnífica.

—Me alegro —replicó ella sin bajar el ritmo—. Gracias, Teófilo —exclamó, pero el anciano sacerdote ya le daba la espalda y se apresuraba hacia el altar real.

Clitemnestra giró la cabeza y vio a Damón, el lugarteniente, esperándola en el umbral que tenía delante.

—Mi señora Clitemnestra —la saludó con cortesía, y echó a caminar a su lado mientras ella dejaba atrás a grandes zancadas los frescos pasillos de palacio—. ¿Habéis pensado ya en lo que debemos comunicarle a Argos? Tan solo me dijisteis que no enviara respuesta hasta que...

—Sí, Damón. Gracias por recordármelo. Diles que nos hacemos cargo de que las cosechas no hayan sido tan fructíferas como el año pasado, pero que han salido mejor parados que la mayoría. Diles también que el reino necesita su contribución —respondió con sequedad. Poco después, aminoró el paso, se volteó hacia él y añadió—: Y no te olvides de halagarlos un poco. Ya sabes cómo son los argivos.

—Entendido, mi señora —respondió Damón con un breve gesto de cabeza, y torció por un corredor lateral mientras Clitemnestra proseguía su ruta hacia la entrada principal.

Detrás de ella trotaba Yante, una joven doncella que había empezado a ayudarla poco después de que regresara a Micenas. Creyó que la muchacha podría echarle una mano a Eudora con los niños mientras ella sufría la peor parte del duelo. Pero eso fue antes de que decidiera enviar lejos a Orestes.

Era la única opción, no le cabía duda. Como heredero varón, habría sido el objetivo de todos aquellos que pretendieran tomar el control de Micenas en ausencia de su esposo. Y, por muy convencida que estuviera, el dolor había sido inmenso; aún tenía la otra pérdida demasiado fresca. Si empezaba a arrepentirse de su decisión y a pensar en que su hijo crecería sin acordarse del rostro de su madre, se recordaba a sí misma que la vida era una sucesión de decisiones complicadas, como madre y reina, y que no podía dejar que su corazón dominara a la razón. Así que ahora su hermoso hijo crecía en Fócida, en el palacio del rey Estrofio y su esposa Anaxibia, hermana de Agamenón. Habría preferido no mandarlo tan lejos, pero al menos estaba con la familia. Y, lo más importante: allí estaría a salvo.

Cuando Clitemnestra salió de palacio y comenzó a descender la gran escalinata, tomó una larga bocanada de aire matutino. Cada vez sentía Micenas más y más como su verdadero hogar. Gozaba del respeto de palacio, del amor del pueblo —los artesanos de la ciudadela le sonreían y se inclinaban al verla pasar—, pero, a pesar de todas las personas que la rodeaban, la soledad siempre encontraba la forma de abrirse paso.

La pérdida de su madre la había afectado mucho más de lo que creía posible. Las noticias sobre la muerte de la reina Leda habían llegado a Micenas hacía poco más de un año, y era algo que seguía doliéndole, como una herida abierta en el corazón. No podía evitar pensar que si hubiera estado con ella... Debió de caer en un pozo de soledad tras la muerte de su padre, y cuando Helena se marchó... Su madre había despachado a todas las doncellas y apenas se le veía por palacio, o eso comentaban. Tardaron dos días en encontrarla. La imagen de aquel cadáver hinchado, suspendido, un cuerpo que nadie lloraría ni nadie echaría en falta, dominaba las pesadillas de Clitemnestra.

Las malas lenguas afirmaban que no había podido soportar la vergüenza de lo que había pasado con Helena. Tal vez estuvieran en lo cierto y aquel escándalo hubiera llevado a su madre al límite, pero siempre había sido una persona sensible. Incluso de niña, Clitemnestra recordaba la tristeza de su madre. Flotaba a su alrededor como una nube que, sin embargo, a veces se disipaba, por breves que fueran esos momentos, y su madre, la de verdad, brillaba a través de la bruma, con toda su calidez, su humor y...

No había visto a su madre desde el día en que abandonó Esparta, pero eso no había impedido que sintiera constantemente su ausencia. Era como si hubiera un apoyo menos que la anclara al mundo, igual que cuando murió su padre. Había perdido a muchísimas personas, tantas que creía que le faltarían fragmentos de su ser para cubrir todos los agujeros que habían dejado.

Sus hijas eran ahora su ancla, las que la reanimaban a diario. Electra se había convertido ya en toda una mujercita, y Crisótemis se daba prisa por alcanzar a su hermana mayor. Clitemnestra se consolaba viéndolas crecer juntas, jugando y riendo. Pero no podía evitar la amargura por la hermana que debería estar allí con ellas. No les había contado toda la verdad sobre lo que había ocurrido. ¿Acaso era posible? Debían de haberse dado cuenta de lo mucho que la entristecía que le preguntaran por

Ifigenia, así que al final se habían resignado. Ahora, apenas se oía aquel nombre entre los muros de palacio, como si nunca hubiera existido.

Por eso, por la memoria de su hija, Clitemnestra debía aventurarse a diario más allá de los muros de la ciudadela. Porque tenía que mantener viva a Ifigenia, aunque solo fuera en su mente.

Había atravesado ya el portón y estaba a punto de llegar a la tumba; la veía a poca distancia, alzándose del suelo como una colmena gigante. Se detuvo ante la entrada monumental de piedra, sellada, claro, hasta que tuvieran que reabrir la tumba para otra inhumación. Articuló una plegaria silenciosa por no tener que verse de nuevo enterrando a ninguno de sus hijos, y se dispuso a presentar la ofrenda para aquellos que reposaban allí.

Le hizo un gesto a Yante, quien se adelantó con el pellejo de vino y un cáliz de plata. Clitemnestra llenó la copa hasta el borde, libó el oscuro líquido sobre el polvo y la tierra y pronunció la oración.

—Por mi hija, Ifigenia. Que los sedientos bendigan y protejan su alma más allá de este mundo.

Acto seguido, rellenó la copa y volvió a verter el contenido.

—Y por mis dos criaturas, que nunca llegaron a ver el sol con los ojos abiertos. Que los sedientos las vigilen con benevolencia.

Los dos infantes mortinatos yacían en la tumba con su hermana, envueltos con delicadeza en una mortaja de pan de oro. Aunque no hubieran llegado a conocerse en vida, Clitemnestra sentía cierto alivio al pensar que sus hijos se habían reunido en la muerte. Llegaría el día en que ella también descansaría en la quietud del sepulcro, y confiaba en que sus almas se encontrarían en el más allá.

Allí permaneció unos instantes, recordando a las criaturas

que había perdido. Invocó el rostro de Ifigenia en su memoria, aunque lo viera borroso, cambiante, y fuera perdiendo detalle con cada día que pasaba. Así que decidió pensar en su alegría, en sus carcajadas... Sí, aquello no lo olvidaría con tanta facilidad, ni tampoco el miedo de aquella mañana, las lágrimas y la voz rota de una niña llamando a su madre...

No. Había recuerdos demasiado dolorosos. Se convenció a sí misma de que los muertos no pasaban miedo.

Antes de marcharse de la tumba, dejó unos pastelitos de miel en el suelo, los favoritos de Ifigenia. Después, se incorporó y desanduvo el camino, con Yante siguiéndola de cerca.

Cuando Clitemnestra se acercaba ya a la Puerta de los Leones, alzó la vista hacia aquellas imponentes bestias que tanto la habían aterrorizado la noche que llegó por primera vez a Micenas. Recordar aquel miedo le hizo sentir algo extraño en el pecho, una mezcla de gracia y tristeza. Era un miedo inocente; ¿cómo iba a saber una niña lo que era el verdadero pavor? Ya se había acostumbrado a aquellas miradas pétreas, y sentía cierta seguridad al pasar por debajo y saberse protegida por aquellas feroces leonas. Ella misma se había convertido en una, pensó mientras se abría camino por el humo de las calles de la ciudadela. No le quedaba otra opción que serlo, tanto por el bien de sus hijos como por el del reino. Contaban con ella para que los protegiera, los proveyera y los liderara. Era la leona de Micenas.

No estaba lejos de la gran escalinata cuando Damón se plantó frente a ella, resollando ligeramente.

—Mi señora, os estaba buscando —anunció con una sutil reverencia—. Llegó un hombre a palacio buscando hospitalidad. Afirma ser de sangre noble. ¿Queréis que lo recibamos o que nos lo quitemos de encima?

—¿Acaso somos bárbaros, Damón? —preguntó, pero esbozó una sonrisa al ver la gravedad en su rostro—. Por supuesto que le ofreceremos nuestra hospitalidad. Saben los dioses que los invitados escasean en tiempos de guerra. Me atrevería a decir que no nos iría mal contar con una cara nueva.

—Entendido, mi señora. —Damón asintió con una sinceridad solemne—. Lo acompañaré a una de las alcobas.

Se volteó para cumplir con su cometido, pero Clitemnestra lo volvió a llamar.

—Damón, espera. Iré contigo a palacio —dijo, ascendiendo ya por la calle—. Me gustaría ver al visitante con mis propios ojos.

44
HELENA

Helena observaba las llamas de la lumbre y mecía una copa de vino entre sus finos dedos. Había estado apenas un puñado de veces en el salón del hogar de Troya desde su llegada a la ciudad. Era un lugar destinado a hombres importantes, a la familia real, a rituales sagrados y a asuntos de Estado. Era la joya en la cima de la ciudadela, el ordenado corazón de la ciudad, y no debía verse alterado por esposas extranjeras que solo traían guerra y muerte a sus espaldas.

Pero hoy se habían abierto las puertas de aquel lugar sagrado a toda la nobleza de la ciudadela, o al menos las del patio exterior, reservado a todas las personas que no tenían suficiente relación con la realeza como para que se las admitiera en el abarrotado salón. Helena estaba sentada dentro, al lado de su esposo. Los otros príncipes también habían acudido con sus mujeres, así que supuso que tampoco habrían podido excluirla.

Presidiendo el banquete, sentado junto al rey Príamo en un trono policromado, estaba el hermano mayor de Paris, Héctor, heredero de Troya. Era un hombre ancho, de piel tostada, barba negra y mirada firme. A su lado se sentaba Andrómaca, su esposa, con un cabello oscuro a juego con el de su esposo y unos enormes ojos castaños, y que sostenía en los brazos una manta abultada. El banquete se celebraba por el nacimiento del hijo de Héctor, heredero de Troya tras su padre. Aun con las rutas de suministros amenazadas y los comercios de alimentos protegidos con celo, una ocasión como aquella bien merecía cierta indulgencia. Lo habían bautizado Astianacte, «el que reina en la ciudad». Era un gran nombre para una criatura tan pequeña, aunque todos somos vástagos de nuestros destinos, rumiaba Helena.

Paris estaba sentado a su derecha, pero apenas le había dirigido la palabra en toda la noche. No la estaba ignorando a consciencia, seguro que no, pero le habría gustado que se diera cuenta de lo sola que se sentía sin él. En aquel momento, estaba enfrascado en una conversación con Eneas, su primo, sentado al otro lado.

—Hattusa no tardará en enviar a sus fuerzas y podremos poner fin a todo esto —oyó que comentaba su esposo con despreocupación, dando grandes tragos a la copa de vino—. ¡No te preocupes tanto, primo!

—Pero es que Hattusa también tiene problemas —respondió Eneas, y Helena aguzó el oído para poder escucharlos por encima del bullicio del salón—. La semana pasada nos informaron de que los asirios...

En ese instante, alguien rompió a cantar una estridente melodía a su izquierda y no pudo seguir la conversación. Ella, creyendo que al final se le acabaría sellando la boca con tanto silencio, le apoyó una mano a Paris en el antebrazo. Al ver que no reaccionaba, le dio un pequeño pellizco y alzó la voz entre el jolgorio:

—¿Te gusta mi vestido, esposo? He terminado de tejerlo esta semana.

—¿Perdón? —contestó él volteando solo a medias—. Sí, muy bonito —añadió sin dignarse a mirarla, y volvió a centrar la atención en su primo, dándole un sorbo al vino.

Helena dejó escapar un suspiro inaudible y revolvió las lentejas que tenía en el plato. Rememoró el día en que ella y Paris se conocieron, la época en que se sentía el objeto de todos sus deseos, la dulzura con que se pasaba la noche hablándole, los besos que le daba como si su piel fuera el mismísimo aire. Seguía deseándola —o, al menos, seguían yaciendo juntos—, pero su vida no era exactamente como se la había imaginado.

Al acercarse una cucharada de lentejas especiadas a la boca, desvió la mirada hacia Héctor y Andrómaca, iluminados por el fulgor de la lumbre como si estuvieran hechos de oro. Héctor animaba a su hijo a que le agarrara el dedo, cosquilleándole la palma de la mano y riendo cuando aquellos diminutos dedos se cerraban alrededor de los suyos. Andrómaca sonreía ante aquella escena, radiante por la maternidad. Helena notó cierto pesar al verlos y pensar en la criatura que ella misma había parido, y de lo distinto que había sido todo. Pero también la hacía feliz. Héctor sonreía en contadas ocasiones, y le favorecía. Se pasaba el día con cara de pocos amigos, pero no podía culparlo. De hecho, sentía una enorme admiración por él. La defensa de Troya recaía sobre sus hombros, un deber que él asumía con dignidad. Era algo mayor que Paris y ella y, a pesar de todo, era tan noble, tan imponente... Helena estaba convencida de que un día sería un gran rey.

Era incapaz de apartar la vista de la feliz pareja, embelesada por la forma con que miraban a su hijo, a sí mismos... Héctor levantó la mano para acariciarle la mejilla a su esposa, y parecía que no existiera nadie más. Helena sintió una extraña punzada de dolor en el corazón, pero era como una llaga en la que no podía dejar de meter el dedo.

De repente un golpe imprevisto por la izquierda la sacó de su ensimismamiento. Deífobo, otro de los hermanos de Paris, se había inclinado a su lado y le había propinado un golpe en el brazo con la mano que sostenía una copa llena de vino.

—Discúlpame, mi señora —farfulló, y vertió un poco de vino en su plato. En ese instante, giró la cabeza y clavó los ojos, ligeramente vidriosos, en su rostro—. Por los dioses, sí que eres hermosa. —Hablaba como si fuera la primera vez que la veía, aunque se habían encontrado en múltiples ocasiones—. No puedo culpar a mi hermano por haberte traído a la ciudad —continuó, y fue bajando la vista más y más, como si algo la absorbiera hacia esa dirección.

De repente notó un brazo en la espalda y una mano en la cintura. Helena miró a su derecha, pero Paris estaba ocupado charlando con su primo. Deífobo la atrajo hacia sí.

—A lo mejor tendría que haberte raptado yo.

Helena se apartó de él.

—Esposo —exclamó algo agitada, y Deífobo retiró la mano—. ¿Puedo ofrecerle un obsequio a tu sobrino? —preguntó sin perder un instante.

—¿Mmm? Ah, sí, lo que quieras —respondió Paris antes de volver a su conversación.

Helena se levantó del asiento y echó a andar hacia el otro lado del salón. Apenas había dado unos pocos pasos cuando volvió a propagarse el elocuente silencio que la perseguía a donde fuera. La música se extinguía, las copas se bajaban y todas las miradas parecían apuntar hacia ella. Empezó a arrepentirse de haberse levantado.

Con todo, siguió andando, poniendo un pie pudoroso delante del otro, hasta llegar a la pareja real.

—Que-quería ofrecerles mi enhorabuena —anunció con nerviosismo—. Y mis mejores deseos para la criatura. Traje un regalo para el señorito Astianacte —añadió, quitándose los aros de oro de las orejas, una de las pocas joyas que había podido salvar en Esparta.

Helena sostuvo el obsequio con manos temblorosas, pero

Andrómaca le dio la espalda y apretó al bebé contra su pecho, como si creyera que Helena pudiera infectarlo.

Estaba a punto de apartar la mano cuando Héctor habló.

—Gracias, Helena —respondió, y aceptó los pendientes—. Eres muy amable.

Ella esbozó una sonrisa tímida y asintió con la cabeza, colmada de gratitud. El salón volvió a sumirse en el bullicio cuando empezó a alejarse de la pareja, pero, entre todas las voces, Helena creyó oír el tono reprensivo de Andrómaca a sus espaldas. Se volteó justo a tiempo para leerle a Héctor los labios, cuando se acercó a su mujer y dijo:

—Tranquilízate, que no es su culpa. No es más que una niña ingenua.

Aquellas palabras le resonaron en la cabeza durante el resto de la noche.

45
CLITEMNESTRA

Clitemnestra estaba sola en el salón del hogar, dando sorbitos a una copa de vino sin aguar. Necesitaba algo para calmar los nervios antes de irse a la cama, así que había optado por sentarse en el salón a beber, cavilar y estar sola.

El día anterior habían llegado rumores a Micenas que afirmaban que el rey Agamenón había caído durante una escaramuza en Troya.

—A los rumores, oídos sordos —le dijo Clitemnestra a su servicio.

Y, sin embargo, el corazón le había latido con una extraña esperanza. ¿Era posible que fuera cierto? ¿Su esposo había muerto realmente? Se imaginó su cuerpo inerte yaciendo en la llanura de Troya y sintió como si le hubieran quitado la losa que le oprimía el pecho. Notó una sensación de alivio, frío y caliente, recorriéndole el cuerpo. ¿Se ahorraría, de verdad, tener que enfrentarse a él?

Con todo, no hacía ni una hora que un mensajero había llegado desde la Tróade para solicitar suministros e informar de que el rey estaba, en efecto, vivo y en buen estado. Y el gozo casi infantil de Clitemnestra se ahogó en un pozo casi tan rápido como había surgido.

A medida que la guerra se prolongaba, una duda iba creciendo en sus adentros. ¿Qué haría cuando su esposo regresara? Le había hecho una promesa a la diosa, y no era una argucia. Incluso había sostenido la daga en las manos. Ojo por ojo. Y, aun así, en aquel momento estaba dominada por la pena. ¿Sería capaz de hacerlo cuando llegara la hora?

Aunque la alternativa... ¿Cómo iba a mirarlo a la cara? ¿Cómo iba a ser capaz de verlo cada día, servirlo como esposa, compartir su lecho? Visitaba la tumba de Ifigenia todos los días, y así seguiría durante el resto de su vida. Le había fallado en vida; no la abandonaría en la muerte. Pero ¿cómo iba a llorar a la hija que había perdido mientras ejercía de esposa para el hombre que había ordenado su muerte? ¿Quién había antepuesto sus desproporcionadas ambiciones a su vida tranquila? ¿El hombre cuyo mero nombre provocaba que le diera un vuelco el corazón? Era un insulto a la memoria de Ifigenia, algo impensable, insoportable. Era..., era...

De repente oyó un golpe seco. El fino fuste de la copa se le había quebrado en la mano y tenía la falda empapada de vino. Hasta ese momento no se había percatado de la fuerza con la que sostenía la copa.

Dejó escapar un suspiro, con la mirada perdida en el oscuro líquido que le cubría las lujosas prendas. «Quizá no llegue a verme en esa tesitura», pensó. Esta vez se había desmentido el rumor, pero no había sido el primero, y tampoco sería el último. Por muy cobarde y retorcido que fuera ese pensamiento, lo mejor que podía hacer era esperar a que, un día, las noticias sobre la muerte de su esposo fueran ciertas. Que muriera lejos, en costas forasteras, y que jamás tuviera que enfrentarse a aquella terrible decisión.

Estaba a punto de ponerse de pie y marcharse del salón cuando uno de los pesados portones se abrió con un chirrido y apareció el rostro de Damón.

—Mi señora —la saludó desde el otro extremo de la estancia—. Nuestro invitado solicita si puede compartir el salón con vos. ¿Qué os parece?

Clitemnestra estuvo a punto de negarse, pero acabó cambiando de idea. El invitado ya llevaba dos noches en palacio y todavía no había tenido oportunidad de enfrentarlo. ¿Qué dirían de la hospitalidad micénica? Y, además, su compañía sería una distracción más que bienvenida.

—Sí, claro —exclamó—. Comunícale que me honrará compartir con él el salón. Y que los esclavos traigan más vino. Y un poco de fruta, si te parece.

—Por supuesto, mi señora —respondió Damón, y su cabeza desapareció de nuevo por la puerta.

Unos instantes más tarde, otro rostro apareció en el mismo lugar, seguido del resto del cuerpo de un hombre, que entró con timidez iluminado por el fuego de la lumbre.

—Os doy las gracias, mi señora —dijo con una reverencia—, por permitirme disfrutar del placer de vuestra compañía. Sé que debéis de estar ocupada.

—Es parte de mi obligación —respondió ella con una sonrisa, y le hizo un gesto para que se sentara a su lado—. A fin de cuentas, sois nuestro invitado.

El hombre era más alto que la media, pero, por lo demás, bastante anodino. Tenía la piel cuarteada, aunque poseía una energía casi pueril, y el vigor y la robustez que suelen verse en granjeros y otros oficios similares, magros pero fuertes. Era más joven que su esposo pero mayor que ella, o eso estimaba, y percibía un brillo sincero en los ojos que la observaban desde aquel rostro atezado.

El día que llegó a palacio, iba vestido con una capa de viaje rala y unas botas bastas y sencillas. De no ser por su distinción a la hora de hablar y de la digna confianza que impregnaba cada uno de sus movimientos, le habría costado creer que era de sangre noble. Ahora, sentado a su lado con una delicada túnica, el pelo lavado y la piel perfumada con cardamomo, parecía un hombre nuevo.

Damón había seguido al hombre y se había sentado cerca de las puertas. Por muy reina de Micenas que fuera, era impropio pasar tiempo a solas con un invitado, sobre todo después de lo que había ocurrido con su hermana. Sin embargo, no podía evitar sentirse un poco insultada al saber que el lugarteniente no se fiaba de ella.

—Confío en que vuestra estancia hasta el momento haya sido cómoda —comentó ella mientras le servía una copa de vino al invitado—. ¿Os han atendido bien?

—Mucho, mi señora, muy bien —respondió, y aceptó la copa—. Aunque me alegro de poder conocer por fin a mi anfitriona... En condiciones, quiero decir.

—Sí, disculpadme por no haberos entretenido antes. De hecho, debo admitir que he olvidado cómo os llamáis, mirad si ha pasado tiempo desde la primera vez que nos vimos.

—Estáis más que perdonada, mi señora, pues diría que no os lo dije. —Esbozó una sonrisa cortés sin dejar de mirarla a los ojos—. Mi noble padre me bautizó Egisto.

—Egisto —repitió ella, paladeando el sonido de cada letra—. Un nombre inusual, ¿no os parece? Y, aun así, creo que no es la primera vez que lo oigo.

—Huelga decir que yo no necesito que me recordéis el vuestro —contestó Egisto, meciendo la copa de vino—. Vuestra noble reputación llega a tierras tan lejanas como el lugar del que provengo, reina Clitemnestra.

Ella sonrió.

—Y ¿de dónde provenís, mi señor Egisto?

—Ah, bueno, voy de aquí para allá —replicó con una sonrisa burlona—. Pero mi familia tiene lazos ancestrales con Micenas. Un lugar fascinante, ¿no os parece? Con una historia riquísima.

Clitemnestra asintió con educación.

—Sí, supongo que sí. Aunque debo confesaros que, al no haber nacido aquí, no conozco demasiado su historia.

—Mmm —contestó Egisto, metiéndose una uva en la boca—. Ya me imagino. —Tomó otra del racimo y la hizo rodar entre sus dedos antes de volver a clavar en ella su mirada—. ¿Os contó alguna vez vuestro esposo cómo llegó a ser rey de Micenas? —preguntó.

—Bueno, sé que mi padre lo ayudó a derrocar a su predecesor, y, de hecho, por eso me casé con el señor Agamenón. Pero, ahora que lo pienso..., eso es lo único que sé. Mi esposo... no es muy dado a contar historias.

Esbozó una sonrisa tímida, intentando ocultar su incomodidad ante la mención de Agamenón.

—Si me lo permitís, puedo contaros el resto —se ofreció Egisto, inclinándose ligeramente hacia ella—. Es una historia fascinante. ¿Os gustaría escucharla?

Sonrió, pero en su rostro no había ni un ápice de humor. Aunque a Clitemnestra no le entusiasmaran los relatos sobre su marido, le picaba la curiosidad. ¿Qué clase de reina desconocía la historia de su propio reino?

—Adelante —contestó, y tomó su copa de vino—. Os escucho.

Egisto se removió en su asiento, se aclaró la garganta y comenzó:

—Bien, pues, como tantas otras historias, esta comienza con dos hermanos. Uno se llamaba Tiestes y el otro, más joven, Atreo.

Clitemnestra abrió la boca para interrumpirlo, pero no tuvo tiempo.

—Sí, probablemente os suene ese nombre, puesto que Atreo era el honorable padre de vuestro esposo. Bien: los dos hermanos eran hijos del gran rey Pélope, pero acabaron exiliados del reino que los vio nacer cuando, consumidos por el deseo de llegar al trono, se confabularon para asesinar a su hermanastro. Privados de su hogar, los hermanos erraron por toda Grecia hasta que al final los acogieron en Micenas, y todo porque el rey Euristeo, quien gobernaba esta tierra tantos años atrás, no había engendrado hijos y temía por la seguridad del reino.

»Los hermanos vivieron felizmente su juventud en Micenas durante dos veranos, y así habrían continuado de no ser por los caprichos de las Moiras, ya que el rey Euristeo falleció antes de escoger a su heredero.

»Tiestes y Atreo reinaron juntos un tiempo, como los buenos amigos y hermanos que eran. Sin embargo, aunque Tiestes tuviera más derecho al trono por ser el hermano mayor y hubiera demostrado su valía como gobernante, Atreo era el más ambicioso. Temía que el pueblo favoreciera a su hermano antes que a él, conque comenzó a organizar audiencias sin Tiestes y a tomar medidas para desautorizar a su hermano.

»Y tal vez a Atreo le hubiera satisfecho contar con una parte mayor del trono, si uno de sus espías, a quien había ordenado vigilar a su hermano por miedo a que lo destronara, no le hubiera revelado a Atreo que habían visto a su esposa, Aérope, visitando la alcoba de Tiestes en numerosas ocasiones. Sola.

»Consumido por los celos, Atreo se enfrentó a su esposa y ella, temerosa de la furia de su esposo, se lo confesó todo. Le suplicó que no le hiciera daño a Tiestes, pues su amor era sincero, y que, en cambio, lo exiliara. Pero Atreo tenía otros planes.

»Invitó a Tiestes a un banquete, ejerciendo de buen hermano y atiborrándolo de vino y de una deliciosa carne estofada. Atreo esperó a que su hermano tuviera el estómago lleno antes de revelarle el vil acto que había cometido. Le preguntó a Tiestes si había disfrutado de las viandas y ordenó que trajeran al salón otra charola, a este mismísimo salón, donde nos sentamos ahora, coronada por las cabezas y las manos de los hijos infantes de Tiestes. Y en ese momento comprendió lo que su hermano había hecho, y cuál era su parte de culpa, aunque no fuera consciente de ello.

Clitemnestra sintió náuseas. Se aferró a los brazos del trono para mantener el equilibrio, pero no tardó en apartar las manos. ¿Estaba sentada en el mismo trono que una vez ocupó aquel monstruo?

—¿Cómo son capaces los hombres de tales infamias? —preguntó con voz ronca—. ¿Y a su propia familia? —El estómago se le revolvió al recordar un horror que trataba de olvidar—. No-no sé si quiero oír el resto de la historia.

—No tenéis otra opción, mi señora —la urgió Egisto—. Lo mejor es terminarla. Es un relato lleno de odio, sí, y violencia y pérdida. Pero así es la vida, ¿no os parece?

La miró fijamente a los ojos y ella le devolvió la mirada. ¿Sabría algo de lo que ella había perdido?

—Sí, así es la vida —repitió, tratando de mantener la voz firme—. Pero no me gusta que me lo recuerden.

Egisto hizo un gesto de disculpa.

—Os he entristecido, mi señora, pero, por favor, dejadme terminar. El resto no es tan espantoso.

Clitemnestra hizo una pausa, sin dejar de observar a su invitado con cautela.

—Muy bien —respondió—. Continuad.

Egisto se acomodó en el asiento.

—Se acusó a Tiestes de consumir carne humana y se lo exilió, no solo de Micenas, sino de toda sociedad civilizada. No se le permitía pisar santuarios ni participar en rituales. Estuvo vagando muchos meses, sufriendo el rechazo en cada puerta, hasta que un cabrero y su familia se apiadaron de él. Le ofrecieron trabajo y un hogar tan humilde como el suyo. Con el tiempo, Tiestes se acostumbró a su nueva vida e incluso engendró a otra criatura con la hija del benévolo cabrero.

»Tiestes había aceptado el destino que le habían tejido las Moiras, así que su hijo creció sin saber nada de su sangre real, ni tampoco de la vida que podría haber tenido. Pero cuando el muchacho alcanzó la edad adulta y empezó a formular preguntas que su padre no le había respondido, Tiestes entendió que debía contarle a su hijo la verdad. Y cuando supo lo que su padre había sido, y lo que su cruel tío había perpetrado, el muchacho se inflamó, por su padre, por los hermanos que jamás conocería y por sí mismo, despojado de su fortuna.

»Aquella noche, mientras su padre dormía, el muchacho huyó. Viajó hasta Micenas y se encontró con el rey Atreo, su tío, desprotegido en la orilla, realizando un sacrificio. El chico aprovechó la oportunidad y mató a Atreo en la arena, aun siendo poco más que un muchacho. Y Micenas, tras años de sufrir un mal gobierno, dio la bienvenida a Tiestes y su hijo como reyes.

»En ese momento, Tiestes, que era un hombre mucho más bondadoso que su hermano, dejó con vida a los hijos de Atreo, y se limitó a expulsarlos del reino, un acto que, como probablemente preveáis, fue un craso error. Cinco años después de la muerte de Atreo, sus hijos, es decir, vuestro noble esposo, Agamenón, y su hermano Menelao, reunieron aliados suficientes para regresar a Micenas y tomar el control de la ciudad. Esta parte la conocéis, claro, puesto que vuestro padre fue el mayor de sus aliados. Parece que incluso hoy día Agamenón tiene un don para reunir ejércitos. —Torció la boca en una sonrisa taciturna—. Asesinaron a Tiestes, y lo mismo habrían hecho con el asesino de su padre si los sirvientes de palacio no lo hubieran ayudado a escapar.

»Y aquí termina la historia de Micenas, al menos hasta donde yo puedo contar —suspiró Egisto.

—Es sorprendente —replicó Clitemnestra con empatía, ignorando la extraña sensación que le atenazaba el estómago—. En serio, me impresiona todo lo que sabéis.

—No creáis, es un conocimiento al alcance de cualquiera que lo busque.

—Y ¿qué pasó con el hijo de Tiestes, el que huyó? ¿Se sabe algo de su destino?

Miró largamente a Egisto, y él hizo lo propio.

—Sí, hay quien lo conoce —respondió despacio—. Y diría que vos sois una de esas personas.

A Clitemnestra se le revolvió el estómago.

—Damón, avisa a los guardias —exclamó, sin apartar la vista de Egisto. ¿Tendría alguna espada? No era capaz de verla—. ¡Damón! —No lo había oído moverse. Se volteó y lo vio sentado justo donde estaba, observándola impasible—. ¿Damón?

Y en aquella mirada oscura comprendió lo que sucedía, como si una flecha hubiera atravesado el silencio incómodo del salón. La habían traicionado.

46
CLITEMNESTRA

Clitemnestra hizo ademán de proferir un grito, pero una mano le tapó la boca.

—Mi señora, por favor —comenzó Egisto, a pocos centímetros de su rostro—. No os deseo ningún mal. —Debió de interpretar el miedo en sus ojos, porque no tardó en añadir—: Vuestros hijos están a salvo. Nadie les hará daño. Necesito que escuchéis lo que tengo que deciros. ¿Me haríais ese favor?

Intentó ver la verdad en sus ojos, desesperada. No conocía a aquel hombre. Sus hijos bien podían estar ya muertos. O que en ese mismo instante los estuvieran apuñalando en la garganta. Miró de reojo a Damón y fulminó con la mirada al hombre que había considerado un aliado.

—No miente, mi señora —exclamó el lugarteniente frotándose las manos—. Lo siento... Vuestros hijos están a salvo, os lo prometo.

Se volteó hacia Egisto, aún con su sudorosa palma apretada contra los dientes. Lo atravesó con la mirada, retándolo a que se atreviera a engañarla. Pero sus ojos parecían sinceros. Casi daba la impresión de que estuviera preocupado.

Despacio, y con cuidado, asintió.

La mano se retiró y Clitemnestra no gritó, aunque tampoco apartó la vista de Egisto. Estaba dispuesta a ser la sombra de sus ojos, a estar atenta a cualquier peligro.

—Habéis deducido bien —dijo—. Me llamo Egisto, y soy el hijo de Tiestes. Soy el asesino de Atreo, y primo de vuestro esposo. Pero no estoy aquí para vengar a mi padre ni recuperar el trono. Vengo a ofreceros un trato.

Clitemnestra reprimió una risotada de desdén.

—¿Ah, sí? Y lo de acorralarme... —Volvió a fulminar con la mirada a Damón—. ¿Pretendíais que estuviera más receptiva? —Tomó aire, temblorosa—. No, mirad... Creo que lo mejor es que os marchéis. Los dos. Antes de que llame a los guardias.

Levantó ligeramente la barbilla y tensó la mandíbula, con la esperanza de que Egisto no percibiera el pavor que ocultaban sus ojos. De repente la voz de Damón atravesó el salón:

—Os recomiendo que escuchéis lo que tiene que deciros, mi señora.

Clitemnestra apretó un poco más la mandíbula. Confiaba en el lugarteniente, hasta el punto de haberlo considerado un amigo. Optó por no voltear hacia él.

—Mi señora...

—Y ¿por qué, eh? —le espetó a Egisto—. Os habéis aprovechado de mi hospitalidad, habéis reptado hacia las entrañas de mi hogar, donde mis niños... —Se interrumpió al notarse un nudo en la garganta—. No sois señor ni rey de nada. ¿Acaso creéis que tenéis algo que ofrecer?

—Seguridad —respondió Egisto con sequedad—. Para vos y vuestros hijos. Y para Micenas. Esa es mi oferta.

—Suficiente —replicó Clitemnestra, y empezó a levantarse—. ¿Qué os habéis creído, que...?

—Convirtiéndome en vuestro consorte. —Clitemnestra se interrumpió, boquiabierta—. Antes de que digáis nada, escuchadme: no quiero nada de vos. Vedlo como una especie de... trato, por así decirlo. Yo recuperaría mi legítimo hogar y vos gozaríais de mi protección.

—Señor Egisto —empezó ella—. No necesito consorte. Estoy casada. Y estoy gobernando más que bien este reino sin su ayuda.

—Sí, algo me contó Damón. De momento todo son vino y rosas, pero sois vulnerable. Vuestra autoridad deriva de vuestro esposo. Los hombres os obedecen porque le temen. Y, mientras viva, tal vez vuestros enemigos mantengan una distancia prudencial. Pero si Agamenón muriera, ¿qué sucedería? Os arrebatarían Micenas, desde dentro o desde fuera. A vuestros hijos los pasarían a cuchillo de inmediato. Y quizá a vos también, o bien os conservarían como trofeo, esclava en vuestro hogar, mientras vuestro nuevo amo os vende, se encama con vos u os apaliza a voluntad.

Clitemnestra seguía con la boca abierta, incapaz de hablar.

—Sabéis que digo la verdad —prosiguió Egisto con voz queda—. Es algo que vos ya teméis.

Y estaba en lo cierto. Había pasado muchas noches en vela absorta en esos pensamientos. Poco importaba lo bien que reinara, el respeto que se ganara: solo era reina porque Agamenón era el rey. Sin un hombre, una mujer no valía nada. Aquellos rostros sonrientes que ahora la servían esbozarían muecas ante una mujer que se atreviera a gobernar sola. Era una verdad amarga que, sin embargo, no podía ignorar. Y Egisto ni siquiera era consciente de todo lo que la angustiaba; de que, incluso si Agamenón volvía a casa sano y salvo, ella podría acabar matándolo con sus propias manos. No temía tanto el acto como el peligro que correrían los hijos que le quedaban, y todo por vengar a la que había perdido.

—Si vuestro esposo muere en la guerra, vos y vuestros retoños caeréis con él —insistió Egisto con gravedad—. Camináis por el filo de la navaja. Os ofrezco una alternativa. Aliaos conmigo y esta misma noche juraré, con rituales y sacrificios, que jamás os haré daño, ni a vos ni a vuestros hijos, y que haré todo lo que esté en mi mano para protegeros. Sigo contando con apoyos en Micenas y sus comarcas, personas leales a mi padre antes de que lo exiliaran, devastadas por los actos de Atreo, gentes que nos sirvieron a mi padre y a mí antes de que lo depusieran. Damón es uno de ellos. Su padre sirvió a mi padre, lo ayudaba con sus tareas, y solo por eso lo mataron cuando vuestro esposo tomó Micenas. Damón tuvo que fingir que no era más que un pinche de cocina para sobrevivir. Y también me salvó a mí la vida: me ayudó a escapar de palacio. Me es leal, sí, pero eso no implica que no os sea leal a vos también.

Clitemnestra miró de reojo a Damón, quien tenía la vista clavada en el suelo.

Egisto continuó:

—Mi señora, si reclamo el trono de Micenas, serán muy pocos los que se opongan. Damón me ha asegurado que, de hecho, seré bien recibido. El pueblo está resentido con vuestro esposo por esta guerra innecesaria y costosa. Pero vos, mi señora, sois popular entre los ciudadanos. Si nos unimos, podemos gobernar este reino con una mano firme pero justa. Y os juro que vuestros hijos serán mis hijos. Vuestras hijas crecerán a salvo, felices. Y vuestro hijo, Orestes, podrá reclamar su derecho de nacimiento si decide volver a Micenas.

Egisto dejó de hablar y se produjo un silencio mientras esperaba la respuesta de Clitemnestra.

—Me estáis pidiendo que... traicione a mi esposo —acabó diciendo.

Era más una constatación de los hechos que una protesta. ¿Qué clase de esposa le entregaba el trono de su marido a otro hombre? Aunque, claro, ¿qué clase de esposa confiaba en que su marido muriera en la guerra, o contemplaba la posibilidad de que tuviera que ser ella misma quien lo matara?

—Agamenón nos ha quitado mucho a los dos —añadió Egisto con cautela—. Os vi en la tumba de vuestra hija, y oí la historia que hay detrás. No le debéis nada.

Clitemnestra se enderezó en el trono, intentando mantener una expresión serena. ¿Qué sabría aquel tipo sobre Ifigenia? No la había conocido, jamás había oído su dulce voz ni la había tomado de sus suaves manos. ¿Acaso era capaz de rebajarse tanto como para usar su memoria para sus propios fines? Sin embargo, al mirarlo a los ojos no encontró más que empatía. Y cuando él le devolvió la mirada, Clitemnestra sintió que comprendía parte del dolor que ella trataba de ocultar.

—Pero... es imposible —suspiró—. Habláis como si todo pudiera solucionarse sin un baño de sangre, pero no os creo. Mi esposo querrá estar al tanto de lo que sucede en el reino. Cuando se entere de que lo hemos depuesto, regresará para reclamar el trono. Estallará una guerra civil. No puedo condenar a mi reino a algo así.

—No se enterará —respondió Egisto con determinación—. No si controlamos las noticias que reciba. Enviáis suministros con regularidad a la Tróade, ¿no es cierto? Pues mandaremos un informe con cada barco y le comunicaremos las nuevas antes de que las pida. Damón me ha comentado que contáis con la lealtad de los escribas. Escribirán lo que les digáis. Y enviaremos a nuestros propios mensajeros, hombres en los que confiemos.

—¿Y si él envía a su propio mensajero?

—Enviaremos de vuelta a uno de los nuestros. Está tan lejos que no le quedará otra que fiarse de lo que mandéis. Le diremos que todo va bien, y se lo creerá a pies juntillas porque eso es lo que quiere oír. En los dos años que dura ya esta guerra, ¿cuántas veces ha regresado Agamenón a su reino? Ni una. Lo que le preocupa es Troya, no Micenas. Da por sentada su soberanía, mientras intenta plantar las zarpas en otro lugar. Está de espaldas a su ciudad.

—Pero es que no es tan sencillo —protestó Clitemnestra—. ¿Qué pasa con los visitantes? ¿Y con los otros reinos? Sabrán la verdad. Puede que hasta le envíen algún mensaje a Agamenón.

—Evitaremos audiencias extranjeras. Vos seguiréis siendo la cabeza visible de Micenas, al menos hasta que Agamenón deje de suponer una amenaza. De todas formas, las visitas extranjeras son más bien escasas. ¿A cuántos invitados habéis atendido desde que vuestro esposo partió? Los que no están combatiendo en las llanuras de Troya están intentando mantener en pie sus reinos. —Se detuvo y se acercó un poco más—. Confiad en mí, mi señora. Sé que no os he dado suficientes motivos, pero, por vuestro bien y el de vuestros hijos, debéis entender que esta es la decisión correcta. Cuanto más esperéis, más os arriesgaréis a que vuestro esposo muera en combate. Tal vez ya esté muerto. Y en cuanto la nueva alcance Grecia, los lobos saldrán del cubil. Y entonces desearéis contar con un león que los detenga, un amigo que os defienda. Esa es mi oferta.

Acabado el discurso, Egisto se recostó en la silla y observó a Clitemnestra con detenimiento. Conocía su situación y la comprendía casi tan bien como ella. Lo único que había tenido que hacer era verla en persona y arrancarla como si de una fruta madura se tratara.

—Vaya, veo que habéis pensado hasta el más mínimo detalle —respondió con sequedad—. Pero habláis de asuntos que desconocéis, de cosas que... No me conocéis, en absoluto. Y yo tampoco a vos.

—No —contestó Egisto, inclinándose de nuevo hacia delante con las manos entrelazadas—. Ojalá os conociera mejor, mi señora, aunque tengo la esperanza de que acabaremos trabando una relación bastante estrecha, con el tiempo. Damón me dijo que sois una mujer magnífica, justa, valiente e inteligente.

Egisto miró de reojo al lugarteniente y la reina le siguió la mirada. Damón se volteó fugazmente hacia ella antes de bajar de nuevo la vista a los pies. Clitemnestra notó cómo se sonrojaba. Egisto continuó:

—Pero, por encima de todo, sé que sois madre, y una madre haría lo que fuera por proteger a sus hijos. Y esa es la oportunidad que os ofrezco.

Clitemnestra se quedó callada mientras lo juzgaba con la mirada. ¿Podía confiar en aquel hombre? ¿Había dejado de confiar en su esposo? ¿Y si solo podía fiarse de sí misma? Fuera como fuese, Egisto tenía razón. Era vulnerable. Ni siquiera las leonas pueden gobernar solas.

—Necesito tiempo para valorar la propuesta, mi señor Egisto —concluyó, adoptando un tono solemne—. Mientras, permaneceréis aquí, en palacio. Bajo guardia.

—Como deseéis —respondió Egisto con un breve gesto de cabeza.

—Sí, esos son mis deseos —replicó cruzando las manos en el regazo.

Y, a pesar de todo, no era más que una pantomima. Ya había tomado una decisión. Egisto tenía razón: haría lo que fuera por proteger a sus hijos y asegurarles un futuro. Solo debía reunir el coraje suficiente para confiar en él, y rezar por que los dioses no la destruyeran por haberse convertido en la peor manifestación que una mujer podía alcanzar: la de la esposa traidora.

47
HELENA

Siete años más tarde

Helena tejía en su alcoba mientras oía el entrechocar del bronce por la ventana. La reyerta estaba hoy cerca de la ciudad; normalmente tenía que aguzar mucho el oído, y eso en el mejor de los casos. De todas formas, aquel ruido no la asustaba tanto como antes. Hacía tiempo que los combates eran constantes, ya fuera en las murallas de la ciudad, en el llano o en el campamento que los griegos habían montado en la playa. Los helenos habían saqueado todos los pueblos del interior un año antes, y los troyanos estaban hartos de estar encerrados tras las murallas, y eso por no mencionar los beneficios derivados del comercio que perdían cuanto más se alargaba la guerra. Así que lo único que les quedaba era luchar, de hombre a hombre, de príncipe a príncipe, hasta que uno de los bandos venciera.

Desde que los griegos habían puesto la ciudad en el punto de mira, se hacía cada vez más complicado recibir suministros. Los nobles de la ciudadela se quejaban por la falta de vino y especias, las raciones de carne y la prohibición de los banquetes, pero Helena sabía que quienes más sufrían eran las personas de los barrios bajos. Casandra solía bajar con su madre a atender a los enfermos y levantarles los ánimos —siempre que el ejército estuviera lejos de las murallas—, y le había contado a

Helena que el pueblo vivía de las algarrobas amargas que normalmente guardaban para el ganado.

Aquella guerra golpeaba a ricos y pobres por igual. Todos los días se veía a las mujeres de la ciudadela esperando junto a la puerta oeste a que sus esposos e hijos regresaran de la contienda. Helena solía hacerles compañía, por más que Paris estuviera a salvo en su alcoba. Todos los días era testigo del momento en que el sol se ponía y la multitud menguaba, y las mujeres rompían a llorar de alivio al ver al hombre al que aguardaban atravesar las puertas. Incluso los heridos, sangrando o inconscientes, a los que llevaban a cuestas sus camaradas eran una dicha para los ojos de los presentes. Sin embargo, todos los días quedaban mujeres que seguían esperando. Y también todos los días crecía la cifra de mujeres que tenían alguna razón para odiarla a ella.

Había dejado de ir a la puerta oeste. Tampoco visitaba ya el gineceo. No soportaba ni las miradas ni las injurias, pero no las culpaba. Era consciente de ser la culpable de aquella guerra, de tener las manos manchadas con la sangre de muchísimos hombres, y también de otras personas; la de su madre, la de Ifigenia. Si pudiera, volvería atrás y lo cambiaría todo, pero la única opción que tenía era aguantar el castigo, el odio y la culpa que la corroía por dentro.

Paris estaba sentado frente a ella en la alcoba, puliendo sus grebas mientras los sonidos de la batalla se colaban por la ventana.

—¿No te necesitan en la llanura? —preguntó ella con inocencia—. La batalla comenzó hace un buen rato y tú sigues aquí.

Paris no levantó la vista.

—Las mujeres no saben nada de la guerra —respondió, hundiendo un trapo en aceite limpio—. Para tu información, es importante que algunos hombres reserven energías para cuando tengan que relevar a sus exhaustos hermanos.

Helena continuó tejiendo.

—Pues me parece que ya necesitan que los releven —observó con voz queda.

Paris no respondió, sino que se limitó a torcer el gesto y centró su atención en el yelmo, aunque ya brillaba con intensidad.

Mientras contemplaba a su esposo, con sus rizos impolutos y su túnica inmaculada, notó la bilis del rencor en el fondo del estómago. Y pensar en los conflictos y pesares que había provocado por estar con él... Depositó grandes esperanzas en su nueva vida, en el amor y la felicidad que hallaría en Troya, pero la realidad había acabado siendo harina de otro costal. Al principio fue excitante, sí, pero no tardó en comprender que su flamante esposo era como un ánfora de vino: bellamente decorado y tentador, pero al terminarse el vino, lo único que le quedó fue una vasija vacía. Y eso era precisamente lo que ella siempre había sido para él, ¿no? Despacio, muy despacio, con el paso de los años durante los que había vivido en aquella solitaria ciudadela, había ido desmontando la mentira que se había contado a sí misma y había aceptado la verdad. Que ella, Helena, la flor de Grecia, la joya de Esparta, no era más que otro ornamento adornando su alcoba.

Y, sin embargo, y sin contar con la amistad de Casandra, Paris era lo único a lo que podía agarrarse en Troya. Podía estar resentida con él, odiarlo incluso, pero no podía abandonarlo. Y él lo sabía.

Justo cuando desvió la mirada de su esposo, se oyó un golpe seco en la puerta de la estancia.

—¡Paris! —La voz de Héctor retumbó por la habitación con suelos de mármol.

Apareció apresuradamente a través de la cortina de la entrada, con la piel tostada cubierta de sudor y la pechera salpicada de sangre. Helena temió que estuviera lastimado, pero no detectó ninguna herida.

—Paris —masculló, ceñudo y resollando por la carrera—. ¡Ya decía yo que no te veía en el campo de batalla! ¿Se puede saber qué haces aquí? ¿Escondiéndote? Serás cobarde... ¡Los soldados están luchando por ti y tú te ocultas!

Paris se puso de pie con el brillante yelmo en las manos.

—Estaba a punto de unirme a la refriega, hermano —replicó, y alzó la barbilla como respuesta a la fiera mirada de Héctor—. Vamos, Helena. Te dije que me ayudes con la armadura.

Helena se quedó boquiabierta, pero sabía que era inútil discutir. Se levantó del taburete y se acercó obedientemente a él, con los labios apretados.

Héctor lo fulminaba con la mirada, pero también él había decidido no malgastar más saliva.

—Ve directo a la puerta cuando estés listo —añadió, volteándose ya para marcharse—. Te veo en el campo de batalla.

Y, tal como vino, se fue, apresurado por reunirse de nuevo con sus compañeros. Helena permaneció en silencio mientras aseguraba las correas de la armadura de Paris, apretando el cuero un poco más de lo necesario. Cuando terminó, se enderezó para estar frente a frente con él y clavó la mirada en las zarpas de leopardo que le protegían el cuello. Paris se inclinó hacia ella y Helena apartó el rostro, aunque no tardó en darse cuenta de que lo único que quería su esposo era recoger el escudo. Ya armado, se dirigió a la puerta sin mediar palabra.

La batalla continuaba con toda su furia más allá de los muros de la ciudad, y Helena seguía en su alcoba. Aunque no estuvo sola demasiado tiempo: Casandra acudió a sentarse con ella poco después de que Paris se marchara. Parecía tener un sexto sentido para saber cuándo necesitaba compañía.

Casandra ya era toda una mujer, y la mejor, y única, amiga de

Helena. Le había resultado extraño verla crecer, sabiendo que su propia hija debía de tener una edad similar. A veces se acordaba de Hermíone, al otro lado del mar, devanando lana en los salones de Esparta. ¿Pensaría alguna vez en su madre? ¿La recordaría?

Apenas le había costado entablar una amistad con Casandra. Las dos solían sentarse juntas a devanar y a charlar, siempre que Paris no estuviera presente. No le gustaba oír las conversaciones de las mujeres. A Helena le sorprendía que la reina Hécuba hubiera permitido que Casandra y ella llegaran a tener una relación tan estrecha. Sabía que la reina la despreciaba, o, como mínimo, que desconfiaba de ella; después de todo, era Helena, la ramera. Pero, claro, Casandra no tenía demasiadas amigas entre las demás mujeres, así que tal vez su madre se contentara con que no estuviera sola.

Casandra canturreaba para sí misma, como siempre. Nunca parecía que hubiera una melodía detrás, sino más bien sonidos entrelazados, pero a Helena le resultaba extrañamente reconfortante.

—¿Tú crees que los animales se casan, Helena? —preguntó de repente sin levantar la vista del huso—. Qué ideas tengo, ¿no?

Helena sonrió y asintió. Estaba más que acostumbrada a aquel tipo de preguntas, y a no saber qué responder. Al final había comprendido que lo mejor era dejar que se contestara ella misma.

—Yo creo que la gente lo hace por imitación, porque creen que es lo correcto —barruntaba en voz alta Casandra, sacando del huso el hilo que ya había devanado—. Es curioso; la vida en general funciona así.

Helena asintió de nuevo. Estuvieron un buen rato en silencio, hasta que su amiga volvió a romperlo:

—Mi padre me dijo que voy a casarme.

Lo dijo con tanta ligereza que Helena tardó unos instantes en responder.

—¿En serio? ¿Cuándo? ¿Con quién?

—Se llana Otrioneo —contestó con voz queda, como si fuera un secreto—. Llegó a la ciudad hace quince días, desde Cabeso. No es rico, precisamente, pero le prometió a mi padre que él y sus hombres despacharán a los griegos de nuestras costas a cambio de mi mano. De hecho, está ahí fuera, luchando.

En ese momento, frunció el ceño, preocupada.

—¿Has podido verlo? —le preguntó Helena.

—Uy, sí. Él mismo quiso verme en cuanto llegó. Quería preguntarme en persona si me parecía bien casarme con él.

—¿Perdón? ¿A ti? —quiso asegurarse Helena, incrédula—. Eso es muy inusual. Supongo que sabía que la última palabra la tendría tu padre.

—Sí, claro, pero insistió en que solo querría casarse si yo accedía.

—Y ¿qué le dijiste?

—Bueno, estuvo hablando un rato. Me confesó que no era tan rico como los demás pretendientes, que no podría ofrecer una dote digna de mi nombre, pero que haría todo lo que estuviera en sus manos por hacerme feliz. Y... le creí. Me cayó bien. Así que le respondí que si lograba convencer a mi padre, me casaría con él.

Casandra tenía las mejillas sonrosadas, pero parecía ocultar un entusiasmo genuino detrás de tanta timidez. Helena se preguntó cuánto tiempo habría estado esperando para contárselo.

—Y ¿cuándo se casarán?

—Mi padre le dijo que no podría desposarme hasta que no cumpliera su promesa y los griegos se hubieran marchado. Pero tenemos permitido seguir viéndonos hasta entonces, siempre que mi madre esté presente y no haya ninguna batalla en marcha. Dice que nunca había conocido a una mujer como yo.

Sus labios esbozaron una sonrisa pudorosa, y Helena no pudo evitar devolvérsela. Se alegraba de ver a su amiga tan feliz.

—Espero que la guerra acabe pronto —contestó, y se inclinó para tomar a Casandra de la mano.

Siguieron devanando durante casi una hora más, tan cómodas con el silencio como mientras charlaban. Pero Casandra nunca dejaba que durara demasiado.

—Voy a acercarme a las puertas —anunció, y soltó el huso—. Quiero enterarme de cómo van las cosas.

Helena asintió, pero no se levantó.

—Yo me quedo aquí. A Paris no le haría gracia que me manchara la túnica —dijo, y esbozó una tenue sonrisa.

Casandra asintió. Las dos conocían la verdadera razón por la que Helena no quería ir a las puertas, pero agradeció no verse obligada a verbalizarlo. La mera idea de aquellas miradas cargadas de odio la hizo estremecerse.

Helena, sola de nuevo, volvió al telar. El hecho de concentrarse en el movimiento de los hilos la distraía mucho más que devanar la lana. Le quedaba menos espacio para pensar, para reflexionar.

No estaba segura del tiempo que había pasado, pero poco a poco fue dándose cuenta de que el ruido exterior había disminuido levemente, así que tal vez la batalla estuviera a punto de llegar a su fin. «¿Cuántas mujeres se cansarán de esperar hoy?», se preguntó, aunque no tardó en quitarse ese pensamiento de la cabeza. «Céntrate en los hilos», se dijo a sí misma.

De repente oyó pasos veloces, ligeros pero urgentes, y unos segundos más tarde Casandra entró en la habitación.

—Helena —exhaló—. Tienes que venir, rápido. Es por Paris. —Se interrumpió para tomar aire—. Va a enfrentarse a Menelao.

48
HELENA

—¡Vamos! Están esperando a los carneros. —Casandra empezó a arrastrar a Helena por la muñeca hacia la puerta de la alcoba—. Podemos verlos desde las murallas.

Helena la siguió dando tumbos, intentando procesar lo que Casandra había dicho. «¿Paris va a enfrentarse a Menelao? ¿Ahora? ¿Después de todos estos años?» No hacía ni dos horas que, directamente, se había negado a participar en la batalla.

Casandra, como si hubiera oído los pensamientos de Helena, respondió por encima del hombro:

—Menelao lo desafió o eso dicen. Y supongo que Paris no se pudo negar. Habría quedado como un cobarde, como mínimo.

Habían llegado a las escaleras que conducían a las almenas. Casandra se agarró la túnica con una mano para poder subir los escalones de dos en dos. Helena le pisaba los talones, pero a cada paso que daba notaba las piernas más inestables.

Cuando alcanzaron la cima, contemplaron la escena desde la muralla. A las afueras de la ciudad, a poco más de un tiro de flecha desde donde estaban, se habían reunido los dos ejércitos, frente a frente, y habían dejado un evidente corredor justo en medio. Un corredor en el que se perfilaban las figuras de cuatro hombres.

A pesar de la distancia, reconoció a tres de ellos al instante. Uno era Paris, con su piel de leopardo cubriéndole los hombros y el yelmo dorado destellando bajo los rayos del sol. El penacho de crin de caballo se mecía con el viento, y sus botas levantaban el polvo de la tierra. Detrás de él esperaba Príamo, su padre, el canoso rey de Troya. Y, frente a ellos, una silueta que la había estremecido: Menelao. Había envejecido, como es lógico, pero apenas le había cambiado la constitución. Seguía siendo el mismo guerrero, con los fornidos brazos cubiertos de cuero y el pecho protegido por un coselete que había visto tiempos mejores. El yelmo de colmillos de jabalí dejaba al descubierto mechones de un pelo pajizo, así como parte de aquel rostro que ella había tenido tan cerca años atrás y que, sin embargo, no veía desde su partida de Esparta. La mera imagen le provocó una extraña presión en el pecho.

Junto a Menelao se erguía otro hombre, aún más fornido, que se apoyaba en un grueso bastón de madera. Helena pensó que debía de ser Agamenón, aunque no podía verle la cara. Le estaba diciendo algo a su hermano, pero Menelao tenía la mirada clavada en Paris.

«Si levantara la vista hacia las murallas, ¿me vería? —pensó Helena de repente—. ¿Me reconocería?» ¿Sentiría la misma presión que ella en el pecho? ¿U otra cosa? ¿Odio? ¿Ira? ¿Repulsión? Agachó ligeramente la cabeza y se bajó el velo para cubrirse por completo los flamantes cabellos.

—No te preocupes por Paris —la reconfortó la voz de Casandra—. Mi hermano siempre se las arregla para no salir herido. —Se volteó y sonrió a Helena—. Los griegos tendrán que echar abajo los muros de Troya antes de que se derrame una sola gota de su sangre.

Era consciente de que su amiga intentaba tranquilizarla, pero Helena apenas le prestaba atención. Seguía contemplando a Menelao. La diminuta figura de su marido caminaba impaciente por el llano, a tanta distancia que casi parecía irreal, y, a pesar de eso, tenía la sensación de tenerlo justo enfrente, de poder oler su sudor y oír los latidos de su corazón.

Ella misma notaba las pulsaciones en la garganta mientras pensaba en todos los años que habían pasado juntos y en su hogar de Esparta. Era una vida totalmente distinta y, sin embargo, al verlo allí, tan cerca, tan palpable, tenía la impresión de poder alargar un brazo y volver atrás en el tiempo.

—¡Ya llevan a los carneros! —anunció Casandra, y se inclinó sobre las almenas para ver mejor el carro que cargaba con dos carneros velludos, uno blanco y otro negro, y atravesaba las puertas de la ciudad.

Las filas troyanas se echaron a un lado para dejarlo pasar y el carro se detuvo junto al rey Príamo.

—¿Para qué los necesitan? ¿Van a sacrificarlos?

En ese momento, estaban descargando los carneros del carro.

—Hicieron un juramento —respondió Casandra sin despegar la vista de la escena que se desarrollaba en la llanura—. El sacrificio es para sellarlo. Mi padre no se fía del honor de los helenos.

—¿Qué juramento? —preguntó Helena al tiempo que el rey Príamo le cortaba la garganta al carnero negro.

Casandra volteó finalmente hacia ella.

—¡Luchan por ti, Helena! Pensaba... que lo sabrías —suspiró, y el viento se llevó parte de las palabras—. El vencedor recibirá los tesoros de Esparta y a ti como esposa. Y se pondrá fin a la guerra.

Helena se apoyó en las almenas con el corazón cada vez más acelerado. ¿Sería posible que el fin estuviera cerca? Miró sin ver mientras la sangre del carnero blanco se derramaba sobre la tierra del llano. Detrás de la bestia, su antiguo esposo se aferraba a su lanza con los músculos tensos, preparado para atacar. Mientras, Paris le susurraba algo al oído a su padre con una expresión molesta, urgente. Pero el rey Príamo negó con la cabeza, le dio la espalda a su hijo y se montó en el carro que había llevado a los carneros. Mientras el rey regresaba a la ciudad, Agamenón se apartó también de su hermano y se fundió entre las filas griegas.

Quedaban dos figuras solitarias en el corredor, separadas por el umbral que había dibujado la oscura sangre de los carneros. Y Helena, viendo cómo los dos hombres fintaban, lanzas en mano, cayó en la cuenta de que tenía la esperanza de que venciera Menelao.

Paris fue el primero en lanzar la jabalina; se impulsó hacia delante para arrojarla y reculó de inmediato. Salió volando en línea recta, pero Menelao la esquivó echándose a un lado; era un hombre ágil a pesar de su tamaño. Y no dejó de moverse, sino que aprovechó para echar a correr hacia Paris, lanza en ristre. La arrojó y siguió corriendo, y, cuando la jabalina se clavó en el escudo de Paris, Menelao desenvainó la espada sin bajar el ritmo. Paris reculó como si una fuerza invisible lo impeliera, más y más, hasta que se topó con las filas troyanas, firmes, inflexibles. Al fin desenvainó su espada, un instante antes de que Menelao lo alcanzara. El bronce bramó cuando las hojas chocaron, un sonido que llegó hasta las almenas, donde se encontraba Helena. «Menelao vencerá —le susurró una voz en su cabeza—. Es el más fiero.»

Pero, en ese momento, su espada se rompió en mil pedazos, como golpeada por un rayo de Zeus. Menelao dio un paso atrás, aunque no tiró la toalla. Se abalanzó en un nuevo asalto, sacudiendo su escudo como una bestia rabiosa. Paris vaciló, claramente sobrecogido por la furia descontrolada de Menelao, sin saber dónde atacar. Tras unos instantes, extendió el brazo con la espada, pero recibió un golpe del escudo y la hoja voló por los aires y cayó inútilmente a varios metros.

Paris trató de embestirlo, pero Menelao fue más rápido. Se abalanzó sobre él, lo agarró por el penacho del yelmo y le hizo perder el equilibrio. Menelao comenzó a arrastrarlo por el suelo mientras Paris arañaba el polvo con pies y manos.

«Se acabó.» Helena sintió náuseas, aunque también cierto alivio. Paris se llevó las manos a la garganta, a la cinta de cuero que tenía sujeta a la barbilla, y Helena comprendió que se estaba ahogando. No era justo. ¿Acaso Menelao no se daba cuenta? A pesar de todo, el corazón le dio un vuelco al ver a Paris tan desesperado. Aquella no era forma de morir.

De pronto Menelao se quedó con el yelmo en la mano; la cinta debía de haberse roto. Paris se puso de pie y echó a correr antes de que Menelao entendiera lo que estaba sucediendo. Giró sobre los talones dispuesto a perseguirlo, pero ya era demasiado tarde. Paris había llegado a las filas troyanas y se había mezclado entre los soldados. La compasión de Helena dejó paso a la aversión cuando lo vio perderse entre los centenares de cabezas. «Qué cobarde.»

Menelao se quedó solo a mitad de aquella arena improvisada, jadeando. Gritó algo que Helena no llegó a oír y le lanzó el yelmo vacío al ejército troyano. Volvió a gritar, con los brazos levantados, pero las palabras acabaron ahogándose en el clamor que se había generado en ambos frentes cuando los hombres comprendieron lo que había ocurrido.

Cuando quedó claro que Paris no regresaría, Menelao se volteó hacia sus hombres y, poco después, hacia los troyanos. Helena vio a Héctor salir de la multitud y empezar a hablar con Menelao. Con todo, Agamenón no tardó en abandonar las filas griegas y unirse en el centro con los dos hombres. Incluso a aquella distancia, Helena sabía que Menelao estaba hecho una furia. No dejaba de andar de un lado para otro, aferrado aún al escudo. Daba la impresión de que Héctor trataba de apaciguarlo, pero era Agamenón quien respondía, con los brazos cruzados sobre su ancho pecho.

¿Qué estaba sucediendo? Helena se inclinó un poco más sobre la almena con el corazón a punto de salírsele del pecho. Deseó poder oír lo que decían. ¿Había vencido Menelao? ¿Volverían a casa? Con todo, al ver a Agamenón negar con la cabeza y regresar a las filas griegas con Menelao pisándole los talones, Helena pensó que ya sabía la respuesta, y le sorprendió notar que el alma se le caía a los pies.

Héctor permaneció inmóvil unos instantes, con la mirada clavada en las espaldas de los hermanos, antes de regresar con los soldados troyanos. Poco después, los ejércitos rompieron filas: los helenos volvieron a la playa, y los troyanos atravesaron las puertas Esceas, en dirección al barrio bajo. La lucha había terminado, aunque no así la guerra.

Ella y Casandra seguían en la muralla, en silencio. Casandra se asomó a ver cómo los troyanos se escabullían por la puerta, pero Helena echó la vista al horizonte, intentando distinguir la figura de Menelao mientras se fundía con la menguante masa de griegos. Se preguntó si volvería a verlo alguna vez con un dolor que, apenas unas horas antes, no habría creído posible.

Cuando sus compatriotas helenos no fueron más que motas negras en la distancia, Helena anunció que regresaba a su alcoba. Era una de las pocas veces en que no se creía capaz de soportar la compañía de Casandra. Estaba conmocionada, dividida, como si tiraran de ella en dos direcciones. Hacía un momento creía que volvería a su hogar, pero ahora se sabía encerrada de nuevo entre aquellos muros con los troyanos sin ser una de ellos.

Agachó la cabeza con pudor —más que de costumbre— mientras atravesaba la ciudadela, camino de sus aposentos. Volvió a ajustarse con firmeza el pelo, maldiciendo aquellos brillantes cabellos de los que una vez se había sentido tan orgullosa, con la mirada clavada en los adoquines y abriéndose paso entre la multitud. No dejaba de oír voces a su alrededor comentando el duelo. «¿Qué pasó?» «¿Cómo huyó Paris?» «¿Se va a quedar con la puta griega?»

Fue un alivio llegar por fin al silencio de su alcoba, aunque al cruzar la cortina se percató de que no estaba sola.

—Ah, eres tú —exclamó Paris con indiferencia. Estaba recostado en un sofá acolchado, sin armadura—. Pensaba que sería Héctor, que venía a decirme lo cobarde que soy.

Soltó un bufido y alargó el brazo para tomar una uva del cuenco que tenía al lado.

—Es que eres un cobarde —respondió Helena, con los brazos tensos—. Y por tu culpa la guerra continuará. Y morirá más gente.

—Vigila esa lengua —le espetó Paris, pero, en cuanto se puso de pie, el gesto se le suavizó. Se acercó a ella y le colocó las manos en la cintura—. Unos labios tan hermosos no deberían pronunciar palabras tan feas.

Se inclinó a besarla, pero Helena apartó la cara.

—¿Me rechazas? —le preguntó con un tono burlón y un punto de resentimiento—. ¿Después de haber luchado por ti?

—Luchaste porque no te quedaba otra —lo corrigió con voz queda pero firme—. Y ni siquiera fuiste capaz de llegar hasta el final.

—Ramera desagradecida —escupió, y la ira dominó su bello rostro. La apartó a un lado y se giró para servirse una copa de vino—. No sé si sabes que mis hermanos, mi padre y mi madre llevan años suplicándome que te entregue, que te envíe de vuelta para que así, quizá, los griegos se marchen. Y ¿sabes lo que siempre les he contestado?

Helena permanecía en silencio.

—Que no. —La miró fijamente a los ojos—. Y he obsequiado a mis amigos con generosos regalos para que digan lo mismo siempre que ha salido el tema. Por los dioses, ¿es que no sabes lo mucho que me ha costado amarte?

«¿Lo que te ha costado?», pensó Helena con amargura, y se alejó de él. Y ¿qué le había costado a ella? ¿O a Grecia? ¿O a Troya?

Paris dio un paso hacia ella.

—Y a tu esposo, cuando llegó, también le dije que no. Incluso después de que me prometiera que podía quedarme con los tesoros que robé. Le dije que no. Y seguiré diciendo que no. Porque eres mi mujer. Me gané tu afecto y te traje conmigo. La mujer más hermosa del mundo es mía, y ningún otro hombre te poseerá mientras yo viva.

Helena permanecía inmóvil mientras Paris daba otro sorbo de vino. Hubo un tiempo, lejano, en que aquellas palabras la habrían estremecido. Ahora no hacían más que confirmar lo que ya sabía: que no había sido más que un trofeo para él, como aquella desdichada criatura que llevaba sobre los hombros. No, no fueron aquellas palabras las que le habían llamado la atención.

—¿Cuándo vino Menelao? —exigió ella, con un calor indescriptible en el pecho—. No me lo habías contado.

Pero era como si hablara con las paredes. Paris dio otro largo sorbo a la copa y un hilillo de vino tinto le cayó por el cuello. Se secó la boca con languidez, y Helena se preguntó cómo había llegado a pensar alguna vez que era un hombre hermoso.

—Bueno, pues como pagué tanto por ti —comenzó, dejando que la copa cayera al suelo y acercándose a ella—, como luché y miré a la muerte a los ojos por ti... —Le plantó una mano en el hombro y con la otra le quitó el velo—. ¿Por qué no me complaces un poco, como esposa mía que eres?

«Por ti. Por ti.» Aquellas palabras le resonaron en los oídos, y se dio cuenta de que estaba apretando los dientes. ¿Acaso alguna vez había hecho algo que no fuera en su propio beneficio?

Paris la atrajo hacia él y presionó los labios contra los suyos. Helena sintió el olor a vino subiéndole por la nariz. Pero esta vez no se apartó. Tampoco dijo nada mientras le desabrochaba la faja, ni dio un respingo cuando le agarró un pecho con una de sus repugnantes manos. ¿Qué sentido tenía resistirse? Paris tenía razón: era su mujer. Helena nunca había sido dueña de su vida, y pensar que podría llegar a serlo había sido una idiotez. Que la poseyera. Que la utilizara. El resultado sería el mismo.

49
CLITEMNESTRA

Clitemnestra se había retrasado un poco en su visita diaria a la tumba de Ifigenia, pero llevó a cabo los ritos con el cuidado de siempre. Era el momento más tranquilo del día; lejos de los muros de la ciudadela, solo ella, Yante y el viento.

Tras pronunciar las plegarias y libar el vino, regresó a palacio y se preparó para otra laboriosa jornada. Damón había solicitado una reunión para tratar las reservas de cereales y, después, tenía una audiencia con el nuevo sumo sacerdote de Argos, además de que le había prometido a Crisótemis que la ayudaría con las clases de escritura. Tal vez Electra se animaría a hacerles compañía, o eso esperaba.

Últimamente apenas la veía.

Acababa de llegar a la parte superior de la escalinata de palacio cuando oyó la voz de Eudora:

—Mírala, ahí la tienes. Te dije que no tardaría.

Clitemnestra esbozó una sonrisa al ver que Aletes se soltaba de la mano de Eudora y echaba a correr hacia ella. Cada vez se movía más rápido; menos mal que contaba con la ayuda de Eudora y de Yante.

Cuando lo tuvo cerca, Clitemnestra lo levantó en brazos. También estaba ganando peso.

—¿Me extrañaste? —le preguntó, frotándole la nariz con la suya. Aletes soltó una risita—. ¿Se portó bien? —le preguntó a

Eudora mientras lo bajaba al suelo—. ¿Te importaría cuidarlo un ratito más? Todavía tengo que encargarme de algunos asuntos. Yante puede echarte una mano.

—Por supuesto, mi señora. —Los labios se le curvaron en una sonrisa que le dejó al descubierto los espacios entre los dientes—. Ya encontraremos algo divertido para el principito, ¿eh? —Sin dejar de sonreír, bajó la vista hacia Aletes, quien le había tomado de nuevo la mano—. Dejé a Crisótemis con su hermana —añadió, alzando la mirada hacia Clitemnestra—. Espero que os parezca bien, mi señora.

—Perfecto —respondió, agachándose para darle un beso de despedida a Aletes—. Ya están hechas unas mujercitas. Iré a verlas a su alcoba cuando termine con mis obligaciones. Gracias, Eudora.

La mujer asintió y se llevó a Aletes hacia palacio.

Al finalizar la audiencia con el sacerdote, las pesadas puertas del salón del hogar se cerraron y Clitemnestra se quedó sola en aquella estancia cuadrada. El sol seguía alto en el cielo; la luz se colaba por el orificio que había justo encima de la lumbre e iluminaba las brillantes pinturas que colmaban las paredes. Hombres de rojo y mujeres de blanco procesionaban alrededor del salón, guiando a sus caballos, portando cestas, atravesando un mundo de azules y amarillos. Se recostó en el trono y admiró las elegantes figuras que la rodeaban. Cuánto tiempo llevarían marchando sin descanso en torno a la lumbre? ¿Cuántos años habían permanecido en pie aquellos muros? ¿Cuántos años llevaba ardiendo el fuego? Muchos más que los que había vivido ella, y su madre y, antes, su abuela. Sentía cierto alivio al pensar en la perpetuidad de aquellas paredes.

Respiró hondo y el humo de aquellas llamas eternas le llenó

la nariz. Aquel fuego seguiría quemando mucho después de que ella hubiera muerto, y ¿quién se acordaría de ella entonces? Cuando sus hijos también se hubieran ido, y sus nietos. ¿Qué voces resonarían en el salón? ¿Se oiría el nombre de Clitemnestra entre el crepitar de la lumbre? ¿De qué hablarían aquellas lenguas informes? ¿De lo sabia que había sido? ¿Justa? ¿Sumisa?

Se aferró a los brazos del trono y se dio cuenta de que le sudaban las manos mientras observaba las llamas. Empezó a acalorarse bajo su luz, y se obligó a soltar los dedos e inclinarse hacia atrás. Cerró los ojos, como si el humo de la lumbre pudiera arrastrar con él aquellas voces. ¿Qué esperaba oír?

El ladrido de uno de los perros de palacio la sacó de su ensimismamiento. Se acordó de la promesa que le había hecho a Crisótemis y se levantó del trono áureo. Salió del salón, cruzó el patio, y, justo cuando enfilaba el pasillo que conducía a la alcoba de sus hijas, una mano la agarró del brazo. Se volteó y esbozó una sonrisa.

—No te esperaba antes de...

Pero Egisto la interrumpió con un beso. Notó sus labios cálidos y sus manos en la parte baja de la espalda.

—Buenos días a ti también —dijo ella casi sin aire, y se apartó un poco para poder verle la cara—. Han cazado algo?

—Un par de liebres —contestó, y se encogió de hombros—. El jabalí se nos escapó. Decidimos que lo mejor era esperar a mañana, cuando los caballos estén descansados.

Tenía las mejillas sonrosadas después de una larga cabalgada.

—Pues sí, será lo mejor. —Volvió a sonreír, contenta por verlo tan cargado de energía—. De todas formas, Crisótemis se llevará una alegría con las liebres. Hace tiempo que pide un cuello nuevo para la capa de invierno.

A Egisto se le iluminó el rostro.

—¡Pues no se hable más!

Clitemnestra soltó una carcajada.

—Esa chiquilla te tiene comiendo de la mano. Creo que, si te lo pidiera, serías capaz de darle el sol.

—Bueno, al menos lo intentaría —dijo, y la besó de nuevo—. Y a ti, mi reina, ¡la luna y las estrellas!

—Pues es un ofrecimiento más que generoso, pero creo que lo mejor es que las dejemos donde están. No necesito nada más que lo que tengo.

Egisto volvió a sonreír y le puso una mano en el hombro.

—Bueno, y no hemos acabado —dijo, acariciándole el vientre.

—No, por favor —respondió ella, y le apartó la mano con delicadeza—. Es una sensación, nada más. No quiero que te lleves una decepción.

—Es imposible que me lleve una decepción contigo —le replicó, y subió la mano hasta su mejilla. Sonrió y ella le devolvió el gesto.

Se quedaron quietos unos instantes, con sus respiraciones entremezclándose.

—Tendría que darme un baño —acabó diciendo Egisto, y se separó de ella.

—No vayas a nuestra habitación —le pidió Clitemnestra—. Voy a ayudar a Crisótemis con la escritura. Ven a vernos cuando acabes y le enseñas las liebres.

Egisto sonrió otra vez.

—No tardo.

Y se apresuró hacia las estancias de los invitados. Clitemnestra lo vio marcharse con una sonrisa y, cuando dobló la esquina del pasillo, ella también giró sobre los talones y siguió recorriendo el pasillo hacia la alcoba de las chicas. Después de hacerle un gesto al guardia que vigilaba fuera, llamó a la puerta y la abrió.

—Buenos días, chicas —exclamó con energía. Sus hijas estaban devanando lana.

—Buenos días, madre —respondió Crisótemis con una sonrisa. Electra no levantó la vista del huso.

—¿Sigue en pie lo de practicar caligrafía? —le preguntó a la más joven de las dos—. Tengo las tablillas listas en mi habitación.

Crisótemis asintió con entusiasmo, soltó el huso y cruzó la habitación en dirección a la puerta.

—¿Quieres acompañarnos, Electra? Tengo una tablilla para ti también. O puedes llevarte el huso.

Electra finalmente alzó la cabeza.

—¿Va a estar él?

Clitemnestra hizo una pausa.

—Sí.

—Pues entonces no.

Clitemnestra se mordió el labio. No soportaba que su hija fuera tan irrespetuosa, pero temía que reprenderla solo sirviera para alejarla aún más de ella.

—Si no vienes con nosotras, tendrás que pasar la tarde con Eudora y tu hermano.

—No es mi hermano —la corrigió Electra con sequedad, y volvió a bajar la vista hacia el huso.

Clitemnestra se mordió el labio de nuevo.

—No puedo dejarte sola —insistió.

—Tengo diecinueve años, madre —respondió Electra, sin preocuparse por ocultar la impaciencia en su voz—. Y tengo un guardia.

Clitemnestra abrió la boca para discutírselo, pero se acabó echando atrás. Su hija tenía razón. Ya era una mujer, aunque no estuviera casada. El problema era que a Clitemnestra le preocupaba que estuviera aislándose.

—Si cambias de parecer, pídele al guardia que te escolte hasta mi alcoba.

Electra no respondió.

—Vamos —le dijo a Crisótemis, intentando avivar su entusiasmo—. Egisto tiene una sorpresa para ti.

A su hija se le iluminaron los ojos y Clitemnestra sonrió, pero la felicidad que había sentido apenas unos instantes atrás se había desvanecido.

50
CLITEMNESTRA

Clitemnestra estaba acostada en la cama con un candil aún ardiendo en la mesa de noche. Egisto había querido contarle un cuento a Aletes antes de dormir, y ella estaba esperando a que volviera. No tardaría, seguro: a Aletes siempre se le cerraban los ojos a mitad de todas las historias.

A veces, su nueva vida se le seguía antojando extraña. La mayor parte del tiempo la vivía sin darle mayor importancia, demasiado ocupada para pensar en nada más. Pero de vez en cuando le parecía que estaba viviendo la vida de otra persona. Le resultaba frágil, como si un viento intenso pudiera llevárselo todo, o como si un día pudiera irse a dormir y al despertarse se encontrara con que todo había desaparecido. Aunque lo normal era que aquellos temores permanecieran enmudecidos y ella se conformara con vivir, y nada más.

También recordaba con extrañeza la noche en la que Egisto se había revelado ante ella. Si hubiera convocado a un vidente y le hubiera anunciado lo que estaba por venir, probablemente no le habría creído. Durante más de un año, casi dos, su relación con Egisto había sido algo meramente formal. Para empezar, ni siquiera le había permitido conocer a sus hijas, y se habían limitado a encontrarse por las noches para cenar, antes de retirarse a sus respectivas habitaciones.

Sin embargo, con el tiempo y a pesar de la cautela, Clitemnestra se había dado cuenta de que disfrutaba con su compañía. Era un hombre cariñoso e inteligente. La hacía reír —de verdad, como no había reído en mucho tiempo— y, quizá por encima de todo, la hacía sentir un poco menos sola. Había sido un amigo, un compañero, aún lo era, y seguía dándole consejos cuando se los pedía y ánimos cuando los necesitaba. La había ayudado a gobernar sin intentar en ningún momento gobernarla a ella.

Además, con las niñas había sido un sol. Crisótemis lo adoraba desde el principio, por sus bromas y sus regalos. Y a pesar de que Electra se había mostrado mucho más desconfiada, Egisto no había dejado de intentar ganarse su aprobación.

Su regalo de bodas —porque eso había sido, al menos a ojos de Clitemnestra— fue radicalmente distinto al primero. Con Egisto había encontrado una felicidad y una seguridad que no creía posibles. Hasta que no estuvo con él, hasta que no aprendió a confiar en él, no se había dado cuenta de que su vida anterior había estado dictada en gran medida por el miedo. Miedo a decir o hacer algo incorrecto, miedo a enfurecer a Agamenón, miedo a que le hiciera daño a ella o, aún peor, a sus hijos. Seguía teniendo ciertos miedos, claro, pero ahora todos eran externos. No reptaban por su hogar ni anidaban en su lecho. Sentía que, por fin, podía abrirse al mundo y ser ella misma.

Oyó unos pasos familiares en el pasillo, la puerta de la alcoba se abrió y Egisto asomó la cabeza, sonriente.

—Hoy no llegué ni al banquete de los centauros —dijo mientras cerraba la puerta con suavidad—. Eudora debe de haberlo agotado. —Se desató las botas y se metió en la cama—. Les eché también un ojo a las chicas; están bien. O, bueno, todo lo bien que puede estar Electra.

Se inclinó hacia ella y le dio un beso en la mejilla. Clitemnestra no se movió.

—¿Estás bien? —le preguntó Egisto—. ¿Sigues pensando en las reservas de grano? Creo que Damón está pasándose un poco de cauto...

—No, no es eso —respondió dándose la vuelta hacia él—. Es que... me preocupa Electra. La veo muy infeliz. —Egisto esbozó un gesto comprensivo—. Apenas me habla. Al principio me parecía normal que estuviera incómoda, pero esperaba que con el tiempo...

—No soy su padre, no espero que llegue a quererme —la interrumpió.

—Pero es que te odia. Y está resentida conmigo por amarte, por traicionar a su padre. Sigue queriéndolo. Con Crisótemis es distinto, porque apenas se acuerda de él. Pero Electra... Temo que nunca llegue a aceptarlo.

Egisto no respondió, sino que se limitó a tomarle la mano y apretársela.

—Quizá tendría que buscarle un marido —continuó Clitemnestra—. Que empiece una nueva vida en su propio palacio. Si encuentra su propia felicidad, tal vez me perdone la mía. Los dioses saben que ya tiene edad; hasta Crisótemis está en la flor de la vida. Han crecido tan rápido que hacen que me sienta vieja.

Miró fijamente a Egisto, con la esperanza de que le dijera lo que debía hacer.

—De vieja nada —le reprendió con una sonrisa, y le acarició la mejilla—. Y sí, cualquier otra muchacha de la edad de Electra ya estaría casada, pero es que no es una muchacha cualquiera. ¿De verdad crees que se someterá a un hombre? —Enarcó una ceja en un gesto burlón—. Un marido no es la solución. Y sé que, además, tú tampoco quieres dejar de verla.

—No —admitió ella con voz queda—. Ojalá no tuviera que enviar lejos a ninguna de las dos. Lo único que quiero es que sean felices.

—Ya lo sé —contestó Egisto, y la besó en la frente—. Dale tiempo. Quizá las cosas cambien si Agamenón...

Aunque no terminara la frase, Clitemnestra sabía lo que iba a decir. «Si Agamenón muere.» Los dos habían esperado ese día, pero los años pasaban y nunca llegaba. Su marido llevaba nueve años en la guerra. Jamás se habría imaginado que pudiera durar tanto, y quizá él tampoco. Pero algún día la batalla terminaría, y ¿qué pasaría entonces?

—Puede que lo maten en algún momento... —musitó ella.

Egisto asintió, pero estaba enfrascado en sus pensamientos.

—¿Egisto?

—¿Y si no? —le preguntó en voz baja—. Ha sobrevivido hasta ahora. Te prometí que te protegería.

—Y me has protegido.

—Pero si Agamenón regresa... estallará una guerra civil. Lo sabes tan bien como yo. Y tendré las manos manchadas con la sangre de todas las vidas perdidas.

Apartó la mirada y perdió el humor habitual en sus mejillas. Los dos permanecieron largo rato en silencio.

—Hace tiempo juré que lo mataría.

Qué extraño pronunciar aquellas palabras. Parecía algo ridículo cuando salía de su boca, tanto que una risotada fúnebre se le escapó de la garganta. Tenía la sensación de que hubiera pasado toda una vida, y no lo había hablado con nadie, ni siquiera con él.

Egisto levantó la cabeza y le dirigió una mirada inquisitiva.

—La noche antes de que mataran a Ifigenia. Juré a la diosa Hera que, si Agamenón asesinaba a mi hija, yo lo mataría a cambio. Y estuve a punto, llegué a tomar un cuchillo y...

Egisto esbozó una mueca indescifrable. ¿Era terror? ¿Asco? ¿La despreciaría, ahora que le había confesado el más oscuro de sus secretos? Deseó no haber dicho nada.

—Tendrías que cumplir tu promesa —respondió de repente—. Si sobrevive, si vuelve a Micenas. Tendrías que matarlo.

Egisto tenía el semblante serio y Clitemnestra, a pesar de que le estaba tomando la mano, estaba preocupada.

—Pero es que... no puedo.

—Yo te ayudaré. Juntos. Piensa en todas las vidas que podemos salvar. Una guerra civil destrozaría el reino. Lo mejor es matarlo a solas. Que piense que todo sigue igual, que entre a palacio, que se sienta seguro. Y luego... Sabes que podrías acabar con él; eres la única que puede.

Clitemnestra permanecía en silencio, mirándolo fijamente a aquellos ojos ardientes, incómoda.

—Merece morir —prosiguió Egisto, y volvió a ruborizarse—. Por lo que pasó con Ifigenia. Los dioses no te culparán. Agamenón cometió el mayor de los crímenes.

—A un crimen no se responde con otro —contestó ella—. ¡Acabaría condenada por dioses y hombres! Ya abandoné mi deber sagrado como esposa, pero mancillarlo por completo... Se me conocería como la mujer más vil que ha pisado la faz de la Tierra.

Había empezado a resollar. Por extraño que pareciera, la idea le resultaba mucho más terrible que tantos años atrás. En aquel momento, sentía que Agamenón se lo había arrebatado todo. No le preocupaba lo que pudiera suceder tras su muerte, lo que la gente opinara o cuánto pudiera cambiar su vida. Ni siquiera le importaba vivir o morir. Pero ahora... era feliz. Había tanto en juego que la posibilidad de perderlo todo la aterrorizaba. Entonces cayó en la cuenta de algo más.

—Y ¿qué pasa con mis hijas? No puedo condenarlas a... A saber que su madre asesinó a su padre. Electra se quedaría devastada. No me lo perdonaría jamás.

—Y ¿qué pasa con nuestro hijo? —Egisto la atravesó con una

mirada cargada con el mismo temor—. Si Agamenón regresa, no te quedará otra opción que deshacerte de Aletes, de fingir que nunca ha existido, porque, si no, Agamenón lo matará. Y lo sabes.

Lo miró a los ojos y supo que tenía razón; sus vidas no eran las únicas que estaban en juego. No podría soportar la pérdida de otro hijo. Cualquier cosa sería mejor que algo así. Y, sin embargo, al pensar en Aletes, otro rostro inocente le vino a la memoria. Su queridísimo Orestes, que no era más que un bebé la última vez que lo había visto y que ya debía de tener casi diez años. Si mataba a Agamenón, probablemente perdería a Orestes para siempre. ¿Cómo iba Anaxibia a devolvérselo a la asesina de su hermano? Pero al menos estaría a salvo. ¿No era ese el motivo por el que lo había enviado tan lejos? Seguiría contando con un hogar, una familia y un futuro, pero Aletes... No podía condenar a su dulce niño a una vida de exilio.

Ella y Egisto se miraban fijamente, con los ojos brillantes y una expresión solemne. Clitemnestra deseó que aquella terrible decisión no recayera sobre ella, que su nueva vida pudiera continuar como si la anterior no hubiera existido. Pero, en lo más profundo de su corazón, sabía la verdad, y siempre la había sabido. Había tomado la decisión el día que aceptó la propuesta de Egisto.

—Lo mataré —anunció con un hilo de voz. Notó que Egisto le apretaba la mano.

—Lo mataremos juntos.

51
HELENA

Estaban pasando la mañana en los aposentos de Casandra. Era una habitación más pequeña que la de Paris, pero igual de cómoda y profusamente decorada. Casandra era una tejedora habilidosa, y solía colgar sus obras terminadas en los muros. Los patrones estaban cargados de animales, flores y elementos naturales, unas escenas delicadas y vívidas, como la misma Casandra. A Helena le gustaba examinarlas mientras tejía.

Los ruidos de batalla resonaban en la distancia, hoy más lejos que de costumbre. Casi todos los hermanos de Casandra estaban combatiendo en el llano y, por mucho que tratara de mantener su despreocupación habitual, Helena notaba que su amiga sufría por ellos. No dejaba de mirar por la ventana, como si la brisa pudiera traer noticias del frente.

—¿Crees que debería bajar a las puertas? —preguntó de pronto, zapateando nerviosamente la alfombra que cubría el suelo—. Quizá me entere de algo, o tal vez pueda echarles una mano.

Miró a Helena, esperando instrucciones.

—Baja a las puertas si quieres. Yo me quedo aquí.

Pero Casandra vaciló.

—Ay, no sé. Tal vez mi madre me pida ayuda con las libaciones... —Desvió la vista hacia la puerta y volvió a girarse hacia Helena—. Dice que Apolo favorece a los jóvenes. Si me llama y no estoy aquí... No, mejor me quedo.

Asintió decidida, pero no perdió el ceño. Las dos se quedaron calladas unos segundos.

—¿Qué pasa con Otrioneo? —preguntó Helena con entusiasmo para tratar de llevar el pensamiento de su amiga a asuntos más alegres—. ¿Sigue visitándote? Puede que se casen pronto, vete a saber.

Cuando el gesto grave de Casandra dejó paso a una sonrisa inocente, Helena supo que había funcionado.

—Sí, de vez en cuando. A veces mi madre le deja tomarme de la mano. —Su sonrisa se ensanchó—. Pero, más que nada, charlamos. Tiene un corazón que no le cabe en el pecho. Y sabe muchísimas cosas. El otro día me contó que...

La interrumpieron una serie de golpes secos en la puerta. Casandra se puso de pie de un salto y se plantó frente a la puerta en un instante. Al abrirla, su hermano gemelo, Héleno, asomó la cabeza, pálido como una vela.

—¡Hermano! —gritó ella al ver que se apoyaba con dificultad en el umbral. Tenía la mano izquierda cubierta con lana, empapada ya de sangre, e inerte.

—La mano —masculló Héleno.

Le caían gotas de sudor por la frente. Daba la impresión de estar a punto de desvanecerse. Casandra lo acompañó hasta la silla en la que estaba sentada, y él se dejó caer.

—¿Qué pasó? —le preguntó, apresurándose a tomar una jarra de agua de la mesa.

—La mano... —volvió a gruñir su hermano, con el rostro rígido de dolor—. Me la atravesaron con una lanza. Me... Agénor me la vendó. La he perdido, Cas. —La voz se le quebró y miró a su hermana con una expresión de puro pavor—. Ayúdame, por favor.

—Voy a ayudarte, no te preocupes. Tranquilo.

Se acercó a la cama, recogió un velo de lana, mojó una punta en la jarra de agua y le secó la frente a su hermano.

—Te vas a poner bien. Estás conmigo, te cuidaré.

Helena se había quedado tan absorta con la entrada de Héleno que no se había percatado de la otra figura que esperaba en el umbral. Cuando Deífobo entró en la estancia, Helena volteó y lo vio. Tenía el brazo derecho cubierto de sangre.

—¡Casandra! —exclamó, y guio los ojos de su amiga hacia la herida.

—¡Deífobo! ¿Tú también? —Sin dejar de calmar a Héleno, Casandra le hizo un gesto a su hermano mayor para que se sentara en la cama—. Helena, ¿puedes echarle una mano?

Helena asintió y cruzó la habitación con cierto recelo. Deífobo la incomodaba por cómo la observaba siempre que se cruzaba con él. Sentía su mirada clavada en su cuerpo, incluso cuando se alejaba. Pero necesitaba su ayuda, y Casandra también.

—¿Qué tengo que hacer? —le preguntó mientras se sentaba al lado de su cuñado.

La sangre supuraba de un gran tajo en la parte superior del brazo. Deífobo mantenía un gesto impertérrito, pero era evidente que estaba rabiando de dolor.

—Intenta limpiarle la sangre, lo que puedas —respondió Casandra.

Había comenzado a retirar la venda de lana que su hermano tenía en la mano, pero se detuvo cuando Héleno profirió un grito de dolor.

—Tengo que ir a buscar suministros —dijo Casandra, levantándose del suelo—. Necesitamos miel y hierbas para las heridas. Y lana limpia para las vendas. ¿Puedes quedarte con ellos hasta que vuelva? —Echó a correr hacia la puerta sin esperar respuesta—. Traeré también un poco de vino para el dolor —les gritó a sus hermanos justo antes de desaparecer por el pasillo.

¿Cómo era capaz Casandra de saber siempre lo que debía hacer? Helena seguía sentada en la cama, impotente, mientras el aroma de la sangre impregnaba la pequeña estancia, hasta el punto de que casi la notaba en la lengua. Héleno balbucía palabras ininteligibles. «Mejor lo dejo tranquilo», pensó. Casandra le había pedido que le limpiara el brazo a Deífobo, pero no se atrevía a tocarlo. Dejó la mano suspendida en el aire, agarrando la tela húmeda. ¿Y si le hacía daño?

—Cuanto antes, mejor —le dijo Deífobo mirándola fijamente—. Vamos.

Helena le devolvió la mirada, tomó aire y le colocó el trapo sobre la piel. Parte de la sangre había empezado a secarse, así que tuvo que frotar para limpiársela. Vio que Deífobo apretaba los dientes cada vez que le acercaba la tela al corte, pero no emitió palabra alguna. No lo hizo hasta que Helena prácticamente le había limpiado todo el brazo.

—Oye, ¿qué se siente? —le preguntó con voz queda—. ¿Qué se siente al saber que hay hombres sangrando por ti?

Aquella pregunta la tomó desprevenida. Despegó los labios, pero no fue capaz de articular ningún sonido. «No están sangrando por mí», fue lo que quiso responder. Pero ¿tenía razón? Luchaban por la idea que ella representaba, aunque ¿acaso importaba eso cuando seguía habiendo hombres muertos en la arena? ¿Viudas esperándolos en las puertas? Antes de que pudiera formular una respuesta con sus entumecidos labios, Casandra entró a grandes zancadas en la alcoba con las manos llenas de botes y hatillos. Le entregó a Helena un pellejo de vino.

—Dale un poco a Deífobo mientras preparo el ungüento. Pero reserva bastante para Héleno —le ordenó, mirando a su gemelo con preocupación—. Lo va a necesitar.

Tardaron un tiempo en limpiar y vendar las heridas. Casandra se encargó de la mayor parte del trabajo, pero Helena la ayudó en todo lo que pudo: a traer agua fresca, servir más vino, tomar a Héleno de la mano buena mientras soportaba los peores momentos de dolor. Tenía la mano izquierda tan destrozada que Helena no era capaz ni de mirarla. A pesar de los esfuerzos de Casandra, era improbable que la recuperara. Por ahora, lo mejor que podían hacer era darle más vino y dejarlo descansar.

Lo acostaron en la cama de su hermana; estaba más tranquilo, pero con el mismo tono ceniciento. Deífobo, cuya herida en comparación era prácticamente un rasguño, se había sentado junto a Helena y Casandra, con el brazo bien vendado con lana.

—La refriega de hoy fue una carnicería —comentó, y le dio un sorbo al vino—. No somos los únicos heridos. También mataron a unos cuantos.

—¿Y los griegos? —preguntó Helena—. ¿Mataron a muchos?

—Si lo que te interesa es tu maridito espartano, no hace falta que te preocupes —le escupió Deífobo—. Estaba como una rosa. Seguramente tenía la esperanza de volver a enfrentarse a nuestro queridísimo hermano Paris.

—Fue él quien me atacó —murmuró una voz desde la cama—. El rubio. Me clavó la lanza justo en la... —Torció el gesto al recordarlo—. Y también me partió en dos el arco. Era como una bestia salvaje. Creo que maté a uno de sus compañeros. Creo que por eso montó en cólera.

—¿Quién? —preguntó Helena—. ¿A quién mataste?

—No lo sé. A su auriga, tal vez. Era un tipo bajito, con el pelo negro.

«¿Deipiro?» Por la descripción, era posible. Sintió lástima por Menelao. Habían sido compañeros desde niños.

—Yo no vertería ni una lágrima por los griegos —le espetó Deífobo—. Están muriendo hombres a diario, y seguirán haciéndolo. Para mí que la voluntad de los dioses es que esta guerra se prolongue hasta que todos acabemos en el Hades.

—No, me parece que te equivocas —replicó Casandra con delicadeza—. La guerra está en su punto álgido. Creo que terminará antes del próximo invierno.

Deífobo soltó una risotada amarga.

—¿Ah, sí? ¿Y tú qué sabrás, hermanita? No has combatido en la llanura. No has sido testigo del espíritu de los griegos. Lucharán hasta sus últimos estertores.

—No dije que vayan a rendirse —contestó Casandra, aunque no añadió nada más. Los cuatro se quedaron callados unos instantes, hasta que ella volvió a hablar—: ¿A quién más hirieron? —preguntó—. ¿Héctor seguía indemne cuando volvieron a la ciudad? ¿Y Paris?

Helena cayó en la cuenta de que no había preguntado por su propio esposo.

—Sí, los dos seguían entre las filas —respondió Deífobo—. Creo que también vi a Eneas.

—¿Y a Otrioneo? —preguntó Casandra—. ¿Lo viste?

—No, a él no. Pero puede que haya ido a la pla...

—No.

La voz provenía del lecho, y todos voltearon hacia Héleno, que se estaba incorporando.

—Casandra, lo siento muchísimo. Iba a decírtelo.

—¿A decirme qué? ¿Lo hirieron?

Héleno negó con la cabeza con gravedad.

—Cayó a mitad de la batalla. Lo vi.

—¿Estás seguro? —preguntó Casandra, alterada—. A lo mejor solo lo hirieron.

Su hermano volvió a negar con la cabeza.

—Está muerto, Casandra. Lo alcanzó una lanza griega en las entrañas. Le atravesó el coselete.

Casandra agachó ligeramente la cabeza, como si asintiera. Incluso Helena sabía que nadie sobrevivía a una herida así. Casandra despegó los labios, pero no salió ningún sonido. Se quedó mirando al frente, y Helena notó que comenzaban a brillarle los ojos. A Helena le dio un vuelco el corazón al ver cómo la amargura se apoderaba de su amiga.

Cuando Casandra giró por fin la cabeza, la atravesó con la mirada, y a Helena se le cayó el alma a los pies. Su amiga había esbozado un gesto que había visto ya cientos de veces. El mismo gesto que la perseguía por la ciudadela y la acosaba en las puertas. Un gesto de angustia, dolor y pérdida. Pero, sobre todo, un gesto de reproche.

52
HELENA

Helena estaba sentada sola en un rincón del gineceo. Era la primera vez que visitaba la estancia en meses y, de depender de ella, no la habría vuelto a pisar. Pero no tenía ningún otro lugar adonde ir. Ella y Paris habían discutido, y él la había echado de sus aposentos. Era consciente de que no tendría que haberlo sacado de quicio, pero ¿cómo iba a someterse a él cuando era el culpable de todos sus males? ¿Por qué Paris podía seguir viviendo tranquilo mientras la vida de Helena se desmoronaba?

En el pasado, se habría retirado a la alcoba de Casandra, pero esa puerta ya no era tan hospitalaria como antes. Seguía viendo a Casandra a veces —por los pasillos, o si visitaba los aposentos de Paris por alguna razón—, pero la muerte de Otrioneo había provocado una fractura en su amistad que no había hecho sino ensancharse en las semanas posteriores a la tragedia. Ahora, cuando se cruzaban, su amiga le sonreía con educación e intercambiaban unas pocas palabras, pero aquellos encuentros forzados dejaban a Helena con más desazón que si no se hubieran visto.

Una parte de ella estaba enfurecida. ¿Cómo era posible que Casandra la culpara? De no ser por la guerra, Otrioneo podría no haber venido jamás a Troya, y no habrían llegado a prometerse si él no hubiera tenido la oportunidad de ganarse su mano con la lanza. Helena se convencía a sí misma de lo injusto que era que su muerte se sumara a todas las demás que cargaba sobre los hombros. Era injusto que su única amiga ya no pudiera tolerar su compañía.

Y, sin embargo, sospechaba que Casandra lo sabía. Si realmente la culpara, la odiaría, la denigraría, volcaría sobre ella toda su ira. Lo cierto era que a Helena, culpable o no, la perseguía la muerte fuera adonde fuera. Era como una nube de ponzoña que dañaba cuanto tocaba, repartiendo pena, miseria y podredumbre. No culpaba a su amiga por huir de ella.

Casandra estaba pasando la tarde en el gineceo, sentada en el centro con otras nobles mientras preparaba ungüentos. La sala se había convertido en un lugar para atender a los heridos, y se había dispuesto una fila de lechos de colchones de paja a uno de los lados. Estaban casi todos ocupados.

En uno de los colchones, a poca distancia de donde se sentaba Helena, descansaba el príncipe Héctor, vigilado por su esposa, Andrómaca. Lo habían traído al gineceo el día anterior, o eso había oído. No tenía ninguna herida sangrante, como el resto de los hombres que yacían en la sala, pero lo había golpeado en el pecho una roca lanzada hacia los soldados por uno de los griegos. Estaba acostado sin túnica, con una hinchazón roja y púrpura bajo el vello negro del pecho. No dejaba de decirle a su esposa que no sufriera por él, pero Helena notaba que se moría de dolor. Torcía el gesto siempre que se incorporaba para beber un poco de agua, y lo había visto escupir sangre coagulada. Estaba preocupada por él, y no podía evitar mirar de reojo su lecho siempre que Andrómaca no pudiera descubrirla.

Los ejércitos se habían encarnizado desde primera hora de la mañana. Incluso desde el gineceo podían oírse el entrechocar de las armas, los relinches lastimeros de los caballos, los descarnados gritos de guerra. Los helenos habían presionado al ejército troyano hasta los mismísimos muros de la ciudad, y llevaban todo el día enviando hombres a la sala, ensangrentados y con huesos rotos. Era como si se hubiera apoderado de ellos un nuevo espíritu, una nueva furia, un ansia de sangre... O tal vez solo fueran las ganas de poner fin a la guerra.

Héctor estaba más frustrado a cada hora que pasaba, con cada hermano y camarada que llenaba los colchones que tenía al lado. Y eso por no contar los que, sin duda, yacerían muertos en el campo de batalla. Pero no podía hacer nada al respecto. No podía defenderlos, ni vengarlos; estaba incapacitado tras los muros de la ciudadela.

Helena había sido testigo de las veces que había intentado levantarse del lecho. Y de los regaños de Andrómaca.

—¡Necio! —le gritaba— ¡Si mueres, Troya caerá! Y ¿qué pasará con nuestro hijo? ¿Y conmigo? Los muertos no pueden proteger a nadie.

Le hablaba con severidad, pero era evidente que el miedo que sentía era muy real. Tenía bolsas en los ojos de haberse pasado la noche cuidando de su esposo. Y era evidente que lo que más temía en este mundo era perderlo.

A media tarde, una esclava entró en el gineceo y se acercó directamente al lecho de Héctor.

—Mi señora Andrómaca —empezó, con una exagerada reverencia—. El señorito Astianacte os necesita, mi señora. Está de muy mal humor.

—¿Y no puedes tranquilizarlo tú? —le respondió irritada—. Yo tengo que cuidar de mi marido.

—Sí, mi señora, lo intenté. Pero no para de preguntar por vos. Está muy nervioso.

—Bueno, ¿por qué no lo traes...? No. No quiero que venga aquí —dijo, observando a los heridos—. Muy bien, ahora mismo voy.

Se levantó del cojín sobre el que se había arrodillado y se inclinó para darle un beso en la mano a su esposo.

—No tardo —le susurró con el gesto descompuesto. Se aferró a la mano de su marido, como si no quisiera soltarlo—. Estará asustado, nada más. Ya sabes cómo se pone a veces.

—Ve —contestó Héctor—. Seguro que te necesita más que yo. Te espero aquí.

Héctor esbozó una sonrisa reconfortante y le soltó la mano. Andrómaca se apresuró a marcharse de la sala, con la esclava pisándole los talones. Apenas habían pasado unos minutos cuando Helena oyó una voz que le hizo soltar el huso.

—Helena.

Echó un vistazo a su alrededor y vio que Héctor la estaba mirando.

—¿Te importaría compartir un poco de agua conmigo?

Helena vio que su copa estaba vacía, y asintió con timidez. Tomó la jarra de la mesa que tenía al lado y se acercó al colchón. Le sorprendió que se lo hubiera pedido a ella entre todas las mujeres del gineceo, pero también supuso que era la que estaba más cerca y menos ocupada. Cuando llegó al lecho de Héctor, se arrodilló en el mismo cojín que había estado usando Andrómaca y comenzó a llenarle la copa. Las manos le temblaban al inclinar la jarra, algo que no hizo sino empeorar sus nervios. Sentía una profunda admiración por Héctor y, aunque una parte de ella se alegraba de que le hubiera pedido ayuda, no podía evitar incomodarse bajo su atenta mirada.

De repente, mientras le servía el agua y el silencio se prolongaba, Helena sintió que debía decir algo mientras tuviera la oportunidad.

—Quiero que sepas que lo siento mucho —murmuró—. Siento todo lo que ha sucedido. —Iba mirando alternativamente la jarra y a Héctor—. Nunca me habría imaginado que venir aquí significaría que... Sé que me consideráis una boba, pero yo no quería que nadie muriera por mi culpa.

Notaba su mirada clavada en ella, a pesar de estar con la cabeza agachada, mientras aquellas insignificantes palabras se perdían en el silencio.

—Si eres boba por algo, es por haberte enamorado de mi hermano —le dijo él.

Helena levantó despacio la cabeza.

—He pensado en dejarlo, abandonar la ciudad —susurró—. Creo que todavía podría entregarme a los griegos, y así...

—No serviría de nada —suspiró Héctor—. Ya no. Tal vez ni siquiera al principio. No eres la única causa de esta guerra, Helena.

Ignoraba si su intención era aliviar su culpa o reprenderla por su arrogancia. Pero no parecía molesto; solo triste. Independientemente de lo que pretendiera, Helena sintió que algo se le removía en las entrañas, como si se hubiera desprendido de parte de una pesada carga.

Al dejar la jarra de agua en el suelo de piedra, una sombra se cernió sobre ella. Alzó la vista y se encontró con el gesto ceñudo de Andrómaca.

No hicieron falta palabras. Helena se olvidó de la jarra y se puso de pie de un salto. Evitó mirar de nuevo a Andrómaca, se apresuró a su silla del rincón y volvió a tomar el huso.

Cuando se atrevió a levantar la vista, vio que Andrómaca había recuperado su lugar en el cojín y le acariciaba con delicadeza la mejilla a su esposo. Hablaban tan bajo que Helena no fue capaz de oír nada más.

Estaba a punto de caer la tarde cuando llegó el mensajero. Un tipo joven, saludable y fornido, aunque con el rostro ceniciento, entró en la sala.

—Señora Laótoe.

De alguna forma, su voz quebrada consiguió atravesar el gineceo, que se sumió en el silencio.

—Señora Laótoe —repitió, al tiempo que la señora Laótoe emergía de un grupo de mujeres lujosamente vestidas. Era la más joven de las esposas del rey Príamo, menor que Helena, y tenía unos ojos grandes y pálidos—. Traigo noticias, mi señora: sus dos hijos murieron. —Agachó la cabeza—. Están trasladando sus cuerpos a la ciudadela.

—¿Mi-mis hijos? —preguntó confundida—. No, no puede ser. No estaban... No estaban luchando. El rey dijo que eran demasiado jóvenes. No pueden ser ellos.

Su voz sonaba distante y le brillaban los ojos.

—Me temo que sí, mi señora. El señor Polidoro estaba repartiendo lanzas entre los soldados, y el señor Licaón ayudaba con los heridos. A los dos los ejecutó aquel al que llaman Aquiles. Hubo muchos testigos.

Sin previo aviso, Laótoe profirió un grito tremebundo. Las mujeres que había más cerca corrieron a evitar que se desplomara cuando empezó a sacudir el cuerpo con unos gemidos llenos de dolor.

—Tengo que verlos —oyó Helena que mascullaba—. No pueden estar solos. Necesito estar con ellos.

A Helena se le arrancó el alma al presenciarlo, al oír el dolor en su voz. Había visto a los dos muchachos correteando por la ciudadela a lo largo de todos esos años. Eran los hermanos más jóvenes de Paris, y no eran más que dos niños cuando estalló la guerra, una guerra que los había reclamado a ambos, antes de que llegara a crecerles la barba.

Cuando se vio capaz de caminar, Laótoe se marchó del gineceo con algunas de sus compañeras, con el objetivo de velar los cuerpos de sus únicos hijos. Helena sintió una mezcla de rabia y culpa. ¿Cuántas vidas más exigirían los dioses como pago por su insensatez? Apretó el huso hasta que la madera crujió. Pero entonces otro sonido la obligó a girar la cabeza.

—¡No, Héctor, por favor!

Andrómaca se había colgado del antebrazo de su marido, de pie junto al colchón.

—¿Qué clase de hombre mata a un par de chiquillos? —bramó él, y su voz retumbó por la sala—. Voy a darles a los griegos a alguien de su tamaño.

Su pecho malherido se sacudía con violencia cuando comenzó a apretarse el coselete.

—Héctor, por los dioses —le suplicó Andrómaca de nuevo con los ojos abiertos como platos, dominados por un pavor desesperado—. Por favor. No salgas.

De repente otra voz retumbó por el gineceo:

—Hazle caso, hermano —insistió Casandra con un tono dulce pero firme—. Deberías temer a Aquiles. Hoy mató a muchos hombres. Nunca había alcanzado tales cotas de violencia. Deberías esperar hasta que se calme.

Pero daba la impresión de que Héctor no podía oírla. Se arrodilló a ponerse las grebas, con el rostro descompuesto por el dolor. Andrómaca sollozaba impotente a su lado.

—La batalla terminó por hoy, hermano —prosiguió Casandra, y se acercó a él—. Reserva tus fuerzas para otro día.

Héctor se colocó el yelmo, como si pretendiera bloquear sus palabras.

—Por favor —le imploró Andrómaca una última vez, sosteniéndole el rostro con las manos—. Esposo, por favor.

Héctor se detuvo, agachó la cabeza para mirarla fijamente a los ojos y le secó una lágrima con la mano.

—Lucho por ti y por Troya.

Y, entonces, Héctor salió a grandes pasos de la sala, con Andrómaca siguiéndolo de cerca.

El gineceo se sumió en el silencio durante un buen rato, como si el príncipe se hubiera llevado con él hasta el mismísimo aire. Helena permanecía sentada, inmóvil, con el huso abandonado en el regazo. Había oído cosas terribles sobre Aquiles. Se decía que era el más mortífero de los griegos, el más fuerte con la lanza, el de los pies más veloces. Héctor era el mejor guerrero de los troyanos, pero estaba herido. Helena comenzó a sentir un miedo que le agarraba y retorcía las entrañas como una soga.

Allí sentada, empezó a notar una sensación familiar, la de las miradas que se cernían sobre ella, la de la ira y la tristeza con que la perforaban, como si de lanzas afiladas se tratara. Levantó los ojos del regazo y descubrió miradas cargadas de odio, rostros desesperados, temerosos. Se imaginó todas las cabezas de la sala giradas hacia ella, aunque no se atrevió a mantener la vista alzada el suficiente tiempo como para comprobarlo. Quería encontrar el rostro de Casandra entre los demás, hallar un par de ojos amistosos. Pero le aterraba lo que en realidad pudiera ver en ellos.

Así que echó a correr. Soltó la lana y salió atropelladamente del gineceo con la cabeza gacha. Volvería a su alcoba. Paris ya la habría perdonado, seguro. No podía soportar sentirse tan sola.

Se abrió paso por la ciudadela, evitando las miradas de las personas con las que se cruzaba, con el rostro cubierto por un velo. Estaba atravesando el patio que conducía a los aposentos de Paris cuando lo oyó: un grito funesto que la hizo frenar en seco.

Un grito que no tardó en convertirse en un alarido más propio de un animal herido, un sonido salvaje, informe. Emoción pura vertida por una garganta. Poco después, el grito se extendió y comenzó a sonar desde otras direcciones. De pronto era como si toda la ciudad gritara, un cuerpo compuesto por mil voces.

A Helena le dio un vuelco el corazón cuando se dispuso a volver sobre sus pasos para subir las escaleras que conducían a las almenas. Se había quedado sin aliento al llegar a la cima y se apoyó en la muralla, con la vista puesta en la llanura que se extendía debajo.

Tardó unos segundos en darse cuenta de lo que estaba mirando. A las afueras de la ciudad, a plena vista desde todas las murallas, un carro daba vueltas sin cesar, arrastrando tras de sí un cuerpo atado por los tobillos. La carne estaba despedazada; la sangre, negra y mezclada con el polvo, y la cabeza rebotaba incesantemente contra las rocas del suelo.

Helena supo que era Héctor, igual que supo que el auriga era Aquiles. La ciudad se plañía por la muerte de su príncipe, por la pérdida de su protector.

Un incontrolable sollozo le atenazó la garganta, y Helena desvió la mirada. No podía soportar contemplar aquel cadáver desmadejado, renegrido. Le provocaba náuseas. Era como si hubiera algo aplastándole el pecho.

Se apoyó en la muralla para no perder el equilibrio, dando grandes bocanadas de aire. Abajo, en la muralla exterior y justo encima de las puertas Esceas, a un tiro de piedra de su posición, Helena vio a Andrómaca. Sus cabellos oscuros danzaban con violencia con el viento, azotándole el rostro mientras ella aullaba y lloraba, agarrándose el pecho, la pálida piel de sus brazos desnudos. Helena cayó en la cuenta de que ella había sido la pobre criatura que había proferido el primer toque de difuntos que le había agujereado los oídos. Observó a Andrómaca verter su pena en un flujo sin fin. A su lado se erguía la oscura figura de la reina Hécuba, bastante inmóvil junto a la tempestad que era Andrómaca, aunque Helena pudo ver que se le sacudían los hombros mientras contemplaba cómo arrastraban el cuerpo profanado de su primogénito.

La ciudad seguía aullando en torno a Helena, un sonido que no hacía sino aumentar a medida que se propagaban las nuevas. Ella lloraba con lágrimas mudas, que le recorrían las mejillas mientras aguantaba, sola, su tristeza.

Héctor, el señor de Troya, había muerto.

53
HELENA

Varios meses más tarde

Helena se despertó sobresaltada, emergiendo de un sueño profundo que olvidó nada más abandonarlo. La alcoba estaba a oscuras. Paris yacía a su lado y dormía plácidamente. ¿Qué la había despertado?

Se dio la vuelta para acurrucarse de nuevo entre las cálidas sábanas, y fue entonces cuando lo oyó. Un grito. Y otro más. Y el grito de una mujer.

—Paris. —Le sacudió el hombro, con la oreja aún puesta en la ventana abierta—. Paris, despierta. —Él gruñó, y ella insistió con más fuerza—. ¿No lo oyes? Pasa algo.

—¿Que si oigo qué? Yo no...

Pero entonces les llegó el sonido de crujidos de madera, distante pero no demasiado. Y más gritos.

Paris se había incorporado.

—No será nada —dijo—. Alguna pelea en el barrio bajo.

Sin embargo, y a pesar de la penumbra, Helena vio que parecía preocupado. Paris se levantó de la cama y comenzó a ponerse una túnica. Helena palpó alrededor hasta encontrar el vestido que se había quitado la noche anterior y se lo pasó por la cabeza sin perder un instante, fijándose los cierres de los hombros con torpeza.

Cuando ambos estuvieron vestidos y calzados, salieron de la alcoba y se dirigieron al patio, iluminado por la luz de la luna. Los gritos habían aumentado, o tal vez fuera que podían oírlos mejor. Helena creyó percibir también el choque del metal.

—¡Primo! —Paris echó a correr al vislumbrar a Eneas al otro lado del patio—. ¿Qué sucede?

—No lo sé —respondió Eneas, tan desvelado como ellos—. Oí gritos y...

—Voy a las murallas —anunció Paris apoyándole una mano en el hombro.

Eneas asintió, y echó un vistazo alrededor del patio.

—Voy a ver si despierto a los demás.

Paris no le pidió a Helena que lo siguiera, pero no hizo falta. Sus sandalias repiqueteaban contra los adoquines detrás de él, mientras con una mano se recogía el vestido y con la otra sostenía un candil. La luna estaba lo suficientemente llena como para no necesitarlo, pero agradeció su luz de todas formas.

Habían llegado al nivel inferior de la ciudadela. Los ruidos eran más estridentes que nunca. Paris se dirigió sin perder un instante a las escaleras que subían hasta las almenas, y Helena lo siguió. Cuando por fin alcanzaron la parte superior y echaron un vistazo por encima de la muralla, Helena se quedó sin aliento.

Estaban atacando los barrios bajos. Las puertas Esceas estaban abiertas de par en par y las atravesaba un flujo constante de soldados griegos. Las calles inferiores estaban abarrotadas de escudos redondos. Helena vio morir a valientes ciudadanos, mientras otros huían de sus hogares, presos de miedo con sus hijos bajo el brazo. Y los escudos no dejaban de abrirse paso hacia la ciudadela.

—¿Cómo entraron? —preguntó Helena hacia la noche, consternada por lo que estaba presenciando.

Aún aturdida por el sueño, entrecerró los ojos y observó las oscuras puertas. Parecían astilladas, como si las hubiera abierto una gran bestia a golpe de garra. Entre los desvencijados portones creyó vislumbrar la silueta de una enorme y amenazadora estructura, pero lo que más la aterraba era el flujo incesante de escudos que continuaba discurriendo a cada lado de aquel armazón.

—Tenemos que advertir a...

Oyó un grito ahogado a su izquierda y se volteó. Paris seguía a su lado, pero al alzar el candil se percató de lo que había sucedido. Una flecha negra le atravesaba la garganta. Escupía sangre por la boca y los ojos se le habían salido de las órbitas. Emitió un estremecedor sonido quebrado y se desplomó, asfixiándose, farfullando, y se aferró al suelo mientras se agarraba la garganta. Helena observó, paralizada, cómo el cuerpo de Paris se sacudía y retorcía. Poco después, se quedó inmóvil.

Tenía la sensación de seguir en la cama, como si todo aquello hubiera sido un sueño, no la vigilia. Permaneció quieta, consternada, contemplando el cadáver de Paris. La sangre empezó a formar un charco alrededor de su cabeza, empapando los delicados rizos de su cabello. Tenía la mirada clavada en el infinito. La muerte siempre había rondado a Helena, pero nunca la había visto tan de cerca.

—¡Helena!

Apartó la mirada de Paris, sin estar segura del tiempo que había estado contemplándolo. Tardó unos segundos en reconocer la figura de Polites, uno de los hermanos pequeños de Paris, corriendo hacia ella. Se detuvo en seco cuando vio el cadáver de su hermano.

—Helena —repitió con la voz entrecortada—. ¿Qué haces aquí arriba? —Alargó un brazo y le tiró el candil de las manos, de modo que el aceite se vertió y la llama se extinguió—. ¿Quieres que te alcance una flecha también?

Ella lo observaba con el rostro circunspecto y los labios paralizados.

—Ve al salón del hogar —le dijo, tomándola del antebrazo. El gesto consiguió centrarla un poco—. Ya debería haber algunas mujeres allí. Enciérrense hasta que expulsemos a los griegos de la ciudad baja. ¿Me entendiste?

Ella asintió despacio, algo que pareció satisfacer a Polites. Sin esperar a que ella se pusiera en marcha, corrió escalera abajo.

Helena necesitó un momento para recordar cómo se usaban las piernas, pero una vez que hubo dado el primer paso, seguido de un segundo, no se detuvo. Ni siquiera miró atrás cuando alcanzó las escaleras que descendían de la muralla.

Atravesó la ciudadela entre tambaleos, recibiendo roces y golpes de otros hombros mientras caminaba. Vio hombres corriendo en dirección a la puerta, lanzas y escudos en ristre, y mujeres que se le adelantaban cuando subía por los niveles hacia el salón del hogar. Apenas se percataba de su presencia. Mientras sus pies la conducían por calles dominadas por el pánico, solo había un rostro que esperaba encontrar.

Había llegado a la terraza superior. El patio de palacio se extendía ante ella, con el gran altar alzándose estoicamente en el centro. El centenario laurel que lo cobijaba tiritaba bajo la brisa nocturna. Helena se volteó hacia el árbol al pasar por delante, aguzando el oído para sentir el viento entre las hojas. Los gritos de los barrios bajos eran ya tan distantes que casi podía ignorarlos.

Cuando por fin alcanzó el salón del hogar, se encontró con uno de los portones entreabiertos; acababa de ver a otra mujer entrando apresuradamente, arrastrando a un niño pequeño tras ella. Helena se deslizó por la abertura.

La luz del salón la deslumbró, comparada con la penumbra

exterior; la eterna llama de la lumbre ardía como siempre. Sus ojos tardaron unos segundos en acostumbrarse y registrar los rostros aterrorizados que se dirigieron hacia ella cuando la vieron entrar. Reconoció a algunos, pero no a todos. Sin embargo, no había ni rastro del que esperaba hallar.

—¿Alguien vio a Casandra? —preguntó al salón.

La estancia se sumió en el silencio, al tiempo que se oían ruidos de sandalias y las mujeres le evitaban la mirada. Aun así, una joven acabó dando un paso al frente.

—Creo que estaba con el grupo que fue al santuario de Atenea —contestó la mujer con voz queda—. Fueron a suplicarle ayuda a la diosa. La reina Hécuba estaba con ellas.

Helena hizo un gesto de agradecimiento con la cabeza. Ante la ausencia de más respuestas, no le quedó otra que asumir que aquella muchacha tenía razón, y se volteó para marcharse. Si Casandra se encontraba en aquel santuario, allí era donde debería estar ella.

Con todo, cuando se dispuso a salir del salón, un nuevo grupo de mujeres atravesó las puertas, encabezado por Andrómaca.

Helena se retiró a un rincón del salón. Andrómaca llevaba un velo negro de luto que llegaba al suelo. A su lado caminaba, tomado de su mano, Astianacte, el heredero de Troya. El parecido con su padre era sobrecogedor.

Helena sintió el impulso de correr —ahora más que nunca—, pero el salón solo tenía una salida y le aterraba cruzarse con Andrómaca. Aún resguardada en la penumbra de aquel rincón, el velo negro se volteó hacia ella y Andrómaca le clavó sus ojos oscuros.

Ya no podía marcharse. Andrómaca pensaría que el problema era ella, que Helena se sentía culpable, que le tenía miedo... Y no era mentira. Pero ¿y si Andrómaca la desafiaba? ¿Y si todas hacían lo propio? ¿Y si creían que huía para reunirse con los griegos? No, había perdido la oportunidad de escabullirse sin llamar la atención. Con un poco de suerte, Casandra acudiría al salón del hogar cuando hubiera terminado de pronunciar sus plegarias. Helena solo quería saber si su amiga estaba a salvo.

De todos modos, decidió seguir recluida en el rincón y evitar las miradas del resto de las mujeres mientras aguardaban en silencio y oían el clamor lejano de la batalla.

54
HELENA

Los ruidos eran cada vez más clamorosos. Gritos y golpes. Y toques de corneta. Y en el salón del hogar, el rumor de charlas nerviosas aumentaba. «¿Qué estará pasando?» «¿Habrán entrado en la ciudadela?» «¿Llegarán a alcanzar el palacio?» Helena trató de ignorarlas. También intentó ignorar los sonidos del exterior, pero le martilleaban la cabeza; cada llanto, cada grito. ¿Estaría muriendo algún pobre troyano? ¿O un griego? ¿Estaría Menelao fuera, en alguna parte? ¿Estaría Casandra a salvo? Y los esclavos... Ni siquiera había habido suficiente espacio en el salón del hogar para las esclavas; mucho menos para los esclavos. ¿Serían sus gritos los que oía? Cada aullido le perforaba los tímpanos como un cuchillo.

Paris había asegurado que las murallas eran infranqueables, que los griegos jamás pondrían un pie en Troya. Pero Paris estaba muerto. Todo había sido tan imprevisto que Helena debía recordárselo a menudo. Cerró los ojos y vio de nuevo su rostro ceniciento con aquella expresión congelada de sorpresa, como si no acabara de creer en su propia mortalidad. ¿Qué sentía al saber que lo había perdido? ¿Pena? ¿Liberación? ¿Miedo? Él era la razón por la que había viajado hasta Troya. Había abandonado su hogar y a su familia, cruzado mares y arriesgado todo lo que tenía por el amor que él le había prometido. ¿Y ahora? Ahora se había quedado sola; ya no era griega, pero tampoco troyana. Contempló los rostros atemorizados que la rodeaban. Allí no tenía amigos. Rompió a llorar por ella, por su estupidez, y también por Paris. Pero por el Paris del que se había enamorado, por el hermoso sueño que había decidido perseguir. Un sueño que había muerto, desaparecido.

Helena abrió los ojos de súbito al oír el cerrojo de las puertas. ¿Había vuelto Casandra del templo? Clavó la mirada en los portones de madera, no sin cierta cautela, y lo que vio emerger fue la figura desaliñada de la reina Hécuba.

Tenía el velo roto, el rostro pálido y la mejilla ensangrentada por una herida justo encima de la ceja. Parecía estar a punto de perder el equilibrio, pero, cuando Andrómaca se adelantó para ayudarla, Hécuba la detuvo con un gesto de la mano.

—Entraron en la ciudadela. Tomaron el santuario —anunció resollando—. Es el fin.

Se produjo un silencio mientras las palabras se asentaban en la estancia. Pero el pánico no tardó en apoderarse de las presentes. Algunas mujeres dieron alaridos, otras rompieron a llorar y otras gritaron de rabia.

Y Helena se abrió paso hasta llegar a la puerta.

—¿Dónde está Casandra? —le preguntó a la reina, agarrándola de la manga para llamar su atención.

Hécuba volteó hacia ella, con el rostro macilento.

—Malograda —dijo con voz ronca y con dificultad. La estancia volvió a sumirse en el silencio cuando vieron a Helena abandonar el rincón. Los ojos de Hécuba transmitían un dolor inefable al agachar la cabeza para mirar a Helena—. Allí sigue, en el santuario. —Cerró los ojos y chasqueó los dientes, como si tuviera cicuta en la boca—. No temerle a los dioses... es propio de una bestia, no de un hombre.

Helena torció el gesto al comprender lo que la reina estaba diciendo. Un grito ahogado le oprimió la garganta.

—Intenté llevármela —prosiguió la reina con un tono distante—. Intenté sacarla de allí, pero no se levantaba, no se movía. Yo... —Tragó saliva, consternada—. Tuve que abandonarla.

Helena rompió a llorar sin consuelo y tenía ya las mejillas surcadas de lágrimas. Hécuba le dio la espalda y se dejó caer en un taburete, con la mirada perdida clavada en las llamas del hogar.

De repente otra silueta se plantó ante Helena.

—¿Por qué lloras? —le preguntó la voz mordaz de Andrómaca.

Helena levantó la cabeza, confundida.

—¿Cómo lloras por Casandra cuando todas las mujeres de Troya correrán la misma suerte antes de que termine la noche?

Sus palabras retumbaron por el salón, una verdad que se propagó por los pálidos rostros iluminados por la luz de la lumbre.

—No te hagas la tonta, Helena. —Andrómaca escupió su nombre como si tuviera tierra en la boca—. A estas alturas ya debes de saber lo que ha provocado tu presencia. Y lo que provocará. ¿O acaso eres de verdad tan ingenua?

Andrómaca dio un paso hacia ella y Helena retrocedió.

—Pero... yo...

—¿Por qué no pudiste quedarte en Grecia sin más? ¿Tan terrible era tu vida allí que tuviste que dejarlo todo para venir aquí y arruinarnos la vida? —Andrómaca vomitaba su ira como si fuera veneno—. Tenías una vida sencilla. ¿Sabes qué edad tenía yo cuando me sacaron de mi hogar, cuando llegué a Troya, sola? Me gané todo lo que tenía: mi hogar, mi esposo y... —Hablaba con la voz entrecortada—. Pero ahora... me lo has arrebatado todo.

Andrómaca la observaba mientras el velo negro se sacudía, y Helena clavó la mirada en aquellos terribles ojos negros. Podría haber sido su propia hermana quien pronunciara esas palabras.

Las lágrimas continuaron rodando mejillas abajo, por Casandra, por Nestra, por Andrómaca y por Héctor, por todo lo que había sucedido, por toda la miseria que ella misma había causado. Apenas podía respirar. Necesitaba marcharse del salón. Necesitaba alejarse de aquellos ojos.

Se abrió pasó hasta la puerta y salió al patio. Estuvo a punto de ahogarse cuando llenó los pulmones con el frío aire de la noche. Se quedó quieta, respirando con violencia, sin saber adónde ir. El patio estaba vacío, pero oía a hombres combatiendo hacia el oeste. Durante un instante, pensó en huir al santuario, con Casandra, pero el miedo la retuvo. De camino al santuario, no le quedaría otra que cruzar el campo de batalla. De modo que dio media vuelta y descendió por las escaleras orientales, en dirección a su alcoba.

Helena llegó a sus aposentos aterida. El frío le había calado hasta los huesos y el corazón le latía con fuerza. Cerró la puerta de la alcoba y encendió algunas de las antorchas que colgaban de las paredes. La luz y la calidez la hicieron sentir algo mejor, como si, de alguna manera, pudieran alejar los peligros.

Se sentó en el borde de la cama y trató de relajar la respiración. Aún tenía los ojos anegados de lágrimas, pero parpadeó para contenerlas. No dejaba de pensar en Casandra, sola en el suelo del santuario. ¿Seguiría allí? ¿Sobreviviría a la noche? Las mujeres solían salvarse cuando se saqueaba una ciudad —las vendían o se las quedaban como esclavas—, pero había destinos mucho peores que la muerte. Helena intentó murmurar una súplica a Artemisa, por Casandra y por ella misma, pero no se veía con ánimos. ¿Qué bien podían hacer los dioses? Nunca se habían preocupado por las vidas de los mortales. Si les importaran, jamás habrían permitido que ella se marchara de Esparta.

Volvió a deshacerse en lágrimas y a gimotear lastimosamente, asaltada por una mezcla de odio a sí misma y remordimientos, hasta el punto de llegar a sentir náuseas.

Estaba tan consumida por la situación que no oyó la puerta de la alcoba cuando se abrió. Ni tampoco las pisadas sobre los adoquines hasta que las tuvo muy cerca.

—Deífobo —exclamó sorprendida—. Me asustaste.

Se puso de pie y se secó rápidamente las lágrimas de las mejillas. Él no respondió, sino que se limitó a dar otro paso hacia ella. Tenía un brillo extraño en los ojos.

—¿Estás herido? ¿Pudieron expulsar a los griegos? ¿Viste a Casandra?

Pero él no contestó. Se había detenido y la repasaba de arriba abajo.

—¿Deífobo?

—Cuánta ruina —dijo despacio—. Por algo tan corriente.

Helena comenzó a sentir el miedo aflorándole en el estómago. Intentó dar un paso atrás, pero se topó con la cama.

—Como si el mundo no estuviera a reventar de mujeres... —añadió Deífobo, y aquel brillo le atravesó los oscuros ojos—. No, mi hermano tuvo que elegirte a ti. —Dio un paso al frente y redujo aún más la distancia que los separaba—. ¿Por qué? ¿Por qué eres tan especial, Helena? ¿Por qué crees que vales un reino? —Se acercó aún más, le puso una mano en la barbilla y le levantó algo la cabeza para mirarla fijamente a los ojos—. A mí me parece injusto, ¿a ti no? Que Paris fuera el único que conociera la respuesta y el único que se beneficiara de ti cuando todos hemos pagado el precio de su boda.

Antes de que Helena pudiera reaccionar, Deífobo le plantó la mano en la nuca y trató de introducirle la lengua en la boca. Ella intentó recular, pero le estaba sujetando la cabeza con fuerza, con los dedos hundidos entre sus cabellos. Helena le mordió la lengua y él se apartó unos segundos, lo suficiente como para que ella se desasiera de su agarre.

—Puta —le escupió, y ella profirió un grito—. ¿De verdad crees que te va a ayudar alguien? —se burló—. ¿Crees que hay alguien dispuesto a echarte una mano? —Volvió a aproximarse a ella—. No eres más que una ramera.

Helena tenía el corazón a punto de salírsele del pecho. Se retiró hasta topar con la pared, sin despegar la vista de Deífobo. Cuando lo vio avanzar hacia ella, alargó un brazo y tomó una de las antorchas que tenía detrás.

—¡No te acerques! —gritó, temblando y agitando la antorcha frente a ella—. Cuando Paris vuelva, te vas a...

—Paris está muerto.

Lo sabía. Por muchos defectos que Paris tuviera —había demostrado ser una persona vana, egoísta y cobarde—, también había sido su escudo durante todos los años que había vivido en Troya. Ya no había nada que la protegiera.

Desvió la mirada hacia la puerta: si corría, quizá pudiera alcanzarla. Tendría más posibilidades de huir en la ciudadela, pero Deífobo estaba en forma y era rápido. La acabaría atrapando.

De improviso, Deífobo pegó un salto hacia delante y la agarró por ambas muñecas. Se las retorció hasta que Helena soltó la antorcha. Ella volvió a gritar y le escupió, sin dejar de gruñir, tratando de liberarse mientras forcejeaban en el centro de la habitación. Él era demasiado fuerte. La empotró contra el borde de la mesa, le asió las dos muñecas con una de sus enormes manos y las levantó todo lo que pudo. Plantó la otra mano en la parte superior del vestido y el broche salió despedido cuando comenzó a estirar la tela. Helena notó los callos de sus dedos en los pechos. Giró la cabeza, decidida a no mirarlo a los ojos. La antorcha seguía ardiendo en el suelo y, con ella, la alfombra de lana. Cuando Deífobo le bajó la mano hasta la falda, Helena cerró con fuerza los ojos. Trató de aislarse de todo: de la violencia, del fuego y del dolor. Fingiría que aquello no estaba pasando. Fingiría que...

Y, en ese momento, Deífobo pareció perder la fuerza en las manos. Helena abrió los ojos y se encontró con los suyos observándola, confusos. Poco después, un hilillo de sangre le brotó de la comisura de la boca.

Al bajar la vista, percibió la causa: algo afilado y ensangrentado le sobresalía de la túnica.

Él la soltó y se llevó las manos a la sangre que le manaba del ombligo. Se oyó un ruido metálico atravesando la carne y Deífobo cayó pesadamente al suelo de rodillas, que crujieron al tocar los adoquines. En ese momento, Helena vio al hombre que tenía detrás.

Menelao.

Soltó un grito de sorpresa, un alivio animal que se le escapó de la garganta antes de que fuera capaz de procesar lo que significaba su presencia. Él la miró de arriba abajo, y ella le devolvió el gesto. Ninguno de los dos se movió. Ninguno de los dos habló. Menelao seguía con la espada en ristre, el brazo firme, los ojos encendidos.

¿La mataría? ¿Por eso había venido, para poder ser él quien acabara con su vida? ¿Le hundiría la espada en aquellos detestables pechos desnudos? ¿Acaso no lo merecía?

Los dos respiraban sonoramente a mitad del silencio de la alcoba.

Helena vio con el rabillo del ojo cómo se extendían las llamas. La alfombra le había prendido fuego a uno de los tapices de la pared.

—El fuego —mascculló con la voz ronca—. Tenemos que apagarlo.

Menelao no desvió la mirada.

—Que arda Troya. Asunto terminado.

—Y ¿qué pasa conmigo?

Helena dio un paso inseguro al frente, rodeando a Deífobo sin apartar la vista de Menelao. Otro paso. Menelao seguía con la mirada clavada en ella y la espada en alto. Ella alargó una mano y la apoyó encima de la hoja. Así estuvieron unos instantes, hasta que la espada comenzó a descender despacio.

A su alrededor, la habitación había empezado a llenarse de humo. Menelao tosió.

—Tenemos que irnos —dijo.

Después de tomar a Helena de la mano, los dos salieron juntos de la alcoba.

55
HELENA

Cuando Helena se despertó a la mañana siguiente, tardó un momento en recordar dónde estaba. El techo era una lona y en la cama, a su lado..., no había nadie. La paja estaba mullida e intacta; las pieles de animales, frías. Menelao no había regresado. La había llevado a su tienda sin mediar palabra después de abandonar la ciudad, pero en cuanto bajó del carro y le indicó cuáles eran sus aposentos, había vuelto a salir del campamento en dirección a Troya. Sabía que debía de haber ido para echarles una mano a sus hombres, pero una parte de ella también se cuestionaba si no estaría evitándola, postergando las palabras que, al final, tendrían que intercambiar.

El campamento no había estado precisamente alborotado la noche anterior, pero ahora percibía una quietud distinta. Oía pisadas de botas y la respiración de los caballos, el crepitar de las hogueras y los saludos matinales. Pero ninguno de esos sonidos le servía de nada. Debía verlo con sus propios ojos.

Seguía llevando el mismo vestido que la noche anterior. Se puso las sandalias y tomó una de las pieles de la cama para cubrirse los hombros, como si con ella, de alguna forma, pudiera pasar desapercibida. Acto seguido, se acercó a la entrada de la tienda y echó a un lado la pesada lona.

No debería haberse preocupado por que alguien la viera: no había nadie pendiente de la tienda. Todos los hombres estaban enfrascados en sus propios asuntos. Había un tipo cerca cocinando morcillas para desayunar; a Helena le llegó el aroma de la grasa que ardía en las llamas. En el exterior de la tienda siguiente, un soldado se vendaba una herida en la pierna mientras otro limpiaba la sangre de una armadura. Sin embargo, lo que le llamó la atención fue un hombre que cargaba con montones de cálices y charolas de oro e iba añadiéndolos a un enorme montón en el centro del campamento. El montículo relucía bajo los rayos del sol, como una protuberancia de la tierra semejante a un túmulo funerario de oro, plata y marfil.

Fue entonces cuando lo vio. En el horizonte, justo detrás de la pila de reliquias saqueadas, se alzaba una columna de humo. Troya seguía ardiendo.

Helena soltó un grito ahogado. Había sido testigo de las llamas la noche anterior, reptando hacia la ciudadela como unas manos avariciosas mientras atravesaban la llanura montados en la biga. Pero incluso en ese momento creyó que alguien acabaría extinguiendo el fuego; Troya era demasiado importante como para dejarla arder. Con todo, al ver la silueta ennegrecida por encima de las puntas de las tiendas, supo que la ciudad ya no existía.

Se consternó al pensar en las majestuosas terrazas cubiertas de hollín y en los serenos templos desvalijados, y, aun así, Helena se dio cuenta de que no se plañía por aquellos solitarios salones que habían sido su hogar durante tantos años. Su versión soñada de Troya se había desvanecido mucho tiempo atrás. Eran las personas lo que la carcomía por dentro, las vidas perdidas en aquella larga guerra, nombres que conocía y otros que ignoraba, rostros que había visto y otros que solo se había imaginado. Pensó en Ifigenia, asesinada antes siquiera de que comenzara la guerra; en Héctor, en la profanación de su orgulloso cadáver y, ahora, además, de su queridísima ciudad. Y en todos los muertos recientes, en los que perdieron la vida durante los combates de la noche previa. ¿Tenía las manos manchadas también con su sangre? ¿Podría cargar con ese peso sobre los hombros? Nadie sería capaz de soportar tanto. Sintió una presión en el pecho y un picor en los ojos mientras observaba el humo negro que se alzaba de Troya hacia los cielos. Pero entonces recordó lo que Héctor le había dicho aquella tarde en el gineceo, antes de que partiera hacia su muerte. En el fondo, no luchaban por ella. Era consciente de que le resultaba más sencillo creer eso que asumir la alternativa, por terrible que fuera, y, a pesar de todo, parecía lo más probable. ¿Cuándo se habían sacrificado los hombres por el bien de una mujer?

«Las mujeres —pensó Helena de repente, recordando el salón lleno de rostros pavoridos—, ¿habrán escapado?» Sin embargo, no tuvo más que volver a centrar la atención en el campamento para hallar la respuesta.

Entre los hombres, las tiendas y los caballos, había un grupo de mujeres arrastrándose con las manos atadas y los cabellos al viento. Helena reconoció a la mayoría de la ciudadela, aunque sus lujosas prendas estaban raídas y llenas de mugre. Cuanto más observaba, más mujeres encontraba: atadas en postes fuera de las tiendas de sus captores o arrodilladas en el lodo. Algunas lloraban; otras estaban calladas, con la mirada perdida. Helena se preguntó si no habría sido mejor para ellas perecer entre las llamas.

Vio a una mujer hundiendo los talones mientras la arrastraban por el centro del campamento, y el corazón le dio un vuelco al darse cuenta de que se trataba de Andrómaca. Había perdido el velo negro y tenía los cabellos enmarañados y el ojo derecho tremendamente inflamado. Se le marcaban con claridad unos surcos en el rostro cubierto de hollín, por donde poco antes habían resbalado sus lágrimas.

En ese momento, Andrómaca giró la alborotada cabeza y clavó en Helena su ojo bueno.

—¡Puta! —gritó, tirando de sus ataduras para acercarse a ella—. ¡Ramera!

Helena se ocultó en el umbral, pero ya era demasiado tarde. Andrómaca daba alaridos como un animal salvaje, retorciendo las muñecas dentro de las sogas que la retenían.

—¡Tiraron a mi niño de las murallas! ¿Me oyes, ramera? ¡Que los dioses te maldigan! ¡Que nunca...!

Sus gritos se interrumpieron cuando el joven príncipe que la dirigía le propinó un codazo en la cara. Andrómaca cayó de rodillas, goteando sangre, y soltó un grito ahogado después de que el príncipe la forzara a seguir andando.

Cuando empezó a levantarse del lodo entre tambaleos, Helena giró la cabeza. Dio otro paso hacia el interior de la tienda, dispuesta a no ver nada más. Pero justo cuando estaba a punto de darle la espalda al campamento, otra figura le llamó la atención. Estaba desmadejada junto al marco de una puerta, con una cabellera rubia colgando de una cabeza inerte y las muñecas atadas a la madera. Cuanto más la miraba, más claro lo tenía.

Sin perder un instante, Helena llenó una copa con la jarra de agua de la tienda y se apresuró a atravesar el terreno enlodado.

—Casandra —susurró, agachándose—. Casandra. Soy yo, Helena.

No hubo respuesta por parte de aquella cabeza yerta. Con cautela, le apoyó una mano en el hombro desnudo.

—Toma, te traje un poco de agua. Deberías beber algo.

Finalmente, la cabeza se movió. A medida que se alzaba, los mechones de pelo iban echándose a un lado y dejando al descubierto el rostro.

Helena soltó un grito ahogado. Sí, era su amiga, pero su dulce rostro había dado paso a algo totalmente distinto. Las mejillas, antes tan vivas, estaban huecas; los labios, pálidos y agrietados. Tenía varias heridas y rasguños, pero... fueron los ojos lo que más conmocionó a Helena. Había desaparecido el brillo que, tiempo atrás, tanto había buscado, más que nada en el mundo.

—Por favor, bebe un poco.

Le acercó la copa a los labios, controlando la voz y las lágrimas que se le acumulaban en los ojos. Solo entonces Casandra pareció verla.

—Helena —masculló, y por un instante fue como si recuperara parte de su antigua luz. Los labios se le torcieron en un extraño rictus que no consiguió sino preocupar aún más a Helena.

—Lo siento muchísimo —suspiró—. Por todo. —Helena sintió el impulso de abrazarla, ayudarla, sacudirla hasta que recuperara la llama, pero tenía miedo de llegar a romperla—. Pienso ayudarte —añadió—. Hablaré con Menelao. Puedes venir con nosotros a Esparta y...

—Ya me reclamaron —la interrumpió Casandra, mirando algo que Helena no podía ver—. El señor Agamenón dijo que me quiere para él, así que no hay más que hablar.

Helena lloraba a lágrima viva.

—Bueno, pero quizá... Quizá cambie de idea. Yo hablaré con Menelao y... No puedo permitir que...

—No te preocupes. —Casandra había girado la cabeza para poder fijarse en sus ojos—. No es tu culpa, Helena. Así funciona el mundo. Es la voluntad de los dioses. —Hizo una pausa y dejó la mirada perdida un instante, antes de volver a centrarse en la copa de agua que Helena aún sostenía—. No creo que sufra mucho tiempo. Todavía lo presiento, incluso ahora. La muerte me aguarda en Micenas.

—No —exclamó Helena, acariciándole la mejilla a su amiga—. No digas eso. Agamenón es el esposo de mi hermana, y ella es una buena persona. Te tendrá entre algodones.

Casandra alzó la vista.

—Me pregunto si es la misma hermana que conocías.

Helena abrió la boca, pero Casandra volvió a desviar la mirada.

—El regreso de Agamenón tal vez no sea como él espera.

Hablaba con vaguedad, como si se refiriera a hechos ajenos, distantes. Se quedó callada, con la vista perdida, y, mientras Helena observaba el rostro vacuo de su amiga —los labios fruncidos, formando un gesto entre la sonrisa y la mueca—, supo que, en sus adentros, algo se había roto. Era como si se estuviera desvaneciendo del mundo o, sencillamente, hubiera dejado de importarle lo que pasara.

Helena dejó caer la mano que le había puesto a Casandra en la mejilla y colocó la copa de agua encima del lodo. No sabía qué hacer. No sabía cómo enmendar sus errores, y ni siquiera si estaba en sus manos.

Se levantó despacio y se alejó unos pasos del cuerpo desmadejado que había pertenecido a su amiga.

En ese instante, y aún retirándose, con la vista fija en aquel rostro, notó una mano firme en el hombro.

—Helena.

Al voltearse, vio a Menelao plantado ante ella.

—Nos vamos.

Menelao la guio hasta la playa, y ella no se resistió. No había ningún otro barco listo —aún no habían dividido todo el botín, ni repartido a los esclavos—, pero Menelao parecía impaciente por zarpar. Ni siquiera se veía oro a bordo.

—¿No te perderás los sacrificios por la victoria? —le preguntó Helena con voz queda cuando subieron a cubierta, esperando a que levaran anclas.

—La victoria es de mi hermano —respondió con sequedad—. Que lo celebre él. Yo ya he malgastado demasiados años en estas costas y vertido suficiente sangre en la arena.

Los dos habían echado la vista hacia el mar abierto. A Helena se le revolvían las entrañas mientras el silencio se imponía entre ellos. Una cosa era la culpa que sentía por la guerra, pero esto era harina de otro costal. Se había convencido a sí misma, tantos años atrás, de que fugarse con Paris era una decisión que beneficiaría a todos; que Menelao no la estimaba lo suficiente como para echarla de menos; que él ya disponía de todo lo que necesitaba, y de todo lo que ella estaba dispuesta a ofrecerle. Pero verlo ahora, ser consciente de lo mucho que había envejecido, de aquel rostro tostado surcado de arrugas de agotamiento y pérdida... Sabía que le había hecho daño.

—Lo siento —musitó, aunque el sonido apenas fue audible.

Tuvo la impresión de que Menelao se removía con sutileza. Volvieron a sumirse en un silencio algo más ligero que el anterior.

—¿Volveré a ser tu esposa? —le preguntó al mar—. Cuando regresemos a Esparta.

Las olas se batían contra la quilla del barco.

—¿Es eso lo que quieres? —acabó replicándole Menelao.

La pregunta la tomó por sorpresa, y Helena cayó en la cuenta de que todavía no lo había meditado. Desde el primer momento en que vio a Menelao desde las almenas, había notado crecer en sus adentros una sensación extraña: nostalgia por su hogar, su familia, su antigua vida... o partes de ella. Pero ¿sería capaz de volver atrás? ¿Podría volver a ser Helena de Esparta? Y Menelao... ¿Era eso lo que ella quería, ser su esposa una vez más?

—No se me daba demasiado bien —fue lo único que se le ocurrió responder.

Oyó un ruidito a su lado, algo similar a una carcajada. Con todo, no percibió ni un ápice de humor.

—Puede que fuéramos tal para cual —susurró Menelao.

Helena volvió a quedarse de piedra. Esperaba una reacción furibunda, que la culpara y la maldijera. Era lo que había temido desde que Menelao apareció en su alcoba de Troya. Una parte de ella quería oír eso, sentir los latigazos en su alma emponzoñada. Estaba preparada. También estaba dispuesta. Pero ¿esto?

—No justifica lo que hiciste —prosiguió impasible—. Y no voy a perdonarte, no puedo. Aún no. Pero sé que en parte soy responsable de tu infelicidad, de alejarte de mí.

Helena reprimió la emoción repentina que le había brotado en la garganta. Le sorprendió que admitiera su parte de culpa y lo mucho que le importaba que la descargara de parte de su responsabilidad, por poco que fuera.

—Me tratabas bien, a tu manera —musitó ella—. No te merecías... Me sentía muy sola. Él se dio cuenta y...

No soportaba pronunciar el nombre de Paris en voz alta, y menos delante de Menelao.

—Una esposa jamás debería sentirse sola en su propio hogar —contestó con tosquedad, todavía con la mirada clavada en el mar. Las olas seguían azotando la madera que tenían bajo los pies. Al cabo de unos segundos, continuó—: Nunca supe cómo comportarme contigo —dijo con una voz tan queda que casi podía llevársela el viento—. Toda Grecia te quería como esposa. Fuiste mía, pero no me gané tu mano.

Nunca antes lo había oído hablar así. Helena escuchaba cada palabra con atención, incapaz de interrumpirlo.

—Pensé que una criatura nos cambiaría la vida, pero no hizo

más que empeorar las cosas. —Lanzó un suspiro al aire—. Tenía la sensación de que me odiabas.

—No —exclamó ella, y le cubrió las manos con las suyas—. Nunca te he odiado, y a Hermíone tampoco. —Tragó saliva. Era la primera vez que pronunciaba el nombre de su hija en voz alta después de muchos años—. Tenía muchísimo miedo. No quería tener otro hijo y te aparté de mí. Pero seguías importándome, incluso en aquel momento. Sobre todo entonces.

Sintió como si, finalmente, estuviera confesando aquella verdad tan antinatura, tan poco femenina, después de tanto tiempo. Se volteó para mirarlo y vio que tenía el ceño fruncido, pero no parecía enojado, sino pensativo, y algo triste. Los dos permanecieron en silencio, contemplando las olas.

—Tú también me importabas —dijo al fin.

Aquellas palabras, tan simples, tan breves, sacudieron a Helena como una ráfaga de viento.

—Soy un hombre parco en palabras —añadió con aspereza—. Para un hombre no siempre es fácil expresar sus sentimientos.

—Y ¿qué pasó con Ágata?

Las palabras surgieron de su boca antes de que Helena pudiera impedirlo. Y, por primera vez, Menelao volteó hacia ella.

—Te vi un día. Con ella —continuó, rememorando aquel episodio, nítido y borroso al mismo tiempo—. Vi cómo la tocabas, cómo la besabas.

Menelao se había quedado inmóvil, con un gesto de derrota.

—Aquello fue... distinto —suspiró—. Más sencillo. Ella era una esclava y yo, el rey. No podía rechazarme ni despreciarme, pero tampoco podía existir un amor real.

Menelao volvió a desviar la mirada, aferrado al pasamanos del barco con sus manos callosas. Hablaba sin rodeos, sin disculparse, como si su infidelidad no significara nada. Y lo que más le dolió a Helena fue ser consciente de que, en efecto, no significaba nada. Nadie lo condenó por ello. No se vertió sangre por haberle sido infiel. Ninguna viuda maldijo su nombre.

Helena también se agarró al pasamanos con manos temblorosas.

—Ágata me proporcionó al hijo que necesitaba, y doy gracias por ello. Pero los sentimientos de un hombre por su esposa son diferentes. —Tomó aire lentamente—. Es algo profundo, como las raíces de un árbol viejo. Retorcidas, confusas... Es difícil separarlas de uno mismo y desenterrarlas.

Helena lo miraba perpleja. ¿Estaba insinuando que la había amado? ¿Que una parte de él seguía amándola? Menelao había vuelto a clavar la vista en las olas, conque ella prefirió no presionarlo más. Tenía la sensación de que se habían abierto más el uno al otro en aquellos pocos minutos que durante todos sus años de matrimonio.

Algo había cambiado entre los dos. La alteración, casi imperceptible, había nacido con las palabras que habían intercambiado. El silencio que se extendía entre ellos tenía ahora una textura distinta, cargada de comprensión, y el muro invisible que antes los separaba parecía haberse erosionado, al menos en parte. Helena dio una larga bocanada de aire y la soltó hacia los centelleos del mar. Sus miedos se le antojaban algo más pequeños. Después de todo lo que había sucedido, después de todo lo que había dicho y hecho, Menelao no la odiaba. La había escuchado, de verdad, sin condiciones, y ella había hecho lo propio. Sabía que el hogar al que estaba a punto de regresar no sería el mismo que un día abandonó. Y Hermíone —la otra herida abierta de su corazón— apenas se acordaría de ella. Tal vez pudiera hacer borrón y cuenta nueva. Haría todo lo que estuviera en sus manos para ser una buena madre o, como mínimo, una amiga. Su hija debía de tener la edad de Casandra. Sí, ese era el camino, se dijo a sí misma. Podía volver a casa, intentarlo todo de nuevo, corregir los errores del pasado. Quizá no como Helena de Esparta, un nombre que, a esas alturas, le resultaba farragoso, y la corona, demasiado ajustada. No, tal vez por fin pudiera ser, sencillamente, Helena.

Cuando el navío comenzó a moverse y una extensión de agua clara ocupó el espacio entre ellos y la costa, Helena y Menelao seguían contemplando el horizonte juntos.

56
CLITEMNESTRA

Hacía seis días que los rumores habían llegado a Micenas. Troya ardía. Los griegos habían vencido. Clitemnestra no lo creyó de inmediato. Durante los últimos diez años, muchas habían sido las historias que habían alcanzado las murallas, y siempre habían resultado ser más ruido que nueces. Sin embargo, llevaba días con un nudo en el estómago, producto de un nerviosismo creciente. ¿Y si aquella historia era cierta?

Los rumores no incluían a Helena aunque hubiera sido la causa por la que los griegos se habían conminado a luchar. Si habían tomado Troya, Clitemnestra quería creer que su hermana estaba viva, que navegaba hacia Esparta, si no era que caminaba ya entre sus salones pintados. Quería creer que la guerra había servido de algo, que todas las vidas perdidas —incluida la de Ifigenia— habían reportado algo más que oro y gloria.

Sabía que la posibilidad de que su hermana estuviera sana y salva en Esparta debía confortarla, pero si se permitía creer en esa afirmación, entonces también tenía que enfrentarse a otra posibilidad, mucho más aterradora: que Agamenón estuviera en aquel preciso instante de camino a Micenas.

En cualquier caso, ya había hecho algunos preparativos. Había apostado hombres desde el palacio hasta la costa, cada uno con una alta almenara y las instrucciones de prenderlas si oteaban los barcos de Agamenón. Su esposo no desembarcaría sin que Clitemnestra lo supiera. Desde aquellos preparativos, Clitemnestra se había acostumbrado a recorrer los muros de la ciudadela varias veces al día. Egisto la acompañaba aquella tarde, así que ella trataba de mantener un ritmo estable y una expresión neutra. No estaba funcionando.

—Daría lo que fuera por que dejaras de preocuparte —le dijo Egisto apretándole la mano.

Clitemnestra volteó hacia él, fingiendo que ignoraba a qué se refería.

—Te vi escudriñando las colinas —añadió—. Tienes muchísimas virtudes, esposa mía, pero no eres tan sutil como crees.

Egisto esbozó una sonrisa burlona, pero a Clitemnestra no le resultó fácil devolvérsela.

—Estoy inquieta, nada más —respondió con voz queda mientras centraba otra vez la mirada en las cimas de las montañas—. Presiento que algo se acerca. Algo terrible.

—Bueno, si es cierto que la guerra terminó, puede que tu noble esposo esté de camino en este mismo instante.

—No me refería a...

—Ya sé a qué te referías —la interrumpió, adoptando un tono más grave. Le apretó la mano de nuevo—. Si viene, estaremos preparados para recibirlo. No hay nada que temer.

Clitemnestra deseó poder creerle.

—Prométeme que me ayudarás —musitó girándose hacia él—. Cuando llegue el momento, prométeme que estarás ahí.

Egisto se paró en seco y le apoyó las manos en los hombros.

—Por supuesto. No lo dudes.

Ella se permitió torcer las comisuras de los labios en una sutilísima sonrisa. Llevaba unos días con la sensación de tenerlos muy pesados.

—Pase lo que pase, nos las arreglaremos y...

Egisto dejó de mover los labios al vislumbrar algo por encima de su hombro, y Clitemnestra se dio la vuelta.

Una de las almenaras estaba ardiendo.

A Clitemnestra se le aceleró el corazón y sintió la piel arder como si el fuego se lo hubieran prendido a ella.

«Ya está aquí.»

Egisto se había quedado paralizado.

—Ve a buscar a Eudora —lo apremió Clitemnestra—. Dile que encierre a los niños en sus habitaciones. —Se volteó hacia él y buscó cobijo en aquellos ojos familiares—. Ya conoces el plan.

Sin mediar palabra, los dos se apresuraron a bajar de las murallas y dar comienzo a los preparativos.

Clitemnestra aguardaba en la parte superior de la gran escalinata con el corazón en un puño. Notó una gota de sudor en la frente y se la secó. La boca le sabía a sangre.

¿Sería capaz de rematar el plan? Diez años atrás, en la tienda, daga en mano, había estado a punto. La ira que la había colmado entonces, sumada a una aflicción desgarradora y una pena ardiente, era ya casi una vieja cicatriz. Algo profundo, triste y silencioso. Un sufrimiento que había sustituido a la agonía anterior. Seguían despertándola por la noche y atenazándole las entrañas todas las mañanas, cuando emprendía el camino hacia la tumba de su hija. Se preguntó si su esposo también sufriría sus propias heridas, vestigios de las pruebas que se hubiera visto obligado a superar en aquella larga guerra. Dolor. Pérdida. Él también debía de haber llorado por Ifigenia, por el mal que había cometido. ¿Cómo serían los remordimientos que habría arrastrado durante todos esos años? Tal vez el hombre que regresara a sus costas no fuera el mismo que las había dejado tanto tiempo atrás.

¿Estaba a tiempo todavía? ¿Podía entrar y comunicarle a Egisto que había cambiado de idea? Podría huir antes de que Agamenón llegara a la ciudadela. Aletes podría quedarse en palacio: Clitemnestra lo haría pasar por el hijo bastardo de una de las sirvientas. Lo vería todos los días y se encargaría de mantenerlo a salvo. Y Egisto... al menos sobreviviría.

Se había estado engañando a sí misma con que le sería posible comenzar una nueva vida, cuando su destino lo habían determinado circunstancias ajenas a ella, muchos años atrás. Su padre, su nacimiento, su género. ¿Quién era ella para oponerse a los hados, para darles la espalda a sus deberes?

Había sido una buena esposa. ¿Acaso no era eso por lo que siempre se había esmerado? Podía recuperar su vida. Los últimos años no habían sido más que una locura. Hermosa, sí, pero una locura. Con todo, aún estaba a tiempo de hacer lo correcto. Podía serle fiel a su esposo durante el resto de sus días. Sí, aunque lo odiara. Todavía le quedaba refugiarse en sus hijos.

Cuando lo oyó, tenía los talones preparados para echar a correr y, sin embargo, era incapaz de moverse. Chasquidos metálicos y el chirriar de la madera contra la piedra. Las colosales puertas de la ciudadela se estaban abriendo.

Tarde. Demasiado tarde. Comenzó a descender la escalinata, temblando. A cada paso que daba, se lo imaginaba un poco más cerca. Atravesando las Puertas de los Leones. Subiendo por la cuesta. ¿Eso que oía eran las ruedas del carro? ¿El aliento de los caballos? Se figuró un rostro gris, ajado por la guerra.

Fue entonces cuando lo vio. Tenía... el mismo aspecto de siempre. Una figura alta, fornida, montada en un carro. El pecho henchido, rubicundo. Alzó una mano regia para saludar a los hombres y las mujeres con que se cruzaba y estaba... sonriendo.

Y a su lado...

A Clitemnestra se le detuvo el corazón una fracción de segundo cuando vio la dorada cabellera. Pero no era su hija. Desconocía a la frágil criatura que su esposo tenía detrás, aferrada al borde del carro y meciéndose con cada piedra que pisaban. Incluso desde la distancia, el terror de la muchacha era palpable. Parecía más joven que Electra, y tenía los ojos abiertos como platos. Cuando el carro se aproximó un poco más, Clitemnestra se percató de que tenía las muñecas atadas y en carne viva.

De repente una oleada de ira barrió todo recelo. Su esposo no había cambiado. Ni iba a cambiar. Seguiría arruinándoles la vida, apropiándose de lo que quisiera, destruyendo, malgastando, abusando. Hizo lo imposible por mantener el gesto sereno mientras descendía los últimos escalones, agarrándose la falda con las manos.

—Mi señor Agamenón —exclamó cuando el carro y su séquito hicieron un alto—. Esposo. —Se sorprendió de lo firme que sonaba su voz—. Bienvenido a casa.

—Me alegro de volver a ver estas murallas —dijo mientras desmontaba del carro. Cuando echó a andar hacia ella, Clitemnestra se percató de que aún cojeaba aunque fuera capaz de mantener una postura altiva. Agamenón echó un vistazo a la escalinata vacía—. ¿Estás sola? ¿Dónde está la muchedumbre que saluda y aclama a su victorioso señor? —Su sonrisa perdió fuerza—. ¿Dónde están mis hijos?

—Dentro, esposo. Sanos y salvos. —Se obligó a sonreír—. Pensé que llegarías agotado del viaje. Te organicé un pequeño refrigerio, y los esclavos te están preparando un baño mientras hablamos.

Agamenón hizo una pausa para considerarlo, pero no tardó en esbozar una sonrisa de satisfacción.

—Sí, ya habrá tiempo para celebraciones. Y, además, aún no han traído el oro de los barcos... Sí, lo mejor es esperar. —Miró de reojo el carro—. Pero que preparen dos baños, otro para la muchacha.

La joven del carro se estremeció al saberse mencionada.

—Por supuesto, esposo —contestó Clitemnestra con toda la amabilidad que fue capaz de reunir—. Ahora miramos en qué alcoba de invitados podemos...

—No, la chiquilla se queda conmigo. Que traigan una bañera a mis aposentos. Una al lado de la otra.

Agamenón la repasó de arriba abajo, como retándola a que objetara algo.

—Claro, esposo. Tus deseos son órdenes.

Agachó la cabeza con serenidad, aunque por dentro era un hervidero de pensamientos. No esperaba encontrarse con algo así. ¿Arruinaría sus planes? No. No cambiaba nada. No podía perder los estribos.

Se dispuso a subir la escalinata, y Agamenón y la muchacha la siguieron. El séquito del rey se quedó abajo para meter a los caballos en las cuadras. Un consuelo, al menos. Cuanta menos gente hubiera en palacio, mejor. Ya se encargaría de ellos más tarde. Los acabaría convenciendo, y, si no... No era el momento de pensar en eso.

Habían llegado ya a la entrada. Al pasar por el atrio, Clitemnestra avisó a los esclavos que los esperaban, con un tono de voz más elevado de lo necesario:

—El rey exige que se preparen dos baños. Lleven una de las bañeras de invitados a su alcoba lo antes posible.

Confiaba en que Egisto estuviera lo suficientemente cerca como para haberla oído. No sabía qué más podía hacer. Aunque estuviera convencida de que la muchacha no suponía ninguna amenaza, era un factor que no habían anticipado.

—Ya calentaron el agua —informó a Agamenón, volteándose hacia él—. No tardarán en tener listo el resto.

En cuanto terminó de hablar, un esclavo apareció a su lado con una gran jarra de vino y dos copas en los brazos.

—El refrigerio, esposo —dijo ella mientras le alargaba una copa llena a Agamenón.

—No lo mezclaron —gruñó, observando el oscuro líquido con el ceño fruncido.

—Hoy es un día de celebración, no de moderación —le replicó con una jovialidad convincente.

Agamenón asintió y comenzó a vaciar la copa; Clitemnestra tenía la esperanza de que no se le notara el alivio. El vino tampoco obraría milagros, pero estaba dispuesta a aprovechar cualquier ventaja que tuviera a su disposición.

Llenó la segunda copa y se la ofreció a la muchacha.

—Toma —le dijo con delicadeza—. Debes de estar sedienta.

Sin embargo, la joven se quedó mirándola fijamente, con los ojos más vidriosos que había visto en su vida.

—Te sentará bien —insistió Clitemnestra, acercándole un poco más la copa, pero la muchacha ni se inmutó.

—No le vas a sacar nada —bramó Agamenón, despegando un instante los labios de la copa—. No ha dicho ni mu desde que salimos de Troya.

Clitemnestra observó a la muchacha, los surcos en las mejillas por donde habían caído las lágrimas y el sutil moratón en el ojo. Habría preferido que tomara un poco de vino, por su propio bien.

Cuando Agamenón vació la copa, un esclavo sacó la cabeza por la entrada del salón.

—Los baños están listos, mi señora. Digo, mi señor.

El esclavo esbozó una expresión de incertidumbre mientras sus ojos miraban alternativamente al rey y a la reina.

—Gracias, Nicias —respondió ella.

Le hizo un gesto con la cabeza y el muchacho se marchó sin

mediar palabra. Clitemnestra notó de pronto la boca seca, recorriendo ya los pasillos con su marido y la muchacha, quien les iba pisando los talones.

La alcoba estaba en penumbra y cargada de humedad. El vapor de las dos bañeras se elevaba sobre la luz de los candiles.

Clitemnestra insistió en asear ella misma a Agamenón, y él no se opuso. Sin perder un instante, el rey se quitó la túnica y metió la mole que tenía por cuerpo en el agua caliente.

—Ven aquí, muchacha —exclamó al ver que su trofeo troyano seguía inmóvil junto a la puerta—. La otra es para ti. Quítate el vestido.

La joven no se inmutó.

—¿Quieres que te ayude? —le preguntó Clitemnestra, pero la muchacha se alejó de la mano que le había ofrecido.

Sus atormentados ojos alternaban entre Agamenón y la humeante agua, y pareció haber tomado una decisión, o al menos haberse resignado. Con sus huesudas manos se quitó por la cabeza la otrora lujosa prenda que llevaba como vestido.

Clitemnestra tuvo que contener un grito ahogado. La pálida piel de la muchacha estaba cubierta de moratones. Algunos eran antiguos y ya amarilleaban, pero había otros oscuros, frescos. Le ocupaban la mayor parte de los brazos, de la cintura y del interior de los muslos.

A Clitemnestra se le revolvió el estómago. Pobre muchacha. Y ¿cuántas más habrían pasado por lo mismo? ¿Cuántas habrían acabado en palacios griegos revestidos de oro, bronce y marfil? Al menos el sufrimiento de esta terminaría pronto. Podría protegerla, permitir que viviera en palacio, donde nadie más volvería a hacerle daño.

Le dio la espalda, consciente de que se había quedado absorta. La muchacha se estaba metiendo en la bañera vacía cuando Clitemnestra centró la atención en Agamenón. Tuvo que hacer de tripas corazón para poner las manos sobre aquel pecho, frotar aquella piel y limpiar la mugre de aquellos cabellos. No podía creer lo poco que le temblaban las manos durante el proceso, sobre todo porque no dejaba de notar el mango del puñal en la cadera, oculto entre los pliegues del vestido.

«¿Dónde estás?» ¿Por qué tardaba tanto Egisto? Tenía la sensación de llevar un siglo en aquella alcoba.

En ese momento, la puerta crujió.

Clitemnestra dejó escapar un suspiro mudo, a pesar de que el corazón nunca le había latido con tanta fuerza. Había llegado el momento.

—Os traigo agua limpia, mi señora —dijo él con la voz ronca.

Llevaba una capucha, pero no le habría hecho falta. Agamenón ni siquiera volteó la cabeza. Con la mano izquierda aún hundida en su cabello, Clitemnestra se echó la derecha a la cintura. Egisto se arrodilló a su lado, pero ella no se giró. Lo vio levantar los brazos, y ella hizo lo propio con la mano.

Tomó aire. Una, dos veces.

Y entonces tiró de él. La cabeza de Agamenón se dobló hacia atrás y el puñal se hundió en el cuello, en el pecho, una y otra vez. La sangre lo salpicaba todo y el agua rebosaba de la bañera con cada sacudida de aquel cuerpo, semejante al de una bestia marina. Pero tenía los brazos inmovilizados. Sus fuerzas iban vertiéndose en la marejada que se había formado en la bañera y que se derramaba sobre el suelo de mármol.

El hedor era insoportable, pero Clitemnestra estaba como poseída. Como una sacerdotisa en un sacrificio. Con cada corte del puñal en aquella carne que tanto detestaba tenía la sensación de estar arrancándose partes de sí misma. Los callos, las cicatrices, las capas de hedionda podredumbre... La pesada cáscara que la había constreñido durante todos aquellos años, hinchada, endurecida, asfixiante. Todo se vino abajo con las embestidas del puñal.

Cuando ya notó el brazo cansado y torpe, vio que Agamenón había perdido las fuerzas. Tenía la cabeza inclinada hacia el techo desde las oscuras aguas de la bañera y los brazos inertes; Egisto había dejado de aguantarlos.

Clitemnestra volteó la cabeza para buscar esos ojos, la fuerza, el consuelo.

Él se había alejado y arrodillado junto a la otra bañera con algo reluciente en la mano.

—¡No! —gritó ella, pero era demasiado tarde.

La muchacha se estaba ahogando, pero no se resistió; la sangre brotaba de su garganta sin obstáculos. A Clitemnestra le resbalaron las rodillas en el suelo húmedo, pero lo único que podía hacer era contemplar la pálida garganta, la sangre carmesí y los cabellos dorados ennegrecidos, y gritar, gritar y gritar.

57
CLITEMNESTRA

Hacía un día extraño para un funeral, o quizá Clitemnestra fuera la única que así lo sentía. El cielo estaba demasiado despejado y la brisa era agradable. Oía una voz en la cabeza, aferrada a los límites de su conciencia, que le repetía que todo debería ser más complicado, que debería sentir algo más. Pero lo único que sentía era alivio.

Ya había pasado por todas las emociones posibles la noche anterior, en aquella sangrienta alcoba. Habían batido contra ella como una gran ola, la habían machacado y destrozado, como la madera contra las rocas. Ahora, lo único que le quedaba era un mar en calma.

Ella y Egisto, acompañados de Aletes, cerraban el cortejo. Electra iba a la cabeza, entonando un cántico gutural que resonaba por encima del resto de los asistentes. Clitemnestra sabía que habría sido inapropiado llevar la voz cantante, o caminar al lado del cuerpo de su esposo, y, sin embargo, sabía también que debía estar presente, mostrarle sus respetos y cumplir con sus deberes.

—Tu esposo dejó que los perros desmembraran el cadáver de mi padre —mascculló Egisto cuando el cortejo pasó por debajo de la Puerta de los Leones—. Lo estás tratando con unos honores que nunca mereció.

—Era el rey —fue lo único que respondió.

Cuando llegaron a los pies de la loma, Clitemnestra enrigideció los pasos. A la izquierda de la carretera, junto a los monumentos fúnebres más antiguos, había un montículo de tierra fresca. Le apretó la mano a Egisto y desvió la mirada.

Lo había sentido en el alma. Se lanzó a abrazarla mientras gritaba, a mecerla mientras se sacudía.

«Pediste dos bañeras. —La voz confusa de Egisto le dominó de nuevo la mente—. Me pareció entender que...»

Solo intentaba ayudarla, o eso se repetía a sí misma. ¿Cómo iba a saberlo? Pero tampoco se lo pensó dos veces...

«Era su ramera.»

No. Era una chiquilla. Otra muchacha que el mundo se había llevado por delante. Una vez tuvo padres, un hogar y un espíritu propio. Y eso era lo que más la había afectado. Caer en la cuenta, por doloroso que fuera, de que ni siquiera su dulce y comprensivo Egisto era capaz de comprenderlo.

Pero se lo había perdonado. ¿Qué alternativa tenía? Aquel nuevo mundo era demasiado aterrador como para afrontarlo sola. Y ¿con qué cara iba a reprocharle nada después de lo que ella había hecho? Cada uno era responsable de sus cruces.

El cortejo se detuvo y rodeó la tumba real mientras abrían la entrada. Por fin podía ver a sus hijas. Crisótemis tenía la cabeza agachada y un gesto solemne, pensativo. Pero Electra... Tenía los ojos dominados por la ira, ardiendo de pena, y las lágrimas le caían en la boca mientras vertía su lúgubre canción. Clitemnestra seguía observándola, con una presión en el pecho, cuando sus miradas se cruzaron, y el cántico cobró fuerza, furia, y las notas brotaron de la garganta de Electra como maldiciones. Por primera vez aquella mañana, Clitemnestra notó el escozor de las lágrimas en los ojos.

Contaba con la posibilidad de que su hija no llegara a perdonarla jamás. Lo sentía en cada nudo del corazón. Pero ¿qué debería haber hecho? ¿Qué podría haber hecho? Sus hijos eran lo que más quería en el mundo, pero cada uno era como una soga atada a sus pechos, tirando de ella en una dirección distinta. No podía permitir que la muerte de Ifigenia quedara impune, pero ¿acaso la justicia por una hija le había hecho perder a otra? ¿Habría perdido a Aletes, a aquella criatura dulce e inocente, de no haber seguido adelante con el plan? ¿Perdería igualmente a un hijo si la familia decidía no devolverle a Orestes?

El corazón se le aceleró y la cabeza comenzó a darle vueltas. Se agarró al brazo de Egisto para evitar que las rodillas le flaquearan y dio varias bocanadas de aire.

Siempre había intentado hacer lo mejor para todos, ¿o no?

Sí, se dijo a sí misma. En todo caso, lo había intentado.

Articuló una súplica muda a los dioses. Por haber tomado la decisión correcta. Por que el futuro fuera más sencillo. Por que sus hijos estuvieran a salvo. Y, por último, rezó por que su nueva vida fuera feliz, tranquila, al menos tanto como cualquier otra.

NOTA DE LA AUTORA

La guerra de Troya ha sido un tema constante del arte y la literatura occidentales durante los últimos tres milenios. La historia ya era harto popular entre los mismísimos griegos, desde Homero hasta las grandes tragedias, pasando por la cerámica y las obras pictóricas, algo que después se extendería a sus sucesores culturales del Imperio romano. El mundo clásico trataba la guerra de Troya, por norma general, como un hecho histórico real, e incluso hubo quienes intentaron trazar su linaje hasta los grandes héroes y reclamar, así, la gloria que les correspondía por herencia.

La academia moderna ha preferido mirar la guerra desde un punto de vista algo más escéptico, o al menos la versión que se nos ha presentado en la literatura clásica y las fuentes artísticas. Sin embargo, existen pruebas arqueológicas que nos sugieren que, de hecho, pudo haber sucedido una guerra como la que describió Homero. Hay documentos históricos hititas que se refieren a un conflicto entre el reino de Ahhiyawa (Acaya, uno de los antiguos nombres de Grecia) y la ciudad de Wilusa (Ilión, más tarde conocida como Troya). Algunos arqueólogos también afirmaban haber encontrado la ubicación real de Troya en Hisarlik, al norte de Turquía, así como pruebas de un incendio que la destruyó por completo hacia el año 1180 a. C.

Para corresponderse con esta cronología arqueológica, *Hijas de Esparta* da comienzo a finales del siglo XIII a. C. y se ubica, por tanto, en la civilización micénica de la Edad del Bronce tardía, llamada así porque, por aquel entonces, era Micenas quien dominaba la cultura en Grecia. Sin embargo, mi objetivo con esta novela no ha sido discutir la existencia histórica de la guerra de Troya, ni tampoco contar una historia que fuera históricamente veraz, sino más bien contar algo que podría describirse como una historia históricamente auténtica; es decir, una reimaginación del mito de la guerra de Troya que fuera coherente con las pruebas materiales que tenemos de ese período de la prehistoria, así como una reformulación, y una respuesta, del canon de la literatura clásica que se construyó sobre el mito. *Hijas de Esparta* mezcla, por tanto, la realidad arqueológica con la tradición mitológica, pero también imagina una nueva historia que pueda llenar las lagunas que dejan ambos marcos. En el fondo, la novela no es ni siquiera una reformulación de la guerra en sí misma, sino de las vidas privadas de Helena y Clitemnestra, dos personajes que, a mi parecer, las fuentes clásicas siempre han tratado injusta o inadecuadamente. ¿Qué debían de pensar esas mujeres? ¿Qué sentían? ¿Qué las hizo actuar como actuaron? Si realmente vivieron en Grecia durante la Edad del Bronce, ¿cómo debían de ser sus vidas? Yo misma me lo pregunté en su momento, y espero haberlo respondido en *Hijas de Esparta*.

Si quieres informarte un poco más sobre este período de la civilización griega, *The Cambridge Companion to the Aegean Bronze Age* (2008) es un buen punto de partida. También te recomiendo el magnífico libro *Helen of Troy* (2005), de Bettany Hughes, una fuente de información e inspiración inestimable durante mi proceso de documentación. Y, para cualquier persona interesada en la experiencia de las mujeres en el mundo antiguo, recomiendo *Diosas, rameras, esposas y esclavas: Mujeres en la Antigüedad clásica* (1975, con una edición revisada de 1994), de Sarah B. Pomeroy, una obra que ofrece un resumen más que accesible y que se ha convertido en algo así como un libro de referencia.

AGRADECIMIENTOS

Son muchas las personas a las que me gustaría darles las gracias por el trabajo que hicieron para que este libro fuera posible.

En primer lugar, me gustaría agradecer a mis primerísimos lectores sus comentarios y ánimos: a la doctora Kathryn van de Wiel, a Steph McCallum y, sobre todo, a Ilona Taylor-Conway, por ser mi primera fan y convencerme de que valía la pena leer lo que había escrito.

También quiero darle las gracias a mi agente, Sara Keane, por creer en mi manuscrito, por introducirme en el mundo editorial y por el apoyo y sus constantes consejos. No puedo olvidarme tampoco del equipo de Hodder por hacer realidad este libro, y sobre todo de mi fantástico editor, Thorne Ryan, por sus conocimientos, sus ánimos y el esfuerzo que dedicó a que *Hijas de Esparta* fuera el mejor libro posible. También me gustaría darle las gracias a Stephanie Kelly, de Dutton, por haber defendido mi libro al otro lado del charco y por sus valiosas contribuciones editoriales.

Por último, gracias a mi familia y amigos por su apoyo. Lanzarse al vacío y escribir tu primera novela puede ser una experiencia algo solitaria, así que gracias a todas las personas que se interesaron por mí y me alentaron. Gracias a mis padres, Juliette y Martin Heywood, por su cariño y su apoyo, por fomentar mi creatividad y amor por los libros y por ofrecerme un techo mientras escribía una gran parte del primer borrador. Y, finalmente, un agradecimiento especial a mi compañero, Andrew, por su apoyo, su paciencia y su buen humor incansables, por levantarme los ánimos en los peores momentos, por celebrar las pequeñas victorias conmigo y por animarme a perseguir mi sueño. No me imagino a un compañero mejor con quien compartir este viaje.